主　编　李小荣

执行主编　黄科安

Intensive Reading
of Selected
Literary Works
Vol.1

文学细读

第一辑

社会科学文献出版社

SOCIAL SCIENCES ACADEMIC PRESS (CHINA)

《文学细读》编委会

卷首语

《文学细读》是由福建师范大学文学院主办的学术连续性出版物，以深耕文学文本的诗学世界为职志，以精读细品为方法，旨在揭示文本艺术奥秘，促进新的批评意识和解读方法的生长，提升读者解读文本的审美能力。

《文学细读》由2015年创办的《细读》调整而来，赓续"细读"学风而专注文学文本，既坚持我们的学术导向，也标示我们的创办特色。本集刊从文本细读出发，既注重文学内部的审美分析，聚焦文本构成要素和有机整体的深入解读；同时也包容"外部研究"，拓展文本与作者和社会历史文化因素的有机联系。文本是世界、作者和读者交互生成的精神产品，"细读"就是要深入探究各类文本的生成机理和艺术奥秘，写成深入浅出的评论文章。因此，本集刊提倡及物批评和精细批评，反对空泛批评和空谈理论，力求有助于改善批评风气和批评文风。

《文学细读》将以古今中外文学文本为批评对象，涉及文艺学、古典文学、现当代文学、比较文学、戏剧影视学等学科，聚焦于经典文本的细读和阐释，以弘扬深耕细作、求真务实的优良学风。本集刊设置五个相对固定的栏目：一为探讨文学文本细读理论和方法的"细读论坛"；二为以不同方法解读古典名著的"古典新读"；三为以现当代文学文本解读与时代和读者对话的"文心细品"；四为以戏剧影视文本批评为主的"抵掌谈戏"；五为从文学修辞学视角解读语言艺术奥秘的"修辞立诚"。此外，还将根据实际需求而灵活增设一些栏目。

《文学细读》诚邀国内外文学批评家赐稿，以求百家争鸣，新知汇流。

本集刊受众对象并不限于专业研究者，还以"奇文共欣赏，疑义相与析"的方式收获广大文学爱好者的青睐。我们希冀通过学界同人的共同努力，能够将本集刊打造成个性鲜明且又丰富多元的批评话语平台，为繁荣和发展具有中国特色的人文社会科学尽一份绵薄力量。

目　录

细读论坛

古典新读

文心细品

抵掌谈戏

修辞立诚

书影心声

学者风范

细读论坛

文本细读的十重层次分析[*]

孙绍振[**]

摘　要： 由于西方文论在文学文本解读领域的失语，建构中国学派的文本解读（细读）学正当时。许多文本分析流于空谈，是因为仅仅停留在文本和外部对象的统一性上，而文本分析的对象是文本的矛盾。本文的任务是将细读理论转化为可操作的方法，具体包括：艺术感觉的"还原"、从效果还原出情感之因、以手稿本事和文本比较、不同形式的比较、情感逻辑的"还原"、价值的"还原"、历史性"还原"和比较、流派的"还原"和比较、风格的"还原"和比较、同一作家的不可重复的风格。

关键词： 文本细读　还原　方法论

前记：西方文论的失语

欧美所谓"细读"和俄国的"陌生化"之说，其最显著的缺失在于把文学形象仅仅归结为语言，而对于语言，又将其仅仅归结为陌生化、悖论、反讽之类，均属于修辞性质。此等风靡一时的现象深层次的根源，乃

---

[*] 基金项目：国家社科基金重点项目"中华优秀传统文化创造性转化、创新性发展在文学领域的理论与实践研究"（项目编号：22AZD068）的阶段性成果。

[**] 孙绍振（1936～），福建师范大学文学院教授，博士生导师，主要研究方向为中国诗学、文学文本解读学。

是西方文论的经院哲学，执着于从概念到概念的烦琐思辨（如一个针尖上能站立几个天使），全不顾及事实和起码的经验。就文论而言，则是以概念的自洽为务。概念越是向哲学高度抽象，越脱离文学创作和阅读实践，就越有学术价值。其结果就是对文学创作的指导和文学经典的阅读，从不能到不屑。

早在20世纪中叶，韦勒克和沃伦就在他们著名的《文学理论》中宣告："多数学者在遇到要对文学作品作实际分析和评价时，便会陷入一种令人吃惊的、一筹莫展的境地。"① 此后五十年，西方文论走马灯似的更新，形势并未改观，以至李欧梵先生在"全球文艺理论二十一世纪论坛"的演讲中勇敢地提出：西方文论流派纷纭，本为攻打文本而来，其旗号纷飞，各擅其胜：结构主义、解构主义、现象学、读者反应，更有新马、新批评、新历史主义、女性主义等不一而足，各路人马"在城堡前混战起来，各露其招，互相残杀，人仰马翻"，"待尘埃落定后，众英雄（雌）不禁大惊，文本城堡竟然屹立无恙，理论破而城堡在"。② 苏珊·朗格在《情感与形式》中开宗明义坦然宣告：她的著作"不建立趣味的标准"，也"无助于任何人建立艺术观念"，"不去教会他如何运用艺术中介去实现它"。所有文学的"准则和规律"，在她看来，"均非哲学家分内之事"，"哲学家的职责在于澄清和形成概念……给出明确的、完整的含义"。③ 更有甚者，乔纳森·卡勒说文学理论的任务，并不在文学而在质疑文学本身的存在。④ 这种蜻蜓吃尾巴的喜剧说明，西方前卫文论向来号称强势，可在文学本身的解读方面已经转化为弱势。

按实践真理论，文学理论不但来自创作实践，应该回到创作实践中去

① 〔美〕韦勒克、沃伦：《文学理论》，刘象愚等译，江苏教育出版社，2005，第155～156页。

② 李欧梵：《世纪末的反思》，浙江人民出版社，2002，274～275页。其实，李欧梵此言，也似有偏激之处，西方大师也有致力于经典文本分析者。德里达论乔伊斯的《尤利西斯》、卡夫卡的《在法的门前》，罗兰·巴特论《追忆似水年华》《萨拉辛》，德·曼论卢梭的《忏悔录》，米勒评《德伯家的苔丝》，布鲁姆评博尔赫斯等，但他们微观的细读往往指向宏观的角度并演绎出理论，比如德里达用二万多字的篇幅论卡夫卡仅有八百来字的《在法的门前》，解读象征寓言的同时从文类、文学与法律等宏观方面做了超验的演绎，进行后结构主义的延异书写。其主旨不在文学文本个案审美的唯一性。

③ 〔美〕苏珊·朗格：《情感与形式》，刘大基等译，中国社会科学出版社，1986，第1～2页。

④ 〔美〕乔纳森·卡勒：《文学理论入门》，李平译，译林出版社，2008，第10页；〔英〕伊格尔顿：《二十世纪西方文学理论》，伍晓明译，北京大学出版社，2007，第11页。

检验，而且来自阅读实践，理所当然要回到阅读实践中去接受检验。而西方前卫文论在阅读实践方面大言不惭地宣告无能为力。美国解构主义著名学者、耶鲁四君子之首的希利斯·米勒坦言：

> 您问我是否相信有一套"系统完整的批评方法，可以为一般的文学批评提供具有普遍意义的指导"，我的回答是，在西方有很多套此类的批评方法存在，其中也包括解构主义，但是，没有一套方法能够提供"普遍意义的指导"。不存在任何理论范式可以保证你在竭力尽可能好地阅读特定文本时，帮助你有心理准备地接受你所找到的内容。因此，我的结论是，理论与阅读之间是不相容的。①

一味聚焦于语言文字的解构的游戏，米勒先生的做法乃是"把统一的东西重新拆成分散的碎片或部分，就好像一个小孩将父亲的手表拆成一堆无法照原样再装配起来的零件"。② 从"五四"以来，我们已经对他们洗耳恭听了一百年，如今，他们在解读理论领域完全失语，时运千载难逢，机不可失，时不再来，正是吾人崛起建构中国学派的文本解读（细读）学之日。

关于文本解读的系统学术，笔者已经在助手孙彦君的帮助下，建构了"文学文本解读学"。③ 本文的任务是将理论转化为可操作的方法。

许多文本分析，之所以无效，原因在于空谈分析，实际上根本没有进入分析层次。文本分析的对象是文本的矛盾，而许多无效分析，恰恰停留在文本和外部的对象的统一性上。如，《荷塘月色》反映了大革命失败后知识分子的苦闷，"明月松间照，清泉石上流"惟妙惟肖地反映了美好的"景色"。这从哲学上来说，是机械反映论，就是注意到矛盾的分析文章，也往往把文本当作一个绝对的、平面的统一体。如《再别康桥》，表现了诗人内心的离愁别绪之类。其实这首经典诗作，内在的矛盾很明显：题目说是和康桥再别，可文本却是和云彩告别。一方面是激动，"满载一船星

---

① 《J·希利斯·米勒致张江的第二封信》，王敬慧译，《文学评论》2015 年第 4 期，第 11～12 页。

② 朱立元：《〈小说与重复：七部英国小说〉·前言》，载〔美〕米勒《小说与重复：七部英国小说》，王宏图译，天津人民出版社，2008，第 6 页。

③ 孙绍振、孙彦君：《文学文本解读学》，北京大学出版社，2015。

辉，在星辉斑斓里放歌"；另一方面，又不能放歌，"悄悄是别离的笙箫""沉默是今晚的康桥"，无声体验胜过有声的音乐，重温旧梦只能是秘密的独享。文本分析的无效，之所以成为一种顽症，就是因为文本内在的矛盾成为盲点。这种盲点，又造成了思想方法线性的单因单果。许多致力于文本分析的学者，只在复杂的文本中寻找单个原因，单层次的思维模式就这样流毒天下。文本分析，具体分析，从理论到理论，莫不"念念有词"，可一到具体文本，就无处着论。要进行具体分析，如果没有一定的方法论的自觉，则无从着手。面对文学经典，这种"望文兴叹"似乎就成了宿命。对文学形象的解析，应与文本语境天衣无缝、水乳交融，因此，在具体问题具体分析的方法论上缺乏自觉，就无从分析，沉溺于空洞的赞叹，乃至滔滔者天下皆是。

这不能笼统地怪罪中学和大学教师，而应该怪罪我们没有把理论性和操作性结合起来。把理论系统和操作性系统化的统一，应该是我们的最高目标。

首先要解决分析的切入口问题。

一　艺术感觉的"还原"

要找到分析的切入口，关键是找到差异/矛盾的切入口，从概念到概念的演绎开始，可能难以收效，我想，从一个具体的、感性的、颇有代表性的例子出发可能比较有效。

唐人贺知章的绝句《咏柳》从写出来到如今，一千多年了，仍然家喻户晓，脍炙人口。原因何在？表面上看来是个小儿科的问题。但是，要真正把它讲清楚，不但对于中学教师，而且对于大学权威教授，也并不轻松。有一位权威教授写了一篇《〈咏柳〉赏析》，说，"碧玉妆成一树高"，是"总体的印象"，"万条垂下绿丝绦"，是"具体"写到柳丝的"茂密"，这最能表现"柳树的特征"了。诗的艺术感染力，来自表现对象的特征。用理论的语言来说，就是反映柳树的真实。这个论断，表面上看来，可信度颇大。但在实质上，是很离谱的。这是一首抒情诗，抒情诗以什么来动人呢？普通中学生都能不假思索地回答，以情动人。稍微懂得一点古典文论的研究生，会引用王国维的经典论断，"一切景语皆情语"。教授却说，以反映事物的特征动人。接下去，他又说诗的最后一句"二月春风似剪刀"很好,好在哪里呢?好在比喻"十分巧妙"。这话当然没有错。但是,读者凭直觉就能感到这个比喻赋予了这首诗以不朽的生命。读者之所以要读解读文章,就是因为感觉到了,说不出缘由,知其然,而不知其所以然,急切地希望从教授的文章中获得答案。而文章却分析比喻巧妙的原因,只是用强调的语气宣称感受的结果。这不是有"忽悠"读者之嫌吗?教授说,这首诗,还有一个好处,那就是"二月春风似剪刀","歌颂了创造性劳动",这就更不堪了。前面还只是重复了人家的已知,而这里却是在制造混乱。"创造性劳动"是意识形态性很强的话语。一个唐朝的贵族做梦也不可能想象出"劳动"这样的观念,更不用说还要"创造性"了。事实上"劳动"这个词,中国古代是"劳动大驾"的意思。① 现代汉语中的劳动,作为英语 work 的对应,是日本人用汉字先翻译出来的,具有创造物质、精神财富,创造世界,甚至创造人的意义,在话语谱系中,是与"劳动者""劳动人民""劳动节"正相关,而与"剥削阶级"、革命对象负相关,处于互摄互动的关系中,构成具有革命政治、道德价值取向,在中国 20 世纪 40 年代到 80 年代成为主流的价值关键词。② 它显然具有 20 世纪红色文学的价值观,怎么可能出现在一千多年前的贵族诗人头脑中?

　　为什么成天喊着具体分析的教授,到了这里,被机械唯物论和形而上学的教条所遮蔽呢?这是因为他无法从天衣无缝的形象中找到分析的切入点。他的思想方法,就不是分析内在的差异,而是转向了外部的统一。贺知章的柳树形象为什么生动呢?因为它反映了柳树的"特征"。客观的特征和形象是一致的,所以是动人的。从美学思想来说,这就是"美就是真"。美的价值就是真的认识。从方法论上来说,就是寻求美与真的统一性。既然美是对真的认识,认识世界是为了改造世界,这就是教化。不是政治教化,就是道德教化。既然从《咏柳》中无法找到政治教化,它就肯定有道德教化作用。于是"创造性劳动",就脱口而出了。这种贴标签的方法,可以说是对细读的践踏。其实,要对原本统一的对象加以剖析、分析,才能够细读,出发点不应该是统一性,而是差异性,或者矛盾性。艺

① 王力:《汉语史稿》(重排本),中华书局,1980,第 603 页。
② 刘宪阁:《革命的起点——以"劳动"话语为中心的一种解说》,载中国人民大学国际关系学院政治学系等编《"转型中的中国政治与政治学发展"国际研讨会论文汇编》(1),中国人民大学出版社,2002,第 397～418 页。

术之所以成为艺术，就是因为它不是等同于生活，而是诗人的情感特征与对象的特征的猝然遇合，这种遇合不是现实的，不是真的，而是虚拟的、假定的、想象的。清代古典诗论家黄生说，所谓"诗思"就是"以无为有，以虚为实，以假为真"。①

原生的感情只有通过假定的想象才能抒发。借助假定性，艺术才能创造。而要揭示艺术的感染力，分析的出发点就不应该是它与柳树的同一性，而是矛盾性。矛盾首先就在于，形象不是客观的、真的，而是主观的、假定的。主观的虚而且假的，还有什么价值呢？这是个世界性难题。清代诗论家吴乔很聪明地把诗与当时主流的散文比较：

> 又问："诗与文之辨？"答曰："二者意岂有异？唯是体制辞语不同耳。意喻之米，文喻之炊而为饭，诗喻之酿而为酒；饭不变米形，酒形质尽变；啖饭则饱，可以养生，可以尽年，为人事之正道；饮酒则醉，忧者以乐，喜者以悲，有不知其所以然者。②

这就回答了上述问题，进入假定的虚拟的境界，米变成酒了，形和质都变化了。而酒有酒的用处，可以调节人的情感。

有了"形质俱变"的自觉，才可能从真与假之间发现矛盾。明明柳树不是碧玉的，偏偏要说是碧玉的。明明柳丝不是丝织品的，偏偏要说，柳丝是丝织的飘带。明明春风不是剪刀，偏偏要说它是剪刀。为什么？因为柳树的形态和质地都在想象中变化了，才能寄托诗人的感情。这是以贵重的物来表现贵重的感情，以情动人，而不是反映柳树的特征动人。

这样的矛盾，在形象中，并不是直接呈现，恰恰相反，它是隐性的。在诗中，真实与假定是水乳交融，以逼真的形态出现。如果不把假定性揭示出来，分析就成了一句空话。分析之所以是分析，就是要把原本统一的对象，分化出不同的成分。不分化，就没有矛盾可以分析，只能沉迷于统一的表面。

---

① （清）黄生：《诗麈》，载诸伟奇编《黄生全集》（第四册），李媛校点，安徽大学出版社，2009，第 326 页。
② 王夫之等撰《清诗话》，上海古籍出版社，1978，第 27 页。类似的意思在吴乔的《围炉诗话》卷二中，也有更为详尽的说明。

要把分析的愿望落到实处，还得有可操作的方法。

笔者提出了"还原"的方法。面对形象，把那未经作家情感同化的原生形态的柳想象出来，这是凭着经验看出柳树的特征并转化为情感的特征。在大自然中，柳树产生美，原因是春天来了，温度与湿度提高了，柳树的遗传基因起作用了。在科学理性中，柳树的美，是大自然的现象，是自然而然的。但，诗人的情感很激动，断言柳树的美，比之自然的美还要美，应该是有心设计的。所谓天工加上人美，这就是诗人情感的强化了，就是以情动人了。

当然，说到"还原"方法，作为哲学方法好像并不是笔者的发明，这在西方现象学中早已有了。在现象学看来，一切经过陈述的现象都是主观化、观念化和价值化了的，因而要进行自由的研究就得把它"悬搁"（epoche）起来，在想象中进行"去蔽"，把它原生的"本质""还原"出来。当然，这种原生状态，是不是就那么客观，那么价值中立？这是很有疑问的。但是，多多少少可能摆脱流行的、权威的观念先入为主。笔者的"还原"，在对原生状态的想象上，和现象学是一致的，但还原只是为了把原生状态和形象之间的差异/矛盾揭示出来，加以分析，并不是为了去蔽，防止被蒙蔽，而是为了打破形象天衣无缝的统一，进入形象深层的、内在的矛盾。

当然，这样还原的局限是偏重于形而下的操作，但是优点也在于，第一，不是像西方美学那样一味向哲学上升脱离感性，而是向情感的审美性演化；第二，还原了，便有了矛盾，就可进入分析，摆脱一味被动接受文本，进入主动理解艺术的层次。朱自清在《荷塘月色》中创造了一种宁静、幽雅、孤寂的境界，但清华园一角并不完全是寂静的世界；相反，喧闹的声音也同样存在，不过是被朱先生排除掉罢了。一般作家总是偷偷摸摸地、静悄悄地排除与他的感知、情感不相通的东西，并不作任何声明；用张竹坡在评点《金瓶梅》中的话来说，就是要"瞒过看官"的（张竹坡评点本第十回）。他们总把自己创造的形象当作客观对象的原生状态奉献给读者。但朱自清在《荷塘月色》中却不同，他很坦率地告诉读者："这时候最热闹的，要数树上的蝉声与水里的蛙声；但热闹是它们的，我什么也没有。"这里，透露了非常重要的艺术创造的原则：作家对于自己感知取向以外的世界是断然排斥的。许多论者对此不甚明白，或不能自觉掌握，因而几乎没有一个分析《荷塘月色》的评论家充分估计到这句话的重要意义。忽略了这句话，也就失去了分析的切入口，也就看不出《荷塘月色》不过是朱自清以心灵在同化了清华园一角的宁静景观的同时，排除了其喧闹的氛围而已。忽略了这个矛盾，分析就无从进行，就不能不蜕化为印象式的赞叹。

有位古典文学学者，分析《小石潭记》中的"池鱼"："潭中鱼可百许头，皆若空游无所依。日光下澈，影布石上，怡然不动；俶尔远逝，往来翕忽，似与游者相乐。"对其中早说过的"心乐之"和这里的"似与游者相乐"视而不见，却看出了"人不如鱼"的郁闷。这是由于在方法上不讲究寻求差异，分析矛盾，而是执着于统一性的后果。既然柳宗元是被贬谪了，政治上不得意了，很郁闷了，因而他在一切时间，一切场合，就是毫无例外的郁闷。哪怕是特地寻找山水奇境，发现了精彩的景色，也不能有任何的快慰，只能统一于郁闷。人的七情六欲，到了这种时候，就被学者抽象成郁闷空壳，而不是诸多差异和矛盾的统一体。在分析《醉翁亭记》的时候，同样的偏执也屡见不鲜，明明是山水之乐、四时之乐、民人之乐、太守之乐，醉翁之意不在酒，在乎山水之间。因为山水之间，没有人世的等级，连太守也忘了官场的礼法。可是拘执于欧阳修的现实政治遭遇心情的统一性的学者，看不到这个虚拟的、理想的、欢乐的、艺术的境界，还是反复强调欧阳修的乐中有忧。硬是用现实境界来压抑艺术，主观的封闭性窒息了艺术形象"形质俱变"的境界。

二 从效果还原出情感之因

人的情感和感知不一样，不但是不可定位的，而且是不能观察的。情感是心情的动态，而观察是要心情宁静的，心情一旦宁静下来，情感就消失了。艺术家回避这样的难处比较方便的办法就是从外部观察物的内心。这在表现美女时，古典诗歌经历了长期的历史性积淀。在西方最著名的是为了美女海伦，双方战争长达十年，当海伦出现在特洛伊城头时，一些元老惊叹，真是女神，为她打仗完全是值得的。在中国，最著名的则是《陌上桑》写罗敷之美如何吸引了男性："行者见罗敷，下担捋髭须。"这还是一般的欣赏。"少年见罗敷，脱帽著帩头。"这就有点动情的苗头了，因为是年轻人嘛。"耕者忘其犁，锄者忘其锄。"这是突出众多人士都为美女之美而忘情了。"来归相怨怒，但坐观罗敷。"事后互相埋怨，是显而易见的没道理，这带着幽默感、喜剧性了。

纯粹的抒情，则像柳永那首和情人告别的《雨霖铃·寒蝉凄切》："今宵酒醒何处？杨柳岸，晓风残月。"离情的忧伤全部用外部动作构成画面，第一，"今宵酒醒何处"，前提是"昨夜酒醉何处"。酒醒是酒醉的结果。没有醉哪里有什么醒？偏偏把酒醉故意省略了，留在空白中。第二，什么时候才醒？"晓风残月"，一个"晓"，一个"残月"，说明醉了一夜，天已经亮了。第三，在什么地方醒来？醒来以后，还不知道身在"何处"。可见酒之酣，醒来还迷迷糊糊，是随地倒下，不是在室内，而是在露天，当时是"清秋"，是大醉到不觉夜寒的效果。第四，为什么要醉成这样？因为和情人的离别。如此大醉，不但感情强烈，而且完全任性。第五，一个读书人，醉倒在露天，不成体统，但却一点不在乎世俗礼节，不拘形迹，不顾身份，不害羞，相反很潇洒，很自得，很自如。第六，更不可忽略的是，醉汉本该酒气熏人，衣襟污秽，但是，这些完全不在感觉之内。词人横卧露天，全无狼狈之感，视觉所见唯有杨柳、残月，触觉所感，只有晓风吹拂，把醉汉倒在路边，转化成写意画幅，把狼狈的姿态转化为潇洒风景。感情这么深沉，心态这么自由。

这样的效果还仅仅是外部可感的动作，此外还有内在感知的效果。如写李隆基为杨玉环之美而迷醉："回眸一笑百媚生，六宫粉黛无颜色。"杨玉环回头一笑，让李隆基觉得六宫后妃都一个个黯然失色了。在古典诗词中，表现形式是多种多样的，最常见的是，在对自然环境的独特感受中进行表现，如王昌龄的《长信秋词·其三》，写宫妃遭受冷落之怨："玉颜不及寒鸦色，犹带昭阳日影来。"比较著名的，还有王昌龄的《闺怨》：

> 闺中少妇不知愁，春日凝妆上翠楼。
>
> 忽见陌头杨柳色，悔教夫婿觅封侯。

春日美景一年一度，闺妇触发年华消逝的感受，转而后悔，顿觉丈夫即使立功封侯，也不抵不可再来的青春。

亡国之悲的蒋捷《虞美人》写听雨的内在效果：

> 少年听雨歌楼上，红烛昏罗帐。壮年听雨客舟中，江阔云低、断雁叫西风。

而今听雨僧庐下，鬓已星星也。悲欢离合总无情，一任阶前、点
滴到天明。

这首词，写出了词人一生的精神起伏，在元人统治之下的政治意味，
欲说还休，深沉而含蓄，很经得起欣赏。

但是，对于辛弃疾这样文武双全的英雄来说，就不用这样吞吞吐吐，
《祝英台近·晚春》："是他春带愁来，春归何处？却不解、带将愁去。"写
他壮志难酬，年华消逝的感慨。《丑奴儿·书博山道中壁》写尽壮志消磨，
内心悲愤转而为自我解脱，情感更加强烈。这样的内心效果是反向的，不
但更强烈，而且因为显而易见的自相矛盾而富有一点幽默感：

少年不识愁滋味，爱上层楼。爱上层楼，为赋新词强说愁。
而今识尽愁滋味，欲说还休。欲说还休，却道天凉好个秋！

这种内在感受，已经不借助景观间接加以含蓄的表现，而是直接抒
发。这是中国汉魏以前早已存在的传统。如陶渊明的《饮酒·其五》"结
庐在人境，而无车马喧"，即使身在闹市，也毫无感知，显示超凡脱俗之
极。王勃的《送杜少府之任蜀州》"海内存知己，天涯若比邻"，友情的深
厚，可以使遥远的地理缩短到零距离。

三　以手稿本事和文本比较

追求分析的切入口，旨在化被动接受为主动与作家对话，"还原"并
非唯一的法门。其中最方便的是将作品与修改稿进行对照。鲁迅这样说：

凡是已有定评的大作家，他的作品，全部就说明着"应该怎样
写"。只是读者很不容易看出，也就不能领悟。因为在学习者一方面，
是必须知道了"不应该那么写"，这才会明白原来"应该这么写"的。
这"不应该那么写"，如何知道呢？惠列赛耶夫的《果戈理研究》第
六章里，答复着这个问题——"应该这么写，必须从大作家们的完成了
的作品去领会。那么，不应该那么写这一面，恐怕最好是从那同一作
品的未定稿本去学习了。在这里，简直好像艺术家在对我们用实物教

授。恰如他指着每一行，直接对我们这样说——'你看——哪，这是应该删去的。这要缩短，这要改作，因为不自然了。在这里，还得加些渲染，使形象更加显豁些。'"①

在我国古典诗话中，类似"推敲"的故事（"推"字好还是"敲"字好），"春风又'绿'江南岸"（还是又"过"江南岸好），经典性的例子不胜枚举，一般读者耳熟能详。孟浩然《过故人庄》的最后一句："还来就菊花"，杨慎阅读的本子，恰恰"就"字脱落了。他自己也是诗人，试补了"对菊花""傍菊花"等等，就是不如"就菊花"。

这看来是比较稀罕的个案，普遍的适用性不大。这当然不无道理，但是，如果精心钻研古典文献，则此类资源相当可观。比如，苏东坡晚年词作前往往有小序，记述经历本事及触发词作之由。如流放黄州以后，他所写第一首《定风波·莫听穿林打叶声》前有小序：

> 三月七日，沙湖道中遇雨，雨具先去，同行皆狼狈，余独不觉。已而遂晴，故作此。

就是一件很平常的事，旅游遇雨，没有雨具，同行朋友都为淋雨而狼狈不堪，而苏东坡却没有感觉，坦然得很，就是淋雨也无所谓，不久雨停了。狼狈的和不狼狈的，作为素材，虽有具体的时间（三月七日，公元1082年），还有具体的地点（沙湖，今湖北黄冈东三十里），但是，有什么意思呢？有诗意吗？有哲理吗？好像都没有。勉强写成一篇札记，如《承天寺夜游》那样的小散文，都有点勉强。但是，苏东坡却把这种遭际，升华为词史上情理交融的经典：

> 莫听穿林打叶声，何妨吟啸且徐行。竹杖芒鞋轻胜马，谁怕？一蓑烟雨任平生。
> 料峭春风吹酒醒，微冷，山头斜照却相迎。回首向来萧瑟处，归去，也无风雨也无晴。

---

① 鲁迅：《不应该那么写》，载《鲁迅全集》（第六卷），人民文学出版社，2005，第321～322页。

"莫听穿林打叶声"，写雨，不直接写雨，却写雨的效果，雨来得有声势，穿林打叶有声。但是，"莫听"，一不在意风雨，二瞧不起同行人"狼狈"。不但不去看，而且不去听。"何妨吟啸且徐行"，不是和雨拉开距离，而是在雨中行走，连淋湿衣衫都不在乎，这已经是很出格了，还要"吟啸"，吟是吟诗，啸，是古代文人噏起嘴唇吹气，大致相当于吹口哨，跑到雨中去吟诗，还吹着口哨，这种从容不迫的姿态和满不在乎的精神状态，是苏东坡的一大发明。李白在诗中，再放肆地做出狂傲的动作，也不会在雨中唱歌。"竹杖芒鞋轻胜马"，穿一双草鞋，把竹竿当拐杖，也比当官骑马更轻松自在。接着是，"谁怕？"大白话，老子不怕！不怕淋雨感冒。有什么理由不怕？下面是情志的聚焦："一蓑烟雨任平生。""任平生"三个字，让雨的性质发生了质变。不再是"三月七日"的雨，也不是原生素材"沙湖道中"即来即逝的雨，雨超越了时间的限制，成了平生的雨，空间也突破了，成为普泛的雨，从性质上，不再是让人狼狈的雨。来势汹汹的、穿林打叶有声的大雨，变成了"烟雨"，烟就是雾，蒙蒙细雨，在唐诗中早成传统意象，是让人赏心悦目的。这里的烟雨和"平生"联系在一起，就和苏东坡的生命联系在一起，生命的自如、自在、自得，蕴含在"一蓑"之中。现实的雨，是要有雨具来遮挡躲避的，而词中烟雨只要"一蓑"却不用来遮挡，而是逍遥在细雨中，不是一时，而是一生。"一蓑""烟雨"，加上"竹杖""芒鞋"，一共四个意象，构成了朴素逍遥的图景，而且将令人狼狈之大雨，提升为人生之享受的烟雨。

"料峭春风吹酒醒"，这里有想象的大幅度跳跃，原本只是吟啸徐行，并没有饮酒，也就谈不上醉，这是提示"吟啸徐行"的效果，富有陶醉到忘却现实风雨的意味。如果一直醉下去，意脉就停滞了。"料峭春风"刺激他醒过来，归去，像陶渊明那样归去吧。很散淡，潇洒到"也无风雨也无晴"。前面"一蓑烟雨任平生"的人生观，还承认有风雨，而这里却没有风雨，也没有晴天，料峭春风微冷也好，斜照夕阳的温暖也好，都一样，没有区别，根本不存在。这里表现的是苏东坡被贬黄州，身处危难之中，竭力解脱精神危机：放下宦海沉浮荣辱，借助佛家哲学，如佛家《心经》"观自在菩萨"，意思为观察内心菩萨，"照见五蕴皆空"。

驾驭情感逻辑，在唐宋诗人词人那里是一般水平的。苏东坡情感逻辑之"妙"，还"妙"在蕴含着哲理。这与佛理有一点关系。他此时所纠结的是如何超越仕途的升沉悲欢，获得精神的安宁，在逆境中确立生命的终极意义。

"五蕴"构成世间一切众生的五种要素（色、受、想、行、识），一切均因偶然的因缘，没有"任持自体"，也就是没有固定的体性和特质，依主观的感觉而存在，变化无常，都是"空"的。与之相联系的是六根：眼、耳、鼻、舌、身、意。连无明之体也一样是"空"的，甚至生老病死也是一种假象，也就无所谓摆脱诸如此类的苦难的问题，更不能有所执着，因为执着也无所获得。觉悟了五蕴皆空这样的智慧，就"心无挂碍"，进入一种不垢不净，不增不减，一切都没有区别的境界。"度一切苦厄"，就能放下身外的一切颠倒梦想。执着，就是放不下，患得患失。放不下自己遭遇的不公平，自己的失误，放不下自己的成功与荣耀，于是被痛苦悔恨的焦虑折磨。《定风波·莫听穿林打叶声》最后一句，"也无风雨也无晴"，风雨和阳光，就是宦海沉浮和内心荣辱，放下这种自我执着，超越一切颠倒梦想，就能度脱一切烦恼苦难，进入圆满的智慧境界。①

托尔斯泰的《复活》就像曹雪芹写作《红楼梦》那样经历了多次的修改。聂赫留朵夫第一次到监狱中去探望沦为妓女的卡秋莎（玛丝洛娃），哭着恳求她宽恕，向她求婚。在原来的稿子上，玛丝洛娃一下子认出他来，立刻非常粗暴地拒绝了他，说："您为什么到这儿来？您滚出去。那时我恳求过您，而现在也求您……迟了，德米特里·伊凡尼奇，如今，我不配做您的，也不配做任何人的妻子。"②

在第五份手稿中，托尔斯泰改成玛丝洛娃并没有一下子认出自己往日的情人来，但是她仍然很高兴有人来看她，特别是衣着体面的人。在认出了他以后，对于他的求婚，她根本没有听进心里去，反而很轻率地回答道：

　　"您说的全是蠢话……究竟是怎么回事，您找不到比我更好的女人吗？您最好别露出声色，给我一点钱。这儿既没有茶喝，也没有香

---

① 《心经》有十八种译本，本文据饶宗颐《〈心经〉简林》（作者赠手书印刷本），香港天地图书有限公司出版，无页码，出版于20世纪90年代。笔者还参考了饶宗颐文后净因法师《〈心经〉释义——兼说〈心经〉中人生的三种境界》一文。

② 〔俄〕符·日丹诺夫：《〈复活〉的创作过程》，雷成德译，内蒙古人民出版社，1982，第22页。

烟，而我是不能没有烟吸的……其实，您在这儿没事可干，这儿的看守长是个骗子，别白花钱。"——她哈哈大笑。①

相比之下，原来的手稿便觉得粗糙。卡秋莎原本是纯情少女，由于受了聂赫留朵夫的诱惑而被主人驱逐，到城市后，沦落为妓女玛丝洛娃。在原来的手稿中，写她在看到往日的情人时，一下子认出了他，往日的记忆全部被唤醒了，并且她把所有的痛苦和仇恨都发泄了出来（这正是我们许多缺乏才气的作家天天做着的事情）。然而在后来的修改稿中，托尔斯泰把玛丝洛娃的感知、记忆、情感立体化了。

首先，她没有一下子认出他来，说明分离日久，也说明往日的记忆深藏情感深处，痛苦不在表层。

其次，最活跃的情绪是眼下的职业习惯，见了陌生男人，只要是有钱的便高兴起来，连对求婚这样的大事都根本没有听到心里去，这正说明她心灵扭曲之深，妓女职业对表层心灵麻木之深，即使往日的情人流着泪向她求婚，她也仍然把他当作一个顾客，最本能的反应是先利用他一下，弄点钱买烟抽。说到不要向看守长白花钱，她居然哈哈大笑起来，为自己的聪明而得意非凡。这更显示了玛丝洛娃的表层心理结构完完全全地妓女化了，板结了，在这样重大的意外事件的冲击下，也依然密不透风，可见这些年来她心灵痛苦之深。定稿中的"哈哈大笑"，之所以比初稿中严词斥责精彩，就是因为更加深刻地显示了她心理结构的表层感知、记忆、情感、行为、语言的化石化，在读者记忆中的那个青春美丽、天真纯情的心灵被埋葬得如此之深，其精神是完全死亡了（《复活》的主题就是让她和聂赫留朵夫同样地在精神上复活）。

光是读定稿中的文字，虽然凭着直觉也可以感受到托尔斯泰笔力的不凡，但是很难说出深刻在何处。一旦将原稿加以对比，平面性的描述和立体性的刻画，其高下、其奥妙就一目了然了。凭借文学大师的修改稿，进入分析，自然是一条捷径，非常可惜的是这样的资料凤毛麟角，但它是如此有引诱力，以至于人们很难完全放弃。

---

① 〔俄〕符·日丹诺夫：《〈复活〉的创作过程》，雷成德译，第22页。

四　不同形式的比较

引进西方所谓语言理论，诸如陌生化，完全取消了内容与形式的对立，则对中国传统散文的理论与实践完全盲目。《文心雕龙》五十篇，其中十篇是讲文体形式的。不同形式之间的规范不可混淆。

如"论说"篇，是古典议论文的核心，"论"和"说"在表面上是一致的，但在实质上，"论"和"说"是两种文体，有着明显不同的规范。"说"起于先秦游说之士的纵横之术。在当时具有现场即兴、口头交际的性质，其"善者"能够凭"三寸之舌，强于百万之师"。刘勰认为"说"作为文体的根本特点乃是"喻巧而理至""飞文敏以济辞"，① 强调的是言说的智慧、机敏，特别是比喻的巧妙，具有机智、敏锐、出奇制胜的优长。从这个意义上说，"说"这种文体，虽然有"喻巧而理至""飞文敏以济辞"的优长，但其局限是不可忽略的。犹太人有谚语曰："一切的比喻，都是跛脚的。"因为比喻在逻辑上属于类比推理，这种类比，只是在不同的事物之间取其一点相通，难以顾及不同事物的根本区别。如《晏子使楚》中，晏子对于楚国开小门让他进，他的反击是："使狗国者，从狗门入；今臣使楚，不当从此门入。"按逻辑推演下去，顺理成章的结论就是，如果让我从这个小门进去，楚国就是狗国。他的大前提（巧喻）没有论证，是很武断的。根本就不存在人出使狗国的可能，更不可能有狗国迎人于小门的惯例。这个比喻论证之所以两千多年来脍炙人口，与其说是因为其雄辩，不如说是现场应对的急智。在对话现场，即使有漏洞，对方若不能即兴反击，在现场就是胜利，哪怕在事后想到很精致的反驳，也于事无补。

历史的发展和积累，促使"说"超越了现场的口舌之机敏，而成为一种文体。成为文体的"说"与凭借口头机敏的现场即兴对答不同，不再是现场一次性的"一言既出，驷马难追"式的发言，而需要形诸文字，在空间上超越现场，在时间上传诸后世，在不断地修改、提炼中精益求精，长期反复使用，日积月累，遂具模式。"说"这种文体，成为积淀机智论说经验的载体。其特点为：不直接正面说理，而从侧面以比喻引出论点。因

① （南朝梁）刘勰：《文心雕龙注》（卷四），范文澜注，人民文学出版社，1958，第329页。

为是口头的，所以光是其格言式的警策，在现场就够动人了，并没有论证的必要。"说"超越了口头现场表达，成为文章的体裁，而要超越时间和空间传播，语录式的论断就显然不够了。如柳宗元的《捕蛇者说》就把孔子"苛政猛于虎"的经典论断，化为"说"这种文章的经典范式。作为文章，不仅要有论断，还要有根据，不但要有根据，而且要层次分明，引人入胜。故"说"不但要有"喻"，而且要"巧"，"巧"不是单层次的宣告，而是多层次的逐步深入。古人留下了众多经典之作，但是，也有过分强调喻巧，明显不可信的，如《唐雎不辱使命》，作为弱国的代表和强国的秦王谈判，居然以十步之内不惜与秦王拼命而取得成功。即使现场取得胜利，事后不但他自己，且安陵小国也很难避免被消灭的后果。"说"作为文体的经典当以《捕蛇者说》为代表，柳宗元先说一个故事，强调为王命捕毒蛇者两代惨死，一代危殆而不舍其业。这个喻体是第一层次。当柳宗元提出免其供蛇、复其租赋，而捕蛇者"汪然出涕"，原因是捕蛇之危，"未若复吾赋不幸之甚也"。这是第二层次。第三层次是具体例证，六十年来，与其祖相邻者，"殚其地之出，竭其庐之入"，而能生存者"十无一焉"，只有他家以"捕蛇独存"。第四层次是，虽然每年两次冒生命危险捕蛇，但其常年能"熙熙而乐"。第五层次是柳宗元的结论：他曾经怀疑过孔子的"苛政猛于虎"，而看到捕蛇者这样的命运，才知道"赋敛之毒，有甚是蛇者乎"。此文之喻，巧在何处呢？第一，比喻推理层次丰富。第二，极端层次转化：一是蛇极毒，捕极危；二是助其脱此极危之业而遭拒；三是拒之则遭更苦之租赋；四是得出苛政之害胜于蛇之极毒。

　　韩愈的《师说》带着某些"论"的特点，成为更为严谨的"说"。文章的出发点就是一个定义，"师者，所以传道受业解惑也"。他并没有对之加以分析，就以其为大前提进行推演。其中也有局部的矛盾分析，第一个矛盾是年龄小于己，第二个矛盾是地位低于己，这些都不能妨碍其为师。年龄小、地位低，转化为师之尊的条件只有一个："道"（"道之所存，师之所存也"）。

　　韩愈在这里并没有用巧喻，为什么不把自己文章的题目"师说"改成"师论"呢？他显然意识到"论"的要求比"说"高得多。在科举考试中有史论，在朝堂上有策论、史论，那是很严格的"论"。《文心雕龙》"论说"篇，对"论"的阐释和"说"的"喻巧而理至"有着巨大的不同：

原夫论之为体，所以辨正然否；穷于有数，追于无形，迹坚求通，钩深取极；乃百虑之筌蹄，万事之权衡也……必使心与理合，弥缝莫见其隙；辞共心密，敌人不知所乘。[①]

"论"作为一种文体，论证的规范显然比"说"要复杂、深邃得多。它不是以巧喻为务，因为喻不管多么巧，免不了间接地从一个侧面出发。"论"则是从肯定、否定两方面进行分析（"辨正然否"），把握全面资源（"穷于有数"），深思熟虑，把所有的可能都加以权衡（"百虑之筌蹄，万事之权衡"），严密到没有任何漏洞（"弥缝莫见其隙"），让论敌反驳无门（"敌人不知所乘"）。总的来说，"论"的要求就是全面、反思、系统、缜密。刘勰对以"论"为体的文章做出这么丰富的规定，并不完全像古希腊大师那样主要依赖推理，而是对先秦以来写作经验的总结。

从《论语》式的语录到《孟子》式的反驳，为"论"奠定了基础。其间包括了给皇帝建议的"策"和"疏"，后来清代姚鼐在《古文辞类纂》中将之归纳为"论辨类"。但是，该书《序目》不选先秦诸子，因为"自老庄以降，道有是非，文有工拙"，"悉以子家不录，录自贾生始"。这可能说明，"论"的文体从草创到规范，经历了千年以上的积累，才产生了贾谊那样公认的经典。《古文辞类纂》所选贾谊的《过秦论》、柳宗元的《封建论》和苏洵的《六国论》等，不但体制比较宏大，而且在逻辑上涵盖全面。所谓全面，是多方面的系统性。不但在正面自圆其说，而且要从反面"他圆其说"，要有共识作为论证的前提，还要有系统的事实论据，以不可否认的经验来证明自己的论点不可反驳。

最为经典的是苏洵的《六国论》，其论点属于北宋主战派，不无时代之烙印，却最为经典。原因就在于其多方面展开，既采用有利于自己论点的事实，也不回避不利于自己论点的事实，反而把不利于自己论点的事实转化为有利于自己的论据。文章针对主和派，提出的论点就是对世俗之见的反拨：六国之亡，不是亡于战，而是亡于不战。作者本着"论"的"辨正然否""穷于有数"的精神，把不利于自己论点的历史，那就是燕国虽然敢于战，却也灭亡的事实加以分析。首先，燕国是小国，敢于战不说，还胜多败少，但因内部矛盾，错杀了良将李牧；其次，大国不敢战，争相

---

① （南朝梁）刘勰：《文心雕龙注》（卷四），范文澜注，第 328 页。

贿秦，越是贿秦，秦越强大，大国相对越是弱小，结果大国无法避免灭亡的命运，小国孤军也不能不走向失败。此文最大的特点是将有利于主和派的论据转化为有利于自己的论据，这正是文章显得雄辩的原因。这种论辩术，不但体现了《韩非子·难一》中"以子之矛，攻子之盾"的论辩精神，而且和当代西方修辞学将对手的论据化为自己的论据（justifying my position in your term）①的前沿学术不谋而合。

我国散文文体丰富，《文心雕龙》中的五十章，有二十章是讲文体的。即使与"论"同属奏议之列的"章表"，亦有不容忽视的区别。战国时期"言事于主，皆称上书。秦初定制，改书曰奏"。到了汉朝，将之分化为四品："一曰章，二曰奏，三曰表，四曰议。"本来"章表奏议，经国之枢机"，"章"用来谢恩，文风的典范是《尚书》，当精要深邃。而"表以陈情"，"表"的性质属于实用性公文，虽然有抒情功能，也基本上有固定模式：先是"臣某言"，结尾多是"臣某诚惶诚恐，顿首顿首，死罪死罪"。这样的抒情模式是僵化的，表中便有了大量"情伪多变"的官样文章，但是也产生了诸葛亮《前出师表》这样的好文章，在对刘禅的说理达到情理交融的高潮时，会出现："今当远离，临表涕零，不知所言。"这是真正动了感情，到了理性有点混乱的程度。曹植的《求自试表》，结语是："冀以尘雾之微，补益山海；萤烛末光，增辉日月……圣主不以人废言，伏惟陛下少垂神听，臣则幸矣。"表是上书皇帝的文体，对曹植，虽然与皇帝是亲兄弟，但由于争夺继位的斗争，亲情已经被毒化了，那种诚惶诚恐的心情，当是自然的流露；诸葛亮的表，出自一个三军统帅，但他在官方的正式文书中，坦然表述流出眼泪来，激动得不知所云；李密的《陈情表》，最后的结语是"臣不胜犬马怖惧之情，谨拜表以闻"。拒绝皇帝的征召，李密的恐惧是实实在在的。这些在一般的奏章中是不可想象的，只有在"表"这种以"陈情"为务的体裁中，才能得到相当自由的表现。从这里可以看出，"表"作为文体是很独特的，它是一种政治公文，其理性规范严谨，甚至是僵化的，但这种模式可以用来抒情。这种抒情性的公文，在

---

① 刘亚猛：《以你的道理来论证我的立场——全球化时代的跨文化论辩》，《当代修辞学》2018年第4期，第27~40页。从东西方论辩实践出发，破除"论辩双方必须属于同一话语共同体"这一定论，在修辞理论界首先提出发生于不同系统成员之间的论辩必须遵循的基本原则。

世界文学史上，可能是独一无二的，特别是到了真性情的作者笔下，也会别开生面地焕发出不朽的审美光彩。

除了论说、章表以外，《文心雕龙》还特别讲了"诏策"、"檄移"、"奏启"、"议对"、"书记"和"史传"等各自不同的特点。这一切形式都是中国散文传统的特殊规范，可惜的是，在现代散文理论中，由于权威的"内容决定形式"，都被抹杀了。特别是对史传文体特点的漠视，以至于百年来，对于中国古典小说承继史家笔法，以叙述寓褒贬，重对话动作，几无西方小说心理描写之优长，几乎集体失语。

这就严重影响了现代散文，由于"五四"时期周作人把散文定性为"美文"，"叙事与抒情"完全排斥了中国传统散文论说文体之丰富多元，以至于余秋雨突破了抒情与叙事，超越了审美抒情，将审美与审智结合起来，以历史文化批评风貌横空出现之时，遭到媒体起哄，攻讦多年，但是这并没有损害他的文学地位。余秋雨对于中国当代散文的发展有历史性的贡献。他创造了一种文化散文的文体，把人文景观用之于自然景观的阐释。长期以来，思想容量小、品位不高、几近小品的散文，被视之为正宗。余秋雨赋予散文宏大的文化版图，像《一个王朝的背影》居然能通过承德避暑山庄，提取一把交椅和颐和园的意象，凝聚着一个疲惫的王朝，把清王朝统治阶级精神从强盛到衰败，汉族知识分子从抵抗到为之殉葬的漫长历史过程都浓缩在其上，这种历史性的贡献，是任何喧嚣的媒体评论所不能扼杀的。

在西方到了 18 世纪，也觉悟到不同艺术形式的不同规范。莱辛在名著《拉奥孔》中，评论希腊著名雕塑"拉奥孔"，创造了一种办法，那就是从相同内容、不同形式的作品寻求对比。拉奥孔父子被蛇缠死的故事，在维吉尔的史诗中描写得很惨烈，他们发出了公牛一样的吼声，震响了天宇。可是在雕塑中，拉奥孔并没有张大嘴巴，声嘶力竭地吼叫，相反，只是如轻轻叹息一般，在自我抑制中挣扎。莱辛由此得出结论说，由于雕塑是诉之于直观的，如果嘴巴张得太大，远看起来必然像个黑洞，[①] 那是不美的。而用尽全部生命去吼叫，在史诗中却是很美的，因为诗是语言艺术，并不直接诉诸视觉，而是诉诸读者的想象和经验的回忆，没有直观的生理刺激。莱辛给了后代评论家以深刻的启示：在雕塑中行不通的，在史诗中却

---

① 〔德〕莱辛：《拉奥孔》，朱光潜译，人民文学出版社，2009，第16、22页。

非常成功。只有明白了在雕塑中不应该做什么才会真正懂得在雕塑中应该做什么。用理论的话语说，就是只有把握了一种艺术形式的局限性，才能理解它的优越性。同题材而不同形式的艺术形象的差异，正是分析的线索。白居易的《长恨歌》和洪昇的《长生殿》同样是取材于唐明皇和杨贵妃的故事。但是，在诗歌里，李杨的爱情是生死不渝的，而在戏剧里，两个人却发生了严峻的冲突。联系到诸多类似的现象，不难看出，在诗歌中，相爱的人，往往是心心相印的，而在戏剧里，相爱的人，则是心心相错的。在戏剧里，没有情感的错位，就没有戏剧性，没有戏可演。同样是在七月七日长生殿，李隆基与杨玉环盟誓：生生死死，永为夫妻。在诗人白居易看来，这是非常浪漫的真情，而在小说家鲁迅看来，在这种对话的表层语义之下，恰恰掩盖着相反的东西。郁达夫在《历史小说论》中回忆鲁迅的话："他的意思是：以玄宗之明，哪里会看不破安禄山和她的关系？所以七月七日长生殿上，玄宗只以来生为约，实在心里有点厌了。……到了马嵬坡下，军士们虽说要杀她，玄宗若对她还有爱情，哪里会不能保全她的生命呢？所以这时候，也许是玄宗授意军士们的。"①

　　联系到柳宗元在《小石潭记》中，对于自然景观发出了那么真诚的赞赏，这里的美，是很"幽邃"的，远离尘世、超凡脱俗，但是"寂寥无人，凄神寒骨，悄怆幽邃"，"其境过清"，欣赏则可，却"不可久居"。于是柳宗元就坦然地离去了。柳氏性格的一个侧面，比较执着于现实，这在散文中得到自如的表现，而在诗歌中，则是另外一面，那是不食人间烟火的境界。如《江雪》：

　　　　千山鸟飞绝，万径人踪灭。孤舟蓑笠翁，独钓寒江雪。

　　开头两句，强调的是生命的"绝"和"灭"。一个孤独的渔翁，在寒冷、冰封的江上，是"钓雪"，而不是钓鱼，不要说"其境过清"，就连寒冷的感觉都没有，孤独本身就是一种享受。这和散文中"其境过清，不可久居"的境界是大不相同的。把诗歌里的柳宗元和他在散文中的差异抓住，加以分析，将会看到孤立地分析柳宗元的两个作品所看不到的奥秘。

---

① 郁达夫：《历史小说论》，载《达夫全集·第四卷·奇零集》，北新书局，1933，第67～78页。

散文中的柳宗元，还是不能忘情于现实环境、居住条件，甚至是国计民生，乃至政治；而诗歌则可以尽情发挥超现实的、形而上学的空寂的理想，人与自然合一的物我两忘的境界。他的《渔翁》一诗表现得更明显：

> 渔翁夜傍西岩宿，晓汲清湘燃楚竹。
>
> 烟销日出不见人，欸乃一声山水绿。
>
> 回看天际下中流，岩上无心云相逐。

对于这首诗的最后两句，是有争议的，苏东坡认为完全是多余的，只要前面四句就足够了。人在湘江之畔，在云雾烟火之中，然而倏忽之间，只留下橹声和一片山水的空镜头。明明是人逍遥于山水之间，却"不见人"，这就构成了浑然天成的意境。但是，最后两句似乎也不是完全多余。这里的"回看"是人的回看，一是显示舟行之速，顺流而下的水位来于天际之高，导致舟行之迅捷；二是云之"无心"，乃是渔人之"无心"，悠然、淡然地观云之相互追逐。从命意意义上说，"无心"乃是点题，然而，此诗点云而不点人。有此两句，则意蕴更深，超越世俗凡尘，无损意境之圆融。云的动态、舟的迅捷与人的超然达到高度和谐统一。

归有光的《项脊轩志》，由于是"志"的文体，属于史传性质，秉承记言、记事，寓褒贬的春秋笔法，倾向隐含于叙事之中。写到家族分化："先是庭中通南北为一。"引出"庭中""南北"曾经一体。院落巨大。"迨诸父异爨"，"迨"只一字，便引出庭院今昔之变。"异爨"（分灶），不说分家，"爨"用十分古奥的词汇，极显委婉、精练。避言家族之解，亲情之衰，只以效果呈示："内外多置小门墙，往往而是。"用可见之细节说话，从分灶到小门墙，其中分家、分房，意不在空间之分，而在亲情之割，省略多少不便言、不忍言之事。只言犬"东犬西吠"，第二层以细节说话，不说人之互争，但言犬之互吠。"客逾庖而宴"，第三层以细节显示：不言亲情之杂扰，但言客之逾庖。"鸡栖于厅"，第四层以细节凸显怪异，厅乃宗室会聚、议事、祭祀之所，居然为鸡所栖。"庭中始为篱"，这是细节之第五层，不言为篱之缘由在家族之分争，只言为篱，且不在边际，而在中庭。中庭乃族人共享之所。"已为墙"，细节时入第六层，篱之隔不足，乃为墙，不言矛盾日激，但言篱变为墙。六个细节，六个层次，层层递进，一变，再变至六变，物之再隔，极写亲情分裂日深。文章极简，只有名词与动词，且皆通用语，无生僻字，形容词只有"小""多"，副词仅有"始""已""凡"，感叹词仅一"矣"。句皆短，句间连接词省略，不事感叹，亦无渲染。这是归有光以"志"不以"记"为题之匠心。但是作为"记"则可以抒情，他的《家谱记》就不这么含蓄，而有直接的评判和抒情了："归氏至于有光之生，而日益衰。源远而末分，口多而心异。自吾祖及诸父而外，贪鄙诈戾者，往往杂出于其间。率百人而聚，无一人知学者；率十人而学，无一人知礼义者。贫穷而不知恤，顽钝而不知教；死不相吊，喜不相庆；入门而私其妻子，出门而诳其父兄：冥冥汶汶，将入于禽兽之归……有光每侍家君，岁时从诸父兄弟执觞上寿，见祖父皤然白发。窃自念吾诸父兄弟，其始一祖父而已。今每不能相同，未尝不深自伤悼也。"[①]

两者对比，作为"记"是可以直接批评，甚至可以长篇大论地痛斥的，而"志"则明显上承春秋笔法的传统，仅记言、记事而寓褒贬于叙述之中。

论坛上关于诗歌与散文纷纭的理论，似乎都不得要领，原因在于：孤立地就散文论散文，就诗歌论诗歌，也就难免从现象到现象的滑行了。其实，许多诗人同时也写散文，李白在诗歌中是不能"摧眉折腰事权贵"的，而在散文中却以"遍干诸侯，历抵卿相"为荣，余光中的诗歌《乡愁》是亲情的悲剧，散文《听听那冷雨》则带有文化的乡愁和隐约的政治性。二者加以比较，不难得到深刻的、宝贵的启发。

选择相同题材不同形式的作品加以比较，找出其间的差异，从而探求艺术的奥秘，这种方法适应性比较广泛，尤其是一些经典作品，不论中国历史、传说，还是西方《圣经》、神话题材都曾反复地被大师加工成不同的体裁。但是，这种方法的适应性是相当有限的，不仅对绝大多数的现代和当代作品不适用，而且对许多古典作品也不适用，即使适用，也可能由于一时手头缺乏齐备的材料而无从分析。但是，这并不等于形象的内在矛盾不存在了。要揭示其内在奥秘，还有一种方法，不是凭借现成的资料，而是把艺术形象中的情感逻辑和现实的理性逻辑加以对比。

---

① （明）归有光：《家谱记》，载《钦定四库全书·震川集·卷十七》，上海古籍出版社，1993，第274页。

五　情感逻辑的"还原"

艺术家在艺术形象中表现出来的感知不同于科学家的感知。科学家的感知是冷静的、客观的，追求的是普遍的共同性，排斥个人的感情，有了个人情感色彩，就不科学了，没有意义了。可艺术家则恰恰相反，艺术感觉（或心理学的知觉）之所以艺术，就是因为它经过个人主观情感或智性的"同化"，就不同于理性了，这时再用"形质俱变"来解读，就显得肤浅了，好在 17 世纪的古典诗论有了世界性的重大突破。

清初文学家贺贻孙《诗筏》提出"妙在荒唐无理"，① 贺裳（1681 年前后在世）和吴乔（1611—1695）提出"无理而妙""痴而入妙"。② 方贞观在《辍锻录》亦持此说。沈雄（1688 年前后在世）在《古今词话·词评下卷》又指出："词家所谓无理而入妙，非深于情者不辨。"③

从无理转化为妙诗的条件就是情感，比之陆机《文赋》中所谓"诗缘情而绮靡"④，严羽"诗有别趣，非关理也"的陈说是一个大大的飞跃。吴乔《围炉诗话》在引贺裳语时还发挥说："其无理而妙者……但是于理多一曲折耳。"⑤

"于理多一曲折"，就是从理性层次转换为情感层次，这就把理性逻辑与情感逻辑的矛盾及其转化的条件提了出来。他们不约而同地举李益《江南曲》为例：

> 嫁得瞿塘贾，朝朝误妾期。早知潮有信，嫁与弄潮儿。

表面上是绝情，由悔嫁而生改嫁之思。似无情，但是实质上却是深情。"朝朝误妾期"，是天天在期盼等候，是情之深引发恨之深。其实类似

---

① （清）贺贻孙：《诗筏》，载郭绍虞编《清诗话续编》（第一册），上海古籍出版社，1983，第 191 页。
② （清）贺裳：《载酒园诗话》，载郭绍虞编《清诗话续编》（第一册），上海古籍出版社，1983，第 209、225 页；（清）吴乔：《围炉诗话》，载郭绍虞编《清诗话续编》（第一册），上海古籍出版社，1983，第 477 ~ 478 页。
③ 唐圭璋编《词话丛编》，中华书局，1986，第 1044 页。
④ （晋）陆机：《文赋集释》，张少康集释，上海古籍出版社，1984，第 71 页。
⑤ （清）吴乔：《国炉诗话》，载郭绍虞编《清诗话续编》（第一册），第 478 页。

的作品比比皆是。如金昌绪《伊州歌》：

> 打起黄莺儿，莫叫枝上啼。啼时惊妾梦，不得到辽西。

这完全是无理的，自己思念丈夫，不能和丈夫幽会，不怪战事之无期，却怪无辜的黄莺。但是，这却是天真且深情的。此类作品，特点是表层的感知不合理，成为深层情感乃至情结的索引。有些作品，往往并不直接诉诸感知，尤其是一些直接抒情的作品，光用感觉还原就不够了。例如"在天愿作比翼鸟，在地愿为连理枝，天长地久有时尽，此恨绵绵无绝期"，好在什么地方？它并没有明确的感知变异，它的变异在于情感逻辑之中。

这时用感觉还原就文不对题了，应该使用的是情感逻辑的还原。这里的诗句说的是爱情是绝对的，在任何空间、时间，在任何生存状态，都是不变的、永恒的。爱情甚至是超越生死界限的。这是诗的浪漫，其逻辑的特点是绝对化。用逻辑还原的方法，明显不符合理性逻辑。理性逻辑是客观的、冷峻的，是排斥感情色彩的，对任何事物都取分析的态度。按理性逻辑的高级形态，亦即辩证逻辑，任何事物都不可能是不变的。在辩证法看来，世界上没有永恒不变的东西，一切都随时间、地点、条件而变化。把恋爱者的情感看成超越时间、地点、条件是无理的，但是，这种不合理性之理，恰恰又符合强烈情感的特点。"无理而妙"，为什么妙？无理对于科学理性来说是不妙的，但因为情感的特点恰恰是绝对化，无理才有情，不绝对化不过瘾。所以严羽才说："诗有别趣，非关理也。"

自然，情感逻辑与理性逻辑的矛盾，绝对化只是其一端，更为广泛存在的是违反形式逻辑的同一律、排中律和充足理由律。

首先是违反同一律，最明显的是，苏东坡的《水龙吟·杨花》一开头就是"似花还是非花"，这简直是和同一律作对。最后则是"细看来不是杨花，点点是离人泪"。这就违反了矛盾律。更明显的是陆游的《示儿》："死去元知万事空，但悲不见九州同。王师北定中原日，家祭无忘告乃翁。"明明说死后万事皆空，没有感觉了，却要北伐成功之日，祭告胜利消息。人真动了感情就常常不知是爱还是恨了，明明相爱的人却偏偏叫冤家，明明爱得不要命，可见了面又像贾宝玉和林黛玉那样互相折磨。臧克家纪念鲁迅的诗说："有的人活着，他已经死了；有的人死了，他还活着。"这按通常的逻辑来说是绝对不通的。可要避免这样的自相矛盾，就要把他省略了的成分补充出来："有的人死了，因为他为人民的幸福而献身，所以他永远活在人民心中。"这很符合理性逻辑，却不是诗了。直接抒情的古风歌行体诗作，是以完全不符合充足理由律取胜的，如李白的《月下独酌·其二》：

> 天若不爱酒，酒星不在天。
> 地若不爱酒，地应无酒泉。
> 天地既爱酒，爱酒不愧天。

完全违反逻辑因果，才有强烈的情感。

到现代派诗歌中，理性逻辑的扭曲程度更大，他们甚至喊出"扭曲逻辑的脖子"的口号。在小说中，情节是一种因果，一个情感原因导致层层放大的结果，按理性逻辑来说理由必须充分，这叫充足理由律。可是在情感方面充足了，在理性方面则不可能充足。说贾宝玉因为林黛玉反抗封建秩序，思想一致才爱她，理性这么清晰，就一点感情也没有了。如果从纯粹理性考虑，林黛玉身体不好，神经衰弱、胃溃疡、肺结核，病病歪歪，生儿育女的可能性很小，脾气不好，很难伺候。但是，贾宝玉就是着迷，《红楼梦》中叫作"情痴"。"痴"就不讲道理了。而掌握最高决定权的贾母，则完全是实用逻辑，觉得林黛玉身体不好，在"寿数"上可能不太长，又加上"心重"，就是神经过度敏感。而薛宝钗身体健康，生儿育女没有问题，又豁达大度，不难伺候。她从理性实用逻辑出发选择了薛宝钗。贾母从主观意向来说，深爱宝玉和宝钗，结果却是宝玉出家，宝钗守活寡，爱的悲剧根源在于两种逻辑的错位。

20 世纪周扬与胡风争论性格的个性与共性，孤立在概念上兜圈子，始终不得要领，其实要害在人物之间的关系，相爱、相亲的人情感逻辑错位了就有了个性。

在现代派小说中，作家们前赴后继把反理性逻辑发展到极端，把无理而妙发展至荒谬而妙。如余华的《十八岁出门远行》，整个小说情节的原因和结果都是颠倒的，情节的发展好像在和逻辑因果开玩笑。主人公以敬烟，对司机表现善意，司机接受了善意，却引出粗暴地拒绝乘车的结果；"我"对他凶狠呵斥，他却十分友好起来。半路上，车子发动不起来，本来应该是焦虑的，司机却无所谓。车上的苹果让人家给抢了，本该引发愤怒和保卫的冲动，司机却无动于衷。"我"本能地去和抢劫者做搏斗，被打得头破血流，"鼻子软塌塌地挂在脸上"，本该是非常痛苦的，却一点痛苦的感觉也没有。一车苹果被抢光了，司机的表情却"越来越高兴"。抢劫又一次发生，"我"奋不顾身地反抗抢劫，被打得"跌坐在地上，再也爬不起来"。司机不但不对"我"感谢、慰问，相反却"站在远处朝我哈哈大笑"，这就够荒谬的了。可是作者显然觉得这样的荒诞，还不够过瘾，对荒诞性再度加码。抢劫者开来了拖拉机，把汽车上的零件，能拆卸的都拿走了。司机则和那些抢劫的人们，一起跳到拖拉机上去，在车里坐下来，"朝我哈哈大笑"。深入分析，不难发现，在表面上绝对无理的情节中，包含着一种深邃的道理，当然，可能阐释的空间是多元的。

笔者觉得在无理的深层有着深邃的逻辑：小说的荒谬感是双重的，首先，被损害者对于强加于己的暴力侵犯，毫无受虐的感觉，相反却感到快乐；其次，被损害者对为之反抗抢劫付出代价的人，不但没有感恩，相反对之加以侵害，并为此感到快乐；最后，除了施虐和受虐，还有更多的荒谬，渗透在文本的众多细节之中。小说有时很写实，有时又常常自由地、突然地滑向极端荒诞的感觉，"鼻子软塌塌地"，不是贴着而是挂在脸上了，这样的血腥，居然连一点疼痛的感觉都没有。用传统现实主义的"细节的真实性"原则去追究，是要做出否定的判决的。然而文学欣赏不能用一个尺度，特别是不能光从读者熟悉的尺度去评判作家的创造。余华之所以不写鼻子被打歪了的痛苦，那是因为他要表现人生有一种特殊状态，是感觉不到痛苦的痛苦：在鸡毛蒜皮的小事上痛苦不已，呼天抢地，而在性命攸关的大事上麻木不仁。这是人生的荒谬，但人们对之习以为常，不仅没有痛感，相反乐在其中。这是现实的悲剧，然而在艺术上却是喜剧。

喜剧的超现实的荒诞，是一种扭曲的逻辑。然而这样的扭曲逻辑，却能启发读者想起许多深刻的、悖谬的现象，甚至可以说是哲学命题：为什么本来属于自己的东西被抢了却感觉不到痛苦？为什么自己的一大车东西被抢了却无动于衷，而把别人的一个小背包抢走还沾沾自喜呢？缺乏自我保卫的自觉，未经启蒙的麻木、愚昧，从现实的功利来说，是悲剧，从艺术哲学的高度来看，则是喜剧。从这个意义上说，在这最为荒谬的现象背后潜藏着深邃的睿智：没有痛苦的痛苦是最大的痛苦。无理中的有理，这样的无理，比有理多了一层曲折，这里蕴含着哲学深邃性，比之一般的道理要深邃得多。如果不把理性逻辑与情感逻辑分化出来，就无法进行深入的分析。这样的分析，很显然，从严格意义上说，已经不完全属于情感的范畴，而是属于情感和理性交融的范畴了。这个范畴的分野，其实已经是进入价值的范畴。

六　价值的"还原"

鲁迅对《三国演义》的艺术评价比较低，特别是对诸葛亮，说他不真实，"多智而近妖"。表面上不无道理，诸葛亮能够准确预报三天之后江上一定大雾弥天，而且可以向老天借东风。这是不可能的。但是，千年来，艺术家和读者有默契，通过不科学的假定、虚拟、想象，揭示诸葛亮的个性。鲁迅之失在于：第一，艺术的假定性，尤其是古代传奇，超现实的假定，有利于揭示人物内心深处的奥秘；第二，忽略了小说不是诗歌，非个人的抒发，而是人与人之间的情感错位。原本故事是孙权视察曹操水军，曹军以乱箭射之，船一侧重欲倾，孙权命以另一侧承之。遂得平衡。数百年后在《三国志平话》中，变为周瑜这船被曹军所射，周瑜乃张布为幔以承箭。遁去之时，命军士呼"谢丞相箭"。《三国演义》加上了孔明预知三日后有大雾。盟友周瑜刁难其十日造十万支箭，曰，只需三日。周瑜多妒，正中下怀。欲合法置孔明于死地。孔明求鲁肃三日内备二十船，船上青布为幔，皆束稻草。三日后果大雾。孔明命鸣鼓进军。曹操多疑，惧诸葛亮有埋伏。乃以箭射住水寨阵脚。乱箭皆中草束。待日高雾散孔明乃命军士高呼"谢丞相箭"。此事于科学理性不真，然于人物情感错位却精彩。孔明之多智，乃为盟友周瑜之多妒所逼，多智之冒险，遇曹操之多疑，乃大胜，于是多妒更加多妒，多智更加多智（到借东风），多疑更加多疑（水战之前，杀了水军将领），人物情感错位反复循环。周瑜欲杀孔明、刘备之计一而再，再而三，皆败于孔明，赔了夫人又折兵，自知智不如人，死前乃有著名之"既生瑜，何生亮"之叹，不但成为审美价值超越科学理性价值之典范，而且成为后世妒忌心理之伟大定律。

价值还原，不仅在于科学理性之真的超越，还在于实用理性之善的超越。

《儒林外史》中"范进中举"，并不完全是吴敬梓的发明，而是他对原始素材真人真事改编的结果。清朝刘献廷的《广阳杂记·卷四》中有一段记载：

> 明末高邮有袁体庵者，神医也。有举子举于乡，喜极发狂，笑不止，求体庵诊之。惊曰："疾不可为矣！不以旬数矣！子宜亟归，迟恐不及也。若道过镇江必更求何氏诊之。"遂以一书寄何。其人到镇江，而疾已愈，以书致何，何以书示其人，曰："某公喜极而狂。喜则心窍开张而不可复合，非药石之所能治也。故动以危苦之心，惧之以死，令其忧愁抑郁，则心窍闭。至镇江当已愈矣。"其人见之，北面再拜而去。吁！亦神矣。①

"吁！亦神矣。"用今天的话来说就是："啊！医道真是神极了。"可以说这句话是这段小故事的主题：称赞袁医生的医道高明。他没有用药物从生理的病态上治这个病人，而是从心理方面成功地治愈他。其全部价值在于科学的实用性，是很严肃的。而在《儒林外史》中却变成胡屠户给范进的一记耳光，重点在于出胡屠户的洋相。范进的丈人胡屠户因为经济的优越性，转化为精神的优越感，极端藐视范进，范进中了秀才之际，他的庆贺之词，成为公开的教训和奚落，而范进，作为穷困的官僚后备者，则恭谨接受："岳父见教的是。"完全丧失了起码的自尊。范进欲进一步考举人，胡屠户按自己的情感逻辑，迷信色彩极重，宣称举人乃天上文曲星下凡，公然谩骂其为癞蛤蟆想吃天鹅肉。一旦范进中了举人，喜极而疯，为了治病，胡屠户硬着头皮打了他一个耳光，却恐惧得手关节不能自由活动，以为是天上的文曲星在惩罚他，连忙讨了一张膏药来贴上。这样一改，就把原来故事实用的理性价值转化为情感的非实用审美价值了。科学的真和美的错位、强烈的荒谬构成了极强的喜剧感。如果硬要真和美完全统一，则最佳的选择是把刘献廷的故事全抄进去。而那样一来，《范进中举》的喜剧美将荡然无存。把科学的实用价值搬到艺术形象中去，不是促成美的升华，而是相反，导致美的消失。②

---

① 李汉秋编《儒林外史研究资料》，上海古籍出版社，1984，第170页
② 参阅朱光潜《我们对于一棵古松的三种态度》，载《朱光潜美学文集》（第一卷），上海文艺出版社，1982，第448~453页。

创作就是从科学的真的价值向艺术的美的价值的转化。因为理性的科学价值的真和实用价值的善，在人类生活中占着优势，审美情感价值常常处于被压抑的地位。其实，只有理性的人，是片面的人，半个人。柏拉图在《理想国》中把数学人当作理想，而把诗人当作说谎者，除歌颂神明以外，一无用处，只能逐出理想国。如果，以柏拉图这样的准则，最理想的人，就是机器人，既不爱父母、儿女，也不爱家乡、祖国。这样的人是很可怕的。文学之所以必要，就是因为把科学理性所压抑了的情感还给人，把人的另外一半还给人。

情感是非理性的，往往深入潜意识中，很难用语言表达。文学经典的熏陶，其特点是潜移默化，是看不见摸不着，往往是可意会而不可言传的。

正因为这样，科学家可以在大学课堂中成批地培养，而艺术家却不能。只有那些少数情感审美价值异常强大，强大到很轻易超越科学的、理性的、真的价值的人，才可能轻松地成为文学家。

要欣赏文学，摆脱被动，就要善于从艺术的感觉、逻辑中还原出科学的理性，从二者的矛盾中，分析出情感的审美价值。为什么李白在白帝城向江陵进发时只感到"千里江陵一日还"的速度，而感觉不到高速度在三峡经过礁石必然带来凶险呢？因为他归心似箭。从理性逻辑来看，船越轻，则风险越大，为什么并不一定很轻的船却感到很轻呢？因为他流放夜郎，"中道遇赦"，用今天的话来说，就是原本的流放犯，解除政治压力，他心里感到轻松，因而即使航程再险，他也感觉不到了。船再重，他仍然感到是"轻舟"。这种感觉的变异和逻辑的变异成为诗人内心激情的索引，诗人用这种可感的、外在的、强烈的效果去刺激读者想象情感的原因。为什么阿Q在押上刑场之时不大喊冤枉，反而为圆圈画得不圆而遗憾？按常理，正是因为画了这个圆才完成判定死刑的手续。通过这个还原，越发见得阿Q的麻木。阿Q越是麻木，在读者心目中越是能激发起焦虑和关注，这就是感艺术染力，这就是审美价值。如果阿Q突然叫起冤枉来，而不是叫喊"过了二十年又是一个（好汉）"，就和逻辑的常规失去了距离，荒谬感、喜剧的效果就消失了。正因为如此，逻辑的还原必然彰显逻辑的荒谬性，喜剧性的奥秘变得昭然若揭了。

七 历史性“还原”和比较

艺术感知还原、逻辑还原和价值还原，都不过是分析艺术形式的静态的逻辑的方法，属于一种初级的、入门方法。入门以后对于作品的内容还有一个历史的动态的分析问题，因而需要更高级的方法，即“历史还原”。

从理论上说，对一切对象的研究最起码的要求就是把它放到历史环境里去。不管什么样的作品，要做出深刻的分析，就要把隐藏在作品产生的时代（历史）背景中的深邃奥秘，还原到产生它的那种政治的、经济的、文化的、艺术的气候中去。但是，历史背景是分层次的。政治和经济状况的背景，毕竟是外部的，对于同一时期的不同作家都是一样的。历史的还原，目的是抓住不同历史阶段中，艺术倾向和追求的差异。关键是人物内心情感的进展，比如，武松打虎，光从一般文学的价值准则来看，当然也可能分析出它对于英雄的理解：他赤手空拳把老虎打死，从力量和勇气来说，金圣叹说他是“近神”的；但是从心理过程说，他又很平凡。没有见老虎，对店家吹牛，怕老虎的不是好汉，可见了老虎，酒都做冷汗出了。不得已用了一种实际上很可疑的方法，五七十拳就把老虎打死了，活老虎打死了，死老虎却拖不动。只好一步一步“挨下岗子去”，又见了两只老虎，不知是假的，发出“我今番罢了”的哀叹，用今天的话来说，就是这下子完蛋了。从这个心理变化的过程来说，他又是平凡的，和一般小人物差不多。故金圣叹说他又是“近人”的。分析到这个层次，可以说，已经相当有深度了。但是，如果把它放到中国古典小说对于英雄人物的想象的过程中去，就可能发现，这对于早于《水浒传》的《三国演义》是一个伟大的进步。在《三国演义》中，英雄人物，是超人的，是罕见于平凡的一面的。他们面临死亡和磨难是没有痛苦的，如关公之刮骨疗毒，刀刮出声音来，他仍然谈笑风生。原因在于《三国演义》大部分具有精英文化色彩，而《水浒传》则是大众文化。

《三国演义》中的英雄，都是为了统一这个国家结束灾难，把他自己的生命、智慧、才能奉献出来。所以《三国演义》的英雄基本上是不怕死的，他们是为了自己的理念，所选择的业绩，选择的领袖，献出自己的一生的。他们的目的就是不能像草木一秋，让短暂的生命无意义地过去了，一定要建功立业，青史留名。

《三国演义》是伟大的，是当时世界历史上最伟大的，比莎士比亚、塞万提斯、拉伯雷，文艺复兴的，英国的、西班牙的和法国的伟大作家都早两百年。但《三国演义》有个大缺点，就是英雄都是男性的，女人是男性政治斗争、军事斗争的工具，是没有生命的。貂蝉有名，虽然是虚构的人物，但她是来为政治斗争服务的。孙夫人也是政治斗争的一个工具。

《三国演义》讲到刘备三顾茅庐，一顾两顾三顾，什么人都见到了，农民、朋友、有名望的知识分子推荐和歌颂诸葛亮，诸葛亮家里的人，甚至于他的丈人都看到了，最后诸葛亮决定要出山，帮助刘备统一国家。可读者看了这么多人唯一没有看到的就是诸葛亮的老婆，他都没跟老婆商量一下怎么安排，要不要去，这说明在《三国演义》的作者头脑里，在决定一个政治谋略和方向的时候，女人是没有地位的，这是《三国演义》最大的缺点。《水浒传》都是平民，都是平民英雄，他们本来不想当英雄，只是被逼上梁山最后成为英雄。《水浒传》开始有了造反的女英雄，可以杀人放火，一丈青扈三娘、母大虫顾大嫂、开人肉包子店的母夜叉孙二娘，女人开始重要。但是她可以杀人放火，可是她不能有自己的性感觉，不能有女性的生命，有了性情则往往是否定的，所谓淫妇，最后都是不得好死。虽然如此，却已经是很大的进步了。

有两个女人写得最好，超过《三国演义》，但这些女人都是属于淫妇之类的，这些女人的语言，相当生动。一个是被宋江杀的阎婆惜，这个人其实很值得同情的，她不懂政治，为了爱情盲目地犯了一个政治性的错误，被宋江杀了。宋江不懂风月，有钱把她包在一套房子里，宋江的手下张文远跟她勾搭，她就爱上了这个张文远，她的爱情是专一的，排他的，跟张文远好了，就不喜欢宋江了，宋江这个人是英雄，他对女性没感觉，因而他也不大去了。但是阎婆惜的妈妈，要生活，需要宋江的钱，硬把宋江拉去。这个时候，笔者觉得阎婆惜写得很漂亮，虽然作者对女人有成见，但是他写女性的这种生命的感觉是一大进步。阎婆惜的妈妈阎婆硬把宋江拉来了，就希望女儿出来，接待他一下。女儿拒绝，这在中国古典长篇小说里很少见，写得非常精彩。宋江叫黑三郎，张文远叫张三郎，阎婆就说三郎来了。阎婆惜正倒在床上，等着张三郎来，听了娘叫你心爱的三郎在这里，便连忙起来梳梳头发，嘴里还骂这短命的，等得我好苦，老娘先打他两个耳光。此处描写非常生动。她飞也似地跑下楼来，一看宋江，反身就上楼去了，倒在床上。阎婆就打圆场，说"我儿，你的三郎在这里，怎地倒走了去？"阎婆惜回应得很精彩，她倒在床上说："这屋里多远来。他又不瞎，如何自不上来。"这话毒啊！为什么自己不上来，还要我来迎接？她妈妈就和稀泥，怕得罪了宋江，就说："这贱人真个望不见押司来，气苦了。怎地说，也好教押司受她两句儿。"于是，阎婆笑道："我同你上楼去。"阎婆惜不下来，自己反而上楼去，宋江心里不自在，没办法。阎婆带宋江到楼上，把门推开去。那个阎婆惜说了一句你怎么"捣鸟乱"，这是很粗俗的话，又称："我又不曾做了歹事，他自不上门，叫我怎地陪话！"这根本就不理宋江，虽然宋江给她钱和房子，养活她。阎婆劝女儿陪宋江喝点酒，那阎婆惜却说："你们自吃，我不耐烦！"她妈只好往软里劝："我儿，爷娘手里从小儿惯了你性儿，别人面上须使不得。"女儿回应："不把盏便怎地？终不成飞剑来取了我的头！"这真是非常精彩啊，一个人不爱这个人了，就会当着面来硬顶，你杀了我吗？这个是非常决绝的话。阎婆怎么样反应啊？《水浒传》写得很精彩："那婆子倒笑起来。"这个笑字太精彩了。本来很僵了嘛，她笑起来打圆场。她很会糊弄的技巧，捧一下宋江，说宋江是个"风流人物"，"不和你一般见识"，"你不把酒便罢，且回过脸来吃盏酒儿"。周旋了一番，宋江勉强喝了几杯酒。婆子说，不要见怪，外面人的"胡言乱语"，"放屁辣臊"都不要听。她知道女儿跟这个张文远两个人勾搭，风声宋江早知道了，阎婆讲得很粗野，把风言风语说成"放屁辣臊"，要害却说得轻描淡写。为了转移注意力，婆子还是劝女儿陪宋江吃酒。可是阎婆惜的心在张三郎身上，对宋江根本不"耐烦"，只怕宋江纠缠，没法子喝了半盏，宋江也饮三五杯，情绪缓和些。可是，两人后来依旧没话说，宋江"低着头不做声"，阎婆惜"别转着脸弄裙子"。情绪依旧紧张，关系还是很僵。阎婆"哈哈地笑"道（这个"笑"字，可真是太天才了）："押司，你不合是个男子汉，只得装些温柔，说些风话儿耍。"弄得宋江没办法，进退不得。而阎婆惜却想："你不来睬我，指望老娘一似闲常时来陪你话，相伴你耍笑，我如今却不要。"① 可见，女性的这些对话太精彩。同样，潘金莲与武松的对话也非常精彩，这与《三国演义》不管女性男性讲话都之乎者也，根本上不相同。

艺术和文学的历史是对人类内心的探索的历史记录，一代又一代的艺术家虽然表面上各自独立，但是，在表现人物内心的方面，却是前赴后

---

① 参阅（明）施耐庵、罗贯中《水浒全传》，岳麓书社，1988，第159~161页。

继，有相当明显的继承性，只有把他们之间的历史的差异揪住不放，才能把那隐性的提升揭示出来。

除了对于人物内心的历史深化过程以外，另一个重要的方面，就要看文体的历史差异。艺术形式是不断重复的。审美情感往往就通过艺术形式的发展积淀、巩固下来。

八　流派的"还原"和比较

还原到历史语境中去还只是一个比较笼统的说法，一切历史语境，在文学作品来说，都是历史的审美语境。一切审美语境不但与形式（文类）而且与流派分不开。要真正理解经典文学作品的历史发展，必须分析不同流派的艺术差异。如，徐志摩的《再别康桥》和闻一多的《死水》，孤立分析这两首诗是比较困难的。把这两首诗的艺术倾向联系起来，徐志摩的抒情是相当潇洒优雅的，以美化为目标，而闻一多则是以丑为美的。这不仅是因为两个人个性不同，而且是因为他们受了两不同流派的诗歌的影响。徐志摩是受了欧洲浪漫主义诗潮的影响，这个诗潮的艺术主张，大致可以拿华兹华斯《抒情歌谣集·序言》中所强调的"一切好诗都是强烈感情的自然流露"[①]来概括。但是这种强烈的感情，是经过沉思提炼的，达到一种宁静境界的结果。所以徐志摩的这首诗感情是潇洒的，不像郭沫若早期的诗那样暴躁凌厉。徐志摩虽然倾向于浪漫主义，但是他不仅善于抒写强烈的感情，而且善于做温情潇洒的抒发。如果把《再别康桥》让闻一多或郭沫若来写，可以想象不知有多少强烈的意象要喷发出来。但是，徐志摩却是很收敛的，反复强调轻轻的、悄悄的，虽然表面上说，心里有一道别离的歌，可是，实际上却反复申说，不能放歌，一切的一切都是沉默的，"沉默是今晚的康桥"，沉默才是美的；"悄悄是别离的笙箫"，也就是静静地自我享受的，默默地自我体验的。这样的情感和语言的提炼，正是徐志摩在艺术上成熟的表现。把悄悄的隐秘的情感集中在告别的一刹那，凝聚在内心无声的沉静中，借助西欧浪漫主义诗歌艺术方法，把自我情感

[①]　原文为："I have said that poetry is the spontaneous overflow of powerful feelings: it takes its origin from emotion recollected in tranquillity." 引自 William Wordsworth, *Preface to Lyrical Ballads*, The Harvard Classics, 1909: 14。

美化到了极致。而闻一多的《死水》则不单纯追求美化，相反从第一节，就开始极尽丑化之能事，不但是死水，而且是绝望的，不但是破铜烂铁，而且还丢下剩菜残羹。到了第二节，又反过来，把铁锈转化为桃花，铜绿变为翡翠，油腻升华为云霞，发臭的死水居然还能成为碧酒，泡沫化为珍珠。这一切都显示了他所追求的是另外一个流派的美学原则，那就是象征派的"以丑为美"的原则。正是这样的美学原则，帮助闻一多表现了对现实黑暗特有的愤激情绪，哪怕拿给恶魔来"开垦"，也比什么都是老样子，死水一潭好得多。

九　风格的"还原"和比较

把作品的形式发展、作家的审美价值观念，所属的流派、流派的历史背景等等都弄清楚了，是不是就解决了作品分析的一切问题了呢？还没有。

因为所有上述的一切，都还只是揭示了作品和其他同样的形式、同样的流派、同样的历史语境中的作品的共同性。而作品分析的最终目标却不应该是此一作品与其他作品之间的共同性，而是其特殊性，不可重复性，可是在许多教参中，所谓的写作特点很少接触到真正的特殊性、唯一性，而是常常把许多作品的共同点拿来冒充。比如说，把朱自清的《荷塘月色》说成是大革命失败后小资产阶级的苦闷和彷徨。这就不是《荷塘月色》一篇文章的特点，而是这一个时期，许多文章的共同点。朱自清作为一个人，精神世界是多方面的，有时有政治的情怀，有时则没有，如《背影》《桨声灯影里的秦淮河》哪里有什么政治的影子呢？要真正抓住作品的特点，就要第一，把作者作为一个个人，从所属的阶层的普遍性中，把特殊性揭示出来；第二，将一般的个性和一时一事的特殊感兴区别开来。像《荷塘月色》，它的妙处，就在那离开妻子和回到了妻子身边的一段很短的时间里，内心的"骚动"和平复的过程。好就好在把似乎是瞬息即逝的、没有任何实用价值的思绪刻画了出来。如果不写下来，生活似乎没有什么损失，但是，艺术上的损失却永远不可弥补了，这就是审美价值与实用价值不同的地方。

从创作论来说，一切艺术创造都不是凭空的，而是在前人的艺术积累基础上前进的。这种积累，首先是形式和流派。艺术是审美情感的表现，任何审美抒情作品都是不可重复的，但这并不意味着每一次艺术创作都从零开始，因为审美情感虽然不能重复，艺术形式和流派却是在不断重复着的。正是在形式和流派中，积累着的人类审美情感升华为审美的规范。有了这种规范，作家就不用从零开始，而是把艺术的历史水准作为自己的起点。但是，形式和流派毕竟是共同的，作家不能不遵循它的规范，但是，又不能完全拘守它。完全拘守它，就变成重复了，就没有创造可言了。艺术要不断突破和颠覆形式和流派的积累。最可贵的是不但遵循其规范，而且还要突破其规范。最大的突破就是对形式和流派的全部规范的颠覆。但是，这是一个很长历史时期的事，像沈约搞四声平上去入，到归纳为平仄二分，再到初盛唐诗人写出成熟的诗篇来，前后经历了四百年，新诗打破旧诗的镣铐，已经一百多年，至今形式规范仍然得不到全民的认同。至于流派，当然比形式的变动要快一些，但是，不能指望大部分作家都有创立流派的才能。有才华的作家，他的个性、他的情感的许多方面与现成的流派和形式不能相容，经过反复探索，往往也只能在遵循形式和流派的审美规范的同时，做微妙的突破，表现出某种前人所没有表达出来的风貌，这就算是有风格了。

在同样的形式和流派中，在同样的历史条件下，有风格，就是有创造。没有风格，就是没有创造。没有创造，就是因循，而因循与艺术的本性是不相容的。余秋雨之所以攻不倒，原因就在于他创造了一种崭新的散文风格。把自然景观拿来阐释人文景观，而且用宏大的文化思考冲破了小品散文的潜在陈规。这在中国当代散文史上可谓开一代文风。对于作品最为精致的分析就是在经典文本中，把潜在的、隐秘的、突破性风格分析出来。比如，同样是抒情，朱自清的《荷塘月色》和郁达夫的《故都的秋》不同。朱自清的抒情，是一种温情，用温情把环境美化，而郁达夫却不写温情，他所强调的是一种悲情，说秋天的美在于萧索、幽远、严厉和落寞。风格的不同，显示了他们不同的文化和美学追求。善于在对比中分析不同，对于读者的精神境界、审美情操有拓展之功。把这两种风格的文章说得差不多，就可能令读者心灵窒息。

要把独特的风格概括出来，就要有精致的辨析力。而善于比较，则是最切实的途径。

不但要善于从看来相同的作品中，看出相异的地方，而且要善于从看来相异的作品中，看出相同的地方。这在黑格尔那里叫作同中求异和异中求同：

> 假如一个人能见出当下显而易见之异，譬如，能区别一支笔与一
> 个骆驼，则我们不会说，这个人有什么了不起的聪明。同样，另一个
> 方面，一个能够比较近似的东西，如橡树与槐树，或寺院与教堂，而
> 知真相似，我们也不能说他有很高的比较能力。我们所要求的，是能
> 看出异中之同，或同中之异。①

这是科学抽象的基本功，是需要长期自我培养的。最关键的是，要使
思想活跃起来就要在别人看不到联系的地方看到联系。读了《荷塘月色》，
看出了朱自清有意地省略了树上的蝉声和水里的蛙声，如果能联想到余光
中的《牛蛙记》就不难看出，朱自清唯恐写了蛙声就破坏了诗意，而余光
中偏偏大写特写，把最煞风景的情景写得淋漓尽致，造成了一种与朱自清
的美化环境和自我风格完全不同的自我调侃的幽默风格。

在别人看不到联系的、看不到同一性的地方，看出了同一性，这是需
要抽象力的。没有这样的抽象力，就只能停留在被动阅读的本能上。有了
异中求同的能耐，还只是为同中求异提供了进一步的抽象基础；有了异中
之同，就有了可比性，同中求异，就不难进一步深化了。仅仅停留在对杜
牧的"霜叶红于二月花"的一唱三叹的赏赏，是缺乏抽象力的表现，具有高
度的抽象力的读者会联想到杨朔《香山红叶》。它并不以霜打红叶的鲜艳取
胜，而是："红叶就在高头山坡上，满眼都是，半黄半红的，倒还有意思。
可惜叶子伤了水，红的又不透。要是红透了，太阳一照，那颜色该有多浓。"
前者是古典的诗意的概括式美化，后者是现代散文的细节纷繁的美化。

黑格尔的异中求同和同中求异，其实并不神秘，异中求同就是以抽象
力（概括力）寻求可比性（普遍性）。同中求异就是在可比性基础上，分
析出特殊性。人文科学不能像自然科学那样将物质置于纯粹姿态，施以外
部条件，研究其变化。它只能对事物进行抽象，在可比性的基础上，进行
普遍性和特殊性的概括和分析。缺乏在可比性基础上的普遍性概括和特殊
性分析，就无从进入文本的深层，只能在表层做徒劳、平面的滑行。

彻底的分析，层层深化，如庄子所言一尺之棰，日取其半，万世不

---

① 〔德〕黑格尔：《小逻辑》，贺麟译，商务印书馆，1957，第362页。

竭，从理论上说，追求深度是不可终止的。但是，由于人类语言符号的局限，眼下能够实现的只能是尽可能的层层深化，对不同作家的特点要穷追不舍。不能满足于浅尝辄止。同样是幽默的风格，钱锺书、王小波和舒婷都是幽默的。要把他们的特点分析出来，就需要彻底的同中求异的精神，舒婷的散文，虽然是幽默的，但她的幽默带着抒情性；王小波的幽默则更带智性的深邃；钱锺书的幽默更带进攻性，也就是更多讽刺的尖锐性。

十　同一作家的不可重复的风格

更为精粹的细读/解读，乃是对同一作家不同作品风格差异的分析。如苏联评论家卢那卡尔斯基对果戈理的风格分析指出，他的心灵中有两根弦，一根是民间喜剧性的，如《狄康卡近乡夜话》《钦差大臣》；一根是庄严的英雄主义的，如《塔拉斯·布尔巴》。同样，鲁迅写死亡也有不同的风格，他把阿Q的悲剧性死亡写成喜剧，把祥林嫂的死亡悲剧写成沉重的悲剧，而把孔乙己的死亡写成在人们感觉中，既不悲也不喜。

郁达夫《故都的秋》被选入语文课本，大家所熟知他写秋天的美，在于凄厉、萧索，而在《我撞上了秋天》写的是"交通管制的北京，今年全国夏季气温最高的北京"，但是，他的感知却是"清丽"的。

> 走出我那烟熏火燎的房间，刚刚步出楼道，我就让秋天狠狠撞了个斤斗。……压迫整整一夏的天空突然变得很高，抬头望去——无数烂银也似的小白云整整齐齐排列在纯蓝天幕上，越看越调皮，越看越像长在我心中的那些可爱的灵气，我恨不得把它们轻轻抱下来吃上两口。……我就一直站在那里看，看个没完没了，我要看得它慢慢消失，慢慢而坚固地存放在我这里。
>
> 来来往往的人开始多了，有人像我一样看，那是比较浪漫的，我祝福他们；有人奇怪地看我一眼，快步离去，我也祝福他们，因为他们在为了什么忙碌。生命就是这样，你总要做些什么，或者感受些什么，这两种过程都值得尊敬，不能怠慢。①

---

① 郁达夫：《我撞上了秋天》，载《郁达夫作品精选集》，江苏凤凰文艺出版社，2018，第118～119页。

这里也是有诗意的，但是和《故都的秋》中的诗意多么不同，天上的云是调皮的，美好得让他呆呆地看个没完没了。大街上不认识的人，是值得祝福的，应该尊敬的。这里透露出作者此时的感情是多么欢欣，多么浪漫，多么雅致。如果就这么浪漫下去，也未尝不可，但其独特性就可能有限了。接下去则是另外一种情趣了。

> 六点钟就很好了，园门口就有汁多味美的鲜肉大包子，厚厚一层红亮辣油翠绿香菜，还星星般点缀着熏干大头菜的豆腐脑，还有如同猫一样热情的油条，如同美丽娴静女友般的豆浆，还有知心好友一样外焦里嫩熨帖心肺的大葱烫面油饼。①

这里的肉包子、豆腐脑、油条、豆浆、葱油饼，都是实用家常，而且词语都是很俗的、缺乏诗意的，但是，郁达夫却赋予它们强烈的感情（猫一样热情、美丽娴静、知心好友），这就构成了另外一种诗意，那就是和前面高雅的诗意相对的世俗诗意。雅和俗在趣味上，本来是矛盾的，但是得到了统一，这一点和《故都的秋》可谓异曲同工。而《我撞上了秋天》的基调却是洋溢着欢乐、幸福的。文章接下来就有了暗示，"每个窗户后面都有故事"，"每个梦游的男人都和我一样不肯消停，每个穿睡裙的女人都被爱过或者正在爱着"。原来这是和爱情有关的。因为他已经"不同已往"，已往总是"幻想奇遇"，然而"总是被乖戾的现实玩耍"。但今天已经不同了，不同在哪里呢？"我已经不孤单了"，原因是"随着房间人数的变化"。这里透露出一种爱情的幸福感，这在被视为"颓废"的郁达夫作品中，实在是绝无仅有的。正是因为爱情的幸福感（"随着房间人数的变化"、心里有一种"可爱的灵气"），他才觉得一切都是美好的，不但人是美好的，而且连小狗都是生动的。不但雅致的情调是充满诗意的，而且世俗的小吃也是富于诗意的。这种双重的诗意，在他看来，光用文雅的书面语言来表现是不过瘾的（虽然连李白的"噫吁嚱"都用上了），还要用口语来表现，故一开头就有"狠狠撞了个斤斗"，当中有油饼、肉包、豆浆，最后又用了一个"狠了点"和前面的"狠狠撞了个斤斗"呼应，既和《故都的秋》雅俗交融的情调相统一，又和其悲凉、凄厉的衰亡美不同，

---

① 郁达夫：《我撞上了秋天》，载《郁达夫作品精选集》，第119页。

洋溢着充满灵气和调皮的幸福感。

正是因为它与《故都的秋》风格不同，遥遥相对，息息相通，相反相成，显示着艺术上的唯一性，所以才提高了《故都的秋》的含金量。

在古典诗歌中，这样的例子则更比比皆是。例如，送别诗，可谓浩如烟海，唯有其最具唯一性、不可重复性者，才是最有生命者。李白《闻王昌龄左迁龙标遥有此寄》当为其中之佼佼者：

> 杨花落尽子规啼，闻道龙标过五溪。
> 我寄愁心与明月，随君直到夜郎西。

为了将其唯一性分析出来，首先应将其还原到传统的母题中去。随机抽样，即可说明朋友送别主题在唐诗中为突出的母题。唐人送别诗，一般双方同在现场，所见所感皆同，起兴直接共鸣，几乎成为模式。李白留下了太多名句。如"请君试问东流水，别意与之谁短长"（《金陵酒肆留别》）；"桃花潭水深千尺，不及汪伦送我情"（《赠汪伦》）；"月下飞天镜，云生结海楼。仍怜故乡水，万里送行舟"（《渡荆门送别》）；"秋波落泗水，海色明徂徕。飞蓬各自远，且尽手中杯"（《鲁郡东石门送杜二甫》）；"浮云游子意，落日故人情。挥手自兹去，萧萧班马鸣"（《送友人》）……这些都是以共同的视觉激发情感之共享。

李白寄王昌龄诗的特殊性在于，朋友并不在场，李白听到消息时，王昌龄已经在谪迁途中了。在一般情况下，只能怀念情好，聊解相思，如杜甫在李白遭难时，抒写梦见李白："死别已吞声，生别常恻恻。故人入我梦，明我常相忆"（《梦李白·其一》）；"三夜频梦君，情亲见君意……冠盖满京华，斯人独憔悴"（《梦李白·其二》）。朋友并不在场，所见景观不同，所思并不能共享，所作亦无从寄达，悲情自遣而已。

李白身在扬州，王昌龄自江宁丞贬为龙标县尉，已经到了湖南省西部，过了五溪（武溪、巫溪、酉溪、沅溪、辰溪），距离遥远，不可能赶赴现场为诗赠别。在一般情况下，只能自我消愁。但是，李白的特殊性却是不甘自我遣怀，题目标明"遥有此寄"。从江宁到湖南不下千里，李白所作，并非公文，无法通过官方驿传送达。但是，李白还是要"遥寄"，这个"遥寄"，并不指望寄到王昌龄手中，而是虚指。如孟浩然《宿桐庐江寄广陵旧游》："建德非吾土，维扬忆旧游。还将两行泪，遥寄海西头。"

明知无法送达，硬是想象王昌龄能够直接看到，"乐莫乐兮新相知"，李白与王昌龄并非新相知，"悲莫悲兮生别离"，李白不在现场，不能分担朋友的痛苦，共享友情的温暖。就是这种非现场性，使得这首送别诗在立意上具有了不可重复的特殊性。然而，立意只是起点，此诗之所以成为经典，还得力于意象的情感内涵的特殊性。

"杨花落尽子规啼"，一个诗句，两个意象。春意消逝，不取桃李零落，而取"杨花"飘零。《诗经》有"昔我往矣，杨柳依依"，杨与柳合一，杨花柳絮通称，谢道韫"未若柳絮因风起"，妙在飘落非直线下降，而是因风起降，全无方向感。而"子规"（又名杜鹃、布谷）鸣叫，昼夜不止，声拟"不如归去"，呼唤回归故里。

以两个意象，建构一个诗句，于语法而言，"杨花落尽"一个句子，"子规啼"又一个句子。两个语法句浓缩为一个诗句。诗句大于语句，是古诗发展为近体诗之重大发展，正是在这一点上，中国古典诗歌在精练程度上超越了欧美古典诗歌。李白驾轻就熟，精练而不露痕迹，情意饱和。

第二句"闻道龙标过五溪"，以句法言，为连动式单句。然情感并不单纯。第一，听闻友人贬谪，已是伤感；第二，获得信息之时，友人已经过"五溪"，从江宁去龙标是溯长江而上（傅璇琮《唐代诗人丛考》），湖南西部，遥不可及。

此处，深入分析，没有现成可比之诗句，只能直接做层次分析，表层句子为叙述性质，然而深层隐含双重情绪。第一，遗憾。握别无由，抚慰无方。第二，现实如此，无奈。表层意象群落有机统一，深层情感脉络隐性贯穿。

第三句，意脉一大转折，"我寄愁心与明月"，意脉由隐性转化为显性。情感的不甘无奈，超越社会政治，诉诸想象，借助明月普照，跨越山河，缩短空间距离，化"遥寄"为直达。

明月意象构成意脉的跃进。借明月以怀远，是传统表现手法。南朝宋鲍照《玩月城西门廨中》："三五二八时，千里与君同。"汤惠休《怨诗行》："明月照高楼，含君千里光。"南朝乐府《子夜四时歌》："仰头看明月，寄情千里光。"月光以其普照的自然属性，成为消解相思的意象。张九龄《望月怀古》："海上生明月，天涯共此时。"月光意象的功能不仅是表现空间上的共在，而且是表现时间上的共时。但是，这些只是物理属性，月光作为诗的意象，还积淀着美好的意味。谢庄《月赋》"美人迈兮音尘阙，隔千里兮共明月"；杜牧《寄扬州韩绰判官》"二十四桥明月夜，玉人何处教吹箫？"明亮月光与纯净的女性相得益彰。贾岛借月构成意境，《题李凝幽居》："鸟宿池边树，僧敲月下门。"月下不强烈的光和僧人脱俗气质统一和谐。当然，僧人如果不在月下，而在阳光下，就煞风景了。月亮的明亮是美好的，即便不明亮，朦胧的月光，也是美好的。"烟笼寒水月笼沙"（杜牧），"春宵一刻值千金，花有清香月有阴"（苏东坡），"雾失楼台，月迷津渡"（秦观）。爱情的美好，就是花前月下。中国的爱情之神，不是罗马长着翅膀的丘比特，而是月下老人。"月上柳梢头，人约黄昏后"（欧阳修）是情人幽会佳期。月下的意象蕴含的意境传统，之所以成为不朽的经典，就是因为，现代散文语言和古典诗歌朦胧月色的意境，水乳交融。

当然，完全没有月光，一片黑暗，情绪就不同了："月黑雁飞高，单于夜遁逃"，就有军情紧急的氛围。而"月黑杀人夜，风高放火天"，[①] 就很恐怖了。

所有这些月色不管是明亮的，还是朦胧的，都是静态的，视觉观赏性的。而在李白这里，"我寄愁心与明月，随君直到夜郎西"，题目上是"左迁龙标"，龙标，是个县名，很抽象，不成意象。诗里变成了"夜郎"。[②] 有名的蛮荒不毛之地，而且非常闭塞。值得注意的是，这里的月光，不是通常诗歌意象中无处不在、静态的自然景观，而是动态的，不但是可以追随的，无远弗届，而且是听从李白差遣的。

以这样诗意的想象，李白消解了不能临场与王昌龄赠诗握别的遗憾和无奈。这个安慰王昌龄的使者，不是透明环境的背景，而是李白的"愁心"的载体，不但与王昌龄在地理上零距离，而且在心理上零距离。这就是李白这首诗最杰出的唯一性。本来月光的意象，有时也带着诗人的忧愁，像曹操《短歌行》中："明明如月，何时可掇，忧从中来，不可断绝。"明月是静态的喻体，解忧并不因明月，而是要借助酒："何以解忧，唯有杜康。"而在李白这里，动态的明月携带着李白的忧愁，不但能送达

---

① （明）陶宗仪《说郛》："欧阳公与人行令，各作诗两句，须犯徒以上罪者。一云：'持刀哄寡妇，下海劫人船。'一云：'月黑杀人夜，风高放火天。'"载《钦定四库全书·子部·杂家类·杂纂之属·卷三十四下》。

② 唐代在今贵州桐梓和湖南沅陵等地设过夜郎县。这里指湖南的夜郎（在今新晃侗族自治县境，与黔阳邻近）。当时在东南，所以说"随君直到夜郎西"。

对朋友的关切和安慰，而且也是自己遗憾和无奈的解脱。

分析到这里，还只是情感的特殊性。不可忽略的是，绝句的句法，内在的机制，具有统一而有微妙变化的特殊性。开头第一句，"杨花落尽子规啼"，两个语法句型，结合成一个诗句，两个意象，有声有色，意象密度很大。从句意来说，两个句子结构是可以独立的。而第三句"我寄愁心与明月"，作为句子是完整的，只是动机。而从逻辑上讲，它并不完整，从情感的意脉上讲，它并不能独立。只有和第四句"随君直到夜郎西"联系起来，有了目的，动机才不至于空悬，逻辑上才完整，意脉才统一。这叫"流水句"。凭着这样的流水句，诗人的友情就不再潜于意象群落之中，而是借助动态的意象，从动机到目的，以独特的章法和句法结构完成了独特的情感抒发。

绝句七言四句，难免单调，除句中平仄交替，句间平仄相对以外，李白的绝句句法长短、逻辑断续，意象疏密交替，句法单纯而变化，把绝句的技巧驾驭得不着痕迹。

为了彻底地揭开李白此诗风格上的唯一性，通过比较还可进一步深化到李白和王昌龄同样写送别诗的特殊性。王昌龄在当时，号称"诗家天子"。他的绝句成就最高，很多诗歌被"美女歌星"唱"红"。在立意的出奇、意象疏密、意脉流动的法度方面，王昌龄驾驭起来得心应手。在水准上，他和李白旗鼓相当，在某种程度上，可能还要略胜一筹。以他的《送柴侍御》为例：

> 沅水通波接武冈，送君不觉有离伤。
> 青山一道同云雨，明月何曾是两乡。

这诗为王昌龄贬于龙标时所作，这位柴侍御要离开，王昌龄以诗送行。在立意上，似乎和李白唱反调。李白说朋友远行，自己忧愁之心不得解脱，要寄明月追赶，伴随在朋友身边。而王昌龄却说，"送君不觉有离伤"，这不是无情薄义吗？还写什么赠别的诗呢？但是，后面两句揭示原因："青山一道同云雨，明月何曾是两乡。"因为青山相连，云雨相同，特别是，明月不用做李白式的追赶，也是所去与共，不改情感相通。

古典诗歌中的离别因山川相隔而忧伤。但是经典杰作都是别出机杼、不可重复的，如王勃的《秋江送别》：

> 归舟归骑俨成行，江南江北互相望。
>
> 谁谓波澜才一水，已觉山川是两乡。

眼前尽是他人的归舟、归骑，都是回乡，而自己却是离乡。虽然此行水路，谁说，他乡与此乡一水相通，一脉相连，可是才一出发，还没有到达他乡，友情的伤感，就如此强烈，使得此乡变成他乡。和王昌龄的立意恰恰相反：王昌龄说，不管山遥水远，友情永恒不变，山川并不是相隔，而是相连，友情使得他乡变成此乡；而王勃却说，友情如此深厚，才开始出发，此乡就变成了他乡。

这类的诗作，都是借意象来抒发情感，因为情感抽象，意象可感，所以借其可感性表现情感。就抒情的方法而言，这是间接抒情。间接抒情并不是抒情的全部方法，与之相反的是直接抒情。同样是王勃，《送杜少府之任蜀州》：

> 城阙辅三秦，风烟望五津。
>
> 与君离别意，同是宦游人。
>
> 海内存知己，天涯若比邻。
>
> 无为在歧路，儿女共沾巾。

这里的情感的核心是"与君离别意，同是宦游人。海内存知己，天涯若比邻"，并没有借助意象的可感性，就是直接把话说得明明白白。特别是"海内存知己，天涯若比邻"，因为情感上是知己，所以不管你在天涯海角，都如在身边。这就不是间接抒情，而是直接抒情。这样的直接抒情，还成为格言，为什么没有可感的意象也能流传千古呢？因为这里逻辑，不是客观的，而是主观的。从客观上说，天涯海角之遥远，并不因情感上的亲切而改变，但是，这是理性逻辑，因知己而变得亲近，这是情感逻辑，情感与理性是对立的，越是超越理性，情感越是强烈。这在中国古典诗话中，叫作"无理而妙"。此类的诗歌，经典之作也是海量的。不放过每一风格的任何差异，才可能真正超越西方大师，把艺术的奥秘用系统的学术语言展示在世界论坛上。

孙绍振文本解读的两大切入点
和十二种方法[*]

赖瑞云[**]

摘　要： 如果要建构解读方法的体系，宜从孙绍振数十年探索建构的文本解读理论中提炼内容。因为关于解读方法，不仅许多切入点本源自孙氏研究，更主要的是其系统性强、命名科学、实践案例最丰富，总结起来，为两大切入点和十二种方法。

关键词： 孙绍振　文本解读　解读方法

孙绍振的解读方法，有大角度的，如三层次切入；有小角度的，如高潮切入，因高潮属于艺术形式分析法中的小说的艺术形式。越出常轨也属于艺术形式分析法中小说的艺术形式。之所以称其为切入点，并不分大小，主要是因为课堂教学实际。三步法也是出于课堂教学实际。命名是为实践服务的，所以，如果要建构解读方法的体系，宜从孙绍振数十年探索建构的文本解读理论中提炼内容。关于解读方法，不仅许多切入点源自孙氏研究，更主要的是其系统性强、命名科学、实践案例最丰富，总结起来，为两大切入点和十二种方法。

---

[*]　参考孙绍振《论变异》第四、第九章（花城出版社，1987）；孙绍振、孙彦君《文学文本解读学》第七章至第十六章（北京大学出版社，2015）；赖瑞云《孙绍振解读学简释》，第四、第五章（台湾万卷楼，2017）；赖瑞云《论解读切入点、方法选用与孙绍振解读学的关系》（《福建基础教育研究》2017 年第 10、11 期）。

[**]　赖瑞云（1951～），男，福建师范大学文学院教授、博士生导师，研究方向为语文教学论。

一　两大解读、分析切入点

孙绍振在从 1987 年出版的《论变异》到近年的《文学文本解读学》中，一直强调有两类文本：一类是变异的、陌生化的，另一类是非陌生化的、日常语义的。前者外显变异，小至词语，如杜甫"江鸣夜雨悬"的"悬"字，大至整个表现形式、内容，如《皇帝的新装》（从人的角度，小至感觉、感知，大至整个行为、心理）的全方位变异。后者外无异变，内隐深意，孙绍振特别指出，有一类被称为诗中神品的古典汉诗，如陶潜、王维的诗，就像生活原生态本身一样，无变异地以原始的素朴形态呈现，大陆"北岛以后"的诗人及台湾现代派诗人的许多作品也都是这样的例子，俄语英语诗歌中也不乏其例；这也是现代小说的一种普遍追求，著名的海明威甚至追求像"白痴一样的叙述"。古代"寓褒贬"于客观叙述中的史家笔法作品，今日的"纪实性"文本，也常有看似极平常的名篇。这就是杜甫晚年总结创作经验的"语不惊人死不休"（前者）和"老去诗篇浑漫与"（后者）；《文心雕龙·隐秀篇》说的"秀"与"隐"。苏轼等历代大家对此都有类似论述；东、西方文论一直都有惊奇论和隐藏论两说。

从读者反应角度，前者就是在三步法的第一步阅读初感中就引起"异常兴奋"的新异点，后者类似于第一步中说的反复阅读才"逼"出顿悟或多次阅读后仍顿悟无望但一般有重点感的文本。这就形成"异常"、"平常"（重点感）两大解读切入点。龙岩二中的特级教师徐飚从自身实践中总结出"发现异常，破解奥秘"及异常"并不是唯一的"，不仅反映了上述两类情形，也反映了在实践一线，往往以寻找异常为主，因发现了异常点，解读不仅迎刃而解，且任务可基本完成。如《皇帝的新装》，抓住了"新衣乃无衣"及"小孩第一个说出真相"这些显见异常，分析下去，解读就基本完成了。但是，如再运用作者身份法，引入有关资料，分析此童话如何从类似的民间故事改造而成，就会揭示出更精彩的艺术奥秘。因此，即使是一眼可见的异常，运用了有关方法，解读也能更到位。而解读"平常"文本，方法就更显重要了。如《背影》是"平常"文本，其阅读重点感或焦点，即父亲攀爬月台那一幕表现的感人父爱，是极正常的爱，并非变异之事，也一望而知，语言很朴实，亦无异常之感，为什么从这一重点、焦点切入，能发现那么多意蕴和奥秘？原因是解读者运用了一系列解读方法。如关键词语法和换词法，即最重要的"攀""缩"二词，生动表现了父亲力不胜任却心甘情愿的攀爬过程，如换为"抓""提"就无此吃力感，父爱效果就减弱了。如还原法，不写父亲的容貌而二次说他体胖，乃强调胖子攀爬更艰难。如错位法中的美、善错位，老父亲买橘子不如年轻的儿子去买省事、划算，而越如此不合算、不实用、无功利，父爱越动人，情感价值越高。再用还原法及作者身份法（创作过程）补充一点："攀"的动作，表明月台比人高或至少与胸齐，如果只有"攀""缩"而无脚踩、脚蹬等其他辅助动作，年轻人都恐怕难以引体上去，何况身子如此笨重的老年人。但只有"攀""缩"尤其是"攀"字最显吃力也最感人，这就是说，儿子（作者）选择性记忆或有意为之，留下了最吃力的"攀""缩"而"删去"了不那么吃力的辅助动作。

所以，"异常"、"平常"（重点感）两大解读切入点是重要的，但严格讲，它们还不是专门的解读方法，一系列的专门解读方法更为重要。

二　解读十二法

孙绍振在数十年的论著中，提出过许多解读方法，有涵盖面很大的，也有涵盖面很小的，还有的是一个大的方法体系中包含好些具体方法，如还原法，包含原生态还原、情感逻辑还原、价值还原等。由于其完整解读的个案文本有五六百个，随着实践的深入和丰富，解读方法的表述和内涵也不断发展、完善，但最重要的是，其解读学是立足在创作论基础上的，一切都旨在揭示文本的创作奥秘。创作论和解读学是一枚硬币的两面，下述谱系简表中创作角度的六法，本身是为文学创作而提出的创作方法，但自然也就成为揭示创作奥秘的解读方法。十二种解读方法是从其《文学文本解读学》及《审美价值结构和情感逻辑》等著作中提炼出来的，已涉及其建构进程中出现的绝大部分具体的解读方法，其中多数，一法中又是一个小系列。

"解读硬币两面"的孙绍振解读方法（十二法）体系如图1所示。

$$
揭示创作奥秘
\begin{cases}
创作角度
\begin{cases}
① 三维法 \\
② 三层法 \\
③ 艺术形式法 \\
④ 错位法 \\
⑤ 感觉法 \\
⑥ 关键词语法
\end{cases} \\
\\
解读角度
\begin{cases}
① 还原法 \\
② 替换法 \\
③ 矛盾法 \\
④ 专业化解读法 \\
⑤ 比较法 \\
⑥ 作者身份法
\end{cases}
\end{cases}
$$

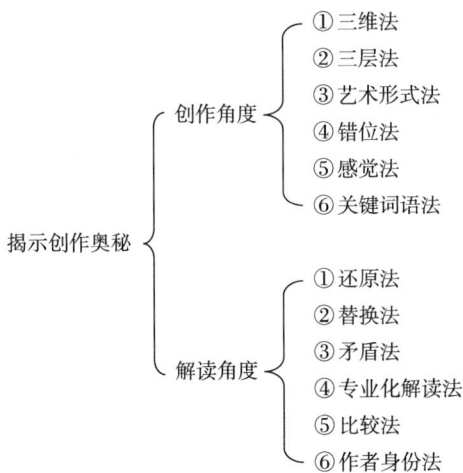

图 1　孙绍振解读方法（十二法）体系

现将这十二种方法简介如下。

（一）三维法

形象三维组合是指艺术形象是情感特征、生活特征、艺术形式特征三维组合（猝然遇合）的产物，这也正是歌德所说的"使形式、材料和意蕴互相适合，互相结合，互相渗透"，"形式是生气灌注、显示特征的，是与内容融为一体的"。分析作品，解读文本可以由此入手。如李白的《下江陵》，[①] 其情感特征，永王李璘以平乱为由起兵，唐肃宗认为这是同他争夺帝位，下诏讨伐，李白因加入了李璘幕府，受牵连被流放夜郎，行至巫山遇赦，心情特别愉快；其生活特征，即湍急三峡，顺流而下，船行轻快；其艺术形式特征，"朝辞白帝彩云间，千里江陵一日还。两岸猿声啼不住，轻舟已过万重山"，四句全为流水句式，没有一句对仗，束缚最少，行云流水，一泻而下，是绝句中"最自由"流畅的一种，于是，相对"最自由"的形式特征与李白当时最愉快的情感特征，以及轻快迅捷的船行特征猝然遇合，互相适合，融为一体，生动展现了李白当时自由无碍的奔放心境。绝句比律诗自由，绝句中最自由的是全为流水句式的（但不易写好），孙绍振对此有专门的研究，将在另处介绍。

---

① 以下《下江陵》解读，主要参考孙绍振《论李白〈下江陵〉——兼论绝句的结构》，《文学遗产》2007 年第 1 期，第 38～46 页。

（二）三层法

孙绍振在《解读语文》一书的序中将歌德的"秘密三层说"做了更精准的表述：第一层为一望而知的表层内容和外部形式（按：外部形式即小说、诗歌、散文等文体，一般都能分辨，加上它，就更准确了）；第二层为隐性的意脉（按：歌德的"意蕴"变"意脉"，表明这不是局部的，而是贯通全文的，这就更制约了那些任意读解）；第三层为更加隐秘的文体形式、风格特点（按：加了"风格特点"，表明个性化的表现手段是成就作品的"最后一里路"，是更要紧的创作奥秘）。这就更准确阐明了文本解读教学的任务在后两层。比如《咏絮之才》，谢安问"白雪纷纷何所似"，谢道韫的"未若柳絮因风起"胜过了谢朗的"撒盐空中差可拟"，前者用飞絮作比，更形象贴切，更富诗意，更具视觉美感，这些一般都能分析出。而孙绍振主编的两岸合编教材解读指出，更重要的是，这比喻与谢道韫的才女身份相"切至"，因而充满了雅致高贵的风格，如果换为关西大汉，这比喻就可能不"切至"，换成"战罢玉龙三百万，残鳞败甲满天飞"，才符合关于男性雄浑气质的联想。这就是最深的意蕴，最后的个性风格秘密。孙绍振还这样强调过语文教学揭示深层未知的重要性：

> 自然科学或者外语教师的权威建立在使学生从不懂到懂，从未知到已知。而语文教师却没有这样便宜。他们面对的不是惶惑的未知者，而是自以为是的"已知者"。如果不能从其已知中揭示未知……再雄辩地揭示深刻的奥秘，让他们恍然大悟，就可能辜负了教师这个光荣称号。[①]

（三）艺术形式法

艺术形式法在介绍三维法的形式特征时已体现了，之所以另为一法，乃是因为艺术形式涉及小说、散文、诗歌等各文体的知识，体系丰富庞大，掌握和运用它们本是语文学科最专业、最重要的事。比如契诃夫的《变色龙》，全文主要是由主人公奥楚蔑洛夫与他人的对话构成的，但这是

---

① 孙绍振：《名作细读——微观分析个案研究·自序》，上海教育出版社，2006，第1页。

异样的对话，即每一次与奥楚蔑洛夫对话的人的话都未讲完，奥楚蔑洛夫就匆忙表态了，结果，对方的"语义"变来变去，奥楚蔑洛夫的态度也变来变去，出尽了洋相。这实际采取了民间笑话断章取义式的对话模式（如某老板对员工说：今年五一节按惯例放假三天。众鼓掌。老板又说：现在取消。众惊愕。老板再说：公司决定组织大家参观世博会。众大鼓掌）。但该小说中，并未这样故意设置"包袱笑料"，而是使其处于行云流水般的自然对话中。这就是说，要较快发现此类隐秘的异样关联、对话模式，需要调动生活经验，像鲁迅说的，经历了类似的事，这才了然起来；或者需要掌握相关的艺术表现形式知识，这用的就是艺术形式法。

（四）错位法

错位法是指文学作品里的真、善、美三者并不是完全统一的，而是既互相联系又有矛盾的有限统一。其中，美与真的错位，类似于前面提到的"千里江陵一日还"，也相当于歌德"秘密说"里提到的"艺术既是自然的，又是超自然的"，也与马克思的"人化自然"及马列文论说的"艺术真实高于生活真实"有关。美与善的错位，主要源于康德"美是无功利的快感"，孙绍振将其发展为"往往越不实用越无功利的，审美价值、情感价值越大越动人"，杜十娘"怒沉百宝箱"，最不实用却最为感人。《背影》中父亲送 20 岁的儿子去车站是多此一举，嘱托茶房是"迂腐之举"，说话不漂亮是自现其丑，买橘子是"自讨苦吃"，把父亲写得越是"多余""显丑"，父亲形象越动人。这是人文揭秘、情感解码、艺术表现奥秘被发现的黄金之路。美善错位更反映了文学作品的本质，是文学之所以动人的最大秘密之一，用此解读作品更能引起对艺术奥秘的叹服。但此法的一定理论深度使理解它有一定难度。

（五）感觉法

文学作品往往是多种感觉，包括同类的（如都是视觉）、不同类的多种感觉的立体交感交响，但不是诸多感觉要素的总和，而是一种中心感觉焦点的凝聚，或局部感觉的弥漫扩散。这在创作论上叫作感受，感受是为作者的自我个性所净化的一系列独特感觉。例如《春》，作者调动了全部五官感觉，文章的中心感觉是初春的新鲜感，最突出的是与此初春感非常协调、充满全篇的孩子的感觉。

（六）关键词语法

该解读法，既不拘泥于"字字珠玑"，又深知名篇中必有不可改易之核心词语、关键词语；既类似于传统的文眼、诗眼、句眼，又范围更宽，一小组，甚至一大系列词、词组，包括短语、短句，一切因文而异。如《念奴娇·赤壁怀古》为一小组：风流、豪杰、小乔初嫁了、羽扇纶巾、梦。

（七）还原法

还原法及比较法、换词法，是从鲁迅的"不应该那么写"与"应该这么写"、未定稿与定稿、同素材的优劣作品做比较中发展变化来的。鲁迅这种方法的一个基本点就是，作品世界和进入不了作品世界却又与之密切有关的东西互相比较，从而看出作者用笔的奥妙。孙绍振根据这一思想，又根据艺术作品与客观世界的关系理论（这一点，鲁迅原论述中没有谈到），结合解读实践，提出了还原法。其还原法，简言之就是把被描述的对象的客观原状还原出来，与作品世界比较，看看客观原状进入作品后发生了什么改变，由此发现作品的思想倾向、情感特征、表达的重点和特点。如《下江陵》，当时的三峡行船（从白帝城到江陵）并不能日行千里。历来解释此句"现实性"的唯一依据就是《荆州记》（全文见于后世的《太平御览》）有关三峡的一段文字（即后来郦道元录入《水经注·三峡》中的一段）说了可以"朝发白帝，暮到江陵"。但《水经注》是转录，《荆州记》也只是说"有时云"，而且此情况有严格的前提，是夏天发大水，水流极快，且"王命急宣"，只好不顾封航（"沿溯阻绝"），冒险东下。李白写诗时不是这季节，没有这条件，更没有冒此险的必要。可见"千里江陵一日还"不是纪实，是客观原状进入作品时发生了变异，然而正是这"无比轻快"的夸张变异渲染、突出了诗人无比愉悦轻松的心情。过去的"反映论"只是去找作品与客观原状的统一点（如找那"一日千里"的证据），而还原法更重在找矛盾，显然后者更能发现艺术的奥秘。还原法把鲁迅"不应该"与"应该"的比较思想操作化地落实了，而且理论上可运用于一切作品分析，当然实际上有不少作品的客观对象，即使发挥想象力也很难还原。

（八）替换法

即换词法和换表述的合称。换表述是对包括句子、结构、手法等大段文字的变动，以比较出原文之妙。如倒叙改为顺叙。如钱梦龙《驿路梨花》课，将原文故事时间的二天，改为按故事原生态的十年时间，顺序说去，结果变得平淡无奇，从而显出原文"误会迭起"之妙。如黄厚江《阿房宫赋》教学，将原文压缩为一小段文字，以对比出原文繁富铺陈之美。

（九）矛盾法

辩证法认为，任何作品内部都包含着矛盾。矛盾法就是要发现和抓住作品内部的矛盾深入分析，以揭示作品的奥秘。孙绍振把矛盾分为两类，一类是隐性矛盾，这类矛盾常常得借助其他方法来解读；另一类是比较显性的可见矛盾："有些矛盾直接存在于作品的词句之中。"但也不是一眼就能看出，"因为在行文中不是直接对立的，而是在统一的意脉中行云流水似的滑行的，所以很容易被忽略。从这个意义上说，就是显性的矛盾，也带着隐性的性质"。分析此类矛盾的办法只有努力把字面矛盾找出来。孙绍振着重向中学语文界推荐的，就是这后一类矛盾解读法，亦即狭义的矛盾法。

有的作品在字面上已出现矛盾，"写出了"矛盾双方，有矛盾话语。如《从百草园到三味书屋》体现得比较典型，文章开头和中间都强调，"我"儿时的乐园只是人迹罕至的荒园，但那时它却是"我"的乐园。"荒园"和"乐园"从表面看是矛盾的，但这显见的矛盾却道出了文章的主旨：作者的意图是，只要能发展儿童自由的天性，哪怕是野草、砖头、虫鸟也是好的，作者所追念的正是无拘无束没有压抑的童年生活。又如《孔乙己》最后写道："大约孔乙己的确死了。""大约"和"的确"从表面看是矛盾的，但实际上是统一的。"的确"是肯定，表明在这样一个麻木不仁、毫无同情心的社会里，孔乙己这样一个不会营生又被打残了的苦人，许久不见，必定是死去了。"大约"则是估计，表明无人关心孔乙己的死活，无人有兴趣去考证他还存在与否，推测其死去只能是大约，仍然表明这是一个麻木不仁的冷漠的社会。这就是鲁迅自己所说，《孔乙己》写的是"一般社会对苦人的凉薄"。

（十）专业化解读法

此法在某种意义上特别重要。如《河中石兽》入选部编本后，石兽逆水上移"数里外"引起了争论。赖瑞云引入泥沙运动学权威沙玉清及水利史专家周魁一的著述，包括有关模型实验，阐述了他们既肯定了逆水上移的可能性和科学性，也指出了纪昀描述的非科学性和虚构性；同时引入了鲁迅的长篇论述及十几篇专业论文，阐明该篇实为小说，既有生动的文学性又存在明显不足。若无专业依据，回答不了众说纷纭之争论；全文近三万字，连载于《福建基础教育研究》2020年第4、5期。

专业化的内行解读说（即专业化解读法），不少东西方学者都强调过。例如，现象学美学的波兰著名学者英加登提出过学者型读者和一般消遣、消费型读者的区别论，认为后者只是从中得到乐趣，或者只是追求自己的创造行为而去领会作品，并没有努力去把握作品本身的本来形式，而前者的全部目的和全部努力旨在把握作品的本来面目和特有形式，因而后者有可能曲解作品；① 他认为有效的、负责的对艺术作品的评价应"具有专业的准备和资格"，"谁在某一个领域中是文盲谁就没有权利做出判断"。他又认为上述两种读者之间并没有不可逾越的鸿沟，认为艺术教养"原则上是人人可以接近的"，是"可以被唤醒"的。② 又如童庆炳的《文学理论教程》提出的鉴赏性接受、批评性接受、诠释性接受，认为后两者是带着理性的、专业的背景去接受的，是一般鉴赏性接受的提高和升华。③ 再如前文所谈的孙绍振所编教材展现了专业性的咬文嚼字、细读分析的重要价值及转化到中学教学的可能性。

孙绍振在《解读语文》的序言中，以陈寿的《隆中对》的解读为例，阐明了无专业知识者"绝对是两眼一抹黑"。孙绍振认为，陈寿的《隆中对》是史官"实录"，史家春秋笔法、微言大义、寓褒贬于字里行间的记述传统与文学的虚构、想象结合得水乳交融的典范作品，但要达到这个认识高度，运用有关专业知识是关键。其分析共有4个要点，原文较长，且

---

① 〔波〕罗曼·英加登：《对文学的艺术作品的认识》，陈燕谷、晓未译，中国文联出版公司，1986，第357~358页。
② 〔波〕罗曼·英加登：《对文学的艺术作品的认识》，陈燕谷、晓未译，第428页。
③ 童庆炳：《文学理论教程》，高等教育出版社，1998，第446页。

摘录其中一个要点。孙绍振认为，刘备与诸葛亮的精彩对话是一场秘密对话，作品中如实交代对话时是"因屏人曰"，没有第三者在场，蜀国又无史官，那作者怎么生动再现这场对话？作者最多根据的是他后来搜集的资料，包括他编辑的诸葛亮文集，以及当年在蜀国时的见闻。但这些资料都没有《隆中对》中的描述那么有对话的现场感，这就是史家"实录"与文学合理想象的完美结合。[①] 在这里，如果不知道蜀国无史官，没读过陈寿编辑的诸葛亮文集，不懂有关的史学理论并进行还原比较，就不能做出上述的解读。这就是运用专业知识所做之解读。其余 3 个解读要点均如此，读者看看《隆中对》的孙氏解读就会发现，要对隐蔽的意蕴特别是深藏的艺术表现个性做出令人欣喜的解读，几乎每一步都有赖于专业知识。

（十一）比较法

此法是将鲁迅的仅对同素材优、劣作品的比较扩充到一切同素材（题材、体裁、主题、手法）的不同作品的比较，同中见异，异中见同，以发现其特性和共性。例如同题材作品的比较。孙绍振经常举到的例子是写秋天，不同于多数的古典文学作品倾向于悲，刘禹锡《秋词》的"我言秋日胜春朝""晴空一鹤排云上"，毛泽东《采桑子·重阳》的"不是春光，胜似春光"就是赞秋之作，情感特征比较起来就鲜明多了。

作为认识、鉴别事物的最朴素的基础方法，实际上，错位法、还原法、替换法、换词法等，都是比较法的特殊体现。换词法师法和扩充了未定稿法，即基于作家手稿很难找到，由鉴赏者自己设想一"较差"的词语，以见出原文用语的奥妙。还原等法已在语文界，包括小学遍地开花。孙绍振主编的北师大版初中语文实验教材对此运用得最广泛。当然，在孙

---

① 后来在修改《隆中对》解读（见《孙绍振解读经典散文》，中华书局，2015）时，孙绍振还引入了钱锺书著名的"古史即诗"、史家记言"实乃拟言、代言"说，因"上古既无录音之具，又乏速记之方"，"言语之无征难稽，更逾于事迹"，故"史家追叙真人实事，每须遥体人情，悬想事势，设身局中，潜心腔内，忖之度之，以揣以摩，庶几入情合理。盖与小说、院本之臆造人物、虚构境地，不尽同而可相通；记言特其一端"。也就是说，历史人物当时的即兴言说，尤其无迹可考，对于这些历史的缺失之环，后代史家代言、拟言，只要"入情合理"，"适如其人、适合其事"，"则亦何可厚非"。引述钱锺书的史学理论，尤其说明专业知识对解读的重要作用。钱锺书原文很长，详见钱锺书《管锥编》（一），生活·读书·新知三联书店，2008，第 271～273 页；钱锺书《谈艺录》，生活·读书·新知三联书店，2008，第 102～103 页。

绍振力推之前，比较法、换词法在语文界已有人运用。

（十二）作者身份法

以孟子的"知人论世"观和鲁迅的"全篇全人"观，引入有关的创作背景、时代背景、作家本人的相关材料、作品对应的客观原生态材料（还原法）、相关作品的比较材料（比较法）等。这些材料不仅能使解读的依据更充分，而且往往能发现新见。这些都不是拍脑袋可以解决的。

钱理群是现代文学研究的著名学者，而其在解读《荷塘月色》《背影》时，重新查阅了大量的背景资料，包括《朱自清年谱》，发现了朱自清有关此二文的重要新材料，提出了新的解读见解。孙绍振也一样，为了解读李白的《下江陵》，他专门向研究《水经注》的专家请教三峡水流的问题，这在他的文章中交代得一清二楚。钱理群、孙绍振这样的解读名家尚且如此，更何况我们一般的解读者。

再如孟浩然的"春眠不觉晓，处处闻啼鸟。夜来风雨声，花落知多少？"前两句是喜春，后两句是怜花。由于前后诗句间有省略和跳跃，个中特别动人的异样关联就更为隐秘了。诗是说春宵梦酣，直到鸟叫才从梦中醒来；昨夜梦沉，不仅因为春梦好眠，还因为夜雨催眠，然而一夜的风雨不知吹落了多少花朵，不安顿生心头，这就是隐藏的矛盾，更是诗人动人的情感：春眠的美好是以花木遭摧残为代价的，诗人刹那间产生了心灵颤动和人生感慨。该诗本作"欲知昨夜风，花落无多少"，更可见诗人那种春宵夜雨好入眠，但愿花儿未受罪（落不多）的自责、自我安慰的复杂心境。引入这"草稿"解读，实际又运用了作者身份法（站在作者角度，还原创作过程解读）。

那么多切入点和方法，并非要十八般武艺样样精通，在实践中很可能会有某一侧重，并有自己的深化、细化、创造。最要紧就是迈开步子，自觉实践有关方法，并懂得不断调试，如找不到作品比较时，就用还原法，当无法还原原生态时，就用换词法，如此等等。以上各种方法，常常是结合着运用的，比如，对《武松打虎》的解读就结合运用了多种方法。其一，错位法。有如下详细分析：武松怕店家耻笑，宁可冒着危险继续前行，好汉的声誉比生命更重要，这不实用，无用，在功利价值上不划算，但这正是所谓好汉本色，英雄胆气，明知山有虎，偏向虎山行，高尚的情感价值超越了实用价值，符合人们对古代英雄的崇拜心理、审美心理。其二，还原法。有说法认为武松赤手空拳打老虎之法不科学、不可靠、不真实，就是通过查阅资料（夏曾佑的评点、猫科动物的特点）、经验阅历（以猫做试验）以及想象（想象老虎在此情况下给人造成的巨大危险），还原出客观现实的原状，对比分析出作品对武松神勇的赞美。其三，比较法。将《武松打虎》同另一篇关于杀虎的，即有名的"周处除三害"的故事进行比较，显然，周处用刀刺杀老虎更真实，但武松赤手空拳打死老虎却更动人、更鲜明，因而更可信地表现了他的英雄品性、好汉特点。其四，关键词语解读法。《武松打虎》的关键句是："我回去时，须吃他耻笑，不是好汉，难以转去"，其中"耻笑"和"好汉"又是两个关键词。抓住这些关键词，武松的英雄本色就豁然洞见。关键词语类似于古代文论中说的警句、诗眼、句眼，类似于新批评细读法所重点细析的中心词语。

非文学作品一样可用创作论解读、分析，以《别了，"不列颠尼亚"》为例。情感特征：厚重的历史感、庄严的自豪感。生活特征：总的来说是"沧桑巨变"。由于是新闻，生活事实会展现得特别丰富，罗列出来有如下六点：第一，9次升旗降旗——江山易帜的象征；第二，8次宣告（反复宣告）最后时刻（含最后一次、宣告终结等）——历史即将掀开崭新的一页；第三，8次写到几时几分（包括最后一分钟、第一分钟、156年5个月零4天等）——庄严时刻；第四，2次强调"雨"的背景，彭定康离开港督府时"细雨蒙蒙"，查尔斯王子念告别信时"雨越下越大"——给人一种凄惶感；第五，5次插入历史背景——越是写出英方往日的"美好"，越显出其风光不再，历史翻过了这一页；第六，4次出现"不列颠尼亚"号离别的暗示意义。艺术形式特征：其一，新闻要以事实说话，上述的情感特征，即厚重的历史感、庄严的自豪感在文中一句话都没有出现；其二，新闻并非那种照相式实录，尤其不是那种对表面现象的机械照录，而是要真正写出事物的本质特点、历史的真实规律，包括人的主观情感也属于客观存在的一部分，即中国人民的这种历史感、自豪感也是历史规律的反映。为此，第一，善写者把前面6点"生活特征"全部"找齐"，无关的芜杂信息全部剔除（所以，它比别的同题材新闻来得"干净"），在集中强化的"沧桑巨变"的事实中自然透析出"情感特征"，也就是歌德所说的"互相渗透"。而且，按新闻的金字塔结构，即标题—导语—主体，前头越概括的部分，"渗透"越明显，其导语为："在香港飘扬了150多年的英国米字旗最后一次在这里降落后，接载查尔斯王子和离任港督彭定康回

国的英国皇家游轮'不列颠尼亚'号驶离维多利亚港湾——这是英国撤离
香港的最后时刻。"选择了最有代表性和象征性的"沧桑巨变"的史实，
渗透了最鲜明的历史感。其标题"别了，'不列颠尼亚'"，是代表性和象
征性的高度凝结，使情感特征呼之欲出，然而这又确实是客观事件过程的
最后一笔。第二，新闻也可以对客观事实进行"加工"。前述的双关语、
历史背景的引入都是一种加工处理。最典型的就是雨的背景只写给英方，
不写给中方。当时的实际情况是：6月30日下午开始，雨越下越大，一直
下到第二天，当晚零时的交接仪式结束，人们走出会场，见到的仍是倾盆
大雨。同样是雨，只给一方做背景。站在人的主观情感（如前所述，主观
情感也是客观世界的一部分）的角度，这同样是历史真实的反映。查阅当
时的报道，就有如下表述：越下越大的倾盆大雨——英方人的感觉是"上
苍哭泣"；中方人的感觉是一洗百年耻辱，感天动地的历史巨变。这也是
还原法的解读。

古典新读

《水浒传》中的"武松打虎"
与"打虎武松"*

刘海燕**

摘　要:《水浒传》在叙写武松故事之前,已经刻画了鲁智深、林冲、杨志三个胸襟各异而又精彩纷呈的好汉形象。这三个好汉的故事是串联穿插描写,武松的故事则独立成一个单元,由景阳冈打虎、王婆说风情、斗杀西门庆、十字坡巧遇、醉打蒋门神、血溅鸳鸯楼、夜走蜈蚣岭等故事情节构成。"武十回"不仅塑造出武松这个传奇式英雄,更折射出市井百态、人间万象。

关键词:《水浒传》　武松打虎　打虎武松

《水浒传》在叙写武松故事之前,已经刻画了鲁智深、林冲、杨志三个胸襟各异而又精彩纷呈的好汉形象。然而如果缺少了武松的故事,整本小说就有些黯然失色。前三个好汉是串联穿插着描写,武松的故事则独立构成一个单元,其可能有比较成型的说唱故事来源,经过文人作家的再创作,焕发出独特的艺术魅力。

人们津津乐道的"武十回"由景阳冈打虎、王婆说风情、斗杀西门庆、十字坡巧遇、醉打蒋门神、血溅鸳鸯楼、夜走蜈蚣岭等故事情节构

---

* 教育部人文社会科学研究项目(项目编号:20YJA870011)。
** 刘海燕(1975~),女,福建师范大学文学院教授,博士生导师,研究方向为元明清小说与宗教文学。

成。"武十回"不仅塑造出武松这个传奇式英雄，更折射出市井百态、人间万象。

一 "武松打虎"的叙事张力及其消解

首先，这是一篇武松的传奇。武松的人生，应该从人们耳熟能详的"武松打虎"说起。武松因醉酒打伤人，以为误伤人性命，到柴进庄上躲灾避难一年多。在柴进庄上，武松并未与林冲相遇，却偶遇宋江。武松是个硬汉，寄居人下，亦不知进退屈伸，颇不得人心，连柴进都有所怠慢。遇见宋江时，他身患疟疾将近三个月。武松得到宋江赏识，一处饮酒相陪，病亦渐渐痊愈。柴进还为他们做了新衣裳。武松相伴宋江十数日后，因思乡，回清河县看望哥哥，临行前与宋江结拜为义兄弟。小说写武松一身打扮："武松穿了一领新衲红绸袄，戴着个白范阳毡笠儿，背上包裹，提了杆棒，相辞了便行。"容与堂刻百回本，此处有一首诗，预叙接下来武松打虎的情节："别意悠悠去路长，挺身直上景阳冈。醉来打杀山中虎，扬得声名满四方。"说书叙事的全知全能，提前揭示故事的结果，而读者对打虎故事——如何打虎——的阅读期待丝毫未曾减弱。金圣叹评点本删去了这首诗，按照线性叙事逐步展开故事，武松的视角与读者的视点大致重合，带来不同的阅读体验。

罪情消减，大病初愈；刚刚结识异姓兄弟，很快得见同姓兄弟；揣着宋江赠送的盘缠，在秋末初冬的十月间返乡探亲的武松，虽说不上意气风发，却也该步履轻松、心情畅快吧。他在路上行了几日来到阳谷县地面，于晌午时分到达"三碗不过冈"的小酒店。酒店的村酒叫作"透瓶香"，俗称"出门倒"。武松吃了，大呼"这酒好生有气力！"酒家和武松的前一段对话，是就好酒展开的。酒家自然不介意多卖酒，"三碗不过冈"想来也是平常的促销手段。不过酒家劝武松不能多喝，怕他醉倒，也是发自真心。他说："这酒端的要醉倒人，没药医。""只怕你吃不得了。""你这条长汉，倘或醉倒了时，怎扶得你住？"武松却是近乡情浓，客店的村醪也是家乡味道，所谓"村醪须一醉，无恨滞行舟"。武松识得好酒，说："便是你使蒙汗药在里面，我也有鼻子。""就有五六碗多时，你尽数筛将来。""要你扶的不算好汉！"就这样前后吃了十八碗酒。武松终于心满意足，说了一句："我却又不曾醉！"其实他已然颇有醉意了。

　　然而，武松并没有醉得人事不省，他要离店赶路回家。酒家赶紧把他拦住。酒家一番话说得很清楚明白：景阳冈上有只吊睛白额大虫，晚上出来伤害过往行人，已经有二三十条大汉送命。官府申令往来客人必须结伙成队于巳、午、未三个时辰过冈，也就是上午九点到下午三点之间可以过冈，其他时间都不许过冈。此时已是"未末申初时分"，下午三四点钟时，更兼武松只身一人，酒家因此劝他在店里歇息一晚，第二天再结伴过冈。醉意朦胧、归心似箭的武松，哪里有心情听酒家分说？这景阳冈，武松"少也走了一二十遭"，如今是他兴致勃勃的归乡之路，路短情长，怎会有障碍？被"三碗不过冈"逗出酒兴的武松，以为酒家说老虎出没是吓唬人的话。他仗着酒兴，出语不逊。"我又不少你酒钱。""便有大虫，我也不怕！"甚至说："你留我在家里歇，莫不半夜三更，要谋我财，害我性命。"酒家一番好意，被武松反做恶意抢白了一通，所谓"分明指与平川路，却把忠言当恶言"，只好去留悉听尊便了。这一场气氛轻松的乡村逗闹剧，写出武松硬汉性格之下的促狭与调皮。

　　武松又走了四五里路，来到景阳冈下，看到了大树上有关老虎的警示。本来耳听为虚，眼见为实，武松却仍不相信，认为是酒家诡诈，以此惊吓客人。他走上景阳冈，在山神庙门上看到印信榜文，才知真的有老虎。此时，小说写武松心里有过一丝返回酒店的犹豫。无奈他话已说绝，恐人耻笑自己不是好汉。武松又想不如上景阳冈看个究竟，一时酒高人胆大，无畏地踏上"明知山有虎，偏向虎山行"的打虎之途。小说移步换景，其景物描写，由申牌时分，一轮红日"厌厌地相傍下山"，到日色暗淡，太阳渐渐地坠下山冈，轻松的气氛就如由浅红变作灰黑的天幕，也逐渐凝重起来。

　　从谐谑到惊险，从对话到对打，小说文字风格陡变。前面写武松和酒家一问一答的唱和呼应，悠闲而热闹；此处全凭文字记录活虎搏人的场面，又是一番惊心动魄、凶险无比的紧张和热闹。老虎尚未出场，先发起一阵狂风，接着"乱树背后扑地一声响"，这只又饥又渴的老虎显然是想攻其不备，先发制人。武松酒力发作，翻倒在大青石上正要睡，睡意蒙胧中被狂风和声响惊醒，迅速起身，拿起哨棒备战，并在老虎如泰山压顶之势扑来的危急时分及时闪躲。老虎与武松势均力敌的对战拉开序幕。先是武松闪避老虎的搏击。"说时迟，那时快。武松见大虫扑来，只一闪，闪在大虫背后。那大虫背后看人最难，便把前爪搭在地下，把腰胯一掀，掀将起来。武松只一躲，躲在一边。大虫见掀他不着，吼一声，却似半天里起个霹雳，振得那山冈也动。把这铁棒也似虎尾倒竖起来，只一剪，武松却又闪在一边。"① 在全知的说书叙事中，往往以解释性话语放慢叙事的节奏。此处插入一句"原来那大虫拿人，只是一扑，一掀，一剪。三般提不着时，气性先自没了一半"。② 读者绷紧的心情稍微松弛，也为老虎重新搏击、武松全力反击蓄势。

武松本来闪躲到老虎背后，老虎翻身回来，武松又变成直接面对老虎。此时武松抓住时机，"双手轮起哨棒，尽平生力气，只一棒，从半空劈将下来"，这本来应该是对老虎的致命一击，也很见武松之神威。然"尽平生气力矣，却偏劈不着大虫，吓杀人句"，③ 武松用哨棒没有打到老虎。小说解释原来是武松打急了，千钧之力，打在枯树上，哨棒也折成两截。金圣叹的批语正是读者阅读感受的生动写照："半日勤写哨棒，只道仗他打虎，到此忽然开除，令人瞠目禁口，不复敢读下去"，"哨棒折了，方显出徒手打虎异样神威来，只是读者心胆堕矣"。④ 读者胆战心惊地思考武松该如何是好，在这样的紧张心态下，小说开始描写武松徒手打虎的性命之搏。

老虎要吃人，武松要活命。生死一线，无路可逃。武松的力量和神威在这样的生死存亡之际惊人绽放。小说中此段描写，与很多武松打虎图中武松骑在虎背打虎不同：武松是面对老虎，两只手揪住老虎头顶，将虎头按下来，用脚往老虎面门、眼睛上乱踢。老虎前爪刨出两个黄泥坑，武松趁机将老虎嘴巴按进黄泥坑里。然后，武松"把左手紧紧地揪住顶花皮，偷出右手来，提起铁锤般大小拳头，尽平生之力，只顾打"。老虎由挣扎、咆哮、乱刨到鲜血迸出，动掸不得，兀自气喘，再到被武松用半截哨棒打得没有了气。对于武松徒手搏虎，小说没有在文字上再做解释性的停顿，正好见出武松的千钧之势，一气呵成。武松能否战胜老虎？武松能否全身而退？张力和悬念在二三百字内便得到释放和消解，仿佛不快不能见出武

① （明）施耐庵：《水浒传》，人民文学出版社，1997，第 294 页。
② （明）施耐庵：《水浒传》，第 294 页。
③ （明）施耐庵撰，金圣叹评《水浒系列小说集成·贯华堂第五才子书水浒传》（第二十二回），黑龙江人民出版社，1997，第 286 页。
④ （明）施耐庵撰，金圣叹评《水浒系列小说集成·贯华堂第五才子书水浒传》（第二十二回），第 286 页。

松之宇宙洪荒般雷霆爆发。在金圣叹评点本中，紧接着写武松想要将老虎拖下冈去："就血泊里双手来提时，那里提得动？原来使尽了气力，手脚都苏软了。"读者阅读至此也因紧张情绪释放太快而有点惊魂未定、意犹未尽。

容与堂刻百回本在武松抡拳打虎，打了五七十拳，老虎"眼里、口里、鼻子里、耳朵里都迸出鲜血来"后，跳出此情此景，再次放慢叙事节奏，全知叙事者出现并总结了一句："那武松尽平昔神威，仗胸中武艺，半歇儿把大虫打做一堆，却似躺着一个锦布袋。"然后，引一首古风，将武松打虎事用韵文体复述了一遍。诗歌写道："景阳冈头风正狂，万里阴云霾日光。焰焰满川枫叶赤，纷纷遍地草芽黄。触目晚霞挂林薮，侵人冷雾满穹苍。忽闻一声霹雳响，山腰飞出兽中王。昂头踊跃逞牙爪，谷口麋鹿皆奔忙。山中狐兔潜踪迹，涧内獐猿惊且慌。卞庄见后魂魄丧，存孝遇时心胆强。清河壮士酒未醒，忽在冈头偶相迎。上下寻人虎饥渴，撞着狰狞来扑人。虎来扑人似山倒，人去迎虎如岩倾。臂腕落时坠飞炮，爪牙爬处成泥坑。拳头脚尖如雨点，淋漓两手鲜血染。秽污腥风满松林，散乱毛须坠山崦。近看千钧势未休，远观八面威风敛。身横野草锦斑销，紧闭双睛光不闪。"[1] 诗歌从景阳冈的景色写起，再渲染兽中之王老虎对于小动物的威慑，用卞庄和李存孝两位古代刺虎打虎的勇将与"清河壮士"武松类比，详细写武松赤手空拳打虎的场面。正好给读者一个时空回味和欣赏武松打虎的全过程。然后用一句话收束回放，回到现场："当下景阳冈上那只猛虎，被武松没顿饭之间，一顿拳脚，打得那大虫动掸不得，使得口里兀自气喘。"赤手搏虎高潮过后，再来一个"只怕大虫不死"的半截哨棒打虎，再写武松已无力拖老虎下冈，文字和金圣叹评点本相同，阅读的紧张度和感受却大不相同。

武松打虎之后，因担心又跳出一只老虎，自己无力搏斗，便不再逞强，打算下了景阳冈，返回酒店。走了半里路，夜色昏黑中见枯草丛钻出两只老虎，不禁大惊失色："呵呀，我今番死也！性命罢了！"（金圣叹评点本"阿呀！今番罢了！"）直到发现不是两只老虎而是两个猎户，这段打虎故事才基本告一段落。武松的惊吓之态并不会让人觉得英雄气短，倒是将老虎与英雄的博弈写得旗鼓相当，相得益彰。对此，金圣叹在第二十二

---

① （明）施耐庵：《水浒传》，第295页。

回回评中有精彩的论说：

> 读打虎一篇，而叹人是神人，虎是怒虎，固已妙不容说矣。乃其尤妙者，则又如读庙门榜文后，欲待转身回来一段：风过虎来时，叫声"阿呀"，翻下青石来一段；大虫第一扑，从半空里揸将下来时，被那一惊，酒都做冷汗出了一段；寻思要拖死虎下去，原来使尽气力，手脚都苏软了，正提不动一段；青石上又坐半歇一段；天色看看黑了，惟恐再跳一只出来，且挣扎下冈子去一段；下冈子走不到半路，枯草丛中钻出两只大虫，叫声'阿呀，今番罢了'一段。皆是写极骇人之事，却尽用极近人之笔，遂与后来沂岭杀虎一篇，更无一笔相犯也。①

二 "打虎武松"是一个符号

武松打虎之后，很快"打虎武松"的英雄美名就传扬开了。武松从遇到假扮老虎的两个猎户起，便开始讲述自己打虎的故事。金圣叹在评点中总结为"五遍自叙"，第一遍自叙，两个猎户说出这一只极大的老虎害人无数，询问武松是甚人，可曾见到老虎？武松答话道："我是清河县人氏，姓武，排行第二。却冈子上乱树林边，正撞见那大虫，被我一顿拳脚打死了。"两个猎户并不相信，于是又问怎么打死老虎的？武松便"把那打大虫的本事，再说了一遍"。金圣叹批道："实是异常得意之事，不得不说了又说。"② 两个猎户又喜又惊，将十几位乡民叫拢。"两个猎户叫武松把打大虫的事说向众人"（容与堂本为"两个猎户把武松杀大虫的事，说向众人"）。然后众人跟武松一同上景阳冈，才看见那只死老虎。喜出望外的众人将死老虎抬下景阳冈，然后抬着武松，抬着老虎，到上户里正家，武松在众人跟前"把那打虎的身分，拳脚，细说了一遍"。众人都道武松是"英雄好汉"。第二天，武松打虎成为整个阳谷县的轰动性事件，众人拥上

---

① （明）施耐庵撰，金圣叹评《水浒系列小说集成·贯华堂第五才子书水浒传》第二十二回，第278页。
② （明）施耐庵撰，金圣叹评《水浒系列小说集成·贯华堂第五才子书水浒传》第二十二回，第287页。

街头一睹英雄风采。这位"打虎的壮士"在县衙庭前，又把打虎的本事说了一遍，"庭上庭下众多人等都惊得呆了"。看到武松将一千贯赏钱散给众人猎户，知县以武松"忠厚仁慈"，举荐他做了阳谷县步兵都头。金圣叹改写并批点的"五遍自叙"，强调了武松的自我肯定以及民众的顶礼膜拜。从以性命相搏的打虎到当上都头，武松的人生进入高光时刻。

武松成了阳谷县众人瞩目的打虎英雄，被武大寻见便合情合理了。武大因听到街上人议论"景阳冈上一个打虎的壮士，姓武，县里知县参他做个都头"，猜到是武松；武松来到武大家，嫂子潘金莲也称："奴家也听得说道，有个打虎的好汉，迎到县前。奴家也正待要去看一看，不想去得太迟了，赶不上，不曾看见。原来却是叔叔。"西门庆与潘金莲通奸，武大称兄弟武松回来要找二人理论。西门庆懊悔道："我须知景阳冈上打虎的武都头，他是清河县第一个好汉。"而为武大殓尸的团头何九叔虽然收了西门庆十两银子，却不敢大意，因知道"武大有个兄弟，便是前日景阳冈上打虎的武都头，他是个杀人不眨眼的男子，倘或早晚归来，此事必然要发"，决定偷骨殖留下证据。

在刺配孟州牢城的路上，武松于十字坡遇张青，张青一听到武松之名，便道"莫不是景阳冈打虎的武都头"，可见打虎武松之名江湖传扬。武松来到孟州牢城"安平寨"，此处差拨也称武松是"景阳冈打虎的好汉，阳谷县做都头"。因为这样一个英雄好汉的标签，武松被管营老相公的儿子金眼彪施恩看中，免了他杀威棒，还在他的单身房里挂纱帐、铺藤簟、放凉枕，送来鱼肉酒饭尽有，晚上有人伺候香汤沐浴，早上有人伺候洗漱篦头。武松受此优待，报恩心切，自称："我去年害了三个月疟疾，景阳冈上酒醉里打翻了一只大虫，也只三拳两脚便自打死了，何况今日！"当施恩说出要请武松出手教训蒋门神，夺回快活林时，武松很爽快地答应下来，迫不及待地说："我如今便和你去，看我把这厮和大虫一般结果他。"金圣叹此处批道："打虎毕竟是武松平生得意之事，看他处处穿插出来。"于是，"醉打蒋门神"成为与"武松打虎"相比照的经典故事片段。

武松三月初杀了潘金莲、西门庆，坐了两个月牢房，到孟州十字坡是六月炎火天气。醉打蒋门神是七月间，"炎暑未消，金风乍起"。武松数月牢狱生活，不曾犯禁，却也沉抑下僚，志不获骋，如今受老管营礼遇，被施恩拜为长兄，正要大显打虎英雄的手段。武松要把英雄气势做足，向施恩提出"无三不过望"的要求："你要打蒋门神时，出得城夫，但遇着一个酒店便请我吃三碗酒，若无三碗时，便不过望子去。这个唤做无三不过望。"见施恩狐疑不信，武松大笑又搬出打虎经历："若不是酒醉后了胆大，景阳冈上如何打得这只大虫！那时节，我须烂醉了好下手，又有力，又有势！"施恩为配合武松的"无三不过望"，让两个仆人先带着自己家的好酒佳肴，前路等候，施恩陪武松一路走去快活林。施恩父子为了这重霸孟州道的关键一斗，谋划良久，老管营还暗地选派一二十条壮健大汉随后接应。所以施恩陪武松饮酒这一路，实际上还是信疑参半。从施恩的视角看武松摆架子做气势，有一丝俯视嘲讽的意味。小说特意写二人来到一座卖村醪小酒店。施恩问："兄长，此间是个村醪酒店，哥哥饮么？"金圣叹评点本改成："此间是个村醪酒店，也算一望么？"并批点道"意带讽谏，妙绝"。打虎好汉志在除暴安良，而在施恩父子看来，也不过是以暴制暴。

"醉打蒋门神"一段，写得和"拳打镇关西"一样，市井味道甚浓。武松到蒋门神的酒店"寻闹"，嫌酒不好，酒保为了息事宁人，给武松换了两碗上好的酒。武松又挑事："问道：'过卖，你那主人家姓什么？'酒保答道：'姓蒋。'武松道：'却如何不姓李？'"这纯粹是无缘无故的挑衅。最后武松提出："过卖，叫你柜上那妇人下来，相伴我吃酒。"完全激怒了蒋门神的小妾，酒店打斗就此开场。没几下，妇人、酒保都被扔进了酒缸。武松这才走出酒店去打蒋门神。小说写武松用脚踢倒蒋门神后，踏住胸脯，提起"醋钵儿"大小拳头便打。然后重复叙述了一遍武松踢倒蒋门神的动作："原来说过的打蒋门神扑手，先把拳头虚影一影，便转身，却先飞起左脚，踢中了便转过身来，再飞起右脚。这一扑有名，唤做'玉环步，鸳鸯脚'。这是武松平生的真才实学，非同小可！"此处揭示武松的武术套路，显出武松的才干，却总让人读出一丝嘲讽意味。武松竭尽全力，不过是为人利用。

武松惩戒蒋门神，让他依允三件事，退出快活林。并且声称："休言你这厮鸟蠢汉，景阳冈上那只大虫，也只三拳两脚，我兀自打死了！""若不离了此间，再撞见我时，景阳冈上大虫便是模样！"武松将"打虎得意之事，处处提唱出来"。他似乎没有意识到，人间豺狼和山中之虎原并不同。武松最后栽跟头也在这人间豺狼上。武松醉打蒋门神，施恩"得武松争了这口气，把武松似爷娘一般敬重"。然而武松终究只是一个受待见的囚徒，低下身份并未改变。直到张都监派亲随军汉来寻："那个是打虎的武都头？"张都监是施恩父亲老管营的上司，武松是孟州牢城的囚徒，张都监相请，武松不得不去。施恩或许预知到此去吉凶叵测，武松则不知其中人情委曲。张都监用"大丈夫""男子汉""英雄无敌"的奉承之语让武松感受到打虎英雄那般受人尊重；张都监将武松抬举成帐前亲随，武松或自以为用真才实学除暴安良，当真又一次成功翻身，平步青云。

武松被陷害是在八月中秋团圆之夜，张都监在后堂深处鸳鸯楼设宴庆赏中秋。武松被视为家人一同饮酒。张都监口口声声称武松为"义士"，把自己心爱的一个叫玉兰的养娘唤来席上唱曲劝酒，顺手将玉兰许配给武松做妻。武松在张都监府，感受到权力的魅力——"但是人有些公事来央浼他的，武松对都监相公说了，无有不依。外人都送些金银、财帛、缎匹等件"。还感受到人情的温暖——得张都监许配玉兰，武松起身再拜道："量小人何者之人，怎敢望恩相宅眷为妻？枉自折武松的草料！"而有此中秋家宴的款待，才有武松听到"有贼"，生出"都监相公如此爱我……他后堂内里有贼，我如何不去救护"的心思，才会被指认为贼，屈打成招，押入死囚牢。张都监等人欲置武松于死地的虎狼之心，武松在飞云浦才明白清醒。他折回孟州城里张都监家，在鸳鸯楼大开杀戒，在墙壁上写下"杀人者打虎武松也"八个大字。也是在此刻，武松才与死囚徒的身份彻底剥离。读者不再看到在权力机器面前伏小做低地生存着的武松，他是顶天立地的"打虎武松"。

"打虎武松"作为一个社会符号，已然喧腾众口。而武松自己也欣欣然接受这样一个搏命而来的耀眼光环。只是，短短数月不到一年，武松在这人世间经历过山车般的大起大落，想来也未尝不与"打虎武松"这一标签息息相关。

三　快意恩仇：孤胆英雄的生性与归宿

武松打虎，以力搏力，英雄气概与天齐。中华民族自古旌扬人类利用自然、征服自然的造化之功；女娲补天、夸父逐日、精卫填海、愚公移山以至李寄斩蛇等，都是讴歌人类改造自然、彰显生存意志的传说故事。武松打虎的故事之所以古今传扬，显然与此文化传统一脉相承。然而武松因景阳冈打虎、醉打蒋门神而扬名于世，因斗杀西门庆、潘金莲而入狱为囚，因大闹飞云浦、血溅鸳鸯楼而罪不可赦，反上梁山。武松的阳刚血性和打抱不平最终并未让他改换门庭，飞黄腾达，反而被人陷害，多人欲置之死地而后快。他的神勇和力量到底招惹了谁？武松的人生理想是否达成？下面从自然男性特质与社会男性特质来分析这位打虎英雄的悲剧色彩与文化意蕴。

首先，武松是一个具有突出男性特质的水浒英雄。小说中对武松自然性别特质的表现，不仅通过打虎一节，而且从与武大、西门庆的男性特质对比，从潘金莲的女性视角，从"供人头武二设祭"的复仇行动中得到充分展示。

容与堂百回本《水浒传》描写柴进庄上，宋江与武松初见面时，宋江在灯下看武松，有这样一篇韵文："身躯凛凛，相貌堂堂。一双眼光射寒星，两弯眉浑如刷漆。胸脯横阔，有万夫难敌之威风；语话轩昂，吐千丈凌云之志气。心雄胆大，似撼天狮子下云端；骨健筋强，如摇地貔貅临座上。如同天上降魔主，真是人间太岁神。"① 其中除了"身躯凛凛，相貌堂堂"这样描写男性外貌的套语。最形象的是"似撼天狮子下云端""如摇地貔貅临座上"这两个动物性比喻。而"天上降魔主"和"人间太岁神"也是从神性的角度比照武松的自然人性。武松打虎之后下山，遇到两个扮作老虎的猎人。他们看见武松吃了一惊，道："你那人吃了㺚豽心，豹子肝，狮子腿，胆倒包着身躯！如何敢独自一个，昏黑将夜，又没器械，走过冈子来！你你你是人是鬼？"此处袁无涯眉批道："从猎户口里说一番惊骇的话，更见打虎之雄。"这里的"㺚豽心，豹子肝，狮子腿"与上面韵文异曲同工地凸显武松的霸权男性特质。

此后，武松在阳谷县遇到了自己的亲兄弟武大。小说特意将兄弟俩进行了对比："看官听说：原来武大与武松，是一母所生两个。武松身长八尺，一貌堂堂，浑身上下，有千百斤气力。不怎地如何打得那个猛虎。这武大郎身不满五尺，面目生得狰狞，头脑可笑。清河县人见他生得短矮，起他一个诨名，叫做'三寸丁谷树皮'。"② 接着介绍了武大那个"年方二十余岁，颇有些颜色""为头的爱偷汉子"的妻子潘金莲。武大的猥琐，武松的雄壮，在潘金莲眼中形成鲜明的对比。而潘金莲的色诱，诱叔不成后的撒泼泄愤，也衬托出武松维护人伦的霸权男性特质。

小说对西门庆的介绍侧重于他的社会身份地位，经济能力。西门庆是

---

① （明）施耐庵：《水浒传》，第289页。
② （明）施耐庵：《水浒传》，第300页。

"阳谷县一个破落户财主，就县前开着个生药铺。从小也是一个奸诈的人，使得些好拳棒；近来暴发迹，专在县里管些公事，与人放刁把滥，说事过钱，排陷官吏，因此满县人都饶让他些个"。[①] 潘金莲和西门庆勾搭成奸，其中最重要的一个人物是王婆。小说用"王婆贪贿说风情""王婆计啜西门庆"为标题，突显这位女性在武松杀嫂故事中的重要配角作用。人类学家米歇尔·罗塞尔（Michelle Rosaldo）认为："现在，在我看来，妇女在人类社会生活中的地位，在任何直接意义上说都不是她的行为的结果，而是在具体的社会互动中她的活动所获得的意义的结构。"[②] 王婆眼中的西门庆有泼天的财富，她在潘金莲面前吹嘘："家里钱过北斗，米烂陈仓；赤的是金，白的是银，圆的是珠，光的是宝。也有犀牛头上角，亦有大象口中牙。"[③] 她的"潘、驴、邓、小、闲"是对男性权力世界发出的挑战，并成功地唆使西门庆为了自然欲望，僭越道德，鸩杀武大，在男性世界挑起争端。

在武松眼里，潘金莲是嫂嫂。在西门庆眼里，潘金莲是一个"妖娆的妇人"。从潘金莲一句"官人休要罗唣，你真个要勾搭我"看出，与王婆不同，潘金莲并不怎么看重西门庆的社会性别特征。她眼里的西门庆，也不过是一个被她征服的男性。潘金莲以其情欲和性幻想，构建了她的社会性别和文化意义。

武大的性无能，潘金莲和西门庆的性放纵，最终酿成武大的悲剧。作为亲兄弟的武松尽管获取了所有的证据，却无力通过官府将凶手绳之以法。他用自己的霸权男性自然特质，充当亲属关系、人伦关系的维护者，为兄弟报仇，彰显正义。这也是孤胆英雄武松的又一次胜利，他用身体的力量惩恶扬善，也挑战了官府的权力。法理不外乎人情，正义的武松被网开一面，而武都头从此沦为囚徒。

其次，在男性社会特质的博弈中，个人意志挑战权力意志，武松的霸权男性特质受到损害。武松杀嫂后，他自己如何看待这样一次血性的复仇

① （明）施耐庵：《水浒传》，第 313 页。
② Michelle Zimbalist Rosaldo, "The Uses and Abuses of Anthropology: Reflections on Feminism and Cross-Cultural Understanding," *Signs*, 5 (1980): 400. 转引自〔美〕琼·W. 斯科特《社会性别：一个有用的历史分析范畴》，载王政、张颖主编《男性研究》，上海三联书店，2012，第 19 页。
③ （明）施耐庵：《水浒传》，第 324 页。

呢？武松虽然被刺配孟州牢城，但他多次声称："凭着我胸中本事，平生只要打天下硬汉，不明道德的人。""我从来只要打天下这等不明道德的人！我若路见不平，真乃拔刀相助，我便死了不怕。"如果国家机器和权力意志不能维护正义和道德，武松便会以身体为武器去维护。他惩戒了蒋门神，帮助施恩夺回快活林。这在武松看来，便是"路见不平，拔刀相助"。在血性复仇和快意恩仇中，武松逐步确立自己的社会性别。

斯科特分析了社会性别的内涵，并认为："社会性别是指涉权力关系的基本方式。权力在社会性别这个基本场域中被表述，或通过这个基本场域得到表述。"① 社会性别参与建构男性多种特质。武松受施恩厚待，为他助拳。面对张都监的赏识，武松也感激涕零。他以囚徒的身份、打虎的勇敢，在男性社会中试图参与权力的建构。然而，水浒世界的权力并不维护道德，反而成为助纣为虐的工具。权力一旦被侵犯，便开始对武松进行无情的碾压。

在张都监府上，武松无辜蒙冤，下了死囚牢，这是武松没有意料到的人性丑陋与阴谋设计。张都监翻手为云覆手为雨，将武松玩弄于股掌；武松谋人钱财，罪不至死。官府受了人情贿赂，被张都监、张团练、蒋门神买通，一定要害了武松性命。张都监与张团练是结义兄弟，武松与施恩也是结义兄弟。在营救武松一事上，施恩父子与张都监等人展开较量博弈。武松则始终示以霸权男性心态。他打算"越狱"，有拼将一死、鱼死网破的决心。在醉打蒋门神这一事件上，武松最受人诟病的便是他对于社会性别的无视与无感，这足以消解他的男性霸权特质。武松对自己的男性特质颇为自信。他调戏蒋门神的小妾，挑起男性之间的战争，用身体做武器，打得蒋门神跪地求饶，他自己也付出了巨大的代价，身心俱疲。武松最终报复社会，为了解气快意，在鸳鸯楼杀死张都监等含弱小十五口人，走向了反对权力意志的极端。

打虎一节，武松以其自然男性特质征服猛兽，并由此进入社会，面对兄嫂、街坊邻居、异姓兄弟、各级官吏，小说描写了众人对武松自然男性特质的霸权性表示充分肯定，并由此产生的不同心态。众邻居、团头何九叔因对武松的忌惮而产生同情，王婆因对权势财富的倚仗而产生恶情，武

---

① 〔美〕琼·W. 斯科特：《社会性别：一个有用的历史分析范畴》，载王政、张颖主编《男性研究》，第22页。

松以个人暴力解决问题，为兄报仇。而张都监等人虽也对武松有所忌惮，却因为社会性别凌驾于自然性之上，带有社会性的权力意志色彩。

武松的男性阳刚之气，体现在对女性世界的绝对权威上。刀剐潘金莲，手刃张都监妻子、玉兰、丫鬟。武松与孙二娘的打斗，充满色相情欲之描写，与武松的性无感——孙二娘被视同男性——形成鲜明对比。武松用自然性消解了权力意志，而自身不容于社会。在张青、孙二娘的十字坡，武松改变了自己的身份，他借用别人的出家人身份度牒而成为一个假头陀行走江湖。成为行者的武松，在蜈蚣岭杀死调戏民女的王道长，放走民女。行者武松在酒店喝酒吃肉，店家称他为"出家人""师父"，孔亮骂他作"鸟头陀""贼行者"，武松却对新的身份毫无认同感，抢人美酒鸡肉，直到醉饱。喝酒吃肉与男性身份认同联系在一起，成为展现水浒英雄男性特质的重要表现。

男性世界，充满互相矛盾的欲望和各种情绪的表达。武松身上的霸权男性特质，并不必然转化为令人满意的人生体验。武松醉酒后，在白虎山孔太公庄遇见宋江，宋江向众人介绍："他便是我时常和你们说的那景阳冈上打虎的武松。我也不知他如今怎地做了行者？"武松似乎也猛然醒悟了自己的出家身份，当宋江邀他一同去花荣的清风寨。武松推辞道："哥哥，怕不是好情分，带携兄弟投那里去住几时。只是武松做下的罪犯至重，遇赦不宥。因此发心只是投二龙山落草避难，亦且我又做了头陀，难以和哥哥同往，路上被人设疑。便是跟着哥哥去，倘或有些决撒了，须连累了哥哥。便是哥哥与兄弟同死同生，也须累及了花荣山寨不好。只是由兄弟投二龙山去了罢。天可怜见，异日不死，受了招安，那时却来寻访哥哥未迟！"[①] 宋江和武松在三岔路口各奔东西时，宋江叮嘱武松"少戒酒性"，望日后招安，去边疆报国为民，博个封妻荫子，青史留名；并声称，以武松这等英雄，日后必是大官。武松初上二龙山，自知罪孽深重，尚不忘招安；武松上梁山之后，已认同自己是行者出家人的身份，社会性别意识更加淡薄。他与鲁智深一起，一个挥舞着禅杖，一个拿着双戒刀，在梁山多次战斗中参战现身，有时便以出家人扮装成行脚僧。在打方腊的战斗中，武松被包道乙砍伤左臂，自己用戒刀断臂。鲁智深在六和寺坐化后，小说写道："当下宋江看视武松，虽然不死，已成废人。"武松自己表示

---

① （明）施耐庵：《水浒传》，第419页。

"小弟今已残疾，不愿赴京朝觐。尽将身边金银赏赐，都纳此六和寺中陪堂公用。已作清闲道人，十分好了。哥哥造册，休写小弟进京。"宋江回答："任从你心。"武松自此在六和寺出家，八十岁而善终，是为"天伤星"。武松由假行者变成了真和尚。最终的出家身份，完全泯灭了武松打虎的霸权男性特质。武松的人生落幕，可谓"壮怀寂寞客衣单"，与宋江给他设定的封妻荫子完全不同。

武松打虎，映照出打虎武松的辉煌；而繁华落尽，凸显的是一个男性英雄的悲剧。

《水浒传》宋江形象新论

邓　雷[*]

摘　要：一直以来，受到金圣叹评点本的影响，不少读者对宋江抱有一种否定的态度，认为宋江奸诈、虚伪，只会通过银子收买人心。本文通过重新剖析宋江的职业、社会身份、长相、武艺以及情感需求等，发现宋江其实就是一个平凡、普通的人，只是比普通人多了一份坚守，多了一些常人难以做到的行为，因而显得不平凡。也正是因为这种不平凡，又让宋江有了成为英雄的可能性。

关键词：《水浒传》　宋江　人物形象

一直以来，受到金圣叹评点本的影响，不少读者对宋江抱有一种否定的态度，认为宋江奸诈、虚伪，只会通过银子收买人心。重新剖析宋江的职业、社会身份、长相、武艺以及情感需求等，会发现宋江其实就是一个平凡、普通的人，只是比普通人多了一份坚守，多了一些常人难以做到的行为，而显得不平凡。也正是因为这种不平凡，让宋江不时做出英雄的举措。

一　金圣叹独恶宋江

金圣叹曾经有过一段关于宋江的评论，经常被人提起，"若写宋江则不然，骤读之而全好，再读之而好劣相半，又再读之而好不胜劣，又卒读

---

*　邓雷（1988～　），男，福建师范大学文学院副教授，研究方向为元明清小说。

之而全劣无好矣"①。从中可以看出金圣叹对于宋江的情感态度。至于他对于宋江是不是真的有这样一个由好到坏的转变过程，不得而知。但可以确知的是，金圣叹读过很多遍《水浒传》。现在所能看到的金圣叹批语，并非一时一地所作，这些批语夹杂了不同时期金圣叹的思想和看法，包括金氏少年时期的批语、为其子金雍以及其他子弟学习文法所作的批语、最后出版时增添的批语等。②

金圣叹批点的《第五才子书施耐庵水浒传》中，也呈现出金圣叹对待宋江的矛盾心态。金圣叹有一些赞扬宋江的批语。如第 17 回赞宋江为"人中俊杰""看他精道"，第 22 回感叹"真好宋江，让人心死"，第 38 回称宋江"以非常之人，负非常之才，抱非常之志"，第 57 回"宋江有过人之才"等。这些赞赏类的批语在书中所存不多，有些可能是早年评点之时遗留下来的。而批判宋江的批语占了绝大多数。甚至可以说，金氏关于宋江的批语，基本上是负面的，有些贬斥的批语非常之极端，到了谩骂的程度。像《读法》中"只是把宋江深恶痛绝，使人见之，真有犬彘不食之恨"；第 61 回将宋江斥为老奴，"遂令老奴一生权术，此书全部关节，至此一齐都尽也"；第 25 回金氏将宋江与其他梁山人物比较，得出宋江是狭人、甘人、驳人、歹人、假人、呆人、俗人、小人、钝人的结论。从这些批语可以看得出来，金圣叹对宋江厌恶到了极点。不仅如此，金圣叹把梁山众人分为五等，上上、上中、中上、中下、下下，其中下下等人只有宋江和时迁，"时迁、宋江是一流人，定考下下"。在金圣叹眼中，宋江的品行跟偷鸡摸狗的时迁差不多。

金氏不仅增添批语谩骂宋江，而且篡改了《水浒传》的文字，将宋江变成了一个"犬彘不食"之徒。

金圣叹对金批本《水浒传》所做的工作主要有四项：伪托古本、腰斩《水浒》、增添批语、改定文字。其中改定《水浒传》文字一项，据不完全统计，有万余处。③绝大多数《水浒传》的文字，无论是字词句的精练程

---

① （明）施耐庵：《第五才子书施耐庵水浒传》，凤凰出版社，2016，第 643 页。之后金圣叹评本引文皆出此书，不另出注。

② 邓雷：《金圣叹评点〈水浒传〉的历时性》，《哈尔滨学院学报》2014 年第 2 期，第 67 ~ 71 页。

③ 曾晓娟：《"评"与"改"：中国古典白话小说之雅化过程——以〈水浒传〉为中心》，南开大学出版社，2017，第 16 页。

度，还是人物形象以及情节，经由金圣叹改定之后，其艺术性都较之原本为胜。① 其中人物形象的修改，如李逵、鲁智深等，金圣叹都是朝着符合人物性格特征的方向修改，而只有宋江，金圣叹是朝着全方位抹黑的方向修改。

宋江人称"孝义黑三郎"，"孝"与"义"二处金氏均有所改动。孝的方面，如第22回，百二十回本"（宋江、宋清）都出草厅前，拜辞了父亲宋太公。三人洒泪不住，太公分付道：你两个前程万里，休得烦恼"。② 金批本改为"（宋江、宋清）都出草厅前，拜辞了父亲。只见宋太公洒泪不住，又分付道：你两个前程万里，休得烦恼"。改动之后的宋江，看不出对宋太公的感情。不仅如此，金氏此处还特意写下批语，暗讽宋江假孝顺，"无人处却写太公洒泪，有人处便写宋江大哭。冷眼看破，冷笔写成，普天下读书人，慎勿忽《水浒》无皮里阳秋也"。

义的方面，主要表现在对晁盖之死的态度上。其一，百二十回本中晁盖要去亲征曾头市，宋江多次劝谏晁盖。金圣叹则改为宋江不发一言，劝谏者变成了吴用。其二，晁盖中箭后，百二十回本有宋江亲自为其敷药灌汤之言，金圣叹悉数删去。其三，祭祀晁盖之时，百二十回本是宋江传令，而金圣叹将其改为林冲请宋江传令。其四，百二十回本中晁盖去世，宋江欲起兵与晁盖报仇，是吴用劝住了宋江，让其百日后方可举兵。金圣叹则改为宋江本人想要推迟报仇的时间。这一类的改动非常之多，也非常之大，完全把宋江变成了一位处心积虑谋害晁盖，篡权夺位的小人。

除了"孝"与"义"，金氏为了丑化宋江而做的某些改动，简直匪夷所思，超出情理之外。如第44回，李逵还山之后，诉说取娘至沂岭，被虎吃了，因而杀了四虎，又说假李逵剪径被杀之事。在这段叙述中，百二十回本在李逵说到假李逵剪径被杀之事后，众人大笑，而金圣叹将此段文字改为"又诉说杀虎一事，为取娘至沂岭，被虎吃了，说罢，流下泪来。宋江大笑道……"将众人听到假李逵剪径被杀后大笑，变成了宋江听到李逵老娘被老虎吃了后大笑。此处改动把宋江变成了何等没心没肺，甚至丧心

---

① 邓雷：《从金批"俗本"看贯华堂本〈水浒传〉的艺术成就》，《齐齐哈尔大学学报》（哲学社会科学版）2015年第1期，第9页。

② （明）施耐庵：《李卓吾评忠义水浒全传》，黄山书社，1991，第264~265页。之后百二十回本引文皆出此书，不另出注。

病狂之人，李逵的娘被虎吃了，宋江竟然一个人在独自大笑，完全不符合情理，也不符合宋江此人的人物性格。

《水浒传》自有文字著录及评论以来，已有四百余年的历史。在此期间虽然也有论者表示激赏宋江，尤其是明清时期，但主要赞扬的是宋江的忠义精神。如天都外臣《水浒传序》称宋江"有侠客之风，无暴客之恶。是亦有足嘉者"；李贽《忠义水浒传序》称赞宋江为"忠义之烈"，"身居水浒之中，心在朝廷之上，一意招安，专图报国"；陈洪绶《水浒叶子》称宋江"刀笔小吏，尔乃好义"等。这些赞扬宋江的声音比较小，也显得断断续续。

四百余年间，关于《水浒传》中宋江的评论，影响比较大的有三次，分别是：叶昼伪托李卓吾的评点、金圣叹的评点、毛泽东关于《水浒传》的评论。叶昼关于宋江的评价基本上是反面的，多有"权诈""黄老派头""假道学"之称，如第55回"宋公明凡遇败将，只是一个以恩结之，所云'知雄守雌'也，的是黄老派头。吾尝谓他'假道学真强盗'这六个字，实录也，即公明知之，定以为然"。① 毛泽东关于《水浒传》的评论影响较大的是以下文字，"《水浒》这部书，好就好在投降。做反面教材，使人民都知道投降派"，"《水浒》只反贪官，不反皇帝。屏晁盖于一百零八人之外。宋江投降，搞修正主义，把晁的聚义厅改为忠义堂，让人招安了。宋江同高俅的斗争，是地主阶级内部这一派反对那一派的斗争。宋江投降了，就去打方腊"。此段话一出，举国上下立即掀起了"评《水浒》、批宋江"的运动。② 这场运动从1975年9月到1976年9月，持续了一年的时间。当时全国都是批判宋江的文章，根据中国社会科学院文学研究所图书资料室编《中国古典文学研究论文索引（1963—1979）》的统计，这次为时一年的运动中，发表的评《水浒传》的文章有1700多篇。③ 此时期各类出版社出版的《水浒传》扉页，皆有毛泽东关于《水浒传》的这段指示。

关于宋江的这三次评论，影响最大的还是金圣叹的评点。金批本出版于明代灭亡的前三年——崇祯十四年（1641），其在清代《水浒传》的销

---

① （明）施耐庵：《容与堂本水浒传》，上海古籍出版社，1988，第825页。之后容与堂本引文皆出此书，不另出注。
② 夏杏珍：《关于1957年评〈水浒〉运动的若干问题》，《文艺报》1995年12月22日。
③ 许勇强、李蕊芹：《〈水浒传〉研究史》，中国社会科学出版社，2017，第186页。

售市场，占据着绝对的统治地位。民国的石印本以及第一部汪元放新式标点本《水浒传》都是用金批本作为底本。直到新中国成立之后，明代的其他《水浒传》版本如百回本、百二十回本的影印本、点校本才逐渐出版，但是金批本依旧有着强大的生命力，影响着一代又一代的读者，使得颇多读者掉入了罔顾事实，不遗余力攻击宋江的陷坑。

二 宋江是一个平凡之人

其实，如果细细剖析宋江的职业、社会身份、长相、武艺以及情感需求等，便会发现，宋江实际上就是一个平凡、普通的人。

宋江的平凡、近似于普通人这点，从他一出场就注定了。宋江的出场介绍，前半部分是这样的：

> 那押司姓宋名江，表字公明，排行第三，祖居郓城县宋家村人氏。为他面黑身矮，人都唤他做黑宋江。又且于家大孝，为人仗义疏财，人皆称他做孝义黑三郎。上有父亲在堂，母亲丧早，下有一个兄弟，唤做铁扇子宋清，自和他父亲宋太公在村中务农，守些田园过活。这宋江自在郓城县做押司。他刀笔精通，吏道纯熟，更兼爱习枪棒，学得武艺多般。（第 18 回）①

从这段话中可以看出以下内容。一者，宋江的职业比较普通，是押司。押司，又称为押录，主要的职责有三项：第一是收发、签押、保管诸类公文；第二是催征赋税；第三是协助办理狱讼案件。押司在县里面属于高级人吏，算是县中的主管吏。② 排名在宋江之后的还有贴书后司张文远，是宋江的同房押司。押司属于胥吏。胥吏在宋代非常之多，仅州县两类官府中的胥吏就有将近 20 万人，③ 从这点来看，押司这个职业分属平常。不仅如此，胥吏的社会地位非常低下，尤其是在身居高位的士大夫眼中，所

---

① （明）施耐庵：《容与堂本水浒传》。此后《水浒传》引文皆出此书，不另出注。
② 苗书梅：《宋代县级公吏制度初论》，《文史哲》2003 年第 1 期，第 125 页。
③ 甄一蕴：《官民之间：北宋胥吏阶层研究》，硕士学位论文，西北民族大学，2014，第32 页。

以宋江总是自称为"疏顽小吏""郓城小吏""鄙猥小吏""文面小吏"等。自宋神宗时实行免役法后，州县役由轮差与投名并行改为全部投名，这意味着宋江当押司是自愿的行为。此举也与宋江的自述"小可不才，自小学吏，初世为人，便要结识天下好汉"（第41回），宋太公所言"不孝之子宋江，自小忤逆，不肯本分生理，要去做吏，百般说他不从"（第22回）相符。

然而，做吏也就代表着无法科举做官。北宋初年胥吏还能通过科举由吏至官，而在宋太宗端拱二年（989）对胥吏科考严加制止后，胥吏在宋代的地位一落千丈。虽然胥吏也有授官出职的机会，但这主要是针对中央高级吏职而言，[①] 像宋江这种县级胥吏，授官出职的可能性微乎其微。《水浒传》中种种迹象表明，宋江是想当官的，像宋江与武松分别之时，宋江劝说武松的话，"我自百无一能，虽有忠心，不能得进步。兄弟，你如此英雄，决定得做大官"（第32回），即表明此点。那么为何宋江没有通过科举进入仕途，而选择了做吏这条路？其实答案非常简单，就是考不上。宋江并非没有科举梦，浔阳楼醉酒后题诗，"自幼曾攻经史"（第39回），可见年少时宋江应该也曾有过科举入仕的梦想，但是能通过科考的毕竟只是少数人。据《北宋贡举登科人数考》统计，北宋科举共开科考试81榜，取士5万余人。[②] 虽然宋代科举的年录取率要高于其他朝代，但是宋江依旧考不上，不仅考不上，而且也没信心考上，所以才早早地选择了做吏一途。由此可见，宋江虽然能作得几首歪诗，但是并不具备读书与考试的才能。

二者，宋江从经济情况来说属于富民。其父宋太公有一处庄园，这一处庄园应该是宋家世代务农积攒所得，里面有少量庄客可供驱使。宋太公在宋江犯事之后，展现过一定财力，如"太公随即宰杀些鸡鹅，置酒管待了众人，赏发了十数两银子"（第22回），"随即排下酒食，犒赏众人。将出二十两银子，送与两位都头"（第22回），"请两个都头到庄里堂上坐下，连夜杀鸡宰鹅，置酒相待。那一百土兵人等，都与酒食管待，送些钱物之类。取二十两花银，把来送与两位都头做好看钱"（第36回），"我知江州是个好地面，鱼米之乡，特地使钱买将那里去。你可宽心守奈，我自

---

① 赵世瑜：《吏与中国传统社会》，浙江人民出版社，1994，第92页。

② 张希清：《中国科举制度通史》（宋代卷），上海人民出版社，2017，第812～872页。

使四郎来望你，盘缠有便人常常寄来"（第 36 回）。当然，宋江自己也有不少家资，拒绝刘唐赠金之时，宋江就说道"宋江家中颇有些过活"（第21 回）。

虽然富民是宋江的社会身份，但是富民在宋代大量存在，并不稀见，苏辙就曾说过"惟州县之间，随其大小，皆有富民"。① 《水浒传》中富民也是无处不在。梁山泊中就有史进、晁盖、卢俊义、柴进、李应、朱仝、雷横、穆弘、穆春、孔明、孔亮等人。宋江与其中某些人相比，像晁盖、卢俊义、柴进、李应等，只能算是很小的富民。在梁山之外，富民同样随处可见，像郑屠、赵员外、蒋门神、西门庆、毛太公等。其实宋江做吏也与其富民的身份有关，富民既不甘心自己的平民身份，又无心按照父辈的轨迹守着庄园土地过小富即安的生活，像宋江便是如此。那么他们要实现自己的身份转化和获得社会话语权只有通过其他途径，最重要的是科举入仕，其次是去边地建立功业。当然，为吏也是一个明智的选择，既能取得基层管理的部分权力，又能谋求一定社会影响力。② 除宋江之外，朱仝和雷横也是由富民为吏的代表。

三者，宋江的外貌很平凡，甚至可以说在中人之下。其外貌有三个特征。一是黑，无论"黑宋江"还是"黑三郎"指的都是他这个特征，而李逵甫一见到宋江，便问"这黑汉子是谁"。二是矮，宋江的身高是六尺，赞语当中提到"身躯六尺"，而其他一些梁山好汉的身高，鲁智深八尺、林冲八尺、杨志七尺五六、索超七尺以上、朱仝八尺四五、雷横七尺五寸、公孙胜八尺、武松八尺、李俊八尺等，与这些好汉相比，宋江矮了至少有一尺。这个身高放在普通人当中也是比较矮的，清风寨宋江看舞鲍老的时候，有这样一句描写，"宋江矮矬，人背后看不见"。三是胖，揭阳岭上有提到宋江这一特征，"这囚徒莫不是黑矮肥胖的人"。小说中宋江的这三个外貌特征经常一起出现，尤其是黑矮，如"解一个黑矮囚徒""生得黑矮肥胖""前番来的那个黑矮身材""你那黑矮无能之人""你这矮黑杀才"等。

当然，据赞词所写，宋江的长相还是很英武的，"眼如丹凤，眉似卧

---

① 《苏辙集》，中华书局，1990，第 1230 页。
② 张锦鹏：《江湖英雄：宋代"富民"阶层追求的另一种表达图式——以〈水浒传〉为考察对象》，《江西社会科学》2020 年第 1 期，第 31～32 页。

蚕。滴溜溜两耳垂珠，明皎皎双睛点漆。唇方口正，髭须地阁轻盈；额阔顶平，皮肉天仓饱满。坐定时浑如虎相，走动时有若狼形"。所以，蔡九知府、辽国的定安国舅看见宋江，才会觉得他仪表非俗。

四者，宋江武艺稀松平常。虽然出场白说到宋江"更兼爱习枪棒，学得武艺多般"，但是宋江的武艺并不出众。《水浒传》中并没有正面展现宋江的武力如何，但是从一些侧面可以看出宋江的武力并不怎么样。首先，宋江有两个徒弟分别是毛头星孔明和独火星孔亮，第 32 回孔亮跟武松发生冲突打了起来，"那大汉（孔亮）却待用力跌武松，怎禁得他千百斤神力，就手一扯，扯入怀来；只一拨，拨将去，恰似放翻小孩儿的一般，那里做得半分手脚"。虽说武松武艺高强，但孔亮的武力确实让人有些不敢恭维。正所谓名师出高徒，从孔亮的武力来看，宋江这个师傅的功夫也不会高到哪里去。这一点就有些像史进的几个开手师傅，自身武艺低微，所以最开始教出来的史进，只有花架子。其次，在揭阳镇宋江被穆弘、穆春两兄弟追赶，逃到浔阳江船伙儿张横的船上，船开到江心之时，张横突然发难，要宋江或者自己把衣服脱了跳下江去，或者由他（张横）亲自拿刀把他砍到江下去。此时的宋江只是一而再、再而三的求情，并没有任何反抗动作。需要注意的是，跟宋江一起上船的还有押解宋江的两个官差，一行三人对上张横一人，宋江竟然一点反抗的心思都没有，可见宋江的武力连他自己都瞧不上。①

除了武艺之外，宋江也没有其他外在的特殊才能，此点也与普通人一般无二。这里的特殊才能指的不是江湖威望、人格魅力、领导力、统率能力等内在的东西。出场介绍中只谈到宋江"刀笔精通，吏道纯熟"。刀笔精通指的是能写出好文章，上文说到押司的其中一项职责是管理文牍，承接上司来文，为主官起草文稿，以及上报、下发公文，所以会写公文非常重要，很显然宋江长于此道。吏道纯熟，指的是业务的熟练，据《嘉定赤城志》所记载的押司招募条件，其中有一条就是"练于事"或"谙吏道"。② 由此来看，在职业上宋江算得上出类拔萃，但是此点对于成为绿林巨头、沙场战将，并没有什么作用。而梁山泊中除了武艺高强之辈外，能人异士也是辈出，像鼓上蚤时迁飞檐走壁，险道神郁保四身高一丈、膀大

---

① 邓雷：《〈水浒传〉情节的 YY 性》，《广西民族师范学院学报》2013 年第 6 期，第 94 页。

② 赵世瑜：《吏与中国传统社会》，第 89 页。

腰圆，神医安道全妙手回春，金毛犬段景住伯乐相马等。

当然也有学者认为"吏道纯熟"指的是宋江长于权变，精通谋略，能够驾驭大局，斡旋于天地之间。"自幼曾攻经史，长成亦有权谋。"① 宋江长于权变，这点应该没有什么问题，押司一项很重要的职能就是做好上面长官与下面百姓之间的工作，其中很多琐细之事必然需要权变。而宋江显然做得很好，才会有满县人的交口称誉。小说中也有一个细节可以体现宋江的权变，在给晁盖通风报信之时，宋江县内骑马缓缓行，出东门后则疾驰而行。但是精通谋略此点，即便是宋江自述，依然存疑。因为宋江在书中多次遇险后的行为，都让人觉得智谋并不出众，像在杀死阎婆惜后躲在自家的地窖中，在清风寨被花荣救回之后连夜下山，在浔阳楼吟反诗后拿屎尿涂身等。

五者，宋江与普通人一样，有正常的喜怒哀惧。其他英雄好汉，在情感方面似乎都超越常人，英勇无惧，像武松明知山有虎，偏向虎山行，以及得知兄长武大死亡后异常冷静；李逵单枪匹马劫法场，得知母亲为虎所害后，最先是愤怒，而不是害怕；石秀一个人跳楼劫法场等。宋江则与常人一样，有自己的喜好，像喜欢喝鱼辣汤；遇事容易惊慌失措，像在还道村被赵能、赵得抓捕时，慌不择路；生死关头表现出害怕、恐惧，像在浔阳江被张横逼着跳水之时，吓得跟两个公人抱作一团；会感春伤秋，像登浔阳楼感怀身世；在开心或是伤感时，喜欢吟诗填词，像重阳节在梁山宴会上吟诵了一首《满江红》；骨头也不怎么硬，像吟反诗被捕后，被打了五十多下板子就招供了，这一点还不如白胜；伤心了便暗自垂泪，征讨方腊之时，梁山好汉阵亡，宋江多次心伤泪流；宋江不主动招惹是非，但是被欺负后，报复心又比较强，像被黄文炳害得几乎丧命，得救后坚决要向黄文炳复仇，杀了黄文炳全家。

如此种种，都可以看出宋江其实就是一个平凡、普通的人。关于这点，其实宋江自身也有比较清醒的认识，在与卢俊义的对比中，宋江如此说道："非宋某多谦，有三件不如员外处。第一件，宋江身材黑矮，貌拙才疏；员外堂堂一表，凛凛一躯，有贵人之相。第二件，宋江出身小吏，犯罪在逃，感蒙众弟兄不弃，暂居尊位；员外出身豪杰之子，又无至恶之

---

① 竺洪波：《英雄谱与英雄母题：〈三国演义〉与〈水浒传〉研究》，上海古籍出版社，2013，第250页。

名，虽然有些凶险，累蒙天祐，以免此祸。第三件，宋江文不能安邦，武又不能附众，手无缚鸡之力，身无寸箭之功；员外力敌万人，通今博古，天下谁不望风而降"（第68回）。

三 宋江是平凡的英雄

宋江是平凡的，又是不平凡的，而宋江的不平凡往往又体现在他的平凡中。

首先，是宋江职业操守的不平凡。宋江的职业是押司，押司在宋代属于胥吏，胥吏这个职业在当时以及后世的评价，大都是负面的，主要是因为胥吏对上则阿谀奉承，对下则贪贿无度、谋取私利。关于胥吏负面的评价大量见于士大夫笔墨间，苏舜钦就曾尖锐地指出："州县之吏，多是狡恶之人，窥伺官僚，探刺旨意，清白者必多方以误之，贪婪者则啖利以制之，然后析律舞文，鬻狱市令，上下其手，轻重厥刑，变诈奇邪，无所不作。苟或败露，立便逃亡，稍候事平，复出行案。"[1] 胥吏的危害，不仅士大夫、官员阶层熟知，就是九重天之主的宋徽宗同样也知晓。宋徽宗曾说道，"州县奸赃污吏因缘公事，乞取民财，率敛钱物，不可胜计。至或驱役良民，应副私事，不顾公法。公人、吏人相与为市，不无彰露，监司、郡守己不廉洁，惧不敢发，遂使吾民阴受其弊"。[2]

奸恶的胥吏同样充斥着《水浒传》整部小说，像防送公人董超与薛霸，收了陆谦的钱财，一路上折磨林冲，欲将其置于死地；沧州牢城营的犯人讲述管营、差拨如何草菅人命，"此间管营、差拨十分害人，只是要诈人钱物。若有人情钱物送与他时，便觑的你好。若是无钱，将你撇在土牢里，求生不生，求死不死"；两院节级戴宗初时因宋江未给他送常例钱，对宋江百般羞辱；毛太公的女婿王正以及得了银子的包节级，欲陷害结果了解珍、解宝兄弟；济州老吏王谨给高俅出了一个阴损的改诏书招数，意图除去梁山众人等。最为深刻的还是阮小七述说胥吏害民之语："如今那官司一处处动弹便害百姓。但一声下乡村来，倒先把好百姓家养的猪羊鸡鹅，尽都吃了，又要盘缠打发他。如今也好，教这伙人奈何，那捕盗官司

---

① 《苏舜钦集》，中华书局，1961，第163页。
② （清）徐松：《宋会要辑稿》，中华书局，1975，第3232页。

的人，那里敢下乡村来。若是那上司官员差他们缉捕人来，都吓得尿屎齐流，怎敢正眼儿看他！"

宋江在这样一个污浊的"吏人世界"中，却能保持一定职业操守，并没有同流合污，确实可以称为不平凡。不平凡到阎婆惜都不相信，不信宋江没有收取晁盖的钱财，并对当时的胥吏提出了普遍的看法，"常言道：公人见钱，如蝇子见血。他使人送金子与你，你岂有推了转去的？这话却似放屁！做公人的，那个猫儿不吃腥？阎罗王面前须没放回的鬼"。

说到宋江的品行，许多的读者都会对其质疑，认为其奸诈虚伪，这里不予辩驳，但是小说中有几处小细节可以注意。其一，宋江在知道了阎婆惜与小张三勾搭之后，既没有找小张三麻烦，也没有对阎婆母女发难。其二，阎婆找到宋江，拉宋江回家，宋江虽然极度不想去，但还是去了，到家中，宋江虽然极度想走，但还是没走。这两例可见宋江的忠厚良善。其三，宋江的交友也有取舍，并不是什么人都交往。像后来的郓城县都头赵得、赵能，宋江与此二人就没有交情，原因是此二人往日就是刁徒。物以类聚，人以群分，从宋江对此二人的鄙夷也可见宋江品行一端。

其次，仗义疏财，是宋江一生最大的不平凡。宋江的出场介绍后半段是这样写的：

> 平生只好结识江湖上好汉，但有人来投奔他的，若高若低，无有不纳，便留在庄上馆谷，终日追陪，并无厌倦；若要起身，尽力资助，端的是挥霍，视金似土。人问他求钱物，亦不推托。且好做方便，每每排难解纷，只是赒全人性命。如常散施棺材药饵，济人贫苦，赒人之急，扶人之困，以此山东、河北闻名，都称他做及时雨，却把他比的做天上下的及时雨一般，能救万物。（第 18 回）

长长一大段文字，基本上在写宋江的仗义疏财。上文也说到宋江的社会阶层是富民，《水浒传》当中的富民非常多，但真正能做到仗义疏财的也就只有三个人，除宋江外，还有晁盖与柴进。其他的富户并没有什么仗义疏财之举，像北京大名府第一等长者、长在豪富之家、家中有四五十个行财管干的卢俊义，应该就没有什么疏财的举动，所以董超在押解卢俊义的时候，才说"你这财主们，闲常一毛不拔，今日天开眼，报应得快"（第 62 回）。

然而即便同样是仗义疏财的好汉，宋江与晁盖、柴进又有不同。其一，财力不同。晁盖与柴进都是大地主阶层，而宋江顶多只能算小地主阶层。晁盖是东溪村的保正，祖上便是富户，现在家里更是养了数十号的庄客。柴进的家产更是不用多说了，有名的大财主，大周柴世宗嫡派子孙，养了三五十个好汉在家中，有东西两处大庄园，中间相隔四十里。

而宋江只是一个押司，宋朝由于财政困窘，多半的胥吏没有俸禄，即便是有俸禄的胥吏，也时常出现不支给的情况。像宋徽宗时期，就有臣子说道，"常平库子、掐子不支雇钱，则是公然听其取乞"。① 库子、掐子同样也是胥吏的种类。宋江作为县级胥吏，多半没有俸禄，即便有，也相当微薄。同样，宋江的家产也不算丰厚，这点从阎婆惜胁迫宋江要一百两金子，宋江拿不出来，也可以看出。九十两金子，宋江要三日变卖家私才能凑出，一般认为一两金子约等于十两银子，如果要更确切的话，宋徽宗宣和年间金银的比价大概是 1∶13.3，② 此即意味着宋江家的现银没有 1200两，需要变卖家私才行。比之晁盖、柴进的家境，宋江确实算不上有钱，却依旧干着仗义疏财之事，这点更加难能可贵。可以细数一下宋江在小说当中，助人所花费过的银两数目：时常资助唐牛儿，具体银钱未知，有时可得数贯钱；资助阎婆十两；欲资助王公十两金子，大约一百三十两；资助武松十两；资助李逵十两；资助宋老儿一家二十两；资助薛永二十五两，前前后后大约花费了二百两银子。这些钱财对于宋江来说，是一笔不小的数目。

其二，仗义疏财的对象与时机不一样。晁盖资助的对象，小说中所述"平生仗义疏财，专爱结识天下好汉，但有人来投奔他的，不论好歹，便留在庄上住。若要去时，又将银两赍助他起身"，此处介绍与宋江介绍的后半大致相同，只是比宋江少了"人问他求钱物，亦不推托。且好做方便，每每排难解纷，只是赒全人性命。如常散施棺材药饵，济人贫苦，赒人之急，扶人之困"等语，可见晁盖资助的对象应该大半是江湖上的好汉。柴进资助的对象则更加明确，就是江湖好汉，"专一招接天下往来的好汉"，这里面还包括流刑的犯人以及犯事逃亡的罪犯。而宋江资助的对

---

① 王曾瑜：《宋朝阶级结构》，中国人民大学出版社，2010，第 258 页。
② 贺力平：《中外历史上金银比价变动趋势及其宏观经济意义》，《社会科学战线》2019 年第 12 期，第 40~50 页。

象虽然同样有江湖好汉，像武松、李逵、薛永之类，但更多的是那些需要帮助、没什么本事的普通人，像阎婆、王公、唐牛儿、宋老儿等人，正如赞词所说的"如常散施棺材药饵，济人贫苦"。

至于仗义疏财的时机，小说对柴进资助的描写是借助店主人之口表现的，"（柴进）常常嘱咐我们：酒店里如有流配来的犯人，可叫他投我庄上来，我自资助他"，可见柴进资助不分时机，甚至不分他人是否需要，这就导致不少投机取巧之徒前来骗取资助。就像洪教头说的，"大官人只因好习枪棒上头，往往流配军人都来倚草附木，皆道我是枪棒教师，来投庄上，诱些酒食钱米"（第9回）。而宋江则完全不同，他的绰号"及时雨"，疏财都是周人之急、扶人之困，并不是散漫地给钱。这点从他资助薛永就可以看出来，最开始薛永卖艺完事后，宋江并未出手资助他，之后薛永盘子掠了两遭，都无人打赏，宋江见他惶恐，才取出了五两银子解了薛永的尴尬之境。正是这样的及时之举，薛永才说："这五两银子强似别的五十两。"或许正是因为仗义疏财的时机把握得很好，总是在他人最困难的时候出手，才使得财力本不如晁盖、柴进等人的宋江，能用更少的钱达到更好的效果，在江湖上的名气也更大。

其三，仗义疏财的态度不同。这也是宋江与晁盖、柴进仗义疏财最大的不同点。三个人都是仗义疏财，但只有宋江是真正平等地对待对方。晁盖仗义疏财的态度从小说对于他对待投奔的公孙胜的描述即可看出，公孙胜明确表示不为钱米而来，只为见晁盖一面，晁盖却连面也不肯见，只是将粮米一再打发，"你便与他三五升米便了"，"以定是嫌少，你便再与他三二斗米去"，"他若再嫌少时，可与他三四斗米去"。柴进仗义疏财的态度从他对待林冲的描述也可见一斑，先是把投奔的人分成了三六九等，普通人只是"一盘肉，一盘饼，温一壶酒；又一个盘子，托出一斗白米，米上放着十贯钱"，遇到林冲这种武艺高强的就"先把果盒酒来，随即杀羊相待"，对宋江这种江湖上闻名遐迩之人则是"引着三五个伴当，慌忙跑将出来，亭子上与宋江相见"。而为了激林冲使出真本事，与洪教头比拼，更是故意将银钱丢在地上。晁盖和柴进的疏财都带有浓厚的施舍味道。

宋江则全然不同，如给薛永五两资助之时，不仅没有高高在上的样子，反而跟薛永说"权表薄意，休嫌轻微"。小说当中五两银子绝非小数目，郓哥曾得武松五两银子，心想"这五两银子，如何不盘缠得三五个月"，五两银子足够一个人三五个月的基本生活费。再如宋江欲资助王公十两金子，仅仅是为了让王公开心一下，"何不就与那老儿做棺材钱，教他欢喜"。而给宋老儿的资助更是如此，李逵误伤了宋玉莲，宋老儿顶多指望能得个三五两银子，但是宋江看这一家人本分，又是同姓，给了二十两银子，并为这一家人日后做了打算，"我与你二十两银子，将息女儿，日后嫁个良人，免在这里卖唱"。宋江的仗义疏财更多的是平等地对待对方，站在为对方着想的立场上。

宋江的仗义并不是完全通过疏财来表现。一些非疏财的仗义之举，则往往体现了宋江英雄的一面。如第32回，宋江被抓上清风山，之后为燕顺、王英、郑天寿所释放，在山寨住了五七天，正好碰上王英强抢刘高之妻，宋江仗义执言救下了刘高之妻，甚至为了救人跪拜王英，而最终也为了这个素不相识之人，使得王英"又羞又闷""敢怒而不敢言"。宋江的这种举动绝非常人敢做，要知道就在几天之前，宋江差点成为这几个人的刀下亡魂，而此时为了一个不相干的人得罪其中一个山大王，前途命运其实难卜。再如第48回，宋江两打祝家庄时，"宋江见天色晚了，急叫马麟先保护欧鹏出村口去。宋江又教小喽啰筛锣，聚拢众好汉，且战且走。宋江自拍马到处寻了看，只恐弟兄们迷了路"。这段话中，宋江身边只有马麟一个人随行保护，欧鹏受伤，宋江选择自己留下，让马麟保护欧鹏先行。不仅如此，宋江还担心众兄弟迷路，到处寻看。宋江正因为此举，自己落单，后面被扈三娘追袭。

宋江英雄之举的最集中体现，还是在征辽国与讨方腊两次征战。征辽国是为国平定外患，讨方腊是为国剿除内忧。无论征辽国还是讨方腊，宋江都竭尽所能、为国尽忠，这些行为也是真正的英雄之举。像征辽国之时，宋江所言"正欲如此与国家出力，立功立业，以为忠臣"，征辽国成功后所言"某等一百八人，竭力报国，并无异心，亦无希恩望赐之念。只得众弟兄同守劳苦，实为幸甚"。而讨方腊更是宋江向朝廷主动请缨，为国分忧，"某等情愿部领兵马，前去征剿，尽忠报国"，征讨方腊功成后言"以臣卤钝薄才，肝脑涂地，亦不能报国家大恩"。有不少读者认为宋江接受招安仅仅是为了当官，甚至不惜拿众兄弟的性命去换取高官厚禄，这种说法实属无稽之谈。因为在梁山众好汉征讨辽国之时，发生了一件足以彰显宋江拳拳忠君爱国之心的事情。在宋江一行攻下辽国檀州、夺回蓟州之后，大辽郎主派欧阳侍郎前去招安宋江等人。欧阳侍郎的一番言论确属肺腑之言，完全符合实情。宋朝招安宋江之后，仅仅封了宋江为先锋使，实际上并没有授予他任何官职；而辽国这边授予宋江镇国大将军之职，属于从二品，可谓位极人臣。在这样的言辞下，连吴用都动摇了，说出这样一番话：

> 我寻思起来，只是兄长以忠义为主，小弟不敢多言。我想欧阳侍郎所说这一席话，端的是有理。目今宋朝天子至圣至明，果被蔡京、童贯、高俅、杨戬四个奸臣专权，主上听信。设使日后纵有功成，必无升赏。我等三番招安，兄长为尊，止得个先锋虚职。若论我小子愚意，从其大辽，岂不胜如梁山水寨。只是负了兄长忠义之心。（第85回）

但是宋江却说，"军师差矣。若从大辽，此事切不可题。纵使宋朝负我，我忠心不负宋朝。久后纵无功赏，也得青史上留名。若背正顺逆，天不容恕。吾辈当尽忠报国，死而后已"（第85回）。从这段话中，可以读出宋江所秉持的忠义之心，这也是一个英雄应当具备的素质，而这一番话也完全打破了宋江接受招安只为当官的言论。

综上来看，宋江就是一个普通的人，一个平凡的人，无论职业、家境、长相、武艺以及情感需求等，均是如此。这一点，以前较少有人关注到。从此重新去审视宋江的某些行为，便会得到一些不同的看法，而不只是用奸诈、虚伪之类的词语去形容他。

腐儒的"黑道"人生
——王伦形象浅释

蓝勇辉[*]

摘　要：王伦是《水浒传》中戏份不多，但具有特殊意义的人物形象。文章从王伦的功绩、王伦的腐儒形象特征、对王伦之死的反思三方面，重新审视了王伦这一形象；并试图从古典小说史的角度，评价王伦作为腐儒的悲剧性人生和个性特征，希冀提供一个认识这一人物形象的独特视角。

关键词：王伦　腐儒　《水浒传》　人物形象

对于王伦，从古至今，多有人以"嫉贤妒能""愚昧无知""心胸狭窄""可恨可笑""不识时务""志浅才疏"等视之，不过平心而论，在与王伦相关而并不冗长的情节叙述中，作者对于王伦并不是一昧否定，对王伦的功绩亦给予肯定。作品的第82回，宋江说，自从王伦上山开创之后，却是晁盖上山，今至宋江，已经数载。那么王伦之于梁山，有何功绩呢？

一　王伦之功绩

首先，就梁山泊水域的对外扩张与集团"事业"经营而言，王伦可谓奠基者。《水浒传》曾借吴用与三阮兄弟的对话描述王伦统治下梁山泊的

＊　蓝勇辉（1988～），男，集美大学诚毅学院副教授，研究方向为元明清小说。

发展情况：

> "教授不知，在先这梁山泊是我弟兄们的衣饭碗，如今绝不敢去！"吴用道："偌大去处，终不成官司禁打鱼鲜？"阮小五道："甚么官司敢来禁打鱼鲜！便是活阎王也禁治不得！"……阮小七接着便道："这个梁山泊去处，难说难言！如今泊子里新有一伙强人占了，不容打鱼。""……这几个贼男女聚集了五七百人，打家劫舍，抢掳来往客人。我们有一年多不去那里打鱼。如今泊子里把住了，绝了我们的衣饭。因此一言难尽。"吴用道："小生实是不知有这段事，如何官司不来捉他们？"阮小五道："如今那官司，一处处动掸便害百姓。但一声下乡村来，倒先把好百姓家养的猪羊鸡鹅，尽都吃了，又要盘缠打发他。如今也好，教这伙人奈何，那捕盗官司的人，那里敢下乡村来。若是那上司官员差他们缉捕人来，都吓得尿屎齐流，怎敢正眼儿看他！"阮小二道："我虽然不打得大鱼，也省了若干科差。"吴用道："恁地时，那厮们倒快活！"阮小五道："他们不怕天，不怕地，不怕官司，论秤分金银，异样穿绸锦，成瓮吃酒，大块吃肉，如何不快活？我们弟兄三个空有一身本事，怎地学得他们！"①

从上面这段话，我们可知以下信息。第一，水性功夫了得、同属天罡星、武艺不俗的阮氏三雄竟然慑于王伦等"强人"的"威望"，不敢靠近水泊打渔，丢了打渔的饭碗，余象斗在上引画线处后评论说"此段小二叙王伦等强悍殊甚"，洵为独具慧眼之论。第二，这伙强人不仅公然挑战官府，而且颇有手段，以至于官府捕盗公人十分畏惧，不敢下乡缉盗。第三，这伙强人打家劫舍，广积金银，践行较为公平的财富分配原则，过着较为宽裕的物质生活，整体维持着一种较为稳定的局面。尽管林冲的加入让山寨实力如虎添翼，但王伦在此后直至殒命仍是山寨的"总指挥"，他在山寨的管理方面功不可没。

其次，在梁山泊山寨根据地的建设与管理上，王伦也有不俗的表现。作者直接论及王伦管辖下的梁山山寨的文字较少，但从一些细节中，我们还是可以得出一些结论。较为典型的是叙述林冲第一次上梁山时所见的相

---

① （明）施耐庵：《水浒传》，人民文学出版社，1997，第189～190页。

关描写：

> 林冲看岸上时，两边都是合抱的大树，半山里一座断金亭子。再转将过来，<u>见座大关，关前摆着刀枪剑戟，弓弩戈矛，四边都是擂木炮石</u>。小喽啰先去报知。二人进得关来，<u>两边夹道旁摆着队伍旗号；又过了两座关隘，方才到寨门口</u>。林冲看见<u>四面高山，三关雄壮，团团围定</u>；中间里镜面也似一片平地，可方三五百丈；靠着山口才是正门；两边都是耳房。朱贵引着林冲来到聚义厅上……①

从上述画横线的句子中，我们可以知道：第一，"四面高山，三关雄壮"，梁山山寨选址充分利用险要的地势，且设有多重关卡，可谓易守难攻；第二，山寨守卫森严，大关周边备有多种御敌的器械和工具，保持着防御敌人的态势；第三，队伍旗帜鲜明，组织有序，业已纪律严明。山寨大厅名"聚义"，已有相应的组织口号。足见，王伦及其队伍是有组织、有纪律、有口号，并据有梁山与水泊两个天堑优势的草寇。

最后，在威望声誉上，王伦虽因不能容纳林冲而颇受"妒贤害能"之讥，但仍具有一定的群众基础。梁山人员队伍多数能较忠心地听从王伦的差遣。如朱贵被安排在水泊岸边开酒店，充当耳目，较好地完成信息情报的搜集工作。在与山寨的其他头目的人际关系上，王伦尚能与他们一起大口吃肉、大碗喝酒，按秤分金银，维持着较为和谐的关系，以至于阮小二流露出无限的羡慕。小说中，朱贵、杜迁等人在林冲面前以哥哥称呼王伦。应当说，这类称呼并非出于违心的虚与委蛇，而是隐含着团伙间的较亲密的层级关系。作品在提及林冲欲手刃王伦时，是这么叙述的：

> 杜迁、宋万、朱贵本待要向前来劝；被这几个紧紧帮着，那里敢动。王伦那时也要寻路走，却被晁盖、刘唐两个拦住。王伦见头势不好，口里叫道："我的心腹都在那里？"虽有几个身边知心腹的人，本待要来救，见了林冲这般凶猛头势，谁敢向前。②

---

① （明）施耐庵：《水浒传》，第149页。
② （明）施耐庵：《水浒传》，第246页。

尽管朱贵等心腹之人出于明哲保身未能挺身护主，但毕竟心念主人安危。可知，王伦在山寨里仍具备一定人心基础，并没有在危急时墙倒众人推。

通过以上分析可知，在王伦治下，梁山泊山寨根据地的建设经营、梁山水泊领域的扩张巩固均取得长足进展。在团伙中，王伦亦具备一定人心基础。这足以证明王伦具备一定领导才干与组织能力，虽不能说有大才，但绝非评论者所说的"懦夫""无能""可笑秀才"。

在梁山的发展史上，王伦可算是厥功至伟了。所以张恨水在《水浒人物论赞》中曾说：

> 世未有必谋于我无损之人而后快者，则论功行赏，王之备位"水浒"，不必在杜迁宋万之下。①

王伦如果论功行赏，在水浒的排名将不在杜迁、宋万之下。然而，这位为梁山事业道夫先路的奠基人还是死了。王伦之死，则让笔者想起小说提及的一个词：腐儒。

二　王伦的"腐儒"与"穷儒"人生

和宋江一样，王伦在历史上实有其人。何心《水浒考证》说：

> 或许因为他是个聚众起义的首领，与宋江、晁盖有些相像，所以《水浒传》作者不管年代先后，也把他扯进了梁山泊去了。②

侯会也说：

> 王伦是北宋庆历年间（1041～1048）一次士兵起义的首领人物，他于庆历三年在沂州起事，此后又转战密、海、扬、泗、楚等州……转战区域及规模声势，几乎与宋江相捋（埒）……王伦素材的融入，

---

① 张恨水：《水浒人物论赞》，江苏文艺出版社，2008，第59页。
② 何心：《水浒考证》，上海古籍出版社，1985，第165～166页。

增强了小说情节的曲折跌宕之致，丰富了这部史诗般的作品，当然也显示了作者对起义素材的特殊兴趣。①

在历史文献中，王伦侵扰多郡，曾给政府军以沉重的打击。据欧阳修《论沂州军贼王伦事宜札子》所载，王伦勇猛彪悍，指挥若定，身着黄衫，俨然是英雄形象。而到了《水浒传》，王伦被塑造成一位武力低微的白衣秀才，并具有腐儒、穷儒的形象特征。作者借助林冲之口诟骂王伦：

> 量你是个落第腐儒，胸中又没文学，怎做得山寨之主！②

"腐儒"的评价，可谓一语中的，既代表着作者对于王伦的认知，也符合这一形象的基本特征。"腐儒"，即为"腐"与"儒"的结合。作为"腐儒"，王伦的第一属性是"儒"，他参加过科举，是落第秀才，受过良好的儒家知识教育。若非科举失意，王伦大概率会进入仕途。

在中国古代文化传统中，"腐儒"一词语义丰富。《史记·黥布列传》："项籍死，天下定，上置酒。上折随何之功，谓何为腐儒，为天下安用腐儒。"司马贞索引："谓之腐儒者，言如腐败之物不任用。"这里的腐儒指没有任何一丁点儿才干的读书人。腐儒还更常用于指不识时务、不懂变通的读书人。如《二刻拍案惊奇》："最是那不识时务执拗的腐儒做了官府，专一遇荒就行禁粜、闭籴、平价等事。"这里的语义蕴含的贬义性使腐儒带有较强烈的感情色彩。而在明清小说与笔记里，就记载了大量的腐儒，他们往往以负面的形象出现。如《禅真逸史》就塑造出一位外有虚名内无实学的腐儒席铭。一些腐儒因不谙世情而颇受讥讽，如王士禛《分甘余话》曾记载了一则关于腐儒问妓的笑话：

> 里中一腐儒，忘其姓名，一日，赴友人妓席。妓起行酒，次至腐儒。忽色庄问妓曰："卿业此几年矣？或不得已而为之乎？抑有所乐而为之乎？"合坐闻之皆大噱，而腐儒迄不悟。③

---

① 侯会：《〈水浒〉源流新证》，华文出版社，2002，第10页。
② （明）施耐庵：《水浒传》，第246页。
③ （清）王士禛：《王士禛全集·杂著》（六），齐鲁书社，2007，第4968页。

只懂寻章摘句而疏于人情世故使腐儒成为被讽刺的对象。《三国志演义》的作者就曾借诸葛亮之口批判腐儒：

寻章摘句，世之腐儒也，何能兴邦立事？且古耕莘伊尹，钓渭子牙，张良、陈平之流……皆有匡扶宇宙之才，未审其平生治何经典。岂亦效书生，区区于笔砚之间，数黑论黄，舞文弄墨而已乎？①

腐儒往往拘泥于儒家之伦理教化而食古不化，成为小说家着重批判的对象。《续英烈传》第10回叙述建文削藩而将及燕王，派张昺、谢贵、张信捉拿朱棣而三人反为朱棣所捉。三人要被斩首时，伴读余逢辰以儒家之伦理纲常相谏。而作者借燕王之口说：

腐儒！只知死泥虚名，不知深思实义。寡人乃高皇帝嫡亲第四子，以上三皇兄皆薨，则高皇帝之天下，原寡人之天下，孰当为君，孰当为臣，天下虽大，而一小子与两班书生，岂能用之？……若其不一年而废削五皇叔，今又兵围寡人，仁义乎？暴虐乎？寡人遵祖训，今日先诛此三奸，明日再举兵向关，尽除君侧之奸，使朝堂肃清，迹虽似乎暴虐，实大圣人之真仁义也。汝腐儒拘谨固执，安能知之！此等腐儒，留在世间，误天下苍生不少。②

朱棣以子之矛攻子之盾，抓住了儒家君臣伦理以及仁义的矛盾之处，使自己以下犯上的行为合法化，尖锐地批判了余逢辰拘泥于虚名而不明于时的腐儒见识。

由此可见，王伦这一形象深植于中国古代文学与文化的土壤中，带有古代腐儒的共性。同时，更是超越一般腐儒的共性而具有个性化的特征。

除了腐儒，王伦的另一形象特征为穷儒。王伦的落草为寇和王伦的贫困不无关系。作者曾借林冲之口诟骂王伦：

你是一个村野穷儒，亏了杜迁得到这里！柴大官人这等资助你，

① （明）罗贯中：《三国志演义》（中册），中华书局，1995，第485～486页。
② （明）佚名：《续英烈传》，华夏出版社，2013，第303页。

周给盘缠，与你相交，举荐我来，尚且许多推却。……①

而王伦也曾说自己是："不及第的秀才，因鸟气合著杜迁来这里落草。"鸟气，即为怨气，这一表述暗示王伦在现实中处处碰壁，有十分不幸的遭际。可以说，是生活的贫穷与对现实的不满让王伦选择沦落草莽。

作为曾经的一介穷儒，王伦受过柴进的救济之恩，因此碍于人情，他对于柴进引荐之人未能狠心拒纳。然而，所谓善门难开，善门难闭，王伦不应不明白此道理。当林冲投靠酒店向朱贵说明身份、表达来意时，王伦未能提前与朱贵通气，坚决将林冲拒于水泊之外。假如担心外来人入伙而威胁自身地位，那么王伦应学二龙山邓龙拒纳鲁智深入伙。（耐人寻味的是，阮小二曾说："王伦那厮，不肯胡乱著人。"此话又似乎表明王伦对于山寨进人的谨慎细微，综合相关描写，可见王伦在进人上态度摇摆，游移不定，而这恰恰预告着他后来的生命危机。）而当林冲到达山寨时，王伦又处处刁难，甚至采用纳投名状的方式"考验"林冲，致使林冲心生怨气。之后，王伦更想招纳杨志以制衡林冲，保持山寨权力的平衡。当杨志拒绝后，王伦迫于形势，勉强同意林冲加入梁山。显而易见的是，在林冲加入后，王伦又未能完全接纳林冲且防备着他，以至于成为众所周知之事。如阮小二就曾对吴用说：

先生你不知，我弟兄们几遍商量，要去入伙。听得那白衣秀士王伦的手下人，都说道他心地窄狭，安不得人。前番那个东京林冲上山，呕尽他的气。②

而林冲的徒弟曹正也对杨志说：

制使见的是。小人也听的人传说，王伦那厮心地匾窄，安不得人；说我师父林教头上山时，受尽他的气。③

---

① （明）施耐庵：《水浒传》，第246页。
② （明）施耐庵：《水浒传》，第191页。
③ （明）施耐庵：《水浒传》，第212页。

王伦在林冲初到梁山时，因屡次拒绝林冲入伙而给众人留下了不能容人、心胸狭窄的印象。所以，在林冲正式入伙后，王伦自当尽力扭转或者掩饰这种不容人的印象，以免进一步产生负面影响。而这种属于梁山内部管理私密事务之事本不应广为人知，但竟流播甚远，王伦处事不密可见一斑。

在面临可能危及自身地位乃至生命的危险时，王伦表现出典型的腐儒（秀才）思维。王伦犯的最致命错误便是引狼入室，开门揖盗，接受晁盖一伙人上山的"拜谒"。王伦接见晁盖，十分用心。他十分热情，言语恭敬，杀牛宰羊，吹打奏乐，招待细心；他处处以礼相待，表现出儒者特有的讲礼、谦逊的品格。当晁盖一行表明此行缘由及此前经历时，作品是如此写的：

> 众头领饮酒中间，晁盖把胸中之事，从头至尾都告诉王伦等众位。王伦听罢，骇然了半晌，心内踌躇，做声不得。自己沉吟，虚应筵宴。至晚席散，众头领送晁盖等众人关下客馆内安歇，自有来的人伏侍。晁盖心中欢喜，对吴用等六人说道："我们造下这等迷天大罪，那里去安身！不是这王头领如此错爱，我等皆已失所，此恩不可忘报！"吴用只是冷笑。①

王伦在这里可谓冬烘腐儒，犯了许多要命的错误。第一，联系上下文可知，晁盖等人在临近梁山水泊的石碣村芦苇荡中撕杀了五百名官兵，而这场盗匪与官兵的较量持续了一天之久。如此惊天大案，作为"邻居"的梁山水泊竟毫不知情，没能提前做好思想上的准备。对于像晁盖等狠人，他大可以直接拒绝他们入伙。利用水泊地形和梁山山寨易守难攻的优势，拒敌于家门之外。第二，退一步讲，王伦口称晁盖之名如雷贯耳，带有客套的成分，但对晁盖与吴用等著名的"黑道人物"的能力不会一无所知，可他在听闻对方犯下滔天大案后怕引火烧身，想以赠银了事，委婉地说：

> 只恨敝山小寨是一洼之水，如何安得许多真龙。聊备些小薄礼，万望笑留。烦投大寨歇马，小可使人亲到麾下纳降。②

---

① （明）施耐庵：《水浒传》，第242页。
② （明）施耐庵：《水浒传》，第245页。

他纯以书生的思维考虑事情，毕竟好生招待过对方，处处以礼相待，并赠送银两，以为贵为山寨之主，对方必能尊重自己的意愿，所以打算在山南水寨亭上送别对方离去。他完全未能意识到对方是心狠手辣的角色，并不以江湖义气为准绳。他们既做过夺取生辰纲的大案，也敢犯下搠杀朝廷五百士兵的滔天大罪，没有什么事不敢做。第三，当王伦听闻对方犯下大案时，他的反应是："骇然了半晌，心内踌躇，做声不得。自己沉吟，虚应答筵宴。"他先是害怕了一会儿，接着是内心犹豫不决，默不作声，再后是低声自语，对宾客虚与委蛇。王伦这一不成熟的社交表现，金圣叹评论说这是"活写出秀才"。他未能在关键性的场合颜色如故，处变不惊，结果被吴用看出端倪而心生毒计。

显而易见，王伦未能意识到绿林是不讲儒家诗礼、法律制度的，他沦为强盗却仍然保持着腐儒的思维。在那样奉行武力至上的世界是没有规则可言的。王伦不识时务、缺乏应变能力的特点使其在这次社交中处处掣肘而终于丢失了性命。

对于王伦这类兼具"腐"与"穷"特征的落第举子，在明清小说中，是不乏同情的声音的，如《姑妄言》卷首：

> 但可怜有一种不第的穷儒，三年灯火，十载寒窗，不能奋飞，终身困钝。真是控天无路，告诉无门，言之令人酸鼻。还有无限抱经济之才者，埋没于草莽之中，怀韬铃（钤）之略者，栖身于畎亩之内的，真令英雄气短。[1]

《续金瓶梅》第 46 回：

> 富贵家子弟是坐情着现成官做，不用费力读书的。可怜这些苦志寒窗，贫士穷儒，一等这个三年，如井中望天，旱苗求雨一样。到了揭晓，场中先将有力量通关节的中了，才多少中两个真才，满了额数，把卷子付之高阁，再不看了……（穷儒）白白地来陪上三夜辛苦、一冬的盘费，有多少失意的名士恼死了的。看官细想想，你说这

---

[1] （清）曹去晶：《姑妄言》，金城出版社，2000，第 15 页。

样不公道的事，从何处伸冤？①

这里揭露了社会的不公与黑暗，对于终身沉沦下僚的穷儒可谓充满无限同情。不言而喻，长期疏离于主流社会外的尴尬处境，并且迫于生存压力，一些穷儒产生价值观的裂变乃至扭曲。这类形象在《儒林外史》《型世言》《豆棚闲话》《照世杯》中是不乏其例的。一方面，他们终日汲汲于功名富贵而蝇营狗苟，人格卑劣。尽管如此，他们不乏谋生的智慧。他们或者受雇于人，或者自立门户，还是依靠知识上的优势与见识养家糊口，尽管有些谋生手段为人不齿。另一方面，在古代小说家的笔下，他们在处事观念与待人接物上有时迂阔不堪，在处理关乎自身利益之事时寡谋乏智，固执陈见。他们往往不懂变通，应时而变，不能明哲保身，以至于身死殒命，令人叹息。在涉及文人书写的明清小说中，穷儒的道德操守与处事智慧是小说家经常叙述的情节内容，这正是我们审视王伦形象的一个潜在视角。

总之，穷儒的贫苦生活及对现实的不满使王伦踏上绿林之路，占山为王。过上大口吃肉的富足生活后他又不愿放弃眼前的既得利益与领袖地位，这导致了他的灭亡。腐儒的思维方式使王伦在险恶的江湖中无法全身远害，有限的社会经验和不成熟的处世方式使其在尔虞我诈的江湖中处处掣肘，终致身死。

三　未尽之语：王伦之死的思考

在水浒英雄好汉们充满刀光血影的创业史中，王伦只是个叨陪末座的角色。但他曾自带主角光环，以水泊大哥的身份粉墨登场，只不过他倏忽而来，飘然散去，容易被遗忘在水浒的江湖世界中。关于王伦，有研究者曾如此评价：

> 王伦的愚昧表现在坚决反对胜过自己者上梁山，先是千方百计排拒林冲，后来更担心晁盖带领的这支能人集中的队伍上了梁山会对他取而代之，因此要将他们礼送出境。这种嫉贤害能的行为，大大阻碍

① （清）丁耀亢：《续金瓶梅》，中国戏剧出版社，2000，第236页。

了梁山事业的发展。所以后来他的绰号"白衣秀士"就成为嫉贤害能的代名词……王伦的这种愚昧到头来是害了他自己，就在他要礼送晁盖出境时，怎么也未预料自己提前被晁盖取而代之，而且死得很惨。①

这里是以水浒好汉为正义的一方，从好汉们的立场来评价王伦的。但如果抛开立场，就事论事的话，林冲火并王伦的实质只是两个不同集团的利益博弈。从这个角度看，王伦只是一个无力维护自身所占有的地盘的腐儒而已。张恨水在《水浒人物论赞》中说得好：

> 人读《水浒》王伦传，每觉其狭窄可恶，吾则为之抚案长叹，及王之被杀，人每为拍案称快，吾又惜其糊涂可怜。吾非哭者人情笑者不可测之例，良以天下愚而好自用，贱而好自专之流，辄至死而不悟。以佛眼观之，只觉此等人日觅尽头之路而已，良可惋惜也。……传谓象有齿以焚其身，王伦之谓矣。秀才可怜哉！②

他看到王伦的可怜之处，并指出王伦之死是自身愚昧造成的，王伦之死如同大象有象牙而遭到猎杀，这个评价诚为深刻之见。

"匹夫无罪，怀璧其罪"，王伦之死的直接诱因在于先占有梁山。王伦占有梁山而又不肯让出梁山，妨碍了梁山好汉们的集体利益，所以只能走向死亡。《水浒传》里有诸多山寨，如孔明兄弟的白虎山，鸥鹏、蒋敬等人的黄门山，裴宣等人的饮马山，燕顺、王英的清风山，邓龙的二龙山，等等，凡是属于108将的山寨头目，均平安无事，而不属于108将、妨碍了梁山利益的头目，都命丧黄泉。因此，对于作品的情节而言，王伦之死和梁山政治秩序的重新确立不无关系。从王伦到晁盖再到宋江，梁山的政治秩序经历了三次变化，而王伦正是这三次变化的关键一环。

不得不说，当作者带着情感的倾斜，把带着"正义"色彩的镰刀挥向如韭菜般的王伦时，我们看到了人性的虚伪与道德的悖谬。《水浒传》描写了大量的绿林强盗头目，但只对和梁山相关的山寨头目亲近；但凡危及梁山地位与利益的，则对其持否定态度。说到底，这是因为作者将情感倾

---

① 张蕊青：《〈水浒〉首领别议》，《明清小说研究》2005年第2期，第32页。
② 张恨水：《水浒人物论赞》，第59页。

注到梁山好汉上，以梁山为正义的一方。这种情感即是王学泰在《中国流民》中所说的"帮派意识"：

> 帮派意识有着强烈的倾向性，这种倾向性甚至影响他们正确判断极普通的是非曲直。它表现在一切皆以自己帮派为标准，认为自己的帮派永远是无懈可击的。帮派中的成员习惯于做单线思考，从道德上说，自以为是，从力量上说，认为自己是所向无敌的。[①]

《水浒传》的英雄们秉持着这种帮派意识，对一切梁山事业上的障碍均不择手段地扫平，而王伦恰恰是一个障碍。

是生存还是毁灭？当强盗是一种生存也是一种毁灭。强盗式的生存方式早已奠定了毁灭的结局。当腐儒王伦踏入绿林时，他的儒士白衣无疑将沾满鲜红的血。王伦式的悲剧是那个秩序混乱的时代里所有强盗的悲剧。所谓"一入盗门深似海"，这种悲剧从一开始就注定了，《水浒传》的英雄们的最终结局不也是一种悲剧？

---

① 王学太：《中国流民》，香港中华书局，1992，第188页。

文心细品

"爱"之"风景之发现"

——四篇"初恋散文"的文本对读

陈亚丽[*]

摘　要： 周作人、废名、王鼎钧、吴冠中分别在不同时期写出了动人心弦的"初恋"作品。四篇作品均表现了完全没有"互动"的真正的"单相思"，生动再现了"剃头挑子一头热"的热烈及"尴尬"；作品精彩地呈现了各具特色的纯洁、崇高的"初恋感受"以及多姿多彩的"初恋"过程；在四篇作品中，关于"初恋"感受本身的描摹都未刻上明显的时代印记，这使这种情感保持了难得的纯洁性与纯粹性；作品的艺术价值得以充分保留。四篇"初恋"作品，穿越时空的阻隔，共同展现出人性普遍的纯洁与美好。

关键词： 初恋散文　时代印记　超越人性

爱情是文学作品中永恒的主题，而初恋，则是爱情主题中最为"惊心动魄"的一幕，是人生中最难忘也最纯洁、最美好的情感体验。关于这种独特情感体验的描述，在过去一百年的现当代文学史上，最令人瞩目的是周作人与废名的同名作品《初恋》[①]、王鼎钧的《红头绳儿》[②] 以及吴冠中

---

[*]　陈亚丽（1963～　），女，文学博士，首都师范大学文学院教授、博士生导师，研究方向为中国现当代散文研究。

① 《初恋》分别出自周作人《中华散文珍藏本·周作人卷》（人民文学出版社，2000）及废名短篇小说集《竹林的故事》（华夏出版社，2011）。此前学界已有将废名《初恋》视作散文的情况，本篇亦如此。文中所引两篇《初恋》原文不再注释。

② 文中所引《红头绳儿》的片段均出自王鼎钧《碎琉璃》（生活·读书·新知三联书店，2013）。

的《忆初恋》①。深入探究这四篇作品，它们是同中有异，异中有同的。相同的是，四位作者对待"初恋"的那份纯真与"眷恋"；不同的是，四位作者在表现这种纯真情感时，采用的表述方式、风格格调。

周作人的《初恋》发表于1922年，故事发生在作者14岁时，这一年"周作人去杭州陪侍身陷囹圄的祖父，住在花牌楼时，接触了……邻居姚家干女儿杨三姑娘等，对于她们的不幸命运深感同情，乃至终生不忘，其妇女观或许即肇始于此"。②废名的《初恋》发表于1923年，文中没有说明事件发生的具体时间，但根据最后脱稿时间仍可以判断是1913年前后。事件发生在乡镇，民风淳朴，当时作者年纪还很小，所以此文展示的是一种童稚、天真烂漫的情感。王鼎钧的《红头绳儿》收入《碎琉璃》，1978年出版，文中记录的是他在小学时的情感经历，根据作者的生年可以判断事件发生在1937年前后。吴冠中的《忆初恋》最初收入《我负丹青——吴冠中自传》，写于1992年。这一年，吴冠中病重的妻子身体有所好转，他重回故乡寻找创作灵感，眼前相似的风景使他忆起曾经的青涩初恋。那段初恋萌生于1938年，当时吴冠中正在杭州艺专攻读绘画课程，看似安静的校园生活实际上是无声的战场。"杭州艺专的创办者蔡元培因与蒋介石政见不合，已失去权力寓居香港。林风眠也提出辞职。"③"烽烟遍地，物价飞涨，物资奇缺。"④吴冠中与王鼎钧的初恋都发生在抗战这个特殊历史时期。因为吴冠中为1919年生人，王鼎钧为1925年生人，所以王鼎钧在抗战时还是小学生，而吴冠中已经是艺专的学生，18岁了。

前人的相关研究资料中，目前只有对周作人《初恋》的评论，如王海峰的《现代文学中的两种恋爱叙述文本——张爱玲〈爱〉和周作人〈初恋〉文本对读》，⑤张放的《希声窈渺，素以为绚——赏析周作人〈初恋〉兼议〈娱园〉》，⑥王晓东的《激情与孤独：成人视角下的往事情缘——浅析〈初恋〉中的叙事屏障》⑦等文章。对上述四篇作品做整体研究的，尚

---

① 文中所引《忆初恋》的片段均出自《吴冠中人生小品》（花山文艺出版社，2001）。
② 止庵：《周作人传》，山东画报出版社，2009，第4页。
③ 翟墨：《圆了彩虹：吴冠中传》，人民文学出版社，1997，第70页。
④ 翟墨：《圆了彩虹：吴冠中传》，第71页。
⑤ 见《写作》2011年第17期。
⑥ 见《名作欣赏》1985年第2期。
⑦ 见《沙洋师范高等专科学校学报》2007年第2期。

属首次。

一　"刻骨铭心"的"单相思"

四篇"初恋"作品，都极其自然地表达了作者的纯贞情感，特别展示出各自在初恋之中的真实体验。尽管年代相差五六十年，而其情感之纯洁、真挚，表达之细腻、生动，都堪称散文中的"极品"，都是当下所谓"爱情题材"作品所无法企及的。

四篇"初恋"作品，都表现了"认认真真"的"愚爱"，均为真正的"单相思"，完全没有"互动"，都是在对方全然不知的情况下"发自肺腑"的"一见钟情式"的"恋情"。周作人是"我不曾和她谈过一句话，也不曾仔细的看过她的面貌与姿态"。王鼎钧与"红头绳儿"一起去散发传单，两人被编在一个组，"我们很兴奋，可是我们两人没有交谈过一句话"。吴冠中虽然又是写信，又是送画，最后还"跟踪"，但是从未与他心中的女神有过正式的会面，更别提相互的交流。虽然废名有机会与"心上人"见面、交谈，其内容也都是"冠冕堂皇"的表面文章，自己的内心世界同样是不敢"透露"分毫的；最终虽然有一个大胆的"提议"，但结果不言而喻，双方的"互动"，还没有开始，就被扼杀在"摇篮"中了。这四位作家的"初恋"，是地地道道的"剃头挑子一头热"。四篇作品中的"恋情"都处在"蓓蕾"阶段——"看不见""摸不着"的"单相思"，相对而言，比较爽快也比较"开心"、活泼的当属废名的《初恋》。作品描述了与"银姐"面对面的谈话、玩耍等所带来的兴奋与欢愉；而另外三人的"初恋"，则完全沉浸在"个人的想象之中"。周作人的表现十分"矜持"，与其他人相比，显得更加"冷静"；王鼎钧，明显是"思想"强于"行动"，迫于环境，根本没有表露的机会，情书都没有送达成功，最终也不知道对方是否收到；吴冠中虽然是"行动"强于"思想"，不断地写信、送画、"跟踪"，等等，但是一切"行为"都是出自"个人的一厢情愿"。

同样都是"单相思"，在含蓄性方面，周作人与王鼎钧堪有一比；在"行动力"方面，废名与吴冠中可以媲美。虽然周作人与废名同属一个时代，但是他俩的《初恋》风格却截然相反，前者除了在心里默默地体味那种相思之苦外，见面少，又没有表白；而废名却可以找机会与"心上人"见面、聊天、一起拣桑葚，与对方有"交流"甚至独处的机会。

总之，"单相思"各具特色，各有各的亮点。在四篇"初恋"作品当中，废名所描写的初恋的确是最为"开心"的一种体验。吴冠中则是四篇"初恋"作品的作者当中，"行动"最为积极、"初恋经历"最为"坎坷"的一位。写信，投错对象；送画，听到老护士长的声音仓皇而逃；贵阳偶遇，不断在毓秀里巷口对面的一家茶馆边跟踪、等候，就像他自己的准确描述，是"沅陵苦恋"，无"果"而终。周作人的作品，含蓄又"大胆"；王鼎钧的作品，含蓄又雅致。

二 圣洁、崇高的"初恋感受"

关于"恋情"的感受描写，在文学长廊里应该说是琳琅满目且色彩纷呈的。比如大家比较熟悉的《包法利夫人》，其中写到了女主人公在"通奸"之后照镜子的心情，是一种"心花怒放"，"她想不到的那种神仙欢愉、那种风月乐趣，终于就要到手。她走进一个只有热情、销魂、酩酊的神奇世界"。① 完全是一种"得意扬扬"的心态，就像凯旋的英雄一样，表现出一种占有欲的"满足"与"狂喜"。这篇小说中的这种"情爱"感受充满了炫耀、淫荡的味道，那种强烈的"获得感"，与"初恋"感受的纯洁、含蓄、雅致、满蕴憧憬，有着天壤之别。

"初恋"的真纯感受，在四位作家那里显得纯洁、细腻，真切、动人。周作人是这样写的："每逢她抱着猫来看我写字，我便不自觉的振作起来，用了平常所无的努力去映写，感着一种无所希求迷蒙的喜乐。并不问她是否爱我，或者也还不知道自己是爱着她，总之对于她的存在感到亲近喜悦，并且愿为她有所尽力，这是当时实在的心情，也是她所给我的赐物了。"作者将这种"恋情"概括为"无所希求迷蒙的喜乐"，的确是太准确了。这种"恋情"，是纯洁、无瑕的，是无所希冀的，是懵懂的，是没有被"污染"的。废名的感受更为生动："我不知怎的打不开眼睛，仿佛太阳光对着我射！而且不是坐在地下，是浮在天上！挣扎着偏头一觑，正觑在银姐的面庞！——这面庞啊，——我呵，我是一只鸟，越飞越小，小到只有一颗黑点，看不见了，消融于天空之中了……"这种"初恋"的感觉，已经令作者完全"融化了"，由一只鸟，变成一个黑点，最终融化于

---

① 〔法〕福楼拜：《包法利夫人》，人民文学出版社，2003，第141页。

天空中。仅仅是"偏头一觑",就令作者"融化了",给读者留下了无限的想象空间,这个女子有多美丽,一切任由读者去想象了。恰恰是彼此"还没有怎么着",就令一方为之"消魂",使"初恋"感觉的神圣及其力量得以无限放大。当然,废名的表达比周作人更为具体,更具文学性。两者相较,周作人的表达似乎更直接,"无所希求迷蒙的喜乐""感到亲近喜悦""愿为她有所尽力",真纯、朴实,跃然纸上。废名的"我不知怎的打不开眼睛,仿佛太阳光对着我射"与周作人的"虽然非意识的对于她很是感到亲近,一面却似乎为她的光辉所掩,开不起眼来去端详她了"有些相似。这充分表明"初恋"的情感,具有人性的美好的一致性。另外,这种情感的纯粹性也在此得到充分体现。最为可贵的是,四位作家是直接将那种"初恋"感受本身描摹、呈现出来了,没有环顾左右而言他,没有用移觉等手段去粉饰它。这也是四位作家在表达方面所共同体现出的"纯粹性"。

王鼎钧则具体描述了自己那种"迷蒙的喜乐"。他首先闻到一股雪花膏的味道,随后听到她的声音,于是作者便不能自禁:"我的眼睛突然开了!而且从没有这样明亮。她在喘气,我也在喘气。我们的脸都红得厉害。我有许多话要告诉她,说不出来,想咽唾沫润润喉咙,口腔里榨不出一滴水。轰隆轰隆的螺旋桨声压在我俩的头顶上。"王鼎钧的表述比周作人要细腻,但没有废名那么富于表现力,王鼎钧更多的是直接描述了个体的感官感受,没有任何想象与联想。王鼎钧的表现"含蓄",同时也真挚并且"惊心动魄"。吴冠中心中的"迷蒙的喜乐",则是浮想联翩,生活及文学作品中的美好事物都成了他心中那个女神的最好注脚:"她脸色有些苍白,但我感到很美,梨花不也是青白色吗……她微微有些露齿,我想到《浮生六记》里的芸娘也微露齿,我陶醉于芸娘式的风貌。福楼拜比方,寂寞是无声的蜘蛛,善于在心的角落结网。未必是蜘蛛,但我感到心底似乎也在结网了,无名的网。18岁的青年的心,应是火热的,澎湃的,没有被织网的空隙,我想认识她,叫她姐姐,我渴望宁静沉默的她真是我的亲姐姐,我没有姐姐。""初恋"当中的那种"紧张""局促""激动"甚至"语无伦次",都表现得淋漓尽致。对"姐姐"的"渴望",恰恰显示出作者浓烈的"依恋之情"。此处"姐姐"的意味,当然并非家庭里年长的那个同辈女性!"我"写给陈寿麟的信,也是"没有一个爱字,也不理解什么是爱,只被难言的依恋欲望所驱使,渴望永远知道她的踪影"。完全是朴实、纯贞、圣洁感情的自然流露。吴冠中的"恋情"表白，是直露的、坦率的甚至执拗的。

四篇作品展示了"初恋"情感的高洁与神圣，这样的表述并非所有作家都擅长。这需要作家具备相应的思想境界。四篇"初恋"作品，没有男女之间惯常的相互之间的爱抚等细节，仅仅是"单相思"，但却充分显露出这种"初恋"情感在人生中至高无上的崇高性。这恰恰是这四篇作品的价值所在。不妨与其他小说中的"恋情"描写做个对比。

> 青春啊，无限美好的青春！当情欲还没有萌发，只是在急速的心跳中朦胧有所感的时候；当无意间触及爱人胸脯的手惊慌地颤抖和迅速移开的时候；当纯洁的青春的友情挡住最后一步的时候；还有什么能比心上人搂着你脖子的手臂，比如同电击一样炽热的亲吻更甜蜜的呢！①

这是奥斯特洛夫斯基《钢铁是怎样炼成的？》当中一段关于初恋的描写，具体描写了恋人的心理活动，以及"初恋行为"，这类男女之间的"热吻"以及"颤抖"，在众多文学作品中都有可能见到，而在四篇"初恋"作品中所描述的感觉、感受，则是"独此一家"。其中的原因肯定与文学样式无关，最根本的差别就在于作者的心境以及作者对于初恋情感的认知。保尔·柯察金与冬妮娅的"初恋"，最终以"阶级出身的差异"而宣告失败。原本纯洁的感情被"阶级性"左右，人性中的美好自然被遮蔽了。

而在四篇"初恋"作品中，作者将"初恋"看得比婚姻更加重要，是将"初恋"放置于人类情感的最高圣地的，所以四篇"初恋"作品，都是文中没有明确表示"爱"，却让读者体会到"恋情"的魔力——令人"神魂颠倒"且"惊心动魄"。四位作家将"初恋"的情感体验描摹得惟妙惟肖、纯洁美好，颂扬了人性的崇高，是20世纪百年散文当中难得的佳作。因为这种情感的纯洁性，所以在诸多文学作品中，初恋也被看作人性美丑的试金石。

---

① 〔俄〕奥斯特洛夫斯基：《钢铁是怎样炼成的？》，长江文艺出版社，2018，第123页。

三　含蓄蕴藉的"初恋"过程

　　四篇"初恋"作品，具有本质上的相同之处应该算是一种"奇缘"，而存在差异则是"顺理成章"。周作人的"初恋"是"日日思君不见君"，他与杨三姑娘没有太多的接触，有限的几次见面也都有"第三者"在场，与其他三位作家相比，他与"三姑娘"真的是"男女授受不亲"，他对于三姑娘的感情，只是深深埋在心里，表面没有透露任何的蛛丝马迹。所以周作人只有"对于她的存在感到亲近喜悦，并且愿为她有所尽力"。不像王鼎钧还与"红头绳儿"一同在"坑道"里躲避轰炸，一同散发传单等；也不像吴冠中与护士有过几天"医患"关系，还可以近距离观察对方；更不如废名，完全有机会与银姐"独处"、交谈。但周作人却是在"初恋"作品里大谈特谈"性"的第一人，也是唯一一位。"但在我的性的生活里总是第一个人，使我于自己以外感到对于别人的爱着，引起我没有明了的性的概念的对于异性的恋慕的第一个人了。""性"的觉醒，是对人类生理本能的直视，这在1922年新思潮兴起的年代也可称得上是对保守思想的一种无声的"撞击"，这可能不是作者的本意，是此篇作品的"意外收获"。虽然与"三姑娘"没有太多的接触，他已然在"信誓旦旦"了，声称"她如果真是流落做了婊子，我必定去救她出来"。对于"性"的直视以及对于杨三姑娘的"信誓旦旦"，都表明周作人的"初恋"的真挚与纯洁。周作人应该算是20世纪初"自由恋爱"的倡导者与早期的"实践者"，或者说是"开风气之先"的启蒙者了。

　　王鼎钧的"初恋"是"此情可待成追忆"，人人都争着快速跑回教室，唯独"我"故意落在最后，目的只有一个："……如果她跌倒，由我搀起来，有多好！"他时刻准备着要"英雄救美"，可惜始终没有机会。王鼎钧的"恋情"更突出地体现出"含苞待放"的特征。不管是一时碰到她的指尖、她的"红头绳儿"，还是看到她被别的同学的家长怜爱地揽在怀里，"我"都是在"观察"，虽为"观察"，却是"心潮澎湃"；两次近距离接触，一次是一起散发传单，一次是躲避空袭而跳进同一个"防空坑"里，但是"我"都没能很好地把握这些机会。"红头绳儿"活着的时候，"我"不断地酝酿"情书"的写作以及送出去的方式；"红头绳儿"失踪之后，"我"思念终生：

征途中，看见挂一条大辫子的姑娘，曾经想过：红头绳儿也该长得这么高了吧？

看见由傧相陪同、盛装而出的新妇，也想过：红头绳儿嫁人了吧？

自己也曾经在陌生的异乡，摸着小学生的头顶，问长问短，一面暗想："如果红头绳儿生了孩子……"

我也看见许多美丽的少女流离失所，人们逼迫她去做的事又是那样下贱……

虽然"红头绳儿"已不在人间，但是"我"的思念却并未因时光的流逝而有半点儿削减，其中有憧憬更有担心，那是一种"刻骨铭心""渗入骨髓"的思念。

废名的"初恋"，主要侧重与"银姐"在一起时的愉悦，是"相亲相近水中鸥"，充满了童真与童趣；吴冠中则主要侧重对于陈寿麟的寻觅过程以及偶然见到之后内心的"忐忑"，所以吴冠中的"初恋"是"无言谁会凭栏意"的眷恋。

整体而言，四篇作品当中关于"初恋"经过的描述是各有千秋。周作人的是冷静的叙述但直逼实质；废名的"初恋"，则是愉悦的过程，悲伤的结局；王鼎钧的是含蓄蕴藉，牵挂终身，令人扼腕；吴冠中的则是苦苦寻觅，付出巨大，"恋情"方面"收获"甚微，而艺术启蒙方面收获颇丰。

另外，四篇"初恋"作品的结尾，无论戛然而止，还是反复咏叹，都韵味悠长。周作人是"一块大石头落了地"，这一句简单的表达，其实也透露出很丰富的信息：牵挂的沉重—情感的真挚—惋惜的剧烈。表面看去似乎很淡然，而实际却是"情满于山，情溢于海"。废名的"初恋"结局是，银姐看到他的照片，不由得一句感叹："这是焱哥哥吗？"作者紧接着一个字的感叹："啊……"这一个字包含了太多太多，给读者留下了无限的想象空间，其中有作者的惊诧、后悔、惋惜；同时还包含诸多作者对对方的猜测与想象。王鼎钧的"结局"是与"红头绳儿"的父亲约定了将来一起回到埋下大钟的地方，去看个究竟。"当夜，我做了一个梦，梦见我带了一大群工人，掘开地面，把钟抬起来，点着火把，照亮坑底。下面空荡荡的，我当初写给红头绳儿的那封信摆在那儿，照老样子叠好，似乎没有打开过。"梦与现实是交相辉映的，现实中，"红头绳儿"已经消失，而在梦里，大钟虽然被掘开，但是依然没有"红头绳儿"的踪影，只有作者的那封情书依然完好如初，"似乎没有打开过"，预示了"红头绳儿"可能根本未曾看到此信。一段美好的"初恋"就这样自始至终地处于"蓓蕾"状态。这样一个"梦境"的结局，同样给读者留下了无尽的想象与叹息！现实中无法实现的，只好托付于梦境，更表明这段"恋情"对于"我"的深刻影响。吴冠中对于"初恋"的表达是最为直接与外露的，而他的作品结尾则依然是"思之念之"，在短短六行文字里，作者两次直接提到陈寿麟的名字，三句话在慨叹这位女护士"已不知去向"，"不知张医师会不会记得陈寿麟其人"，"她今在人间何处！"就像歌剧中的咏叹调，一唱三叹，绵远悠长。四段"初恋"，虽然没有真正意义上的"互动"，但是"单相思"的一方，都是"爱得极深""刻骨铭心"。文末都真切表达了作者无尽的思念之情。

四 人性的彰显

四篇"初恋"作品最为可贵的是，都从人性的角度出发，并回归人性的终点，没有时代的局限，完全是从作家个人情感经历本身切入的，没有太多刻意的时代色彩。也正因如此，作品才能够感动今天的读者，也才能让读者体会到"初恋情感"的美好。其中的主观原因是，四位作家所呈现的"初恋"均发生在作者的年幼时期，吴冠中的年龄大约是最大的了，是18岁，而其他三位作家的"初恋"体验，也就只有十二三岁。这个时期，正是作者身心成长的重要阶段，是作者"心灵"未受到任何"熏染""影响"的时期。他们都尚未真正进入社会，所以在他们的文字里没有太多时代的印记。这也恰恰使"初恋"的纯贞得以充分地显现，没有掺杂任何人为的因素、刻意的修饰，也才使得这种情感得以保持了它的纯洁性与崇高性。

文中描绘的这种深陷"恋情"之中的特殊感受，并未刻上明显的时代"烙印"，也并非年代越久远就越含蓄，这是这四篇作品值得称道的特点之一。周作人的《初恋》写于1922年，是距今年代最为久远的一篇。这个时期恰逢"五四"落潮之后，对于人性的呼唤、对于封建制度"吃人"本质的批判，依然会成为文学创作中的"主线"。但是笔者特别想说明的是，周作人在回顾"初恋"经历时，"过程"比较单一，仅如实道来，与时代的特征没有直接的关系。尽管他是新文化运动的"先驱"，却并未在私人情感的世界里有意融入任何社会因素。这一特点在其他三位作家那里概莫能外。所以他们笔下的初恋，是最为纯正的人性视角下的纯真"恋情"。至于周作人在《初恋》中"单刀直入"，直逼"恋情的实质"——"性的生活"，"淡淡的一种恋慕"等，其实都源于他个人对于"初恋"的见解。对于一定要将《初恋》中的某些细节与当时的社会背景相联系的观点，笔者不敢苟同。周作人既是最早表现"初恋"情感的人，也是唯一将这种"恋情"一语道破的作家。这与他较早接触西方文学理论有一定关系，但绝非有意"迎合"，而是发自肺腑。周作人写文最早也最"大胆"，而王鼎钧于1978年出版的《红头绳儿》，反倒显得极其含蓄、内敛。校工在撞钟的时候，小学生都把自己的手放到大钟上面，"后面有人挤得我的手碰着她尖尖的手指了，挤得我的脸碰着她扎的红头绳儿了。挤得我好窘好窘！好快乐好快乐！""可是我们没谈过一句话。"作者对于"红头绳儿"基本都是"远观"，"家长们对她好怜爱、好怜爱，大家请校长吃饭的时候，太太们把女孩拥在怀里，捏她，亲她，……"而仅有的一次"行动"就是送"情书"，结果还是"无果而终"。在王鼎钧的"初恋"里，与"心上人"完全没有过任何的交谈，更别说其他"亲昵的举动"了。最令人惋惜的是，他精心准备的"情书"以及在送出过程中的"心跳""紧张"都未能成全他将那封"情书"送达"心上人"的手中。相比较而言，废名与吴冠中的"经历"则是比较具体而丰富的，废名并未因为后来潜心研究佛教而对自己的"初恋"有任何的"掩饰"或丝毫的拘谨，相反，却是表现得异常的"轻松、自如"，除了结尾有些许悲凉之外，整篇文章都洋溢在"喜乐"之中。吴冠中是四位作家中"行动"最为频繁的一位，写信、送画、"跟踪"，尽管都是"无果而终"，但他毕竟是"敢想敢为"。他应该算是四篇"初恋"作品的作者中最为"活跃"的一位了。加之吴冠中是画家，他的语言表述，没有专业作家惯常的中规中矩，颇具个人风格，比较直接，甚至有点儿"呆板"。所以四篇"初恋"作品虽然各具特色，有表述"大胆"的，有事件"活泼"的，有表述"含蓄"的，更有"行动频繁"的。但是无论怎样，四篇作品都是真情的袒露，都是作家对自己那份曾经经历过的"笃情"的真挚呈现。

特别值得一提的是，吴冠中这段"沅陵苦恋的经历"，不仅是他人生的一个难忘的情感历程，更重要的是，这个经历已经成为他后来绘画事业的一个美学启蒙："我终生对白衣护士存有敬爱之情，甚至对白色亦感到分外高洁，分外端庄，分外俏。"这个初恋对象，已然成为作者在后来的绘画艺术生涯中存于心底的一个美神，这在作者的人生经历中当然是一个至关重要的节点，对他后来的绘画事业产生了深远的影响。吴冠中在20世纪80年代绘画创作兴盛期的作品所特有的素白基调，正是这种白衣情结的视觉外化。"初恋"虽然以"失败"告终，但是这种"初恋"的经历却赋予作者一生的美学影响，给他稚嫩的心灵里最先灌注了白衣天使的美好、白色的纯洁等美学体验，在他内心深处最先埋下了美学的种子，这对他后来的美术生涯自然产生了积极的作用，也铸就了他一生的美学追求。所以在吴冠中这里，"初恋"不仅给他带来了美妙的情感体验，更奠定了他绘画美学的审美方向，在他内心真正构建起了美学高标。这是其他三位作家所不能匹敌的，也是吴冠中"初恋"经历的最大收获。虽然是"暗恋"，但对于作者个人来说，这段初恋则是他人生中"爱的启蒙"，更是他艺术生涯中"艺术的美的启蒙"！

在当代散文长廊里，张洁的《拣麦穗》[1] 是改革开放之后较早出现的呼唤"人性"的佳作，同样给人印象深刻。虽然"依恋"的对象是一位卖灶糖的"老汉"，但"青春萌动"的"大雁"却是认真的，她也学着大姐姐的样子偷偷绣"烟荷包"；"我不明白为什么，我倒真是越来越依恋他，每逢他经过我们村子，我都会送他好远。我站在土坎坎上，看着他的背影渐渐地消失在山坳坳里"。因为老汉一句"不等你长大，我可该进土啦"，"我急得要哭了"；当她得知老汉"老去了"时，她哭得很伤心。虽然依恋的对象不大匹配，但情感却是笃实的、可贵的。《拣麦穗》的确传达出颂扬人性美好的客观效果，也是"我"的"初恋"，但是与上述四篇"初恋"散文不同的是，大雁的"初恋"对象选错了，"恋情"是非正常的，虽然它也能给人美感，但不属于真正的"恋情"。

日本作家森鸥外1890年发表的处女作、自传性小说《舞女》，描写了太田丰太郎与德国穷舞女爱丽斯的纯洁爱情。爱丽斯无钱安葬死去的父亲，丰太郎则解囊相助。二人由"相助"到"相爱"，情感原本是纯洁无瑕的，但迫于日本专制官僚制度和封建道德的压力，丰太郎最终却遗弃了爱丽斯，酿成爱情悲剧。小说在歌颂纯洁爱情的同时，还暴露了主人公

---

[1]　刘锡庆选编《精读文萃》，北京师范大学出版社，2002，第78页。

"非近代的、非人性的伪善"。小说虽然是爱情主题，但是并未给读者带来"爱"的美感享受；当然不能像四篇"初恋"作品那样集中地展示恋情的纯贞，更不会带来由纯贞恋情而产生的震撼。

综上所述，能够把"初恋"写得如此单纯但又如此感人、如此平易但又如此震撼的作品，实在是凤毛麟角。四篇"初恋"作品，无疑是百年散文当中爱情题材散文的佳篇，作家们都用质朴、纯贞的话语展示出爱情的力量、爱情的圣洁以及爱情的美好与人性的美好，特别彰显出"初恋"的确是人间美好情感当中最值得珍惜的部分。要获得这种情感，作者必须达到较高的精神境界，并非"人人心中有"，确实"个个笔下无"。

文中有戏：余秋雨散文的剧场思维[*]

吕若涵^{**}

摘　要： 余秋雨20世纪90年代的散文，掺入了大量戏剧元素。主要体现为运用史诗戏剧的历史策略，以"更广阔""更典型"的剧场思维，呈现文化叙事的总体结构；在塑造历史人物和自我形象时，惯于采用戏剧中真实的客观时空与主观的虚拟时空交织展开的表现方式。至于余秋雨散文的舞台腔和演说气，也暗藏中西修辞学和戏剧文化心理的复杂影响，需要更细致地加以辨析。

关键词： 余秋雨散文　剧场思维　舞台形象　演说腔

一

1983年出版的余秋雨的《戏剧理论史稿》（初版本）谈及"史雷格尔的剧场性"，引用了史雷格尔关于"动情的描写"的一段话："最后，剧场是这样一种场所，它把一个民族所拥有的全部社会和艺术的文明、千百年不断努力而获得的成就，在几小时的演出中表现出来，它对不同年龄、不同性别、不同地位的人都有一种非常的吸引力，它一向是富于聪明才智的

* 基金项目：国家社科基金重大项目"两岸现代中国散文学史料整理研究暨数据库建设"（项目编号：18ZDA264）子课题的阶段性成果。

** 吕若涵（1966～　），女，文学博士，福建师范大学文学院教授，研究方向为中国现当代散文。

民族所喜爱的娱乐。"他接着评价说，史雷格尔的剧场性理论，"全面提示了剧场所包含的三种广度：囊括各种艺术成分的广度、表现社会历史内容的广度、吸引各种观众的广度"。① 作为 19 世纪德国的浪漫主义戏剧理论家，史雷格尔的戏剧性理论对于 20 世纪 90 年代的艺术工作者来说，并无太多理解的障碍，"全部"、"全面"及三个"广度"，既与 20 世纪中国作家对深广的现实主义创作原则的至高信仰并不悖反，又强调了剧场与人类文明和文化艺术的审美多样性的关系，更可助力戏剧界突破源于苏联的戏剧观。

1985 年余秋雨出版《戏剧审美心理学》，他对戏剧审美心理进行的探讨与认识仍然未脱离此主旨，当论及"如何处理戏剧题材才能有生命力"这一问题时，他说，耸人听闻的故事不足为取，重要的是要在"更广阔的社会历史视野中考察一下这类事件的典型意义"，"在同一题材中重新寻找美学生命的亮点，发掘剧中人在事件中的各种有社会典型意义的人生态度和追求，凭借着事件去表现其他场合、其他时间也会遇到的正邪善恶之争，戏的生命力就会加强"。② 从此书的写作和出版时间看，无论谈剧场性，还是谈人物事件，都向 20 世纪现实主义"典型的人物""重大的题材""深刻的思想"③ 等创作原则回归，也尝试采用异域戏剧观念进行新路探索，打破之前扭曲历史、扭曲现实的戏剧创作观和艺术的自我封闭；在余秋雨著作中频频出现的"正邪善恶"这类词，是用人性论与盛行多年的阶级论割席。

这种"更广阔""更典型"的剧场性思维，渗透到余秋雨 20 世纪 90 年代后创作的散文中。不论《文化苦旅》的匆匆行旅，还是《山居笔记》的披经阅典，或是《千年一叹》过于沉闷的冥思默想，余氏散文的总体构架，让人似曾相识：20 世纪 30 年代在上海创作《子夜》的茅盾，当时不也正在野心勃勃地为自己的题材和主题制定出一个整体规划，置人物与材料于"更广阔的社会历史视野中"吗？余秋雨要在大历史和大事件中寻找那些"美学生命的亮点"，同时对中国文化传统、中国知识分子人格的总

---

① 《秋雨合集·世界戏剧学》，山东教育出版社，2014，第 251 页。《世界戏剧学》删去了《戏剧理论史稿》中的中国戏剧学部分。

② 余秋雨：《戏剧审美心理学》，四川人民出版社，1985，第 26 页。

③ 如 1961 年张光年执笔的《题材问题》（《文艺报》1961 年第 3 期）一文，提出文学题材要有重大性与多样性，创作要"高度历史概括、深刻反映时代"。

体进行观照与反思——这些都成了他要达到的"深刻的思想"，哪怕后来他行脚走遍世界，笔墨淡了，感悟散了，但仍可寻到早年的戏剧观和剧场元素。

光看书名，《文化苦旅》不是更应该归入大型旅行记或纪游散文的范畴吗？不过，无论作者怎样提及自己的旅行原因和大致计划，他的苦旅以及后来的一系列散文集，很少被当作旅行记来看待。其作为旅行记未必不可，如果照着目录，可以完整地画出一条余秋雨的行走路线，大体是从西北敦煌出发，经柳侯祠、都江堰，再进入东南吴越，然后穿越海峡直下南洋，21 世纪前后又走向中东、欧洲。由于对世界各处文明与文化了解的程度和对中国文化的熟悉程度不可同日而语，这一路走来，余秋雨的精神心态和散文文体有明显不同。最早的《文化苦旅》与随后的《山居笔记》《千年一叹》，都不宜被归入"旅行记"或"游记"，作者说"苦"，指的是从未放松身心观赏风景，也不报告详尽的游踪；与其说他"发现"了风景，毋宁说这个苦吟诗人将跨入一个又一个令其震撼的文化风暴眼中：风景是酝酿的情境，是即将拉开序幕的文化大戏的前奏。"我相信这种机缘"，"竟然是我人生中的一个'关键'"，在《千年庭院》中，他写道：

> 但走着走着，我似乎被一种神奇的力量控制住了，脚步慢了下来，不再害怕。
>
> 这个庭院，不知怎么撞到了我心灵深处连我自己也不大知道的某个层面。
>
> 如果真有前世，那我一定来过这里，住过很久。我隐隐约约找到自己了。
>
> 我在这个庭院里独个儿磨磨蹭蹭舍不得离开，最后终于摸到一块石碑，凭着最后一点微弱的天光我一眼就认出了那四个大字：岳麓书院。

"苦旅"由此获得事实层面和象征层面的双重意义。作者不允许自己随遇而安、题材散漫、主题游离，他一下笔便营造了紧张又局促的情境，带着读者奔向主旨。比如，最值得端详的是"文明的碎片"，碎片是"美学生命的亮点"，那么作家便以"一个最原始的主题，什么是蒙昧和野蛮，什么是它们的对手——文明"为圆心，"用笔来追踪天下善恶"，解码"极复杂的中国文化人格的集合体"（《西湖梦》）；比如天一阁主人范钦，既有"基于文化良知的健全人格"，也有一般中国传统文人的喜好，更有"过于迷恋承袭，过于消磨时间，过于注重形式，过于讲究细节"的文化人格；比如流放之地的文士之间，才有最珍贵、最感人的友谊，以及流放者"内心的高贵"；而与文明对立而存在的，是嫉恨、构陷、围攻苏东坡的一众文化小人。作者无心于游踪、风景、地方人情风俗、山川地貌，而是步履所至，文化搭台，把国人文化人格的形成及各种表现，置于历史想象和历史空间中，曾有的历史事件便在他构建的舞台上重演，场景转换、前情后事交替出现，再经由某个关键时刻的转折，戏剧冲突不断凝聚，终于迎来戏剧性高潮。可以这样说，余秋雨的大文化散文，在"大叙事"的层面，有史诗戏剧的历史策略。这是剧与文在象征层面的精妙互动。

余秋雨的"文化苦旅"，既然没有一般的纪游体或旅行记套路，那么，是不是可以划入 20 世纪 90 年代盛行的学者文史随笔呢？按说，并不需要一场真的出走与抵达的行旅，仅靠斗室书斋，学者也能在故纸堆中完成一场想象性旅行，这是许多随笔家所擅长的"纸上的漫步"或"书斋旅行记"。有些作家甚至说，艺术不是人生的反映，艺术是人生的替代品。因此，幻想中的旅行，要比真正的旅行更加多姿多彩，幻想中的感情要比真实的感情更动人。这同样可以完成作家拾捡"文明的碎片"的宏大构想。不过，余秋雨还是放弃了文献考证、人事勘定或在史实琐细中让文章变得细密而更理性的学者做派，也收敛起跑野马式散文的信"笔"由缰。

真实的情形是，出发与抵达，仅是余秋雨散文的基本架构，莫高窟、黄州、阳关、天一阁，或者一处废墟、一个庭院等真实的地理空间，其意义往往超出任何历史时段的限制，被作家想象成一个又一个具有象征含义的空间，作家"终于将自己置于这种混沌的空间和悬置的时间内"，"这个空间结合了开放性、探索性和非确定性"，① "我"也是历史角色之一，在这个"过渡和摸索"的空间里，最终要与一次历史转折的"阈限"不期而遇。作家处处经营散文中的突兀和紧张，去完成文化质疑和历史想象的任务，以致不少研究者指出其散文采用了不少"小说手法"，由此实在很难兼顾随笔家妙笔生花的风景描写、辛苦摘抄的地志杂记、埋首故纸堆的推演和考证、宕笔而去的谈天说地。正如阿加莎的东方快车，出发是疑虑的

---

① 〔美〕巫鸿：《废墟的故事：中国美术和视觉文化中的"在场"与"缺席"》，肖铁译，巫鸿校，上海人民出版社，2012，第 169 页。

引子，抵达是侦探的结束，人命案一一发生、人事纠葛不清的时候，就是侦探在过渡和摸索的空间里展现其经验与智慧的时候，谁还有心欣赏窗外的风景呢？

周作人的散文，是心情像出了气的烧酒一样散漫的产物。余秋雨则绷紧文字的弦，精心挑取对于普通读者来说新鲜或陌生的文明碎片，置于前文所说的历史的"阈限"：如以"十万进士"这个令人惊异的大数据，重新思考科举制度；从"一张银票"发现"晋商"；讲个"道士王圆箓"的"传奇"，揭开偶然性中的历史必然，且小人物与大历史构成巨大反差，才使敦煌文物大量丢失更令读者嗟叹、痛惜。至于写到中国读者最熟悉的作家苏东坡，余秋雨也避免重复苏东坡充满旷达、幽默与才气的各种逸事趣事，而集中笔力去写他遭嫉恨而流放黄州那段人生的狼狈不堪与孤苦心态，在余秋雨看来，正是这种人生的低谷，预示着苏东坡终将以自己的千古绝唱登临人生的艺术高峰。换言之，历史如戏，一张银票，一册经卷，一支毛笔，这些物件在表现人性善恶的历史剧中，成为推动"陡转"或引起"高潮"的"转捩点"，牵一发而动全身。就在余氏"想象历史"的时候，与他同期的多数作家，正急切地要回归历史的真实，孙犁、黄裳、金克木、舒芜等于此便多有尝试，他们撇弃想象，拨开可感性，循着序列、枚举、偶然和因果的步骤，以准学术的态度，客观冷静地对历史人事、版本珍籍进行琐碎的辨析考证，即使免不了枯涩和沉闷，也坚持文章真实性的分量重于涂脂抹粉的文学性。从文体角度看，八九十年代出现在《读书》《随笔》等刊物上的多数学者随笔或文化随笔，都怀着还原"真实的历史"的目的，有些作家更隐含"秉笔直书"的史家担当。但余秋雨要展示一个单独而完整的行为，他带着戏剧情节的可感性，放弃专业性的深奥典雅，以及书生气的引经据典，而用虚构的"行动"去完成"想象的历史"。这一点可以从他近年重新修订出版文集时的几种序里读到，不论谈研究还是谈创作，他都重复说明：

> 以文化人类学来研究中国戏剧史，就不会限于史料考订、剧目汇编等等琐碎、枯燥的低层学术技术了，而是要从根本上发问。[1]
> 我的创作坚持一种自己确认的美学方式，那就是：为生命哲学披

---

[1] 《秋雨合集·"学术六卷"总序》，山东教育出版社，2014，第4页。

上通俗情节的外衣；为颠覆历史设计貌似历史的游戏。①

这是文学散文与文史或学术随笔的区别，它验证着文论家所肯定的，一种"历史的游戏"中虚构的力量："'想象的历史'能够将行为和事件从'真正的历史'所限定的狭隘范围中升华到道德和美学的层次，从而更能满足思想的需求。"②

二

余秋雨在 20 世纪 90 年代把读者暌违多年的富于感性与激情的演说元素、戏剧形式、修辞学三者融合为一，植入散文中。这三点，对于余秋雨散文语体风格的形成颇为关键，他的散文自觉或不自觉地掺入了戏剧性元素，我们不妨将此视作戏剧文类与散文文类的交融。

余秋雨散文最明显的特点，是对悲剧性氛围的营造。余秋雨以"反思文化人格"，展现"中国人的精神动态史"为主旨，即所谓难以承受的文化沉疴和传统辎重，历史进程中的幽暗景观，文化的崩颓之殇，美的被撕破、被毁灭……这样，在纵横开阖的时空里，他所选取的片段和安排的场景便多半带有悲剧意味。《道士塔》由一个偶然探得莫高窟珍宝的王道士，引出了"一个巨大的民族悲剧"。《风雨天一阁》从天一阁藏书楼的历史，发现中国传统文化在民间的独特承传，探究中国人的文化良知与文化人格以及家族藏书制度为家庭带来的悲剧，而其为中华文化传承带来的意义，同样是悲剧性的。《夜航船》探索中国文化里有趣的"夜航船文化"："在缓慢的航行进程中，细细品尝着已逝的陈迹，哪怕是一些琐碎的知识，不惜为千百年前的细枝末节争得面红耳赤，反正有的是时间。中国文化的进程，正像这艘夜航船。"《柳侯祠》与《苏东坡突围》，言明中国文人的优秀文化人格的形成总是伴随坎坷歧路，揭开传统文化暗黑的层面与内耗的真相——柳宗元让后世的文人思考"自己存在的意义"；那个能为普天皇土留下一脉异音的民族精灵，几乎毁于一班小人的无端嫉恨——"苏东坡

---

① 余秋雨：《冰河·自序》，北京联合出版公司，2016，第 1 页。
② 〔美〕鲁晓鹏：《从史实性到虚构性：中国叙事诗学》，北京大学出版社，2012，第 28~29 页。

在示众，整个民族在丢人"。《酒公墓》的"张先生"倒是余秋雨散文中少有的籍籍无名者，这位留学归来的逻辑学博士在一生中都无从施展其才，英雄无用武之地，窘足难行、命运多舛、"终以浊酒、败墨、残肢、墓碑，编织老境"，这样的一生，几乎是鲁迅笔下身着长衫的孔乙己的"后传"或当代传人，其人生的反讽意味与余秋雨文末的慨叹哀婉相得益彰："呜呼！故国神州，莘莘学子，愿如此潦倒颓败者，唯张先生一人……"从古到今，文化悲剧此起彼伏，纷繁恢宏，作家从历史、政治、经济、时代、人文环境等各种层面观察、探索传统文化人格的丰富表现及复杂内涵，显出悲剧的沉重与严肃，建构文化史诗之抱负与驾驭历史时空之才情得以充分展示。注意，他曾在戏剧史写作时谈及戏剧的价值，这用来说明他的散文写作的主旨也很合适，"在人类各种艺术中，只有戏剧需要通过各色普通民众的自愿集中、当场观赏来延续自己的生命"，因此，"我把中国戏剧史和中国人的精神动态史连在一起进行阐释，既把戏剧现象推向了高位，又使精神现象摆脱了抽象"。[1] 如果这种学术立场和阐释途径，确能使他的学术话语"介乎理性和感性、宏观和微观之间"，那么根据散文文类的特点，可以反向观之，反向论之，反向推之：以剧入文的结果，就是改变"资料杂碎堆积的状态"，改变描述、论理、归纳与逻辑的话语方式，而掺杂更多"形象""完整""动态""摆脱抽象"的文学性要素。

首先是设置戏剧性场景来塑造人物形象。一般评论家注意到余秋雨在散文中运用了小说的想象与虚构、诗歌的抒情与意象以及其他文学性表现手法。为人物的行动设计戏剧性的场景，是余秋雨 20 世纪 90 年代散文常见的处理方式。"别忘了，作家除了是自己也是一个角色！"别忘了，人物的创造，就是一个扮演的过程。文人最擅长在散文中进行"自我"塑造，在散文中总会有一帧"自画像"，无论这个"自我"形象，是自我粉饰还是自我疏离，是真诚的还是通过假扮去接近真实。[2] 无论自传还是一般文章，其中的"自我"总有半虚半实的特性，可以说是准自传，也可以说是准虚构。如卢卡奇曾将散文写作和人物肖像画进行比较，认为前者的形式是半模仿半创造，致力于反映一种真相，同时也是想象力的反映，可否成功地"塑造自我"，要看是否具备以"文本传达独特生活的设想"的能力，

① 余秋雨：《中国戏剧史·总序》，《中国戏剧史》，安徽文艺出版社，2014，第 7 页。
② 董启章：《我是我，我不是我》，载《答同代人》，作家出版社，2012，第 156 页。

这种能力还需要依靠作品"所达到的感情强度和视野"来实现。①

余秋雨散文留下了对"自我"的观察和记录，构形绘影，"自画像"艺术运用得显豁又自如。他在文化旅行中投入了浓厚的情感来释放事物的本质，直到他的个体形象栩栩如生地出现于他所设计的文化舞台上。这个形象一开始就定位明晰：他迥异于传统的"寒士""名士"，也不同于当代的"战士"、"书生"或"边缘人"形象，而是一个"边想边走，走得又黑又瘦，让唐朝的烟尘宋朝的风洗去了最后一点少年英气，疲惫地伏在边地施舍的小桌子上涂涂抹抹"（《〈文化苦旅〉序》）的行旅者和思想者形象，自带苦吟诗人的气质或精英学者的光环。这个"自我"，因为要承载世代书生的情怀，背负千年文化的重负，不能不走得步履沉重：

> 我心底的山水并不完全是自然山水而是一种"人文山水"。这是中国历史文化的悠久魅力和它对我的长期熏染造成的，要摆脱也摆脱不了。每到一个地方，总有一种沉重的历史气压罩住我的全身，使我无端地感动，无端地叹喟。

这个"自我"，是旁观者又是评判者；他通观文化经纬，臧否历史人物，是为了传达"自我"的"在场感"；他将散文的知性与理性，变成散文中可感的形象，将本应是学理性的论说过程，变成舞台上的戏剧场景。以著名的《道士塔》为例，文中史料多采自斯坦因的《西域考古记》，这本书向来为文人学者所熟知，现代作家更是时时提及，到了 20 世纪 80 年代，孙犁还就此写了一段读书札记：

> 这本书里，有关于这些木简出土的情况。在这本书里，还可以看到，当这个外国人在我国西北行窃时，当地的官员、首领以及无业游民，吸鸦片者，贪图小利，为洋大人所收买驱使，甚至主动帮忙的情景，贪婪、愚昧、无知的心态，抚今而追昔，温故而知新。这当然是

---

① 〔英〕克莱尔·德·欧巴迪亚：《随笔的精神：文学、现代批评与随笔》，牛津大学出版社，1995。参见第二节"共时性考察：文体、想象、虚构及小说"中引用的卢卡奇关于"自画像"的论述。

文字以外的书，题目以外的话了。①

看过相关史料的孙犁仅仅留下这么一段议论文字，以致很少有评论者提及，原因在于晚年孙犁是以"真实的历史"的写作者自命，这正好与余秋雨式的"想象的历史"的写作者迥异，孙犁散文由此避开纯文学天地里小说家的想象力，而余秋雨散文多采用以事件为中心的叙述方法，将文献中的记录，设计成有起有伏的故事情节，借助心理分析，将王道士的卑微、短视与其他"行窃者"的"贪婪、愚昧、无知"，外化或形象化为生动的戏剧场景与可感的舞台形象：

> 我几乎不会言动，眼前直晃动着那些刷把和铁锤。"住手！"我在心底痛苦地呼喊，只见王道士转过脸来，满眼困惑不解。

按今天 Z 世代的眼光看，这恐怕已有穿越剧的元素了，就差往时空之门再跨入一步。如果采用一点理论分析的话，这里运用的是戏剧中真实的客观时空与主观的虚拟时空交织展开的表现方式。

舞台上最常见的"仪式"也有助于余秋雨在散文中进行"自我"塑形。《风雨天一阁》中，一直沉浸于天一阁故事情境中的"我"，在登临天一阁前突遭风雨大作，作者将天地间的"狞厉"，变成了一场戏剧中最常见的"仪式"，目的是渲染气氛、强化天一阁矗立于天地间的那种庄严。这种暗合戏剧舞台艺术的"集中性"、"紧张性"与"曲折性"的构思和设计，激起读者类似观剧时的临场感受和兴奋情绪。应该说，散文写作并无"定法"，它从来处于各种文类或体式的交叉边缘处，将其他文类的手法引为己用，正是散文的本事。

三

带着演说气的余秋雨散文，为不少批评家所诟病，而这种难以抑止的抒情冲动与语言习性，也与作家将自己置于面向观众的舞台或面向听众的讲台有关。《文化苦旅》《山居笔记》，较之后来《千年一叹》，确实在文

---

① 孙犁：《买〈流沙坠简记〉》，载《无为集》，人民文学出版社，2012，第 131 页。

思上更显苦心经营，字句上精雕细琢，辞章上具有高度修辞性，用种种艺术手法推进、强化、激活个人的感悟。余秋雨不擅长哲学的理性思辨，也少有幽默或反讽的思维个性，他更愿意文与诗并驾齐驱。当他运用诗歌的节奏、韵律与形式，包括热烈的抒情议论，暗示性的语言与象征性的意象以及各种常见的修辞手法时，建构起的就是 20 世纪 90 年代余秋雨式充满激情的散文文风。

《莫高窟》中连用三个并列段落强调情感运用的"韵律"："它是一种聚会，一种感召。""它是一种狂欢，一种释放。""它是一种仪式，一种超越宗教的宗教。"《西湖梦》中，作者对历代文人的西湖梦发出感叹："社会理性使命已悄悄抽绎，秀丽山水间散落着才子、隐士，埋藏着身前的孤傲和身后的空名。天大的才华和郁愤，最后都化作供后人游玩的景点。景点，景点，总是景点。"紧接着是分行、照应与重复：

　　再也读不到传世的檄文，只剩下廊柱上龙飞凤舞的楹联。
　　再也找不到慷慨的遗恨，只剩下几座既可凭吊也可休息的亭台。
　　再也不去期待历史的震颤，只有凛然安坐着的万古湖山。
　　修缮，修缮，再修缮。群塔入云，藤葛如髯，湖水上漂浮着千年藻苔。

诗化片段，是余氏散文向普通读者的文学趣味示好的最有效手段。弗莱说："当我们强烈地意识到一种明确的'风格'，或文学结构的修辞特征时，我们就十分可能接触到'韵律'或'场景'了。"[1]"这种节奏如果使用得好，就能够使我们更完好地理解作品本文；它有强调作用；它使文章紧凑；它建立不同层次的变化，提示了平行对比的关系；它把白话组织起来；而组织就是艺术。"[2] 作为才子型的散文家，余秋雨确实惯用"韵律"或"节奏"感很强的句子来强化感情，并在文章中将对比、夸张、比喻、排比、拟人等各种修辞手法交汇运用，增强艺术效果。

余秋雨在散文中发挥其充沛的想象联想力，也创造了不少令人难忘的

---

① 〔加〕诺斯罗普·弗莱：《批评的解剖》，百花文艺出版社，2006，第395页。
② 〔美〕雷·韦勒克、奥·沃伦：《文学理论》，生活·读书·新知三联书店，1984，第175页。

人文意象，如将有清一代的历史浓缩为承德山庄的形状，其喻指广为流传："它像一张背椅，在这上面休息过一个疲惫的王朝。"（《一个王朝的背影》）当然，并非所有意象都能予人恰如其分之感，有时它过于显豁，如"废墟"与大地的关系："废墟有一种形式美，把拔离大地的美转化为皈附大地的美。再过多少年，它还会化为大地和泥土，完全融入大地。将融未融的阶段，便是废墟。母亲微笑着怂恿儿子们的创造，又微笑地收容儿子们的创造。"（《废墟》）细读起来，母亲与儿子、大地与废墟等带着满足与喜乐的意象，是作者对传统的有意翻新，但终究不及中国传统诗词中"颓垣断壁"所包含的断裂的时间、沉默的空间等意涵更丰富、更有审美的风致。

西塞罗在《演说家》中提出，演说者有三种演说风格，有的使用"夸张"风格，有着迸发的激情；有的使用平凡简洁风格，富于知识的魅力；有的是中庸的，即是说温和的风格，用朴实的措辞和思想装点一下整个演说。[1] 修辞、演说与戏剧，在西方诗学理论或修辞学理论中，往往混成一体，有着极为悠久的发展史，内中遍布细密的关联，由于修辞学本身在中国文论中的薄弱，这些关联常为我们所忽略。余秋雨颇为自得的"文采、学问、哲思、演讲"等，在某种程度上可以说，为他擅长的戏剧思维和舞台意识所决定。

不过，21 世纪以后的余秋雨散文，舞台腔和演说气已悄然发生些许变化。我们不妨以对话体散文为例。在世所公认的经典作品如被称作"哲学戏剧"的《柏拉图对话录》中，柏拉图以对话的戏剧和诗的成分，实现了"诗和散文的糅合"，获得"戏剧诗人"的极高称誉。[2] 中国现代作家也常有对话体或戏剧体散文，如林语堂的《谈劳伦斯》《谈中西文化》《谈螺丝钉》《广田示儿记》等，陈衡哲为数不少的杂文与政论，其对话的目的正是推进论题的展开。稍为复杂的，不是鲁迅的《过客》，而是《野草》的大部分篇什，是何其芳的《画梦录》，这些"独语体"，实际上是自己与自己对话，只不过这些话"被别人偷听了"。余秋雨早期散文中的对话，

---

[1] 〔古罗马〕西塞罗：《演说家》，载《论演说家》，王焕生译，中国政法大学出版社，2003。
[2] 参见戈登等《戏剧诗人柏拉图》，华东师范大学出版社，2011，第 5、13 页。"柏拉图的写作从其汲取养分的文学类型，至少有六种：史诗、抒情诗、悲剧、喜剧、演说术和历史散文。"又"要关注行动，就必须、也只有从对话外在的文学形式入手，将对话作为一幕幕戏剧来解读"。

多为叙事和推进情节服务，晚近散文则有所变化，在布莱希特理论的启示下，他反问自己，为什么不停下，在"对话"中沉思："写到这里，我想到了布莱希特（Bertolt Brecht）。他曾经说，过程性的情节越丰富，越会让人产生习惯性迟钝。因此，需要阻断，需要间离，让讲者和听者都陡然停步，获得思考。"①《吾家小史》中的《天人对话》，与逝去的朋友、敌人、故乡的"仙人"交谈，与其说是对话，不如说是整理思路、收敛了道德性指责和诘问的独白。

中国文学传统中追求"才高词赡，举体华美"的才子型文章一脉源远流长。余秋雨散文擅长戏剧性情境的营造，时有舞台腔或演说腔，辅以文采点缀的诗情，形成了富有想象力的画面、栩栩如生的人物素描、灵感纷飞的佳语妙词等散文文体特点。而"理侈而辞溢"，确也是一个作家文学敏感力、想象力和笔墨挥洒能力的体现。但余秋雨的这一美学追求，与20世纪八九十年代散文界更推崇平实、淡泊、节制、深沉的散文美学路径大相径庭，甚至是大多数有成就的作家刻意避开的散文途径。孙犁说："本来中国的散文是多种多样的。历代大作家的文集，除去韵文，就是散文。现在只承认一种所谓抒情散文，其余都被看作杂文，不被重视。哪里有那么多情抒呢？于是无情而强抒，散文又一变为长篇抒情诗。"（《读一篇散文》）汪曾祺说："二三十年来散文的一个特点，是过分重视抒情。似乎散文可以分为两大类，抒情散文和非抒情散文。……散文的天地本来很广阔，因为强调抒情，反而把散文的范围弄得狭窄了。过度抒情，不知节制，容易流于伤感主义。我觉得伤感主义是散文（也是一切文学）的大敌。"（《蒲桥集·自序》）孙犁、汪曾祺以及众多阅读广泛、对散文持通脱宽泛理解的作家，所反感的是数十年来狭隘、肤浅、泛滥的"抒情"，是把抒情视为散文核心、把"艺术散文"当成散文正宗、过犹不及的"抒情"。对余秋雨散文评价的毁与誉，与20世纪90年代散文美学趣味的分化有关。

或者可以这样作结，对散文的感性、知性、智性、理性各种因素和相互关系的处理，对散文文体和语体风格的追求，作家们原本可以各擅其场。研究者也不必求面面俱到，姑且借来一孔，一窥散文与其他文类相连互惠时的潜在能量。

---

① 余秋雨：《吾家小史·天人对话》，载《吾家小史》，作家出版社，2013，第300页。

《小团圆》：时间的褶皱

刘晓村[*]

摘　要：张爱玲是 20 世纪早、中期中国最受瞩目的女作家之一。张爱玲的文学成就主要体现在她早期的小说创作中。本文以她创作晚期、具有早年自传性质的小说《小团圆》为例，分析作家个人经历和她作品之间的关系，以及对于相同创作素材在不同时代和生存环境下，创作者心态和写作视角的衍变。

关键词：张爱玲　《小团圆》　纪实　虚构

一

1975 年，经过漫长的写写停停，张爱玲基本上完成了《小团圆》的写作。由于这部长篇小说牵扯到众多亲朋，尤其是敏感人物胡兰成——胡兰成当时定居在台湾，张爱玲听从好友宋淇夫妇的建议，无限期搁置了这部书稿的出版。张爱玲曾要求宋淇把书稿焚毁。宋淇惜才，没有照办。2009 年，张爱玲去世 14 年后，其文学遗产执行人、宋淇的儿子宋以朗犹豫再三，最终授权台湾的皇冠出版公司，出版了这部万千读者翘首以盼的小说。

《小团圆》无疑是张爱玲写作后期的重要作品。随着对张爱玲生平最

---

*　刘晓村（1969～），女，中央戏剧学院研究生部副编审，研究方向为现当代文学、现当代戏剧。

有话语权的几位人士的过世（姑姑、弟弟、好友炎樱、宋淇夫妇等），这部小说因其强烈的自传性，迥异于作家早期的写作风格，愈加显现出诸多重要的研究价值。

二

张爱玲在《小团圆》前言中强调："我写《小团圆》并不是为了发泄出气，我一直认为最好的材料是你最深知的材料……"① 她最深知的，自然就是她的家族。她最出色的小说，无一不是出自家人的故事。张爱玲于1952年去国，时光悠悠，她和家人隔着大江大海甚而阴阳两界，时间和空间的阻隔，使得《小团圆》的肌理虽不乏张爱玲小说独有的讥诮盈灵，其体温可就凉薄得多了。

《小团圆》整体风格散漫自由、大开大合，它绝非张爱玲刻意而为，却暗合了20世纪中后期现代小说的趋势——"小说的心理化和零散化，趋向于结构的消解"。② 张爱玲早期小说笔触密实绮丽，追求惊艳传奇效果，《小团圆》不啻为她"却道天凉好个秋"式的转身：布局留白甚多，文风平实简素，人物内心的暗流涌动多以直白的语言倾倒而出，隐喻明显减少。沉郁的基调贯穿《小团圆》始终，通篇是同学、恋人、至亲之间的算计和疏离，其苍凉感让人后脊发凉。

"《小团圆》因为情节上的需要，无法改头换面。看过《流言》的人，一望而知里面有《私语》、《烬余录》（港战）的内容，尽管是《罗生门》那样的角度不同。"③《小团圆》里的人物基本都是读者的"熟人"，他们的一颦一笑，读者早已了然于心。"当你阅读他（作家）的小说时，会领略到一种只有同自己的多年朋友之间才会有的感情。"④ 这也是在中文写作领域，张爱玲等少数几位作家才可能享有的殊荣，在对其作品进行持续性阅读的过程中，读者会打通其笔下不同时期的人物，自觉进行比较。

---

① 张爱玲：《小团圆·前言》，北京十月文艺出版社，2012，第5页。
② 吴晓东：《从卡夫卡到昆德拉：20世纪的小说和小说家》，生活·读书·新知三联书店，2003，第204页。
③ 张爱玲：《小团圆·前言》，第4页。此为前言中节录的张爱玲书信。
④ 〔英〕毛姆：《巨匠与杰作》，李锋译，上海译文出版社，2013，第30页。

三

张爱玲将《小团圆》定位为爱情小说："这是一个热情故事，我想表达出爱情的万转千回，完全幻灭了之后也还有点什么东西在。"① 笔者倒认为《小团圆》并不算纯粹的爱情小说，它是作家在中年之后全面反思自我和世界关系的形象性反映，并以此定位，就地生根。面对和散文较为一致的写作素材，小说的"虚构性"成为作家袒露真实内心的保护伞，也是她尽情铺展想象力的飞行器。

《小团圆》创作时间横跨民国时期和新中国，创作地点历经香港—上海—美国等地，时空背景的变幻可谓剧烈。尽管张爱玲宣称自己从不关心政治、自私而不动感情，然而，"覆巢之下岂有完卵"，大的时代和小的个体本来就互为因果，《小团圆》中透析出的珠光和暗影——即便仍是作家写过的那批"角色"重新登场，也看得出他们都被时代塑了形，修了"边角"，面容中有了沟渠。"写作在一定程度上并非寻找或创造新的形象，而是通过特殊的手法将这些形象（或被语言化的经验），进行重新安排，以体现作家的创作意图。"②

四

要进入《小团圆》的氛围，我们有必要先忽略它写作、修改、出版过程中略显凌乱的时间顺序，让时光倒流80年，回到20世纪40年代。《小团圆》中穿场而过的甲乙丙丁，无不是民国时期香港和上海两地的时髦人物。

宋淇在解释《小团圆》的由来时说："才子佳人小说中的男主角都中了状元，然后三妻四妾个个美貌和顺，心甘情愿同他一起生活，所以是'大团圆'。现在这部小说里的男主角是一个汉奸，最后躲了起来，个个同他好的女人都或被休，或困于情势，或看穿了他为人，都同他分了手，结

---

① 张爱玲：《小团圆·前言》，第7页。此为前言中节录的张爱玲书信。
② 格非：《文学的邀约》，上海文艺出版社，2016，第61页。

果只有一阵风光，连'小团圆'都谈不上。"①

张爱玲取"小团圆"这个书名，难免有反讽的意味在里面，这也与她看人看事一贯的距离感与尖锐性相关。在她父辈的大家庭和自己的小家庭里，从来没有过中国人所谓志得意满、花好月圆的大团圆，都是短暂而各怀心机的小团圆。从小说书写角度来看，大团圆自有大团圆相对的封闭感和局限性，小团圆反有小团圆残破缠绕的意蕴。

众所周知，张爱玲曾在散文随笔中将其家人"爆料"太多，《小团圆》中的所有人物，无一不可对号入座。俄裔美国作家纳博科夫反对将小说与真实人物和事件联系起来阅读，他说："文学是创造。小说是虚构。说某一篇小说是真人真事，这简直侮辱了艺术，也侮辱了真实。"②他无疑点出了小说的本质。尽管如此，为了加深理解，便于分析，我们不妨学习张爱玲，将《小团圆》中的主要人物和其原型，在此做个"对照记"：

九莉——张爱玲，蕊秋——母亲黄素琼（黄逸梵），楚娣——姑姑张茂渊；乃德——父亲张志沂，九林——弟弟张子静，云志——舅舅黄定柱；邵之雍——胡兰成，燕山——桑弧，荀桦——柯灵，比比——炎樱。

五

母亲和姑姑，前者对张爱玲伤害最深，后者对张爱玲影响最大。这两位民国"新"女性，张爱玲说不上多爱她们，终其一生，却都在感受、观察和表现她们。如此烂熟于心的人物，跃然纸上，自然枝繁叶茂。果不其然，《小团圆》中的蕊秋和楚娣姑嫂俩，比起散文中的她们，个性要丰富、复杂和深邃得多。

在20世纪四五十年代，在表现新女性的小说和电影中，"蕊秋们"通常裹着精神上的小脚（生理上的小脚不屑于表现）。她们受到进步人士影响，解开"裹脚布"，勇敢地冲破封建家庭的束缚，追求独立自主的生活（自由恋爱、走上革命道路等）。小说《家》中的琴表妹是其中的代表人物。那个时代的新女性，大多就是如此人设。蕊秋不仅离开了封建家庭，更是"冲出亚洲，走向（了）世界"。她偏离时代的幅度之大，不亚于那

---

① 宋淇：《小团圆·前言》，第8页。此为前言中节录的宋淇书信。
② 〔美〕弗拉基米尔·纳博科夫：《文学讲稿》，申慧辉译，上海译文出版社，2018，第7页。

些革命新女性。蕊秋的形象并不好归类，她和小姑子楚娣算是文学长廊里的新人。当然，唯其让人陌生，尤为充满魅力。

蕊秋是湖南人，身系名门，幼年失怙，年纪轻轻就离了婚。终其一生，她也没有过完整的家庭生活。寻常妇女最大的不幸也不过如此吧。蕊秋接受的是旧学教育，传统文化的规章没能束缚住她，她深受五四新文化运动影响，泼辣而敢作敢为。她与小姑子结伴，踩着一双裹脚，在西欧和东南亚诸国游学。她懂音乐能绘画，见多识广，博采众长，做过印度总理尼赫鲁姐妹的社交秘书。蕊秋总是对家人说，"湖南人最勇敢"，① 说的就是她自己。

蕊秋天生丽质，生性风流。丈夫虽也是名门之后，却无所事事，沉溺于鸦片烟瘾中。她坚定地提出离婚，在经济上也从不依靠夫家。蕊秋情史复杂，中外男朋友和供养人如过江之鲫。蕊秋深谙感情和性的门道，该如何利用它们而使利益最大化，怎么拿捏它们能笼络滋养人际关系，她都明白通透。当然，即便蕊秋是亲朋好友眼里潇洒耀目的女中豪杰，也架不住张爱玲要掀起其华丽盎然的面子，揭示华袍下爬满虱子的里子来。

蕊秋母性不强，逃避做母亲的基本责任。在两个孩子嗷嗷待哺、身体有恙、精神苦闷，甚至遭受父亲和继母虐待时，蕊秋基本是缺席的。她重视教育，在教育儿女时却多用"讲大道理"的口吻，知识女性好为人师的本能，引来女儿的反感和儿子的疏远。她从不站在孩子的立场来检视自己作为母亲的行为。珍珠港事变前后，九莉在香港念大学，既孤独又清贫，学习特别用功。蕊秋伙同朋友从上海到香港游玩，顺便囤货做生意，她住在豪华的浅水湾饭店，根本不关心连吃穿都成问题的九莉。她成天赌钱，和各路男人调情，反而向九莉叫穷，甚至把九莉的老师因为九莉学习好而赠予她的 800 块港币侵吞去还赌债。

蕊秋的风头没能维持到老。二战之后，蕊秋从东南亚回到上海。她显得又老又瘦，日渐失去了利用价值，在亲朋中有些众叛亲离的趋势。她只得再次出国，并预言此生将永远寻觅不到归宿。晚年时，她客居英国，临终前给九莉写信，说她最想见到的人是九莉。九莉没有回应母亲柔弱的情感流露，她说她买不起去英国的机票。这个借口之勉强冷硬，令人寒心。九莉居然对母亲的生死袖手旁观，宛如看客，这是何等惨烈的母女关系！

① 张爱玲：《重访边城》，北京十月文艺出版社，2019，第76页。

不过，只要回溯前缘，就不奇怪，九莉从未得到过母爱和家庭温情，她对家人只有还债甚至报复的心理。

九莉明知这样对待母亲是大逆不道，她也犀利地剖析过自己："她从来不想要孩子，也许一部分原因也是觉得她如果有小孩，一定会对她坏，替她母亲报仇。"① 张爱玲不惜以讥讽甚至诅咒的口吻来界定母女关系中的自我，足见亲情已经完全刺激、伤害不到她的皮毛。

中国人善于讴歌母爱，部分原因是母亲的角色意味着牺牲，因而格外需要感恩。《小团圆》中没有母爱，张爱玲不"为尊者讳"，她剖析母亲的自私、骄横、轻佻和贪图享受入木三分，她也不掩饰自己在"伤口"结痂之后，反转而来的轻松。

话说回来，我们对百年之前追求独立自由、渴望自我实现的女性的处境真能感同身受吗？"娜拉出走后怎么办？"鲁迅先生无不担忧。蕊秋"迈着她的缠足走过一个年代，不失她淑女的步调。想要东西两个世界的菁华，却惨然落空，要孝女没有孝女，要坚贞的异国恋人没有坚贞的异国恋人"。② 她只有死抱救命稻草——祖上留下的古董（金钱）不放手。蕊秋的生活看似和同时代女人隔着千山万水，有着云泥之别，然而，她并不比市井俗妇或乡下女人更有安全感——那些人还能指望着晚年被儿孙赡养，她却只能孤寂地客死异乡。

六

张爱玲在随笔《姑姑语录》的首行就给张茂渊定了调——"我姑姑说话有一种清平的机智见识"③。所谓"清平的机智见识"，就是出身大户人家，从小见多识广；接受过完整的中西方教育，智识不凡，对许多人与事，见惯不惊，能以冲淡平和的态度对待。

张爱玲的姑姑张茂渊 1901 年出生于南京，1991 年在上海去世。张茂渊的父亲张佩纶是光绪年间的高官，母亲李菊耦是李鸿章的大女儿。张茂渊幼时家境富裕，曾留学英国。回国之后，她在电台和洋行做事，算是中

① 张爱玲：《小团圆》，北京十月文艺出版社，2012，第 283 页。
② 张爱玲：《易经》，北京十月文艺出版社，2016，第 141 页。
③ 《张爱玲文集》（第四卷），安徽文艺出版社，1992，第 239 页。

国第一代外企白领。遗憾的是，由于张爱玲出国太早，《小团圆》只勾勒出张茂渊（楚娣）前半生的经历，其更加坎坷而百味杂陈的后半生，只能凭借浮皮潦草的新闻报道了解个大概。张茂渊没有子嗣，生前深居简出，死后没有留下只言片语。或许一段极为珍贵的中国职业女性口述历史就这样错失了。

楚娣个性独立，她比嫂子蕊秋现实，也更坚强。蕊秋骨子里还有点"罗曼司"，楚娣是彻头彻尾的现代大都市女郎，不多愁，不自怜。她敢与同父异母的大哥打房产官司；看不起抽大烟的二哥乃德，与他们先后断绝了关系。她经济独立，不依附任何人。她特立独行，尽管哥嫂离了婚，她却与大她 6 岁的嫂子感情浓厚到疑似同性恋的地步。那些行走在传统男权社会的知识女性，缔结金兰之谊，甚至同性之爱，相互关爱支撑，联手对抗世俗的偏见和环境的打压。这种关系，在民国时期或许并不鲜见，却少有被表现。楚娣和蕊秋在感情上都很离经叛道，并常常以对中规中矩情感模式的僭越为傲。

蕊秋犹如天马行空的艺术家，楚娣则理性、冷冽、趋利避害。楚娣的个性就像张爱玲笔下上海人的注脚："上海人是传统的中国人加上近代高压生活的磨练。"[1] 楚娣迫于无奈收留了从二哥家逃出来的九莉，却连一顿饭也不舍得留侄儿九林吃。她清楚，她没有抚养侄儿侄女的责任，自己也有不小的生存压力。她不会为做个好人而委屈自己。她是那种把现在和未来看得清清楚楚的女性，明白要想安全前行就得轻装上阵，附带的累赘就要尽量摈弃。她幽默大气，看问题入木三分，偶尔也难免刻薄。年轻时，她的情史迷离混乱，先后和嫂子、外侄、已婚同事等发生纠葛，皆是不得始终。她的情感不乏力度，但遇不到对手。与她过手的男人其精神意志之孱弱，让人沮丧。楚娣爽利果断的处事之道和超越时代的思想意识注定其将终生孤独。

楚娣的行为和心理，几乎比同时代女性前卫近半个世纪。她的形象宛如富矿，信息量很大，深挖下去，总会有新鲜的发现。

在所有亲人中，张爱玲和姑姑的感情最为深厚。她去国前和姑姑约定今生永不见面。换了寻常人家，至亲离别的肝肠寸断堪比断手断脚，张家人到底非凡，姑侄果真就此永别。1979 年之后，有几年，她们再度以书信

---

[1]　《张爱玲文集》（第四卷），第 20 页。

联络，不过也仅止于此。别说与张爱玲隔着太平洋，相见不易，就是同在上海，张茂渊也没有再见过侄儿张子静。张家人到底只有"小团圆"的命。

从报纸上看到，晚年的张茂渊和丈夫李开第倒是琴瑟和谐。他们俩早在青年时代就认识，接近老年才结婚。张茂渊活到 90 岁去世，也算得了善终。

七

相比描写得活色生香的蕊秋和楚娣，《小团圆》中最重要的人物——女作家九莉的前夫邵之雍，其形象反倒不太饱满。是否当时人物原型胡兰成还健在，张爱玲在潜意识中"留有一手"？抑或她和胡兰成的情感纠葛过于复杂，胡兰成的汉奸身份也不容抹去，千言万语竟无语凝噎？然而，"终止道德判断让我们最深刻地理解小说"，① 我们可以在《小团圆》中瞧见当时来往于上海的人员空前混杂的身份，战后汉奸的狼狈处境，以及与汉奸来往密切的人的复杂心绪。

九莉未见邵之雍其人，先闻其事。她把这事当作时代的笑话讲给闺蜜比比听："有人在杂志上写了篇批评，说我好。是个汪政府的官。昨天编辑又来了封信，说他进监牢了。"② 九莉向来不会人云亦云地看人看事，她不屑于市面上的道德观。邵之雍对她文章的激赏点中了她的穴位，甚合她意。他执意要见她，彼此倒也相见恨晚，言谈高度投契。邵之雍文学功底深厚，写得一手好文章，见识不俗。九莉的精神状态为之焕然一新，不仅流露出活泼俏皮的女儿态，还连带出妙语连珠的兄弟气，邵之雍也为之陶醉。

九莉对色彩永远感到饥渴，同样饥渴的，还有情感。色彩的饥渴可以靠穿着打扮解决，安放情感则棘手得多。邵之雍比九莉大 15 岁，结过两次婚，长子已经很大。九莉喜欢"老人"，"他们至少生活过。她喜欢人生"。③ 邵之雍善于周旋于各种人之间，对女人热情而有耐性，被很多女性崇拜爱

---

① 〔土耳其〕奥尔罕·帕慕克：《天真的和感伤的小说家》，彭发胜译，上海人民出版社，2012，第 163 页。
② 张爱玲：《小团圆》，第 142 页。
③ 张爱玲：《小团圆》，第 270 页。

慕。九莉缺的就是人气，她是书本界的练达之人，真实生活中的侏儒。真可谓纸上谈兵的高手遇到了采花高手。

九莉认为只有无目的的爱才是真爱，她把邵之雍对她的爱划归其中。她沉溺于这段感情中，痴情也好，糊涂也罢，世间的女子不也都如此，人生总得有这一次吧。即便如此，精灵如她，也还是看出他的侧面深沉斯文，他的正面却有泼辣的市井女人气。侧面加上正面，应该是完整的他的肖像。他正是这么个人，也许并不复杂，"好"得激情四溢，"坏"得理直气壮。这是某种孩子气不成熟的性格，还是所谓真性情？人到中年而感情方式依然孩子气的男人，很能吸引某类早熟的知识女性，她们的母爱和自信心或许都能被他们勾带起来。

像很多热恋中的女人一样冷血愚蠢，九莉认为老练的邵之雍扩展开了她的生活。她祈望能结结实实地"生活"（也包括性）一把，以排遣她作为写作者容易滋生的虚无感。即使在做爱中被邵之雍折断了子宫颈，由此带来的"痛楚"也增强了她的存在感。她从小被忽视，早熟而孤寂，始终有些受虐倾向。同时，童年的创伤让她一向对人对事不做非分之想，只享受当下快乐，惧怕未来。敏锐的心性告诉她，未来只会更坏。她的天才性几乎让很多的人与事一语成谶。

拥有爱人知己、情欲的新鲜感，以及写作带来的名利，九莉人生中短暂的高光时刻到了。张爱玲以直露甚至有些粗鲁的笔触来写性，一反年轻时性描写的含蓄隐晦，其变化令人心惊。"有一天又是这样坐在他身上，忽然有什么东西在座下鞭打她。她无法相信——狮子老虎掸苍蝇的尾巴，包着绒布的警棍……"[1] 在短篇小说《色·戒》中，张爱玲写到强烈的性行为对恋爱中女人心理的控制，《小团圆》也是如此。

虽然登报结了婚，但汉奸四处奔逃藏匿的状态让他们无法相守。在改名换姓流窜各地的日子里，邵之雍依然处处留情。九莉对他滥情的承受力超过了一般女人，但还没变态到欢喜和那些女人分享他的地步。她渐渐明白，他们之间没有未来，她绝望到想要自杀。

邵之雍以置之度外的态度对待与他有关的女人的生死，他赞美她们、利用她们、解构她们，不过是为了占据有利的制高点，更好地控制和消费她们。他从不放弃任何一个与他有关系的人，无论男女。除了强烈的占有

---

① 张爱玲：《小团圆》，第 152 页。

欲，"人"也是他活动的资本。九莉对政治本来漠不关心，在外得背负"汉奸老婆"的舆论指责；而在邵之雍那里，她这个"老婆"常常也是有名无实。她吞咽不下这口"里应外合"的浊气。

抗战胜利后，人事巨变，时代的列车在他们这些曾经的风头人物身上碾轧而过。邵之雍的处境更是可想而知。九莉再淡漠和逃避，横陈在眼前的惨烈现实，到底让她不能掩耳盗铃。

八

后来，九莉又恋爱了，对象是演员燕山。他们俩约定好要一致对外封锁消息。她是当红作家、汉奸的老婆，他是明星，都是很敏感的身份。在没有狗仔队的民国时期，名人想要隐婚隐恋很容易做到。如果不是《小团圆》面世，大概没几个人知道张爱玲（九莉）和桑弧（燕山）的这段恋情。

燕山不及邵之雍才情横溢，却比后者多点男子气。九莉自觉对新的恋爱很投入，但在楚娣看来，她对燕山完全没有对邵之雍的用情深厚。当然还是旁观者清——在爱情上大难不死的人，元气大伤，冷与热都难入皮肉深处了。燕山对此也是心知肚明，加之九莉"汉奸妻，人人可戏"的身份，他到底还是和别人结了婚，婚后仍旧来找九莉。九莉并不感到意外，心底却火烧火燎地痛。那种痛苦更像是对她自尊心和占有欲的挑战，对重陷孤独境地的恐惧，与之前对邵之雍感情上的难以割舍，本质完全不同。

九莉没有寻常女人的多愁善感，她不逃避现实。她明白自己不过就是爱人迢迢路途中的某一站，"这一段时间与生命里无论什么别的事都不一样，因此与任何别的事都不相干。她不过陪他多走一段路。在金色梦的河上划船，随时可以上岸……"[①] 九莉坦然接受失恋的结果，她也自有她的超度方式。

九

《小团圆》中留给配角的篇幅不多，九莉的亲戚、香港求学时期的老师和同学、母亲的朋友、家里的用人，等等，这些人物写得最有"张味"。

---

① 张爱玲：《小团圆》，第 150 页。

张爱玲以突出个性（外在形象）特点的洗练笔法勾勒这些小人物，细节刻画精准入微，人物性格呼之欲出，文字张力十足。他们的言语动作于无形中渲染出浓厚的时代氛围。这些陪衬性质的角色，最能显示作家观人察事之"毒辣"、写作功力的精深，并且极大地丰富和延展了小说的生活层面，增添了它的文学韵味。张爱玲作为一代天才的灵光在他们身上频频闪现。

十

张爱玲毕竟去国多年，想要捕捉隶属于一方水土的细节纹理岂是易事。相比 30 年前的小说，《小团圆》中的人物似乎跟着作家一起"老"了，其黯淡的悲凉气多过鲜辣的创痛感。这倒也符合人老之后的心境，明白了人生的局限，孵卵挣扎的不易，多了慈悲之心。张爱玲不再板着脸决绝地面对芸芸众生，她到底给《小团圆》续上了个还算暖色的尾巴。她写道：

"……青山上红棕色的小木屋，映着碧蓝的天，阳光下满地树影摇晃着，有好几个小孩在松林中出没，都是她的。之雍出现了，微笑着把她往木屋里拉……二十年前的影片，十年前的人。她醒来快乐了很久很久。"[1]

就连植物都有趋光性，何况人呢？

---

[1] 张爱玲：《小团圆》，第 283 页。

作为配角的"私人小世界"

——汪曾祺小说次要人物形象精读

摘　要：汪曾祺笔下的次要人物，不只是作为主人公的伴随者，而且是作为与主人公"相识的人""相处的人""相遇的人"进入文本之中的。这样的次要人物，是携有自我的经历、各自的痴迷、各自的灵魂世界去遭遇主人公的。无论主要人物，还是次要人物，汪曾祺都平等对待他们的命运和他们的痴迷点。汪曾祺的小说将中国古代小说人物列传叙事模式引入现代小说的叙事之中，即便是不太重要的配角，汪曾祺也不厌其烦为其书写"微型传记"。汪曾祺以人物列传的方式让各色人等，无论主次，鱼贯而出，这样的叙事形式让汪曾祺对于各种人物有足够的"尊重"：主角配角只是分工的需要，就生命价值和生命美感而言，主角与配角是平等的。

关键词：汪曾祺　次要人物　私人小世界

汪曾祺在他的小说世界中描绘了大量的次要人物，这些次要人物与主要人物一样，在生命价值和生活形态上是平等的。汪曾祺从未怠慢过他笔下的次要人物，相反，大量看似离题的插话、闲笔皆因次要人物而生。汪曾祺最能从次要人物身上捕捉形形色色的生命形态、生存方式或生活趣

* 余岱宗（1967~ ），男，福建师范大学文学院教授、博士生导师，研究方向为文艺学、中国现当代文学。

味。赋予次要人物活力，汪曾祺小说才可能拓展出足够丰富的叙事时空，赋予生活多维多层的驳杂叙事质地。汪曾祺不少小说篇目的主次人物的界限甚至是模糊的，诸多次要人物潜藏着充沛的思想情感和别开生面的情调趣味，有时甚至反客为主，闪烁出奇异的光彩，如《异秉》中的张汉轩，又如《星期天》中的王静仪。汪曾祺不是让次要人物"伴舞"，而是以最经济的篇幅放手让次要人物"独舞"，这样，次要人物反而给予汪曾祺小说以"丰厚"的回报。一位次要人物就赋予作品一种别有洞天的世界与趣味，一位次要人物就内蕴着一种类型的人生故事。

莫里斯·梅洛－庞蒂言："每个人的私人小世界与所有其他人的私人小世界不是并列的，而是被他人的私人世界所包围的，是从他人的私人小世界中抽出来的，这两种私人世界都是普遍可感的面前的普遍的感觉者。"① 汪曾祺的小说，无论主要人物，还是次要人物，其"私人小世界"都是相互包围，彼此环绕的。《异秉》的主人公王二，从出场到结尾，要接受林林总总的人物不同性质的气氛环境的包围和环绕，如此，王二的"私人小世界"才得以生成得以敞开。汪曾祺创造人物，推崇"人在其中，却无觅处"的美学特性。② 汪曾祺创造的气氛艺术，不是激情化的气氛渲染，而是散淡化的气氛"浸润"。汪氏小说"人在其中，却无觅处"的气氛审美是中国传统隐逸美学与"含藏"艺术在当代叙事文学作品中的巧妙发挥，是"计白当黑"的美学意境于当代叙事作品中的形象刻绘。"人在其中"，这"其中"是处境中人与物的"簇拥"，是他人的"私人小世界"的感知混杂；"却无觅处"是人物不直接以其形象特点的突出来达到所谓形象"鲜明"的效果，不以主人公感知与情感的直接呈现来传达人物"私人小世界"的波动，更不为气氛与人的关系做任何"点题"式的抒情或议论。汪曾祺作品中的多数人物还是"有觅处"的，只是这种"觅处"不抢眼，不招摇，是让人物在"水到渠成"的他人包围环绕着的气氛环境中显露其感受与情感，且这种显露也是含蓄的、收敛的。汪曾祺小说的次要人物同样是在其他人物包括主人公的"私人小世界"的包围和环绕中获得其

---

① 〔法〕莫里斯·梅洛－庞蒂：《可见的与不可见的》，罗国祥译，商务印书馆，2008，第175页。

② 汪曾祺：《谈谈风俗画》，载季红真、赵坤主编《汪曾祺全集·9·谈艺卷》，人民文学出版社，2019，第300页。

艺术生命力的。次要人物作为配角，可能篇幅逊于主角，但汪曾祺并不因此忽略对配角的痴迷点以及其生命秘密的揭示，相反，汪曾祺写配角便能"放下"主角，不怕把主角"写丢了"，堂堂正正地站在配角的生命感知的立场为其"立传"，常常不吝笔墨为其建构微型的"人物传记"，让配角的"私人小世界"的经历、思想与感知获得舒缓展开。唯有如此，无论主角，还是配角，在汪氏小说中方能以生命价值和情感世界平等的方式彼此相连，相互映照。或者说，汪曾祺的小说，哪怕主要写某位主角的经历、情感和感知，配角的生活与感受同样会在其中以最经济的手法获得正面的直接的展示。如此，汪曾祺的诸多小说，与其说塑造了某位极有特色的主人公，如《八千岁》中的八千岁，不如说他是借着某位主人公带出一系列次要人物的命运、思想、情感和感知。八千岁的周围，就活动着宋侉子、八舅太爷、小千岁、虞芝兰、虞小兰等一系列次要人物。这些配角的生命面貌当然不可能一一突出，但这些次要人物的"私人小世界"的生命面貌借着八千岁的故事鱼贯而出。这些配角的生命世界，既独自旋转，又不时与其他人物相携共舞，既不时地偏离故事的"中心"，又常常同心汇聚，构成既明快又复杂的汪氏小说世界。

一

汪曾祺小说充满了杂闻、杂语、杂味、杂色和杂趣。汪曾祺的小说爱闲聊，不时离题，天南地北的谈资信马由缰，在小说文本中恣意"漫游"。如此闲聊的汪氏小说，让趣味的惊奇胜于悬念的精巧或情节的跌宕。"写小说，是跟人聊天，而且得相信听你聊天的人是个聪明解事，通情达理，欣赏趣味很高的人……"[1] "闲聊"的乐趣便是视读者为知己，兴之所至，无所不谈，漫不经心，又有所用心，常行于所当行，常止于不可不止。所谓的"离题"，对于汪曾祺小说而言，更有小说艺术风格的考量，那就是让小说"超出伏应、断续，便在结构上得到大解放"。[2] 只有这样的"大解

---

[1]　汪曾祺：《漫评〈烟壶〉》，载季红真、赵坤主编《汪曾祺全集·9·谈艺卷》，人民文学出版社，2019，第310页。

[2]　汪曾祺：《小说的散文化》，载季红真、赵坤主编《汪曾祺全集·9·谈艺卷》，人民文学出版社，2019，第391页。

放",方可能让主人公活动在摇曳多姿的小说世界里,让有限的文本空间容纳更开阔的生命形态与人生趣味。

汪曾祺的《鉴赏家》是一篇叙述相对集中的小说,然而就是这样一篇十分紧凑的小说,其中看似离题的"闲笔"却能影响人物与主题的深度。《鉴赏家》主要叙述画家季匋民与果贩叶三这对艺术知己的友谊。

"紫藤里有风。""唔!你怎么知道?""花是乱的。""对极了!"[①] 这一问一答,鲜活地刻画两人的默契与欢喜。叙述兜转到叶三的两个儿子身上,汪曾祺却不吝笔墨介绍布店如何卖布,这又有何用意?叶三的两个儿子是小说中的次要人物,这段闲笔是否离题呢?

"量尺、撕布(撕布不用剪子开口,两手的两个指头夹着,借一点巧劲,嗤——的一声,布就撕到头了),干净利落。店伙的动作快慢,也是一个布店的招牌。顾客总愿意从手脚麻利的店伙手里买布。这是天分,也靠练习。有人一辈子都是迟钝笨拙,改不过来。不管干哪一行,都是人比人。这是没有办法的事。兄弟俩都长得很神气,眉清目秀,不高不矮。布店的店伙穿得都很好。什么料子时新,他们就穿什么料子。他们的衣料当然是价廉物美的。他们买衣料是按进货价算的,不加利润;若是零头,还有折扣。这是布店的规矩,也是老板乐为之的。因为店伙穿得时髦,也是给店里装门面的事。有的顾客来买布,常常指着店伙的长衫或翻在外面的短衫的袖子:'照你这样的,给我来一件。'"[②] 叶三的两个儿子于文本的"推进"作用十分有限,且是很次要的角色。按常理,知道两个儿子在布店做事,稍做介绍足矣,汪曾祺却有声有色地聊起布店的生意经。是为了满足闲聊的乐趣吗?当然是,布匹买卖透过"嗤"的声响传达出炫技般的自得和体面,这显然也是汪曾祺所欣赏的。不过,《鉴赏家》中叙述布店买卖的乐趣,似乎与文中着力叙述的叶三对于季匋民绘画的痴迷没有太多关联。然而,妙就妙在无直接关联,这无关恰恰表明叶三与他两个儿子各自活在自我的天地里。小说倒是出现了叶三对儿子的气话:"嫌我给你们

---

① 汪曾祺:《鉴赏家》,载季红真、李光荣、李建新主编《汪曾祺全集·2·小说卷》,人民文学出版社,2019,第 279 页。

② 汪曾祺:《鉴赏家》,载季红真、李光荣、李建新主编《汪曾祺全集·2·小说卷》,第277 页。

丢人？两位大布店的'先生'，有一个卖果子的老爹，不好看？"[1] 这气话，多少有些对儿子"不识货"的埋怨。儿子显然低估了父亲对绘画的鉴赏力以及他在大画家眼中的地位。另外，小说中亦未见叶三对儿子布店买卖的褒扬。布店买卖的乐趣，尽管被叙述得有声有色，未必能进入叶三的精神世界，同样，果贩叶三所陶醉着的艺术世界，他的两个儿子又能领略几何？如此看来，叶三对季匋民画作的欣赏痴迷且寂寞。

"叶三死了。他的儿子遵照父亲的遗嘱，把季匋民的画和父亲一起装在棺材里，埋了。"[2] 假定两个儿子懂季匋民的画，或者说这两个儿子能像小说中来购画的日本人辻听涛那么虔诚，那么"识货"，叶三很可能会用另一种方式安排季匋民的画作。儿子有儿子的乐趣，父亲有父亲的热衷，他们是分散的，是彼此隔膜的。果贩叶三对季匋民的绘画艺术的痴迷，果贩叶三领悟绘画艺术的天分，就是对亲人而言，都是特别的，例外的，不易理解的，难以深入触及的。这样看来，写布店买卖的乐趣，闲笔不闲，这是以父子间生活状态、趣味的差异乃至隔膜让叶三对季匋民画作的独特领悟与理解更具一种执拗的孤独。

尽管文本中撕布"嗤"声中散发出的世俗幸福与"紫藤里有风"的艺术交流并不对立，却难免横亘着距离。这种距离不见得削弱父与子的亲情，却在无形中强化了叶三与季匋民独一无二的交情，突出了叶三艺术感悟能力的珍贵性。

《鉴赏家》中次要人物的乐趣，不是与主要人物的痴迷一致，相反，是在与其形成差异性的过程中去突出主要人物的喜好、天分与孤寂。

二

《鉴赏家》中生活在同一屋檐下的父与子尚有亲情联系，写布店的趣味关联着叶三的生命氛围。那么，汪曾祺的另一篇小说《忧郁症》叙述女主人公的忧郁症，却从不相干的人物细如意子的麻将经写起。麻将经与忧

---

[1] 汪曾祺：《鉴赏家》，载季红真、李光荣、李建新主编《汪曾祺全集·2·小说卷》，第278页。

[2] 汪曾祺：《鉴赏家》，载季红真、李光荣、李建新主编《汪曾祺全集·2·小说卷》，第281页。

郁症有何干系？

　　汪曾祺小说的结构，除了故事起伏，更有不同气氛的板块调配和交织
渲染，他认可"气氛即人物"①。细如意子挥霍无度，花天酒地；裴云锦经
济拮据，如履薄冰。《忧郁症》的细如意子与裴云锦是以非事件化的方式
形成一种遥遥相望的氛围对话，构成一种若有若无、意味深长的气氛
环绕。

　　裴云锦是小说的主人公，最终得了忧郁症自尽，小说是围绕着裴云锦
的悲剧展开叙事的。细如意子不过是裴云锦的公公龚星北已经疏远的一位
牌友，细如意子未介入裴云锦故事，两者未有任何交集，那么，小说为何
对细如意子当年的豪赌场面津津乐道呢？纽结就在龚星北身上：《忧郁症》
写细如意子便是在写龚星北。当年，龚星北是细如意子的赌友，小说将细
如意子豪赌情境细细道来，便是间接叙述龚星北年轻时如何将家产挥霍殆
尽。如此，详叙细如意子的豪气，便是描绘龚星北年轻时的浪荡。龚星北
的败家并不直接导致裴云锦的忧郁症，但龚家的败落又确实是裴云锦陷入
绝境的原因之一，尽管是间接的原因。如此，细如意子的豪举越荒唐，裴
云锦的委屈越沉重；细如意子的排场越大胆，裴云锦的窘迫越难堪。两者
表面上极分散，但细如意子当年的花天酒地的气氛却可通过龚星北这一中
介纽结源源不断沁入裴云锦的悲哀之中，让裴云锦无尽凄凉的"幕后"晃
动着当年细如意子的"繁华盛景"。如此，《忧郁症》让极分散的、互不相
关的两种生命状态得以相互映照，让一个男性的狂野胡闹与另一位女性的
娴静忧郁隐隐对照着，环绕着，关联着。《忧郁症》这出悲剧由闹剧牵引
出场，悲剧的凄凉由闹剧的荒唐打底，哀伤之下垫着一层已经褪色的闹剧
的喜感和豪气。如此，围绕一位弱女子的悲剧氛围，除了生命消失的悲
哀，更有繁华不再的颓败和凄凉。

　　汪曾祺的作品中，《徙》《八千岁》《忧郁症》《莱生小爷》《名士与狐
仙》《小嬢嬢》等篇目或多或少、或隐或显嵌入世家没落的故事，这些篇
目中的诸多人物往往为悲情氛围所萦绕。《忧郁症》的结尾，裴云锦的公
公龚星北成为最显眼的人物："送葬回来，龚星北看看天井里剪掉花头的
空枝，取下笛子，在笛胆里注了一点水，笛膜上蘸了一点唾沫，贴了一张

------

① 汪曾祺：《我的创作生涯》，载季红真、赵坤主编《汪曾祺全集·9·谈艺卷》，人民文学
　　出版社，2019，第72页。

'水膏药'，试了试笛声，高吹了一首曲子，曲名《庄周梦》。"①《忧郁症》中世家没落的大故事中嵌入忧郁症的小故事。主要人物裴云锦的痛苦与绝望最终由次要人物龚星北去承受、去体悟，儿子龚宗寅的失妻之痛，亦始终叩击着父亲龚星北的内心。《庄周梦》的笛声传导着龚星北的悲凉，更承载着龚宗寅的悲痛。龚星北远连细如意子，近接裴云锦与龚宗寅，他的五味杂陈的感知方能兜揽住小说中忽近忽远的闹剧与悲剧氛围以及感知的交织混杂。细如意子早已走远，很远的细如意子的放浪形骸的孟浪是否隐隐传导到当日的悲剧氛围之中？龚星北无言的悲恸之中是否比其他人更多一种无声的自责或不可名状的无奈？《忧郁症》的人物，最痛苦的是忧郁的裴云锦，感受最复杂的却可能是龚星北。就小故事而言，视裴云锦为《忧郁症》的主人公自然很"正确"，但从另一角度看，若着眼于世家没落这一大故事，将龚星北的命运起落与感知变幻作为叙事焦点，同样可以确立。如此，主要人物的故事嵌入次要人物的命运之中，主要人物思想情感形成的冲击力让次要人物的思想感情变得更为活跃、更为复杂，这样的次要人物通过与主要人物的强烈、紧密且持续的命运与情感的内在关联感而获得生命力。如果说叶三的两个儿子是因与其父亲的区分感乃至隔膜感而获得其作为次要角色的艺术价值，那么龚星北恰恰是经由与主人公高度关联形成的生命体验确立人物的活力与影响力。

三

《忧郁症》让次要人物承受主要人物悲惨事件带来的感知冲击，《星期天》则让次要人物赫连都和王静仪形成足够饱和的爆发力，对主人公赵宗浚的思想轨迹与生活方式构成隐蔽而深刻的挑战。

汪曾祺的《星期天》中的次要人物空前杂多，但各有其声口，各有其性情，各有其故事。赫连都和王静仪两位人物所涉篇幅不多，特别是王静仪，作者对其的刻绘十分"经济"，但他们对文本最后的意义"翻转"则起到决定性的作用。

以大上海为背景的《星期天》最后一个场景的故事很简单，不妨概括

---

① 汪曾祺：《桥边小说三篇》，载季红真、李光荣、李建新主编《汪曾祺全集·3·小说卷》，人民文学出版社，2019，第188页。

为"赵宗浚看了赫连都与王静仪配合默契的探戈舞之后，发现自己配不上王静仪"。为此，汪曾祺调度了极多的次要人物来成就这一场景。

正是透过次要人物的生活触角，叙述才能延伸到 20 世纪 40 年代末上海生活空间的各种角落。小说中言："上海的许多事情，都是蛮难讲的。"[①]《星期天》中诸多次要人物就"储存"着"蛮难讲的"传奇性。故事发生在一所学校。这所学校既是学校，又像客栈，学校里有教职员、学生和几位寄宿者。英文教员沈福根"卖了两年小黄鱼，同时在青年会补习英文"，便教了英文。"他的英文教得怎么样？——天晓得。"[②] 史地教员史先生原是首饰店的学徒，曾经经历过一桩离奇艳遇，"一谈起这件事，就说'毕生难忘！'"史教员"脸有一点像一张拉长了的猴子的脸"，"他怎么由一个首饰店的学徒变成了一个教史地的中学教员，那谁知道呢"。[③] 汪曾祺有意识地赋予这所不大的学校以三教九流的杂色，他们或远或近地环绕在校长赵宗浚的周围，又各自活动于自我天地里。细究《星期天》种种人物的习性、性情和背后故事，不难发现，这所学校的教职员和寄居者可以分为两大类。一类人物是静态的安逸者，他们对即将来临的天翻地覆的大变局缺乏敏锐的嗅觉，沉溺于大都市才能提供的种种物质消费与情欲享受，流连于咖啡店、拍卖行、大马路、书店、话剧社、票友会、公寓、公园等都市空间，电话、报纸、电影、通俗书籍、香槟酒更为其生活提供了花样繁多的日常消遣。校长赵宗浚便是这类安居者的代表。赵宗浚先与女演员许曼诺同居，这位女演员"抽烟，喝烈性酒"，且脚踩两只船。告别许曼诺，赵宗浚心仪王静仪。王静仪"人如其名，态度文静，见人握手，落落大方"。赵宗浚"已经厌倦了和许曼诺的那种叫人心烦意乱的恋爱，他需要一个安静平和的家庭，王静仪正是他所向往的伴侣"。"他曾经给王静仪写过几封信，约她到公园里谈过几次。赵宗浚表示愿意帮助她的两个妹妹读书；还表示他已经是这样的岁数了，不可能再有那种火辣辣的、罗曼蒂克的感情，但是他是懂得怎样体贴照顾别人的。"王静仪客客气气地表示对赵

---

① 汪曾祺：《星期天》，载季红真、李光荣、李建新主编《汪曾祺全集・2・小说卷》，人民文学出版社，2019，第 355 页。
② 汪曾祺：《星期天》，载季红真、李光荣、李建新主编《汪曾祺全集・2・小说卷》，第 354 页。
③ 汪曾祺：《星期天》，载季红真、李光荣、李建新主编《汪曾祺全集・2・小说卷》，第 355 页。

先生的为人很钦佩，对他的好意很感谢。"① 如此心态，可见赵宗浚对于富裕的生活和体面的地位是满意的，其对王静仪的口吻，也多少流露出居高临下的优越感。更重要的在于，在赵宗浚的眼里，王静仪会为其提供"安静平和"的家庭生活。赵宗浚这样的安逸者已经不欢迎动荡和波折，他安于现状，中产阶层平静的城市生活让他如鱼得水。小说中的另一类人物则属于动态的颇具罗曼蒂克气质的浪漫者。他们多少具备了这个城市先锋人物的特性，他们不知从何处来，也不知将往何处去，居无定所却风度翩翩，没有名气却才华横溢，他们在城市里寻求着自我变革的可能，他们拥有创造的热情与改变生活的冲动。

城市也不断给予这样的浪漫人物学习和创造的机会，他们不断拓展着自我生活的边界，主动变化着自我生活的形态。赫连都就是这样的人物："赫连都有点神秘。他是个电影演员，可是一直没有见他主演过什么片子。他长得高大、挺拔、英俊，很有男子气。虽然住在一间暗无天日的房子里，睡在一张破旧的小铁床上，出门时却总是西装笔挺，容光焕发，像个大明星。他忙得很。一早出门，很晚才回来。他到一个白俄家里去学发声，到另一个白俄家里去学舞蹈，到健身房练拳击，到马场去学骑马，到剧专去旁听表演课，到处找电影看，除了美国片、英国片、苏联片，还有光陆这样的小电影院去看乌发公司的德国片，研究却尔斯劳顿和里昂·巴里摩尔……"② 大上海才可能成就赫连都这样的人物，也唯有赫连都这样的人物才可能将"蛮难讲的"上海故事发挥得淋漓尽致：星期天的夜晚，赫连都上半场斗美国兵英雄救美接受欢呼，下半场跳探戈舞仍可让众人"都看得痴了"。赫连都与王静仪相伴起舞，让王静仪大放异彩："赫连都一晚上只有跳这一次舞是一种享受。他托着王静仪的腰，贴得很近；轻轻握着她的指尖，拉得很远；有时又撒开手，各自随着音乐的旋律进退起伏。王静仪高高地抬起手臂，微微地侧着肩膀，俯仰，回旋，又轻盈，又奔放。她的眼睛发亮。她的白纱长裙飘动着，像一朵大百合花。"③ 王静仪

---

① 汪曾祺：《星期天》，载季红真、李光荣、李建新主编《汪曾祺全集·2·小说卷》，第357页。
② 汪曾祺：《星期天》，载季红真、李光荣、李建新主编《汪曾祺全集·2·小说卷》，第358页。
③ 汪曾祺：《星期天》，载季红真、李光荣、李建新主编《汪曾祺全集·2·小说卷》，第361页。

的舞姿、眼睛和长裙让赵宗浚发现了自己的庸俗："赵宗浚第一次认识了王静仪。他发现了她在沉重的生活负担下仍然完好的抒情气质，端庄的仪表下面隐藏着的对诗意的、浪漫主义的幸福的热情的甚至有些野性的向往。他明明白白知道：他的追求是无望的。"[1] 就社会出身和社会身份而言，王静仪是娴静的、低调的，其经济处境更是窘迫的。然而，由浪漫者赫连都带动出来的身体语言，却是诗意的、热情的、野性的。小说的大半部分安逸者与浪漫者相安无事，他们是彼此帮助的朋友，他们是可能的恋爱者。然而，一场舞会，一曲探戈，却透过安居者赵宗浚的眼光，发现了他与浪漫者之间不可逾越的鸿沟。王静仪身体言语发散出的气息，让赵宗浚认识到他们之间的不同是习性的区分，是气质的分野，是追求的差别。

　　赵宗浚"第一次认识了王静仪"，"第一次苦涩地感觉到：什么是庸俗。他本来可以是另外一种人，过另外一种生活，但是太晚了！他为自己的圆圆的下巴和柔软的，稍嫌肥厚的嘴唇感到羞耻。他觉得异常的疲乏"。[2] 小说从赵宗浚眼里发现王静仪温婉背后无法驯服的野性美，宛如吉娣发现舞会上众星环拱的安娜·卡列尼娜的无边魅力，这样的魅力让吉娣恐惧。汪曾祺如此"贴到人物来写"王静仪，是在文本的局部空间中让配角的言行支配、主导主人公乃至整个场面的感知。配角浪漫的、野性的异质性力量对主角形成压倒性精神征服，让小说从对杂多庸常人物的俯视反讽中迅速转出，动情的热力驱散了反讽的冷峭，正面的、真诚的修辞让英雄气质和浪漫风度登临小说高潮。更重要的在于，配角让主角意识到自我生活的庸俗，如此，一位配角"偶尔露峥嵘"的浪漫野性消解了文本之前的琐碎，以极明显的区分度与主角和其他众多配角对峙，为浪漫驱逐庸碌的主题引入足够饱和的人物感知，进而将文本的叙述提升到浪漫瓦解庸常这一主题层面上。这样的次要人物，其形象的活力与扭转力在汪曾祺小说的次要人物系列中并不多见，但足以显示汪曾祺塑造次要人物的功力：在合适的叙事时空里，汪曾祺是可以让一位配角的生命特征和精神气质君临

---

[1]　汪曾祺：《星期天》，载季红真、李光荣、李建新主编《汪曾祺全集·2·小说卷》，第361页。

[2]　汪曾祺：《星期天》，载季红真、李光荣、李建新主编《汪曾祺全集·2·小说卷》，第361页。

于文本中心，由主人公的伴随者转变为场面的支配者和主题的提升者的。

四

汪曾祺的名篇《异秉》的后半部，场景延伸到保全堂药店的内部，各色人等的意识投射和视野差异逐步复杂化。保全堂内，"管事"的兢兢业业，"刀上"的高傲，"同事"的谨慎，学徒陈相公所遭受的屈辱，他们的感知差异都在诠释着各自的职业座次。等级制是保全堂内最稳固的结构，唯有张汉轩到来，保全堂的气氛才为之一变。保全堂高朋满座的"夜谈时段"是县城里兼具趣味性与游戏感的一个休闲化的"公共空间"。张汉轩作为配角，频繁出现在汪曾祺的诸多小说文本中，《兽医》提及主人公姚有多"晚上到保全堂药店听一个叫张汉轩的万事通天南地北地闲聊"[1]。我们才知道原来有位兽医亦是张汉轩开讲时段的常客。《花瓶》中的张汉轩，依然是"故事大王"，他在保全堂讲述了一位瓷器工人为花瓶"算命"的故事。总之，只要张汉轩这位次要人物到场，不仅能让保全堂的拘谨一扫而空，而且总能将各类故事引向奇异化、天命化、游戏化的解读框架中。张汉轩就有这个本事，让高邮县城里的各种日常故事发生奇异化的"质变"。张汉轩总是做配角，他是故事"造型师"，更是故事"酿造师"：经过张汉轩式的命运物语与精怪奇闻的再解读，小县城日常生活中的种种故事都可能呈现出色彩斑斓的另一种面貌。

张汉轩"见多识广，什么都知道，是个百事通"。"他熟读《子不语》《夜雨秋灯录》，能讲许多鬼狐故事。他还知道云南怎么放蛊，湘西怎样赶尸。他还亲眼见到过旱魃、僵尸、狐狸精，有时间，有地点，有鼻子有眼。三教九流，医、卜、星、相，他全知道。他读过《麻衣神相》《柳庄神相》，会算'奇门遁甲''六壬课''灵棋经'。"[2]张汉轩认定《异秉》中主人公王二的发达归于王二的异秉。张汉轩此类的天命之说是"被儒家的忧患意识所压抑的幽暗意识"。[3]这些"幽暗意识"所派生的鬼狐精怪故

---

① 汪曾祺：《兽医》，载季红真、李光荣、李建新主编《汪曾祺全集·3·小说卷》，人民文学出版社，2019，第247页。

② 汪曾祺：《异秉（二）》，载季红真、李光荣、李建新主编《汪曾祺全集·2·小说卷》，人民文学出版社，2019，第88页。

③ 王溢嘉：《中国人的心灵图谱：命运》，广西师范大学出版社，2007，第2页。

事光怪陆离，诡秘朦胧，加上张汉轩很会"卖关子"，极大地舒缓保全堂内的气氛，让听者从日常经济营生的烦劳中暂时"逃逸"出来。张汉轩怪谈之怪让药店保全堂的气氛充满了娱乐性与游戏感，亦开阔了听者的想象界域。从这个角度看，张汉轩"私人小世界"的进场，是引来一套异质性话语与异质性感知让《异秉》的气氛活跃起来。假定张氏的异秉论如果只是泛泛而言的命定论，便不会获得多大反响。但张汉轩谈命说运偏要发达了的王二提供自证之"案例"，偏偏王二又能心领神会，拿自己"先解小手，后解大手"为张汉轩的"异秉论""举证"且马上得到张汉轩的首肯。这就让本是怪论的所谓"异秉论"不仅不"怪"，还具备了极简易的"可操作性"。正是这种简易的"可操作性"让陈相公与陶先生不声不响地都去"解大手"。如此，张汉轩装神弄鬼的怪论与药店内的两位店伙对自我命运的想象嫁接在一起。"窥探"命运天机的简易预知术让小说中的主人公陷入虚妄的想象，这篇小说也同时形质俱变，由辛劳苦涩的日常劳作生活气氛转入令人想入非非的加魅化的超自然世界。

张汉轩是保全堂夜谈时段最有才华的"主播"，可谓汪氏故里小说中虚构水平最强、想象力最发达的"说书人"，是本雅明所言那种"讲故事的人"。[1] 只要这位见多识广又神秘有趣的张汉轩出场，"轩粉"便聚拢在保全堂内，"讲故事"的气氛越来越浓。张汉轩将命运物语与精怪奇闻"拉进"小县城的夜晚世界，亲历与想象的区分被混淆，真实与虚构的界限亦随之模糊。张汉轩创造的这种"故事气氛"集休闲、娱乐、迷信、消息传播与奇异解读于一体，为凡俗生活"加魅"，为平淡的县城日常生活开启各种想象。《名士与狐仙》中名士杨渔隐去世，杨妻小莲子与花匠同时失踪，杨家厨子老王晚上到保全堂聊天，拿了泥金折扇上小莲子的字给大家看，张汉轩慢条斯理道："小莲子不是人。小莲子学做诗，学写字，时间都不长，怎么能到得如此境界？诗有点女郎诗的味道，她读过不少秦少游的诗，本也不足怪。字，是玉版十三行，我们县能写这种字体的小楷的，没人！老花匠也不是人。他种的花别人种不出来。牡丹都起楼子，荷

---

① 瓦尔特·本雅明认为："讲故事的人所讲述的取自经验——亲身经验或别人转述的经验，他又使之成为听他的故事的人的经验。小说家把自己孤立于别人。小说的诞生地是孤独的个人——是不再能举几例自己所最关心的事情，告诉别人自己所经验的，自己得不到别人的忠告，也不能向别人提出忠告的孤独的个人。"参见〔德〕瓦尔特·本雅明《本雅明文选》，张耀平译，中国社会科学出版社，1999，第308页。

花是'大红十八瓣'，还都勾金边，谁见过？""是狐仙。——谁也不知道他们是从哪里来的，又向何处去了。飘然而来，飘然而去，不是狐仙是什么？"① 表面上，张汉轩此番"高见"是在"志异"，渲染狐仙的法力。然而，从另一角度看，亦可认为小莲子的聪慧奇异早已超出了凡人可及的范围，非用狐仙的想象不足以形容小莲子的诗情才气。如此，张汉轩在保全堂内创造出的奇异化故事空间的存在合理性，是通过"超自然故事"的讲述暂时摆脱日常实用性事务话语的羁绊，建构另一套故事秩序寄寓普通人的情感依托与价值诉求。

张汉轩主导的高朋满座的"夜谈时段"保全堂是县城里兼具趣味性与游戏感的一个休闲化的"公共空间"，狐仙奇闻与异秉怪谈交相辉映，兼具猎奇与抚慰功能的各类奇异故事让平凡生活不时地"嫁接"到另一超自然时空之中。张汉轩可谓汪曾祺故里题材小说中最具叙事创造力的"戏精配角"和"奇人配角"。张汉轩在汪氏不同小说篇目中从未担纲主角，总以配角身份为故事提供二度叙述，让小说文本"跃入"一个虚实难辨的想象世界。这样的次要人物的"私人小世界"，以其想象力、虚构力以及娱乐能力诱使文本发生"蜕变"：人物变异，故事变形，主题变质。张汉轩是故事的二传手，一位对故事再虚构的"说书人"。张汉轩的形象，全依赖于说书的趣味和虚构的本事，他不是故事中的行动者，但他会改变故事的轨迹、故事的背景和故事的性质。这样的配角实际上将写实的故事与幻想的故事嫁接到一处：写实太沉重的时候，他唤出幻想为之解围解压；写实太无奈的时候，他构建幻想时空让故事变得轻盈，更神秘，也更生动。这样的配角，可谓呼风唤雨的"故事缝合师"。不过，张汉轩又可被视为作家本身的化身，如此化身承担了作家不宜直接出面的说书功能。那些奇闻和怪谈都交给这位见识颇广但故事与见解都不见得可靠的说书人，作家本人用不着为此承担"考证"的"责任"，毕竟张汉轩在小说中始终只是有些诙谐、有些耸人听闻的说书人，他绝非权威叙述人。这样的配角，健谈，有趣，神秘，又"免责"，任他在汪曾祺小说世界中多出现几次，何乐而不为呢？

---

① 汪曾祺：《名士与狐仙》，载季红真、李光荣、李建新主编《汪曾祺全集·3·小说卷》，人民文学出版社，2019，第271页。

结 语

　　詹姆斯·伍德在《小说机杼》中论及次要人物，认为“次要人物在塞万提斯、菲尔丁、奥斯丁笔下是戏剧人物，常常是公式化的，几乎不为人所注意……然而对于福楼拜，对于狄更斯，还有他们之后的千百位小说家而言，次要人物是一种有滋有味的文体挑战：怎样让我们看见他，如何赋予他活力，怎样轻轻给他涂脂傅粉？”①赋予次要人物活力，便是要让次要人物从其“私人小世界”的角度去感受世界，去参与事件。汪曾祺笔下的次要人物，不只是作为主人公的伴随者，而且是作为与主人公“相识的人”“相处的人”“相遇的人”的方式进入文本之中的。这样的次要人物，是携有自我的经历、各自的痴迷、各自的灵魂世界去遭遇主人公的。无论主要人物，还是次要人物，汪曾祺都平等对待他们的命运和他们的痴迷点。汪曾祺的小说将中国古代小说人物列传叙事模式引入现代小说的叙事之中，即便是不太重要的配角，如《八千岁》中的虞芝兰、虞小兰，或《王四海的黄昏》中的貂蝉，汪曾祺也不厌其烦地为其书写“微型传记”。以人物列传的方式让各色人等，无论主次，鱼贯而出，这样的叙事形式已经多少宣告了汪曾祺对于各种人物的“尊重”：主角配角只是分工的需要，就生命价值和生命美感而言，主角配角是平等的。况且，汪曾祺笔下的不少人物会分别出现不同小说作品中，活动于不同情景内，参与到不同故事之中。有些人物在某篇小说中是次要人物，到了另一篇小说，则以主人公的形式露脸。有些人物在某篇小说中没有“名气”，却在另一篇小说中“成名”。画家季匋民在《岁寒三友》《忧郁症》《小孃孃》中都以配角的形式出现，而在《鉴赏家》中终于做了主角，大画家季匋民与果贩叶三的友谊故事成为一出现代版伯牙与钟子期的故事。那么，要深入了解《鉴赏家》中的季匋民，亦可到《岁寒三友》《忧郁症》《小孃孃》去寻其踪迹，互文参照。配角在汪曾祺的小说世界中已经不再只是主人公精神世界的助手、背景或附庸，而是成为能够推动主人公发现自我，与主人公的际遇痛痒相关且去承载全篇各种人物的感知的人物，或是成为让文本中的故事发生根本性“质变”的二度叙事者。即便配角的情感和感知世界与主人公有

---

　　① 〔英〕詹姆斯·伍德：《小说机杼》，黄远帆译，河南大学出版社，2015，第54页。

隔膜，其亦是以与主人公的思想情感世界平行的存在者身份去与主人公构成联系的。

保罗·利科在其《作为一个他者的自身》中言："我一生的所有阶段是其他人、我的父母、我的工作与休闲伙伴的生平故事的一部分。我们前面对那些实践、学徒关系及其包含的合作与竞争的讨论，证实了每个人的故事与许多其他人的故事之间的这种混杂。"[①] "每个虚构的故事通过让许多主角的不同命运在它的内部相遇。"[②] 汪曾祺小说中大大小小人物命运与感知的"混杂性"尤其明显。汪曾祺的小说篇幅不长，故事紧凑，但人物的数量，特别是次要人物的数量往往可观。人物的数量当然不能作为小说艺术水平的指标，然而这却能从侧面体现汪曾祺喜欢在其小说中尽可能"容纳"各色人等的故事，同时，汪氏小说不赋予其笔下的普通人"大写的人"的感知特权，而是让其接受杂多的他人感知与纷杂的环境特性所形成的气氛微粒的环绕，再从气氛的环绕中水到渠成地"浮现"人物的感知与情感。这种写法，让次要人物的生活、个性、故事与感知都成为主要人物的组成部分，反之，主要人物亦渗透次要人物的命运与感知世界。汪曾祺主次人物的平等意识更加强了这种"混杂性"，所有的故事都是其他人故事的一部分，所有人的命运都是与其他人命运相互"混杂"的结果。当然，这种"平等性"和"混杂性"的强化，让次要人物有机会在汪氏小说文本中形成足够饱和的观念与感知的展示时空。当然，作为简约艺术的小说巨匠，汪曾祺往往以一种轻盈的、沉默的、静谧的方式让次要人物形成其对小说全文的影响力。汪曾祺视其小说创作为一种"安静的艺术"。[③]

---

① 〔法〕保罗·利科：《作为一个他者的自身》，余碧平译，商务印书馆，2013，第237页。
② 〔法〕保罗·利科：《作为一个他者的自身》，余碧平译，第240页。
③ 汪曾祺：《小说的散文化》，载季红真、赵坤主编《汪曾祺全集·9·谈艺卷》，人民文学出版社，2019，第391页。

"远行人必有故事可讲"

——评周云龙《别处的世界：早期近代欧洲
旅行书写与亚洲形象》

廖心茗*

摘　要：《别处的世界：早期近代欧洲旅行书写与亚洲形象》以亚洲形象分析为方法，解析了早期近代欧洲旅行书写中世界意识的型构，回应了当代国内形象学方法论的封闭与停滞问题。该著依据不同的文本及其历史情境灵活选择切入视角；同时，既有的比较文学研究方法也在此过程中得到检验和扩展。该著在观念与方法上的"远行"，体现于其批判怀疑的精神、多元开放的姿态以及对自身研究和学科本身的学理性反思方面。

关键词：世界意识　旅行书写　亚洲形象　比较文学形象学

中世纪晚期和文艺复兴时期兴起的地理大发现，使原本彼此隔离的文明单位，开始互看互释。这是人类历史最关键的转折点之一。同时，远行的"奥德修斯们"还带回了远方的故事，这些对异域的想象和书写型构了"现代"欧洲以全球为构架的世界意识，构建了欧洲早期近代（early modern）的反思性主体。

亚非大陆，这一欧洲人眼中的"别处的世界"，在 20 世纪逐渐成为反思欧洲中心主义的"震源地"，近年来更成为"全球研究"（global studies）

---
* 廖心茗（1999 ~ ），女，福建师范大学文学院硕士生，研究方向为比较文学与世界文学。

的焦点之一。自后结构主义介入人文领域起，对欧洲的亚非旅行文献的研究走出了单向的"观看之道"，玛格丽特·普拉斯的《帝国之眼：旅行书写与文化互化》便已做出表率。"黑色的雅典娜"虽已备受瞩目，但早期近代欧洲旅行文献中的亚洲形象受到的关注较少，目前最具分量的是唐纳德·F. 拉赫（Donald F. Lach）的九卷本巨著《欧洲形成中的亚洲》。该书采用经验主义方法，描绘了从文艺复兴到启蒙运动时期欧洲文献中的亚洲对于现代欧洲的影响和意义，其志在反思欧洲中心主义，却仅呈现了欧洲如何"学到其他人（及前辈）的聪明智慧而且成功地付诸应用"[①] 的过程。笔者以为，拉赫对"欧洲形成中的亚洲"的回答除了没有清晰明确的分析框架外，也未能考察跨文化空间中的互动结构，更未能在研究方法上脱离 19 世纪的实证主义。

在此学术语境中，周云龙于 2021 年出版的《别处的世界：早期近代欧洲旅行书写与亚洲形象》给人以耳目一新之感。相对常识所划定的边界，作者对自身研究的三个预设都显示出"跨"的特质：其问题是跨文化互动中早期近代欧洲世界意识的型构；其研究对象是打破僵硬文类划分的六个旅行书写（travel writing）文本；其亚洲形象不是可辨真伪的"透明玻璃"或能分优劣的"负向之镜"这类易碎品，而是依据不同的文本及其历史情境而灵活选择的研究取向，同时这一非学科视野的取向也将在种种变化中受到检验和扩展。该研究的问题、方法与对象浑然天成，难以分而论之，因而本文拟就该书各章节做出难免挂一漏万之嫌的评述，以供读者参考。

《曼德维尔游记》是处于欧洲现代性门槛上的一个旅行书写文本，其不仅是对中世纪文献资料的重组和阐释，更映现了新的认知规则和表象结构。该文本的世界想象之所以能够成功产生令人信以为真的效果，是因为文本形式的转译和掩藏，[②] 而"替补"（supplement）逻辑便是作者解析文本空间结构中的世界观念、考察中世纪时期基督教欧洲主体意识的诞生及其方案的钥匙（"亚洲景框与反思性主体的诞生：《曼德维尔游记》中的

---

① 〔美〕伊曼纽尔·沃勒斯坦：《所知世界的终结：二十一世纪的社会科学》，冯丙昆译，社会科学文献出版社，2002，第 197 页。

② 〔法〕皮耶·布赫迪厄：《艺术的法则：文学场域的生成与结构》，石武耕、李沅洳、陈羚芝译，台湾典藏艺术家庭，2016，第 70 页。

'替补'逻辑")。对照《鄂多立克东游录》这一"原本","摹本"《曼德维尔游记》的断片式叙述建构出以个体性意识为中心点的透视化亚洲景框图式：在这一表象系统中，叙事者和受众成为异域景观/存在者的主体和中心，而作为存在者的异域是缺席的，仅以概念和方案的性质被呈现，即海德格尔意义上的"被把握为图像"。[①] 以"替补"为逻辑考察两个文本的关系体系，《鄂多立克东游录》中（作为"起源"的）看似独立的"我"的意义排斥/依赖于《曼德维尔游记》中的"替补"因素，即叙事者"我"与其询唤的潜在读者"您"。这两个"替补"因素的意义在于消解了处于凝视地位的上帝，使反思性自我"代替"上帝而成为"存在者"的中心，并作为欧洲迈入"现代"门槛的标志。同时，《曼德维尔游记》所凸显的欧洲现代反思性主体自身也依赖于其"替补"因素，即被发明的异域空间，这使其自身的自洽性面临着解构的困境。在第一个层面，作者以"替补"逻辑解读两个旅行书写文本的关系体系、点明欧洲反思性主体的象征性在"诞生"时刻已甚为精密，但在第二个层面上，作者对这一主体的自足想象的解构和批判更显深刻。

若《曼德维尔游记》是以空间结构将他异性收编入差异结构的书写实践，那么葡萄牙药剂师多默·皮列士的《东方志》则是将时间的感知格局（再）分配作为主要操作方式（"时间修辞和亚洲书写：《东方志》的'政治宇宙学'"）。作者透过皮列士以枯燥语词刻意营求的"真实"记述，剖析其中的时间修辞与"政治宇宙学"：首先，从以马六甲为枢纽的地理空间编码来看，远东地区被移入了已征服的区域链中，这幅葡萄牙帝国在亚洲扩张的想象性地图显露了其在"序言"中已昭示的扩殖欲望；其次，从文本嵌套式的叙述时态来看，对亚洲空间以"民族志现在时态"和本质化逻辑为主导的书写，所存有的是永恒的、静态的时间，它作为时空参照物嵌套在叙事者与葡萄牙国王对话的空间中，这一交流空间中的时态是虚拟时和过去正在进行时，所具备的是多变的、动态的时间。随着叙事者的远行/讲述，"犹太-基督教时间观"被世俗化为"普遍性的时间"，"我"/欧洲亦完成了现代蜕变、成为抽象的"普遍"的过程。空间序列与时态区隔是一体两面的"时间空间化"修辞，建构出想象的现代性的世界秩序，

---

① 〔德〕马丁·海德格尔：《世界图像的时代》，载《林中路》，孙周兴译，上海译文出版社，2014，第84页。

但未能形成严丝合缝的叙事囚牢：当叙述葡萄牙帝国与亚洲的实质性互动时，不得不调动过去时态、改变人称代词，这造成对文本架构的反噬。时空是文本的基本架构，却往往被人忽视，而作者在对文本的人称、时态和空间层次的严肃细读中，逐步揭示了 16 世纪欧洲世界观念的时空秩序的型构。

前两个文本以时空建构"世界机器"，而葡萄牙人文主义者路易斯·德·卡蒙斯的《卢济塔尼亚人之歌》则以性别话语型构世界秩序（"艾菲尔的回望：《卢济塔尼亚人之歌》中的性，帝国与亚洲形象"）。将史诗第七章"发现"印度的场景和结尾"围猎"仙女/仙岛的场景对读，作者阐释了二者之间的互涉和转喻关系：仙女/仙岛正是被葡萄牙人欲望化、色情化和性别化的印度/亚洲的代名词，成为具有男性气概（masculinity）的葡萄牙水手/帝国的战利品。然而，正如葡萄牙使者感受并内化了印度人的目光，葡萄牙水手/帝国亦渴盼着仙女/亚洲的回望能力，而落入了仙女/亚洲所编织的欲望"陷阱"：水手莱奥纳德在"爱慕"、追求仙女艾菲尔的过程中不得不以绵绵情话乞求其目盼，显示出前所未有的"女性化"特质。这一过程正是葡萄牙水手/帝国在文化上的"去势"，只有通过艾菲尔/亚洲的回望将自身转换为被动的知识客体，才能够使其"发现"自身的"他异性"而踏上归程，但自我与他者的差异和界限也就此消失。这一自反性结构的出现，绝非所谓"人文主义的光辉"，而是对历史个体与其所处的欧亚交通网络的想象关系的表述。最后，仙女的"祝福"歌声和为人妻的结局也提示着该史诗与古典传统的关系，该文本反向挪用了"塞壬—奥德修斯"的叙述结构，表达了赋予艺术生命且以此救赎当下的乌托邦理想。作者对"仙女"意象的三重解析，至少使我们意识到那些将"奥德修斯们"预设为绝对宰制地位的研究的粗疏之处。如鲍德里亚所言，旅行是一种"脱领属化"，它去向陌异，将给社会带来去中心化。[①]

与卡蒙斯同时代、对雄风不再的葡萄牙帝国寄托遥深的门德斯·品托，其充满着暴力书写的《旅行记》亦表述了去向陌异的效能。以个人经验"中介化"的跨文化旅行书写，呈现作为一个现代主体的"我"的自我

---

① 〔法〕让·鲍德里亚、菲利普·帕蒂：《临界：鲍德里亚访谈录》，戴阿宝译，上海社会科学院出版社，2021，第 190 页。

对象化、亚洲/世界的外在化与实体化这一双向运作的过程，是作者解读文本中的自我理解和亚洲形象构建的基本框架（"亚洲形象与世界意识：门德斯·品托《旅行记》中的暴力书写"）。在纷繁复杂的暴力场景中，位于叙事者视野中和文本框架内的宁波塔上的图像文本，是一个后设（meta）叙述的"刺点"（罗兰·巴特语）：首先，图像对暴力的"模仿"隐喻着"模仿"是暴力书写的起源，模仿/暴力使竞争的双方互为"丑恶的替身"，成为"叛教者"，在此展现出一种欧亚一体但并不乐观的世界想象；其次，图像对暴力的形式化也提示着文本将毁灭性的原始暴力"仪式化"的功能，意味着在转化暴力的社会性仪式中叙事者处于"替罪羊"这一文化位置。因而，叙事者在观画时所产生的愉悦感，既来自对画中受害者的"自怜"式认同，更来自对东方游历的"忏悔"式超越，这一自我对象化的能力则源自"我"在跨文化旅行中所遭遇的亚洲/世界外在化的过程。作者自觉意识到了当代形象学的身份政治路径的封闭性，而此章在模仿的视野中对显影于各个媒介/载体的互动之间的亚洲形象的有效阐释，以实践展示了形象学的思想空间的开放性。

开放的姿态，使人们发现世界，并通过世界认识自我。门多萨的《大中华帝国史》是对 16 世纪已经出版的亚洲旅行书写的剪裁和重组，作者认为它标志着由地理空间和知识空间相辅相成的"世界整体/民族局部"观念或视野的形成，更彰显出欧洲文化性格中自我认识和反思的面向，而这种"开放的心灵"正是处于转型时期的欧洲迈向"现代"的关键一步（"开放的心灵：门多萨《大中华帝国史》的现代性世界观念体系"）。该文本的两大部分相互关联、前后承接：第一部分对中华帝国的表述，在谈及宗教活动时承续了 14 世纪早期的宗教话语传统及其浪漫态度，但在对世俗制度的乌托邦想象中体现出更为深刻的包容态度和反思意识；第二部分在地理空间上的扩展与知识地图的累积，是前一部分"开放的心灵"在现实与知识层面的效果，其中作为结尾的第三卷看似离题，实则暗示了欧洲现代性世界观念的形成，也揭示了"中华帝国"的意义在于一种自我反思和超越的世界主义知识动力。世界主义视野的形成和知识地图的展开，意味着经过数代"奥德修斯们"的努力，早期近代欧洲的"知识大发现"已几近完成。

等到 16 世纪末期，真正意义上的欧洲"地理大发现"已经结束。1608 年，莎士比亚笔下的马尔舍斯留下一句"别处另有世界在"，这一态度所再现的欧洲的文化政治无意识、所依托的知识型（episteme）是作者的关注点（"别处的世界：莎士比亚《考利欧雷诺斯》中的旅行书写与世界意识"）。从"讲述故事的年代"来看，马尔舍斯的故事包含着丰富的意识形态讯息：首先，马尔舍斯对符指的确定性（certainty）的执念和对"游移不定"的焦虑，表述着现代共同体中个体与自我渐趋分离中的"极端的断裂"经验，即共同体的总体性和个体的本真性在确定性维度上的互斥；其次，马尔舍斯的个体意识被压抑、碾碎的过程，在跨文化维度上暗示了共同体"（伪）世界主义"背后的绝对化和排他性。最重要的是，马尔舍斯对"确定性"或意义本源的执迷，暗示着福柯所分析的欧洲知识型从"相似秩序"向"表象秩序"的转换：欧洲人在地理上"发现"和认识多元世界，却使用一元的分类学体系整理全球空间秩序，而不得不付出用语言反复"洗刷"（purge）自己的代价。这一在分类学体系上建立的"确定性"认知，也正是帝国主义和殖民主义意识形态的主要构件。

在《考利欧雷诺斯》这部"时代喜剧"里，可以看到早期近代几乎所有旅行书写所表述的核心观念和主题：为了追寻自我，必须远走他乡，在"发现"世界的同时"发现"并确证自我，最终在迂回中重新找到回家的路。欧洲的现代反思性主体和世界意识正诞生于这一"离心—向心"的张力结构中，通过语言不断"洗刷"/书写实践实现的知识型转换，为17世纪的拂晓提供了灵光。因此，作者将《考利欧雷诺斯》作为承上启下的、象征性的终结。

该书附录收入了作者的两篇旧文，从中可见其研究的思想脉络和发展过程。作者站在文化批判的知识立场考察西方的中国形象表述脉络时（"西方的'中国崛起论'：话语传统与表述脉络"），其结论是各种想象性表述"映现的是西方自身对他者的敬慕、欲望和恐惧，而现实的中国在这一表述脉络中始终是缺席的"。然而作者并未止步于此，而是继续进行了"反观性"的工作（"西方的中国形象：源点还是盲点？"）：在批判西方文化霸权时，如果将"西方"设为宰制地位和形象流动的"源点"，将不可避免地盲视跨文化场域中的动态结构和对话协商，亦将导致本土立场和文化自觉的缺失。

西语有云："The past is foreign country."罗新认为，对历史研究者而言，访问过去好比访问异乡，研究者以与过去对话的方式参与现实、保护未来①。那么对比较文学研究者来说，如何访问中世纪和文艺复兴的欧洲或其他 the past/foreign country？以专业的方式回应时代性问题，或许是研究著述中应有之义。对于此，《别处的世界：早期近代欧洲旅行书写与亚洲形象》并非完美无缺，但绝非无所依归：它以亚洲形象分析为方法，解析了早期近代欧洲旅行书写中世界意识的型构，回应了当代国内形象学的封闭性问题。该书在观念与方法上的"远行"，尤易使其在当下众多墨守成规的研究中显得"别出机杼"，但它并不试图提供"另一种"固定的分析框架，而是以批判怀疑的精神、多元开放的姿态以及对自身研究和学科本身的学理性反观告诉我们："别处另有世界在。"

---

① 罗新：《有所不为的反叛者：批判、怀疑与想象力》，上海三联书店，2019，第5页。

抵掌谈戏

戏剧人物"美"的奥秘[*]

——从国家大剧院版《玩偶之家》谈起

陈　敏^{**}

摘　要：国家大剧院版《玩偶之家》是一部还原了经典的、好看的演剧。戏剧人物身上散发出的美是其好看的根本原因。戏剧是舶来品，天生带着西方美学文化传统的基因。一部 140 多年前的西方戏剧经典，何以能在中国新时代的舞台上获得美的新生？答案是以生命重要的瞬间彰显"美"，用异于常理的行动来突出"美"，在家常平凡的情境中营造"美"。通过对剧作家和导演的创作原则、创作方法的比较分析，可以揭开戏剧人物"美"的奥秘，同时，对戏剧经典以及中国的戏剧演剧实现更深入的认识。

关键词：《玩偶之家》　戏剧人物　"美"

《玩偶之家》是挪威剧作家易卜生的代表作，于 1879 年在哥本哈根皇家剧院首演，此后，一直作为经典呈现在世界各国的舞台上。1914 年，中国第一个话剧团体春柳社在上海演出了"幕表戏"《玩偶之家》，引起了巨

* 基金项目：2020 年国家社科基金艺术学重大项目"跨门类艺术史学理论与方法研究"（项目编号：20ZD25）子课题"戏剧史跨界域书写视角和范式探究"、2019 年中央戏剧学院院级科研重点项目"戏剧艺术的美育教育研究"（项目批准号：YNZD2005）的阶段性成果。

** 陈敏（1970～），女，戏剧美学博士，中央戏剧学院戏剧学系联合（人文学部）党支部书记、教授、博士生导师，研究方向为中国现当代戏剧史、戏剧美学。

大轰动。2014 年，为了纪念《玩偶之家》在中国首演一百年，国家大剧院制作并推出了这部经典。这是国家大剧院制作的第一部小剧场话剧，由任鸣导演。2020 年 8 月 25 日，《玩偶之家》作为疫情发生后第二场线下的话剧演出再次亮相国家大剧院戏剧场，9 月 17 日，演出在二十多家平台线上直播。这是任鸣导演的《玩偶之家》版本的第 9 次复排。在导演阐释中，任鸣导演说他整体的创作思路是"向经典致敬"，创作目标是"一定要好看"。① 就国家大剧院版《玩偶之家》的舞台呈现而言，任鸣导演的预期已然实现。这是一版还原了经典的、好看的演剧，舞台人物身上散发出的美是其好看的根本原因。戏剧是一个以演员塑造的舞台人物为核心的综合体。演员塑造的舞台人物根植于剧作家创造的剧本人物，二者共同构成的戏剧人物，决定了戏剧作品的审美价值。戏剧是舶来品，天生带着西方美学文化传统的基因。一部 140 多年前的西方戏剧经典，何以能在中国新时代的舞台上，获得美的新生？戏剧人物的"美"根植于西方的美学文化传统，潜藏在剧作家和导演的创作原则、创作方法中，又经由创作手段，在戏剧作品的表现内容和表现形式中具体呈现。本文通过对《玩偶之家》的剧作家和导演创作原则、创作方法的比较分析，揭开戏剧人物的"美"的奥秘，同时，对西方戏剧经典的中国演剧实现更深入的认识。

一 以生命重要的瞬间彰显"美"

戏剧发端于古希腊的悲剧和喜剧。作为西方的一种艺术样式，它是在西方美学文化传统滋养下发展起来的。在人类历史上，关于"美"的思想观念古已有之，古希腊以及中国先秦都有大量的论述传世。但是，美学作为一个独立学科，却肇始于 18 世纪中叶的德国。哲学家鲍姆嘉通（又译"鲍姆嘉滕"）有"美学之父"的美誉，他于 1750 年和 1758 年出版了《美学》第一、二卷，从学科层面上把美学界定为"感性认识的科学"②。由此，开启了把感性认识作为美的根本属性的西方美学文化传统。鲍姆嘉通是美学学科的创始人，而美学的蓬勃发展则是从康德开始的。在鲍姆嘉通

---

① 任鸣：《向经典致敬——关于〈玩偶之家〉的导演阐述》，《艺术评论》2014 年第 4 期，第 36 页。

② 〔德〕鲍姆嘉滕：《美学》，简明、王旭晓译，文化艺术出版社，1987，第 13 页。

的基础上，康德对审美能力，美的对象、范围以及特点做了进一步的界定和规范，使美学学科真正确立。在美学论著《判断力批判》中，康德指出，人的心灵世界有三种机能——"认识的机能，愉快及不愉快的情感和欲求的机能"①，即知、情和意。不同的能力，源自人类不同的本性，其对客观世界判断的性质、对象及标准也各不相同。知和意，源于人的理性，是一种知识和逻辑的判断，其产物是合规律性的科学和合目的性的伦理道德，真与善是其价值标准；情则是一种情感判断，亦即审美判断，源于人的感性，其产物是不涉及利害而令人愉快的艺术，美是其价值标准。康德虽然提出了美是艺术作品的价值评判标准，但由于他对美的界说主要停留在主观、理性的理论总结层面，人们对艺术作品的"美"的认知并不具体，直到美学家、戏剧家席勒的出现。

席勒继承和发展了康德对美的界说，从客观、感性的实践应用层面，对艺术作品的美的特点、性质及存在方式做了具体的诠释，为人们指明了一条从美学通达艺术实践的具体路径。他指出，在艺术作品中，美是一种状态，也是一种活动，依托"活的形象"彰显。其最终目标是通达自由，其身份标识是："可以看作是两个世界的公民，出生使它属于一个世界，收养使它属于另一个世界；美在感性自然中得到存在，而在理性世界中获得公民权。"② 美的性质决定了作为艺术作品的美彰显的"活的形象"需要具备两个特点：一是以感性生命的活动和状态为基本的属性，二是以自由理想的追寻为价值的最终确证。前者，凸显了艺术形象"自然的""绝对的实在"的生命存在特点，以情感为内核，依托感觉展现，给人以个性、具体、生动、丰富的感觉；后者，揭示了艺术形象囿于"逻辑的""道德的""绝对形式"③ 的追寻自由理想的特点，以认识和意志为目标，依托人的思维存在，给人以抽象、概括、普遍和深刻的体会。前者确保了艺术形象的艺术审美价值，后者揭示出艺术形象的社会历史意义。纵览西方的美学文化传统，无论康德主观、理性地解释美，还是席勒感性、客观地解释美，抑或黑格尔直接明确地把美界定为"美就是理念的感性显现"④，无不

---

① 〔德〕康德：《判断力批判》（上卷），韦卓民译，商务印书馆，2000，第15页。

② 《席勒美学文集》，张玉能编译，人民出版社，2011，第118页。

③ 《席勒美学文集》，张玉能编译，第258、270页。

④ 〔德〕黑格尔：《美学》（第1卷），载《朱光潜全集》（第13卷），安徽教育出版社，1990，第137页。

传达出这样的信息：艺术作品中具有美感的"活的形象"应该是以追求自由理想为目标的感性生命的活动和状态。饱满、丰富的情感是其生命活力的基石，普遍、深刻的智思是其生命价值的确证。《玩偶之家》中的人物形象的美感就根植于此。《玩偶之家》是个三幕剧，剧作情节展开的地点是挪威的首都奥斯陆，时间是圣诞节前后三天。在引进中国之初，《玩偶之家》曾采用剧中女主人公的名字而译为《娜拉》。剧作集中展现了以娜拉为主角的 5 个人物努力追求自由理想的感性生命的运动和状态。无论易卜生创作的剧本人物还是任鸣导演创造的舞台人物，都具有"活的形象"的特点。

美国著名的戏剧家阿瑟·米勒认为，从戏剧诞生开始，它的使命就是探讨作为社会动物的人类该如何生活这个永恒的命题。他说，对于古希腊人而言，"一出戏的定义就是一场对人们应当如何生活得富有戏剧性的思考"。[①] 易卜生亦是如此。经典戏剧作品中"戏剧性形式中所存在的那最终的可能性"，可以把"人类关于追求真理的意识提高到一种强烈的水平，以致能够使观看它的那些人得到改造"。[②] 戏剧的独特魅力在于能够通过戏剧人物的生命运动把人类生命活动的重要瞬间搬上舞台。这里的重要瞬间不是我们平常所说的生活中的重要时刻，比如，升职、加薪、故友重逢、阖家团圆等，而是指舞台上人物情感体验最丰富、情绪起伏最大的感性生命运动的瞬间，其激荡的情感根植于人物追求自由理想的意识。戏剧的形式特点使戏剧创作者可以再造一个和我们现实生活相近或者相远的情境，并通过特定的情境，把人们生命运动的重要瞬间以人物的行动，在具体的场面中，由人物的动作具体呈现出来。这就是"活的形象"在戏剧中的生命活动过程。囿于舞台演剧时空写实的、高度浓缩的特点，戏剧人物在舞台上的生命活动过程，无论对于戏剧人物和观众的人生来说，还是较人类漫长的历史进程而言，都只是短短的一瞬。然而，这一瞬间却因着戏剧独有的形式优长，而具有"戏剧性"，成为"戏剧性形式"，其间"所存在的那最终的可能性"在带给我们美的享受的同时，也给了我们重要的人生启迪和思考。

---

① 〔美〕罗伯特·阿·马丁编《阿瑟·米勒论剧散文》，陈瑞兰、汤淮生选译，生活·读书·新知三联书店，1987，第 70 页。
② 〔美〕罗伯特·阿·马丁编《阿瑟·米勒论剧散文》，陈瑞兰、汤淮生选译，第 115 页。

在戏剧作品中，由于重要时刻常常是人的情感最高涨、情绪最饱满的时候，可以为重要瞬间的情感体验、情绪起伏提供一个高的起点，二者时常联系在一起。《玩偶之家》中人物生命的重要瞬间就始于一个阖家团圆的重要时刻——圣诞节。该剧情节展开之时是圣诞节前一天。这个圣诞节对主人公娜拉而言，不仅仅意味着阖家团圆；丈夫海尔茂的升职、加薪，丈夫及其好友阮克大夫对她的呵护与信任，与高中同学林丹太太的故友重逢等，都使她在一开场，就表现出极其"快活的"情感，处于"痛快"的情绪高点。以此为开端，在随后三天里，娜拉经历了她生命中的重要瞬间。她体验了暴风骤雨般的情感，甚至做好了拥抱死神的准备。作品的结构精巧，情节紧凑，以娜拉的情感体验为核心，随着人物关系的展开，其他人物的情感也因着娜拉不断发生变化，彰显出不同的感性生命的运动和状态。在剧中，娜拉的形象是特别的、具体的、生动的，其鲜活的生命根植于她离家前对丈夫说的一句台词："首先我是一个人，跟你一样的一个人——至少我要学做一个人。"对"做一个人"的自由理想的追寻，使得娜拉不断突破理性现实的羁绊，在感性世界里自由翱翔，成为"活的形象"。

在排演《玩偶之家》时，任鸣导演说他的整体创作思路是"要向经典致敬"。就该剧的舞台呈现来看，还原经典是任鸣导演创作的中心意旨。因此，以戏剧人物生命的重要瞬间彰显"美"，就成为他创作的基本原则。当然，还原经典并非照搬经典，为了让剧"好看"，任鸣导演做了一些"创造"。但他所有的"创造"，都是为了让人物生命的重要瞬间更富戏剧性。为此，他采用了和易卜生同样的创作方法。在表现内容上，用异于常理的行动来突出"美"，而且加大了人物行动和常理的距离，把中华传统的美学融入其中；在表现形式上，在家常平凡的情境中营造"美"，同时让人物关系的发展更贴近现实，把中国新时代的精神特质注入其中。以减法为主，辅以点睛的加法和适当的调整、润色，是他采用的具体创作手段。

二　用异于常理的行动来突出"美"

在戏剧作品中，戏剧人物的"美"凝结在感性生命的运动中，由人物的行动及其背后的动机彰显。对于戏剧人物生命运动的内在机理，中国当代著名的戏剧理论家谭霈生做过深细的探研。他认为，"情境是戏剧艺术独具的结构形态"，① 而人物生命的动态过程在情境中的彰显有一个具体的模式（见图 1）。

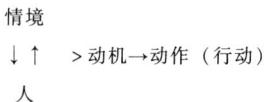

情境
↓↑　>动机→动作（行动）
人

图 1　人物生命的动态过程在情境中的彰显模式

其运行过程是：

> 人物突然面临的情境，作为一种刺激力和推动力，促使主体心理的各种构成因素交互作用，凝结成具体的动机——内驱力，并导致具体的行动。②

依据谭霈生的戏剧情境逻辑模式，戏剧人物生命在作品中以两种方式存在：外在形态在不同场面的动作连缀而成的行动中彰显，内在生命则蕴含在不同情境推动下的动作背后的动机中。不同场面、不同情境中的动作和动机的交合，凝聚成戏剧的基本表现内容，所有动机的聚合就构成了人物的个性。常理，顾名思义，即通常的道理，是被人们普遍认同的、约定俗成的科学逻辑推断和社会伦理道德规范及行为准则。在客观生活中，人们往往会依此做出满足实用、功利需求的行为判断。真和善是其价值的评判标准。在戏剧作品中，异于常理的行动能够凸显戏剧人物动机中的感性元素，使人物个性中的情感得以集中彰显，呈现出美的特点。由此，用异于常理的行动来突出"美"，是戏剧创作者处理戏剧内容的一种基本方法。

纵览中外的戏剧经典作品，我们会发现，具有审美价值的戏剧人物的行动往往都是异于常理的，具有不合理性逻辑和实用功利目的的特点。曹禺的《雷雨》中的繁漪、《北京人》中的愫芳、《日出》中的陈白露的主要行动都蕴含着异于常理的成分。她们都是聪慧的女性，却从头到尾进行着一个令人不可思议的行动——苦苦地拉住或守着一个根本不值得自己爱的男人或一个明知不能继续停留的地方，即使是乱伦，甚至牺牲自己的亲生儿子乃至自己一生的幸福和生命。《哈姆雷特》中哈姆雷特决意复仇，

---

① 《谭霈生文集·论文选集 II》，中国戏剧出版社，2005，第 5~6 页。
② 《谭霈生文集·论文选集 II》，第 117~118 页。

却不断延宕复仇；《麦克白》中麦克白明知不可弑君，却依然涉血前行；不知等的是谁，也不知为何等，连等待的地点和时间都不确定，却执着地等待着，《等待戈多》中的两个主人公的行动更是无法用理性解释。易卜生的《玩偶之家》亦然。

　　在《玩偶之家》中，把女主人公娜拉在开场和结尾的动作连缀起来看，她的行动只有一个，就是在本应阖家团圆的圣诞节，毅然离开了幸福的家。西方的圣诞节，就像中国的春节，对于社会生活中的我们而言，这是一个重要的时刻。它与金榜题名时、洞房花烛夜一样，能让我们的心灵获得愉悦和慰藉。于娜拉亦然。这一年的圣诞带给她的快乐和满足更多。剧本从娜拉高高兴兴地哼着歌，从外面采购节日物品回家开始。从她出场的外部动作看，娜拉的内心是快乐的。随着剧情的发展，我们看到，娜拉的确有幸福的理由。"我的小鸟儿，又唱起来了"，这是海尔茂对娜拉说出的第一句台词。"我的小鸟儿""小松鼠儿""我的乱花钱的孩子""不懂事的孩子""爱吃甜的孩子"，是海尔茂对娜拉的日常称谓。结婚 8 年了，丈夫对妻子的称谓还是充满了宠溺，依然没有忽略任何一个可以表达自己对对方的关爱的机会，即使是在妻子心情极其欢快的情况下，即使他心里还是觉得妻子有乱花钱、爱吃零嘴的毛病，有不懂事的地方。如果不是因为爱，他怎能有如此的兴致？鲁迅说，人必生活着，爱才有所附丽。在圣诞节前夕，丈夫刚刚升任银行经理，这意味着支撑爱情的经济基础更为稳固。被爱情滋润是幸福的，拥有真挚的友情，更是幸运的。娜拉有两个铁杆朋友。一个是她的高中同学林丹太太，多年未见，这一年的圣诞节却来造访，无论从故友重逢的欣喜还是愿意与对方分享秘密，以及真心为朋友排忧解难，都能看出，她是娜拉的红颜知己；娜拉还有一个蓝颜知己阮克大夫。虽然在娜拉口中，阮克大夫只是一个她和自己丈夫非常好的朋友，但如阮克大夫所言，这是一个和娜拉的丈夫一样，深爱娜拉，愿意为她付出一切的男人。除了拥有爱情、友情，娜拉还是一个幸福的母亲，有三个可爱的孩子。虽然她是个全职太太，但家务不用她操持，家里的保姆爱伦为她分担了家庭主妇日常的琐碎和烦恼。比照现实中许多现代家庭，娜拉的生存状态是令人羡慕的。娜拉自己的感受也是幸福的、快乐的。在第一幕中，娜拉的台词中出现频率最高的词是"快活"和"痛快"。这个圣诞节，娜拉是计划"痛痛快快地"过的。然而，平安夜刚过一天，她却舍弃了所有的幸福，在半夜让自己净身出户。在娜拉异于常理行动背后的动机中，包蕴的是戏剧人物最饱满、最丰富的情感。

娜拉的隐微心曲，和心中的一个秘密有关。八年前，为了给丈夫治病，娜拉曾假借父亲的签名，向丈夫曾经的同学、现在的同事柯洛克斯泰借过一笔钱。假借签名借债是违法的，如果事情败露要受到法律的制裁。但是，在娜拉的心目中，这却是一件温馨浪漫的、会给她带来"奇迹"的事。她坚信，如果事情败露，丈夫会因为爱她而承担所有的罪责，那将给她带来至上的快乐。八年来，她期待着、渴望着这份假设的，却笃定不疑的奇迹的发生，只要预想到那巨大的快乐，她就心甘情愿地节衣缩食、加班加点地干些零活来还债，但她又怕奇迹发生，担心自己难以承受那份醉人的幸福。她没有想到的是，这个圣诞节，假冒签名会让她受到柯洛克斯泰的威胁。海尔茂升任经理后，计划辞去柯洛克斯泰的职位。为了保住自己的职位，柯洛克斯泰以把假借签名的借据交给海尔茂来要挟娜拉，让她在海尔茂面前为自己求情。她不愿意柯洛克斯泰这么不光彩地告诉海尔茂，当然，她更怕的是奇迹的发生：海尔茂会因为太爱她而独自承担罪责。如果这样的话，这件事将在令她得到极大快乐的同时，也毁灭海尔茂。她不能活着来等待奇迹的发生，于是决定用死来制止它。在决定自杀后，娜拉熬过了紧张、绝望、令她刻骨铭心的三十多个小时。

在温柔的圣诞夜，海尔茂向娜拉表白："我常常盼望着有桩危险事情威胁你，好让我拼着命，牺牲一切去救你。"这使娜拉突然生出一线希望，决定在死前享受她八年来一直盼望的奇迹。然而，奇迹并没有发生。当海尔茂看到柯洛克斯泰放在信箱里的借据时，他脱口而出的就是一连串谴责她的话语——"伪君子""撒谎的女人""下贱的女人"，责骂她沾染了其父亲所有的坏德行——不信宗教、不讲道德、没有责任心。娜拉苦苦积攒了八年的情感与愿望，瞬间在海尔茂暴雨般的谴责中粉碎了。海尔茂不仅摧毁了她美丽的梦，而且彻底否定了她作为女儿、妻子、母亲的资格，这对于有着浪漫情感的娜拉而言，该是一种怎样的悲痛？在其倔强的心灵深处，激发的又该是多少的不平和愤懑！于是，我们听到了娜拉对海尔茂说出"咱们必须把总账算一算"的话语。在和海尔茂进行了一番关于社会、法律、道德的讨论后，她毅然离家出走。在出走前，针对海尔茂提出的"难道我永远只是个陌生人"的质询，她留下了一句"那就要等到奇迹中的奇迹发生了"的回答。而对于"奇迹中的奇迹"，她给海尔茂的解释是："咱们俩都得改变……改变到咱们在一块儿生活真正像夫妻。"

　　娜拉异于常理行动背后的丰富和复杂的心路历程，是《玩偶之家》中最动人之处，是易卜生创作的兴趣所在，亦是任鸣导演着重展现的内容。为了让人物的情感更有张力、更为幽微曲折，他继续加大人物行动和常理的距离。比照剧本，国家大剧院版《玩偶之家》的舞台呈现给人的总体感觉是以减法为主。如任鸣导演所言，这是受"小剧场演出的客观因素"的限制。但在全剧的开场和结尾做加法及调整，却是例外。这是任鸣导演最出彩的点睛创造。易卜生《玩偶之家》的剧本，开始于娜拉在圣诞节前一天外出采购回家之时，结束于娜拉迈出家门之际"砰"的关大门的声音。在《玩偶之家》演剧的开场，任鸣导演于娜拉采购回家之前，加了一场戏；而结尾则定格在海尔茂"奇迹中的奇迹"的自语中。大幕拉开后，伴随着"铃儿响叮当"的音乐，在柔和的暖光中，在一架钢琴和一棵圣诞树的映衬下，一幅温馨的、梦幻般的现代家庭画面呈现在舞台左侧。随着画面的流动，我们看到了一对幸福的夫妻。他们琴瑟和谐，鸾歌凤舞；他们甜蜜相拥，温情对视；他们一起吹着美丽的泡泡，脸上洋溢着满满的爱意和满足。在剧本中，开场时，娜拉的幸福感主要通过人物写实的台词和外部动作呈现；而在演剧中，夫妻日常的琴瑟和谐则是由无台词的外部动作构成的流动的、写意的画面表现。从外到内，从再现到表现，我们越深刻感受到夫妻日常生活中的幸福和温馨，娜拉后面离家出走的行为就越令人惋惜。显然，导演加这场戏的目的，是使人物情感起伏的张力更为巨大，感性生命更为饱满、凸显。不仅开始的加场如此，在人物台词的删减和润色的过程中，任鸣导演也十分注重对人物行动异于常理的特点的把握。他删掉了海尔茂气急之际脱口而出的"下贱的女人"的台词，删掉了海尔茂于激情之时对娜拉信誓旦旦的那句"我常常盼望着有桩危险事情威胁你，好让我拼着命，牺牲一切去救你"。不让海尔茂过于激烈地攻击娜拉，也不让观众抓到海尔茂不守诺言的把柄。导演所做的一切，都是为了消解娜拉离家出走的合理性，突显娜拉感性生命中情感的光芒。

　　开场的流动画面，足以让我们相信，幸福的家庭都是相似的。然而，随着舞台灯光的变化，当男女主人公走进舞台中央那个写实、简约且精致的现代家庭客厅之后，我们开始慢慢体会到不幸的家庭各自的不幸。短短两个小时后，同样的客厅，同样的夫妻，给我们的感觉却与此前有着天壤之别。妻子眼角噙泪，把家里的钥匙和自己手上的婚戒还给了丈夫，在要回丈夫手上的婚戒，深看了一眼观众后，毅然决然地关门离去；空空荡荡的客厅中，只留下满脸沮丧和困惑的丈夫，手里举着妻子还回的戒指，喃喃自语着妻子离家之前那句"奇迹中的奇迹"。从写实的开场到写意的日常；从结束于娜拉愤而离家之时激烈的关门声到定格在海尔茂孤身一人之际落寞的喃喃自语；从对娜拉为什么出走的质询调整到对恩爱夫妻何以反目的探问；删去人物所有的脱口而出、气急败坏以及激情四溢、信誓旦旦的台词……显然，任鸣导演在让人物行动不合常理的创作方法中，融入了中华传统美学含蓄和蕴藉、约束和节制、言有尽和意无穷的运思。

三 在家常平凡的情境中营造"美"

"活的形象"的基本特点，决定了只有戏剧作品中人物"合情"的行动过程和"合理"的行动目标相得益彰，戏剧人物才具有完整的美感，才能通达自由。而要让异于常理的行动合理，就需要为其建构一个能满足戏剧人物行动合理需求的戏剧情境，并让异于常理的行动和合情合理的情境相契合，从而彰显美。依据谭霈生的戏剧逻辑模式，作为戏剧人物行动内驱力的动机的构成包含了感性和理性两个元素。异于常理的行动，凸显的是戏剧人物动机中的感性成分；而家常平凡情境的设置，则使戏剧人物动机中追寻自由的理性成分显得更为具体和真实。所以，在家常平凡的情境中营造"美"，是现代戏剧，特别是现实主义戏剧最崇尚的一种创作方法。作为现实主义戏剧的开创者，易卜生的作品自是如此。

在易卜生的拥护者萧伯纳（又译"肖伯纳"）心目中，现实主义戏剧是超越一切的，甚至超越了莎士比亚。所以，他把易卜生称为"现实主义者"，认为"易卜生的戏比莎士比亚的戏要重要得多"。而他之所以认同易卜生，最重要的原因就在于，他认为易卜生剧作的情境形态接近实际生活，是"家常平凡"的、写实的，而莎士比亚剧作的情境则是"新奇的"，蕴含着非写实的成分。所以他说：

> 易卜生不但把我们搬上舞台，并且把在我们自己处境中的我们搬上了舞台。剧中人物的遭遇就是我们的遭遇。一个结果是，在我们看来，易卜生的戏比莎士比亚的戏要重要得多。另一个结果是，易卜生的戏不但能把我们的心刺得生疼，并且还能使我们觉得还有希望逃避

不合理思想的压制，使我们看见比现在更为热烈的生活远景。①

我们知道，假定性是所有艺术，包括戏剧艺术的固有本性。情境作为戏剧的形态结构，无疑是假定的。由于情境是剧作家幻想、虚构的产物，所以，它的形态是多种多样的：它可以是接近生活的自然形态，也可以由一些超自然的现象构成。无论情境的设置是"家常平凡"的还是"新奇"的，都仅仅是假定性的程度不同而已，它们本身的价值是平等的，并没有高低优劣之分。如果一定要用优劣来确定情境的形态，并以此来判定一个剧作家是否"重要"的话，那么，对情境形态的判定标准只有一个，即情境是否能满足让人物异于常理的行动给人合情合理的感觉这个条件。满足了，人物给人的感觉就是真的、美的，就具有真实性；反之，则不然。而一部作品之所以能"把我们的心刺得生疼"，能从心灵深处打动我们，也不在于情境本身，而在于特定情境中有自由理想追寻的感性生命运动的瞬间足够动人。我们只有真实感受到感性生命活动和状态中的"美"，体会到凝结在美中的感性生命追求自由理想的"真"和"善"，我们才能看到"比现在更为热烈的生活远景"。从这个角度而言，易卜生和莎士比亚的剧作并无轻重之分，尽管他们的剧作在呈现的形态上有所不同，但人们从他们作品中汲取的情感力量和思想启迪却是共通的。

易卜生的《玩偶之家》取材于140年前的挪威社会生活，受欧洲资本主义运动的影响，当时的挪威正值女权主义运动高涨时期。剧本以娜拉离家出走的行动为表现主体，以娜拉和丈夫海尔茂夫妻关系的变化为核心，通过写实的情境集中展现了娜拉"人的意识"觉醒的心路历程，对资本主义社会人性缺失的现实进行了深刻的批判，为人们倡导女性解放提供了鲜活的典范。这是一部经典的批判现实主义戏剧。由于这部作品特殊的创作背景，加之情境的写实，且其中又展现了女性离家出走的行动，西方戏剧理论界曾一度有人认为《玩偶之家》成为经典的一个重要原因，在于其贴近现实的社会问题，它是因为"找到了好题材"，因为"写实地""拍摄生活景象"，所以给人以真实的感觉。由此，他们也认定该剧的主旨是"提倡妇女解放"。对此，阿瑟·米勒提出了相反的意见。他说："易卜生

---

① 〔爱尔兰〕肖伯纳：《易卜生戏剧的新技巧》，潘家洵译，载《文学研究集刊》（第三集），人民文学出版社，1956，第286、287页。

并不单单是为了拍摄生活景象而写作。在他写作《玩偶之家》时，究竟有多少挪威的或欧洲的妇女摈弃了与她们丈夫的虚伪的关系呢？很少。所以的确没什么东西可让他拍摄的。然而他所做的便是通过本人对普通事件的解释，为社会生动地表现出他从这些事件中所悟出的被隐蔽起来的深远意义。换言之，与其说他以完全'现实的'方式来报导，不如说他突出地表现甚至预言了一种含义。以戏剧写作的术语来说，他是在舞台上创造了一种象征。"① 卢卡斯也引用了易卜生本人的主张来驳斥萧伯纳的观点。他说："易卜生在一八七〇年写到，我创作的诗，都来源于我的心灵和生活中的境遇；我从来没像人们所说的那样，由于'找到了好题材'而写作。"② 可以说易卜生作品中的人物都是人类的象征，他们的生命和生存状态，就是人类的生命和生存状态，是一种感性和理性和谐发展的自由的状态，即美的状态。《玩偶之家》的艺术价值在于，戏剧人物生命的重要瞬间让我们在感到美的同时，随即触摸到完整的人性。而其所具有的能改造人的心灵、重塑人格、激励女性解放的社会历史价值概源于此。

如曹禺一样，易卜生一生都在强调他创作的是"诗"，而他们作品的诗意就来自为人类追寻自由理想提供的一个真、善、美统一的"希望"和"比现在更为热烈的生活远景"。这是导演在二度创作中需要尊重的。也正是因为作品富有"诗意"，导演才有了二度创作的巨大空间。易卜生的《玩偶之家》站在人类发展的高度，按照美的规律来构造人物，揭示人性，这是没有时代界限的。任鸣导演在二度创作中，也正是因为遵循美的创作规律创造舞台人物，才使舞台人物依然能焕发出美的光芒。在谈到自己的创作思路时，任鸣导演比较了该版本与曾经排演过的其他版本的不同。他说自己在这一版决不"擅自编和加词"，原因是"易卜生就是易卜生""经典就是经典"。任鸣导演还原易卜生戏剧经典的面貌，是为了正易卜生"现代戏剧之父"的美名。作为西方的一种艺术样式，戏剧在 20 世纪初引进中国，易卜生的《玩偶之家》是最早引进的剧本。囿于当时中国特定的时代背景和社会需求，人们主要是以易卜生"社会改革家"而非"戏剧艺术家"的身份引进他的作品的。由此，对《玩偶之家》社会历史意义的揭示，远超过对其艺术审美价值的审视；对剧中女性解放意义的关注，远胜

---

① 〔美〕罗伯特·阿·马丁编《阿瑟·米勒论剧散文》，陈瑞兰、汤淮生选译，第 93 页。
② 高中甫编选《易卜生评论集》，外语教学与研究出版社，1982，第 347 页。

过对娜拉 "人的觉醒" 的心路历程的体悟。这是当时中国导演排演这部经典的基本创作思路。在中国百年戏剧发展的不同历史时期,《玩偶之家》有不同的舞台演出版本,它在中国的排演,可以说是西方戏剧经典在中国排演的历史见证。纵览《玩偶之家》在中国的演剧历程,我们发现,其引进之初的排演思路始终贯穿其中。虽然在新时期,人们开始注重对《玩偶之家》艺术审美价值的关注,但 "赶时髦" 的心态,使得人们在以 "本土化" 名义改编经典的时候,不自觉 "损害" 了经典的审美价值。也正因如此,任鸣导演的排演才不 "擅自编和加词"。

当然,《玩偶之家》毕竟是 140 多年前的作品,无论剧作的时空、人物关系还是事件都是写实的,印刻着当时的时代特质。140 多年后的今天,不同的国度、不同的时代语境、不同的民族审美习惯,都要求导演在二度创作时进行创新,把中国的新的时代精神注入其中。就《玩偶之家》的舞台呈现而言,无论对剧本做加法还是做减法、调整还是润色,导演的创造都是与时俱进的。在党的十九大报告中,习总书记指出,进入新时代后,我国社会的主要矛盾已转化为 "人民日益增长的美好生活需要和不平衡不充分的发展之间的矛盾"。[①] 这是当下中国社会的现实,其背后潜藏的是每一个中国人的生存状态及生命状态。"人民日益增长的美好生活需要",是中国人对自由理想不断追寻的现实呈现。在每一个中国人民凝心聚气、共同追寻美好生活的过程中,我们的国力日益强盛,人民的物质生活水平不断提高。然而,随着科技的进步,经济的飞速发展,那种 "欲寄彩笺兼尺素,山长水阔知何处" 的心境,"身无彩凤双飞翼,心有灵犀一点通" 的感受,"设以身处其地而察其心" 的情怀却离我们越来越远。物质的丰富和精神的匮乏、功利的执着和情感的缺失、物质文明和精神文明发展的不平衡是身处现代社会的中国人最大的精神困顿,其中折射出的是人性的变异。人格的健全是人类解放和社会进步的标志。以追寻自由理想为目标的感性生命的缺失依然是新时代存在的最基本问题。

2020 年复排的剧目的介绍中提到,任鸣导演的排演将表现内容重点 "从《玩偶之家》诞生之初的女权主义思想转移到更具时代意义的婚姻、家庭矛盾上来,旨在引起现代人更多的思考和共鸣"。《玩偶之家》中娜拉

---

① 习近平:《决胜全面建成小康社会 夺取新时代中国特色社会主义伟大胜利——在中国共产党第十九次全国代表大会上的报告》,《理论学习》2017 年第 12 期,第 7 页。

的离家出走发生在幸福的生活就要变得更为美好的端口。丈夫海尔茂刚刚升任银行经理，娜拉 8 年前为了给丈夫治病所借的钱也马上就要还清。然而，表面的幸福、物质的丰富都不能弥合夫妻间潜在的情感裂痕。家庭是社会最小的单元，婚姻是人类情感关系的见证。在特定的现代婚姻家庭的情境中，展现有着人的自由意识的女人与男人之间动人心魄的情感悸动，从而给今天的我们以更多的共鸣和思考，是任鸣导演创作的重心。演剧的剧本从集中展现一名女子在"玩偶家庭"中的心路历程变为揭示一对夫妻如何从爱侣变成陌生人；从对娜拉为什么出走的质问调整到对恩爱夫妻何以反目的探问；删去一百多年前特定时代背景下的关于法律、宗教、道德等的讨论……任鸣导演对剧本的表现形式所做的所有创造，都是为其表现内容的重点服务的。而从作品表现重点、表现形式的契合中，我们不难看出，任鸣导演不仅把中华传统美学的运思融入其中，也把中国新时代的精神特质灌注到西方戏剧经典的"戏剧性形式"中。可以说对西方戏剧经典中戏剧人物生命重要瞬间不着痕迹的中国化创造，正是《玩偶之家》在中国新时代语境下获得美的新生的根本原因。

陈三五娘故事流播之探究

——以小说及戏文中言情情节之异同论之

吴佩熏[*]

摘　要：陈三五娘的故事在闽南文化圈长盛不衰，自明清起形成各版本之间历时性的续衍，而在横向文类之间的承与变，更是传播研究中有待剖析的视角。本文梳理知见材料，即诸文类、各版本现存的概况，继而以方言戏文《荔镜记》和文言小说《荔镜传》为研究范围，分析出陈三五娘故事的言情主轴，乃将"五娘投荔""陈三磨镜""三人私奔"作为主要情节；在认识到本故事袭用才子佳人爱情桥段的前提下，考察《荔镜记》戏文中所提及的言情曲目和关键言情情节之承继与开展，并探讨《荔镜传》小说于言情情节安排上另出蹊径之处。最后分别从接受者与创作者的心理切入分析，指明舞台效果指向观看者的审美需求，故剧作家务求发挥舞台的最大娱乐性；而小说作者的主观意识是典型的文人襟抱，寄托于案头间的逞才自娱，还要兼顾情理法，让有情人在天命的安排之下终成眷属。

关键词：陈三五娘　《荔镜记》　《荔镜传》　言情情节

---

* 吴佩熏（1987~），女，台北政治大学中国文学所博士，台中勤益科技大学基础通识教育中心中文组助理教授，研究方向为宋元明南戏和咏剧诗。

引　言

陈三五娘的故事于闽南文化圈传唱已久，积累在各类艺术、表演形式间，形成丰厚的积淀，引发了学界研究的热潮。特别是明清小说、戏文诸刊本的问世，提供了文献上比较分析的依据。

学者们关注到的课题是：陈三五娘故事最早衍生为小说还是戏文？现存最早的戏曲刊本为明嘉靖丙寅年（1566）《重刊五色潮泉插科增入诗词北曲勾栏荔镜记戏文》，小说目前最早仅存清嘉庆甲戌年（1814）《新刻荔镜奇逢集》。但学者们根据其他小说引述《荔镜记》，推测《荔镜记》应于弘治末至嘉靖初成书（弘治：1488～1505，嘉靖：1522～1566，即16世纪初），① 陈香直言"陈三五娘故事起于小说"；② 而龚书辉则未下定论，认为"陈三五娘故事的起源，以及其较早的形态，现在已不可得知"。③ 陈益源只论各文类间有互相融合的情形，而未明言先后关系，④ 郑国权则以为在没有找到明代的《奇逢集》或《荔镜传》存书以前，小说与戏曲的先后关系一时也说不清楚。⑤ 刊刻的年代给我们提供时间轴上的参考坐标，但并不等同于绝对的时间先后，更何况至今仍不见明嘉靖以前的小说刊本。

这与文学史普遍的现象恰好相反，中国戏曲自宋元之际成熟为大戏以

---

① 龚书辉先生提出七点考证《荔镜传》写刊的时代是明永乐（1402～1424）以后，见龚书辉《陈三五娘故事的演化》，《厦门大学学报》第7期，1936年，第33～35页。陈益源先生同意《剪灯新话》的初刊是用其典故之《荔镜传》的成书上限（洪武十四年，1381），但又根据《荔镜传》留有明显抄袭成化、弘治间传奇小说《钟情丽集》的痕迹（成化：1465～1487，弘治：1488～1505），因此将成书的上限下移。参看陈益源《〈荔镜传〉考——"陈三五娘"故事小说形式的早期之作》，载《民俗文化与民间文学》，台湾里仁书局，1997，第37～40页。
② 陈香：《陈三五娘研究》，台湾"商务印书馆"，1985，第34页。
③ 龚书辉：《陈三五娘故事的演化》，《厦门大学学报》第7期，1936年，第33页。
④ 陈益源：《〈荔镜传〉考——"陈三五娘"故事小说形式的早期之作》，载《民俗文化与民间文学》，第46页。
⑤ 郑国权编撰《荔镜奇缘古今谈·前言》，中国戏剧出版社，2011，第8～9页。又刘美芳先生引吴守礼先生之考证"由'都堂'称谓及〔琐南枝〕、〔傍妆台〕、〔山坡羊〕等曲子流行的时间，推论《荔镜记戏文》的写作年代在'宣正至化治之间'（1426～1505，15世纪）"，认为"此一年代与前叙《荔镜传》的成书时间几乎重迭，则其当是取材于民间故事发展，未能遽为论断孰为先后也"。吴守礼之论证见《荔镜记戏文研究序说》，《台湾风物》1960年第2、3期合刊，第6～9页。参看刘美芳《陈三五娘研究》，硕士学位论文，台湾东吴大学，1992，第176页。

来，明代中叶已进入传奇体制，是以有"才子佳人剧影响了才子佳人小说"的看法，[①] 而陈三五娘故事的流播情形是否属于该文学现象呢？笔者虽对此论题十分感兴趣，但在资料不足的现况之下，以自己的能力恐怕难有突破，因此只能同郑国权所见，存而不论，暂时搁置了。

在可掌握的文献基础上，学者探讨的是：文言小说和方言戏文为何导向了悲剧、喜剧不同的结局？郑国权在《是喜剧，抑是悲剧？》一文中，提到陈香不同意悲剧结局之说，以及辩证了施舟人《"海上丝绸之路"与南音》一文，乃是根据会文堂《荔镜传》小说，将陈三五娘故事定调为悲剧收尾，而非《荔镜记》戏文的喜剧结局。郑氏从观众的心理分析，认为戏曲的搬演会迎合大众的口味，大团圆的美满结局才是陈三五娘故事的正宗版本！[②]

据此可思考：不同的文体会影响陈三五娘故事的接受与再创。目前可见的清刊本《荔镜传》小说大体维持喜庆结局，只有会文堂的本子出现悲剧的结局，成为小说文体中"改写窜改"的极端之例。显然，该作者非为商业效益而写，而是更忠于自己的写作心理，而那些忠于喜庆结局的小说，何以又在时间的洪流中浮沉湮灭，不及戏文的历久弥新呢？因此笔者揣想，小说作者的主体性比剧作家来得更强大，其创作心理的投射，很可能左右了作品的流传性。任一艺术作品的生灭，都系乎创作者与接受者的两端，我们可以从某版本、某形式的流传，来反推接受者的心理；那么，被接受者淘汰的其他版本，该创作者明知不可为而为之的心理，也应当去推敲、去省思。本文将对这两种创作心理进行比较，针对陈三五娘故事的流传现象，提出更进一步的说明。

当陈三五娘的故事为不同的文类所共享，为不同读者群、观众群所共赏，自然会衍生出不同的细节，甚至悲剧、喜剧不同的结局；但是，故事的言情主轴，依旧以"五娘投荔""陈三磨镜""三人私奔"作为主要情节。而这三大情节，绝非陈三五娘故事所独创，而是才子佳人的爱情故事

---

① 胡万川《谈才子佳人小说》："才子佳人小说的创作与风行，可以说就是在通俗小说已大受欢迎之后，当时的文人借着小说体裁，把一向在戏场演出的大团圆故事，编写成小说而已——把当场敷演的故事，化成案头阅读的作品。"收入胡万川《话本与才子佳人小说之研究》，台湾大安出版社，1994，第224页。

② 郑国权：《是喜剧，抑是悲剧？》，载《荔镜奇缘古今谈》，中国戏剧出版社，2011，第29～34页。

所习用的桥段，但陈三五娘故事巧妙地将这三大情节串联，成为闽南民间故事中，才子佳人故事的类型代表。本文试以此三大言情情节为考察对象，先论述戏文中作为言情主轴的三大情节的承继与开展，再检视小说中该情节的处理方式。第一部分"陈三五娘故事之文本现况"，梳理笔者知见材料，即诸文类、各版本现存的概况。第二部分聚焦在方言戏文《荔镜记》中所提及的言情曲目、关键言情情节之承继与开展。第三部分探讨文言小说《荔镜传》于言情情节安排上另出蹊径之处。第四部分分别从接受者与创作者的心理出发，分析舞台效果如何满足观看者的心理，同时反向窥测创作者的心理投射。

一　陈三五娘故事之文本现况

根据笔者的概览与整理，陈三五娘故事的流播与发展可分成三个阶段。目前学界普遍的看法，认为故事乃源自民间传说，① 确切作者不可考，不见于南戏出目，只见于闽南文化圈。因此，笔者将成书的年代——明代，作为第一阶段和第二阶段的分水岭，而在写成文本以前，故事梗概也已成型：陈三离泉→灯下奇逢→林大托媒→陈三回潮→五娘投荔→李公相助→破镜为奴→情感纠缠→林大逼亲→相偕私奔→官府追捕→营救行动→成亲团圆。

明清以降进入第二阶段，陈三五娘的故事被写成文言小说《荔镜传》，最晚于明代嘉靖初年已存②，再从嘉靖、万历年间的戏文刊本，可得知明代搬演的风气十分盛行，闽南地区以南管音乐伴奏的地方剧种因而咸受其益，歌仔册和歌仔戏亦共享了陈三五娘故事。截至今天，福建省梨园戏实验剧团仍演《荔镜记》，出自《荔镜记》本事之散曲，占南管散曲的二分

---

① 关于陈三五娘故事的源头，诸位学者各有考证论辩，笔者于此不再赘述，仅整理诸位学者的看法，简列如下。其一，五代陈璠（陈洪进第三子）→很快被推翻，陈香、龚书辉都不认为陈三就是陈璠；其二，宋末真人真事→陈香根据《荔镜传》所附的《陈必卿实录》中出现了"景炎"这一年号论断陈三五娘是宋末人士；其三，源头不可考的民间传说→龚书辉很早就推翻《陈必卿实录》，认为小说产生的年代是明朝。郑国权先生也认为"非真有其人。……把陈三五娘的爱情故事看作是一个美丽的民间传说"（郑国权《陈三五娘故事是不是真人真事？》，载《荔镜奇缘古今谈》，中国戏剧出版社，2011，第27～28页）。

② 笔者采用陈益源先生的说法，参见陈益源《〈荔镜传〉考——"陈三五娘"故事小说形式的早期之作》，载《民俗文化与民间文学》。

之一，南管弦友传唱不已，也是歌仔戏的"四大出"之一。第三阶段是近代人的改写，呈现其源源不绝的生命力。以上传播路径整理如图1所示。

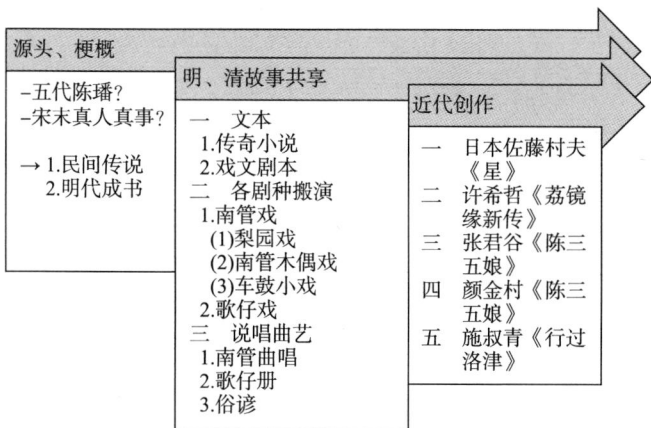

源头、梗概

－五代陈璠？
－宋末真人真事？

→ 1.民间传说
　 2.明代成书

明、清故事共享

一　文本
　1.传奇小说
　2.戏文剧本
二　各剧种搬演
　1.南管戏
　　(1)梨园戏
　　(2)南管木偶戏
　　(3)车鼓小戏
　2.歌仔戏
三　说唱曲艺
　1.南管曲唱
　2.歌仔册
　3.俗谚

近代创作

一　日本佐藤村夫《星》
二　许希哲《荔镜缘新传》
三　张君谷《陈三五娘》
四　颜金村《陈三五娘》
五　施叔青《行过洛津》

图1　《陈三五娘》故事的传播路径

如图1所示，陈三五娘故事发展至今，已累积丰硕的成果。陈三与五娘的踪迹散布在各文类、各剧种、各说唱艺术之间。而《荔镜记》戏文和《荔镜传》小说的明清刊本自20世纪50年代以来陆续问世，① 截至2011年，泉州地方戏曲研究社在郑国权主导之下，集结了目前最完整的第一手资料，2010年由中国戏剧出版社出版了《荔镜记荔枝记四种》；2011年又出版了两本书，即郑国权校订的《明万历荔枝记校读》和他编撰的《荔镜奇缘古今谈》。

本文幸赖这三部书的出版，拟以明清的方言戏文和文言小说为讨论对象，其他各剧种的剧本，以及歌仔册、南管曲唱的唱词，本文就先不予列入讨论。以下说明《荔镜记荔枝记四种》、《明万历荔枝记校读》和《荔镜奇缘古今谈》所涵盖的第一手数据。

目前相关明清戏文共有五本刊本，郑国权将明嘉靖本《荔镜记》、清顺治本《荔枝记》、清道光本《荔枝记》以及清光绪本《荔枝记》于2010年汇编出版，前面保留原刊本书影，并统一页面大小为16K，后面附上点校排印本，方便读者阅读。而明万历本被郑国权视为"地道的潮地刊本"，

---

① 参见郑国权对于四种刊本的身世介绍。郑国权：《一脉相承五百年——〈荔镜记荔枝记四种〉明清刊本汇编出版概述》，《戏曲学报》2009年第6期，第17～34页。

因此被剔除在泉州戏曲之外。但曾永义老师的建议认为故事既横跨"泉潮"，以之作为"附录"，可使陈三五娘故事完整呈现。① 因此，郑国权于2011年又校订出版了《明万历荔枝记校读》一书，同样保留了原刊本书影和点校排印本，并作《明万历荔枝记校读——试以嘉靖本〈荔镜记〉与之比较》一文，分享他的研究成果。如表1所示。

表 1　明清各版本《荔镜记》

年代		书名	收入/备注
公元	年号	全名/简称	
1566	明嘉靖四十五年（丙寅）	重刊五色潮泉插科增入诗词北曲勾栏荔镜记戏文/《荔镜记》	《荔镜记荔枝记四种》
1581	明万历九年（辛巳）	新刻增补全像乡谈荔枝记大全/《荔枝记》	《明万历荔枝记校读》（郑国权："地道的潮地刊本，未予以编入《荔镜记荔枝记四种》。"）
1651	清顺治八年（辛卯）	新刊时兴泉潮雅调陈伯卿荔枝记大全/《荔枝记》	《荔镜记荔枝记四种》
1831	清道光十一年（辛卯）	陈伯卿新调绣像荔枝记全本/《荔枝记》	《荔镜记荔枝记四种》
1884	清光绪十年（甲申）	陈伯卿新调绣像荔枝记真本/《荔枝记》	《荔镜记荔枝记四种》

而《荔镜奇缘古今谈》一书，则是汇整陈香、陈益源和郑国权三人与陈三五娘相关的学术著作。该书取得陈香《陈三五娘研究》一书的版权，编为附录一。

因目前《荔镜传》小说仅存清代刊本，② 因此《荔镜奇缘古今谈》一

① 曾永义老师为该书所撰书序，见泉州地方戏曲研究社编《荔镜记荔枝记四种·序三》，中国戏剧出版社，2010，第8～10页。

② 根据刘美芳的统计，共有：第一，清嘉庆十九年（甲戌，1814）尚友堂《新刻荔镜奇逢集》；第二，清道光二十七年（丁未，1847）《新增磨镜奇逢集》两卷；第三，清光绪九年（癸未，1883）半园藏版《新刻泉潮荔镜奇逢集》两卷；第四，清光绪十一年（乙酉，1885）会文堂《荔镜传》四册；第五，清光绪三十四年（戊申，1908）《增注奇逢全集》；第六，宣统元年（己酉，1909）上海大一统书局《绘图奇逢全传》；第七，宣统末《绘图增注荔镜传（增批评注奇逢集）》；第八，古盐埔留生《绘图真正新西厢》上下两卷（1915年重版）；第九，《绘图加批详注奇逢集四卷》（乙卯，1915）；第十，《绘图奇逢全集》（庚戌，1970）。见刘美芳《陈三五娘研究》，硕士学位论文，台湾东吴大学，1992，第173页。

书又提供了陈三五娘故事被写成文言小说的第一手文本——附录二为文言小说《奇逢全集》（又名《荔镜传》），采用清光绪三十四年（戊申，1908）的石印本，全名为《增注奇逢全集》。附录三为陈益源的单篇论文《〈荔镜传〉考》，① 附录四为《文言微型小说〈绣巾缘〉》，该小说提供陈三五娘故事作为文言小说《荔镜传》的重要资料。

二　方言戏文《荔镜记》言情情节之运用

"方言戏文"和"文言小说"的对举，乃郑国权提出，② 笔者以为这样的称呼清楚地标示出文类和语言，是以行文间多有借用，并用其订定本文各部分名称。

当才子佳人的爱情故事蔚为风尚，研究者自会发现不同故事中，开始出现许多类似情节与人物形象的设计。林保淳于《古典小说中的类型人物》一书中指出："才子佳人小说的固定情节模式大抵可以'三圆'概括：私订终身后花园、多情才子中状元、坎坷历尽庆团圆。"③ 其他学者也已注意到明清戏曲情节重复的现象，如许子汉的《明传奇排场三要素发展历程之研究》④、林鹤宜的《规律与变异：明清戏曲学辨疑》⑤ 及高祯临的《明传奇戏剧情节研究》⑥，三者对于明传奇爱情剧讨论的课题名异而实同，许氏以"袭用关目"称之，林氏以"程序情节"称之，高氏则称其为"关键情节"。换言之，在同类型的故事、小说、剧本中，类似的情节关目被反复使用是可以被理解的，因为这些雷同，能够唤起观众的熟悉感，轻易地传达作家所欲表达之事，使三方达到共鸣。⑦ 如上所言，单就戏曲情节重复的现象就有不同的指称，而本文又牵涉到跨文类的比较，考虑到本文

---

①　陈氏要厘清的观点是：文言中篇小说，本来就有婚恋、风月的题材，《荔镜传》初名为《荔枝奇逢》，是从另一本文言中篇传奇小说《刘生觅莲记》得到的线索，《荔镜传》又为另一部佚失的《青梅记》留下宝贵的线索。

②　郑国权：《〈荔镜记〉的作者是谁?》，载《荔镜奇缘古今谈》，中国戏剧出版社，2011，第19页。

③　林保淳：《古典小说中的类型人物》，台湾里仁书局，2003，第267页。

④　许子汉：《明传奇排场三要素发展历程之研究》，台湾大学出版委员会，1999。

⑤　林鹤宜：《规律与变异：明清戏曲学辨疑》，台湾里仁书局，2003。

⑥　高祯临：《明传奇戏剧情节研究》，台湾文津出版社，2005。

⑦　林书萍：《汤显祖〈牡丹亭〉及晚明时期改作与仿作之研究》，硕士学位论文，台湾政治大学，2005，第70~75页。

着重于观照言情情节不同的处理方式，故笔者选择以"言情情节"称之。

在《荔镜记》戏文中，已直接点名承继的对象，主要是《青梅记》和《西厢记》。这一方面可说是借助耳熟能详的其他剧本来唤起观众的认同，另一方面也可看出民间故事在蜕变为地方戏曲的过程中，袭用其他作品的特色。撷取其他作品，可说是一种承继、一种手段，但必须变化开展出自己的独特性，才有可能建立自己不朽的地位。因此第一小部分先罗列《荔镜记》戏文中有迹可循的言情情节，于下文再集中探讨"五娘投荔""陈三磨镜""三人私奔"的承与变。

（一）《荔镜记》戏文中的言情情节

林艳枝《嘉靖本〈荔镜记〉研究》论文中，已将《荔镜记》戏文中所提到的言情剧的曲目或情节一一列举，计有《西厢记》《怀香记》《青梅记》《吕蒙正》《留鞋记》《乐昌公主》《司马相如》等，以及"神女襄王""温峤玉镜台""刘晨阮肇误入天台"等典故。本文借鉴林氏所做之整理，再根据《荔镜记荔枝记四种》第一种，明代嘉靖刊本《荔镜记》校订本之标点、校字，补上出目名称、曲牌等，罗列如下。破折号之后为前后语境之简单交代。

（1）第六出《五娘赏灯》："〔大迓鼓〕张珙莺莺围棋，宛然真正。"——五娘所见的花灯之一。

（2）第十二出《辞兄归省》："〔望吾乡〕韩寿偷香有情意，君瑞相见在琴边。看古人，有只例，姻缘愿乞早团圆。"——陈三辞兄，返回潮州，希望能有机会再见五娘一面，自述对五娘的思慕。

（3）第十五出《五娘投井》："〔五更子〕卢少春、锦桃李，汝曾力青梅做表记，恁今不免来学伊。"——益春劝慰五娘之词。

（4）第十七出《登楼抛荔》："古时千金小姐同梅香在彩楼上，力抛球投着吕蒙正，后去夫妻成双。亚娘，今不免将手帕包荔枝，祝告天地，待许灯下郎君只处过，投落乞伊拾去，后去姻缘决会成就。"——主仆二人登楼，益春所献之计。

（5）第十八出《陈三学磨镜》："〔北上小楼〕（白）记得当初张珙共莺莺有情，张珙袂得入头时，假意借书房西厢下读书。（唱）假意西厢下读书，伊暝日费尽心神。（白）记得少春袂得锦桃娘仔，着假意卖果子入头，力玉盏打破除，姻缘即得成双。（唱）看伊万般计较，力玉盏打破卖

身。（白）伯卿着伊割吊，若卜学只二人的所行，也无乜下贱。（唱）若得
共伊姻缘就，阮情愿甘心学怣。"——陈三欲寻李公思量时所唱、念之词。

（6）第十九出《打破宝镜》："〔好姐姐〕（生唱）壮节丈夫谁得知，
愿学温峤下玉镜台。刘晨阮肇误入天台，神女嫦娥照见在目前。谁料今旦
到只蓬莱，楚襄王朝云暮雨梦到阳台。隐讳埋名，假做张生。轻身下贱，
拜托红娘，即会和崔府莺莺有缘，千里终结姻亲。"——陈三磨镜时唱与
五娘、益春听。

（7）第二十出《祝告嫦娥》："〔傍妆台〕（贴唱）张珙莺莺情相遇，
姻缘都是天注定。"——益春劝慰五娘之词。

（8）第二十四出《园内花开》："〔双鸂鶒〕（生唱）伊投落荔枝，全
怙怣娘仔，卜学许当初《青梅记》，即学磨镜做奴婢。"——陈三遭五娘奚
落，向益春诉屈。

（9）第二十六出《五娘刺绣》："〔剔银灯〕（贴白）简听见许老人讲古
说，崔氏莺莺共张珙在西厢下相见，后来姻缘成就。亚娘学伊畏戴年？……
（贴唱）只姻缘学卜崔氏莺莺共张珙西厢记。"——五娘发现字帖怒责益
春，益春的劝词。

（10）第二十九出《鸾凤和同》："（贴白）亚娘都不见古人说：当初
郭华共花娇女约定许暝相见，花娇女来时，郭华贪酒，困不知醒。花娇女
见伊困不知，将弓鞋脱觅伊身边为记。郭华醒来不见花娇女，将弓鞋吞而
死。"——五娘赴陈三之约，无奈陈三久待不见而困眠，五娘原置金钗为
记，益春以郭华事为鉴，劝阻五娘。

（11）第三十三出《计议归宁》："〔西地锦〕（生唱）今愿学青梅、崔
氏。"——陈三与五娘议定私奔所言。

（12）第五十三出《再续姻亲》："〔慢〕（旦唱）得见我君心欢喜，乐
昌镜破再团圆。"——陈三与嫂嫂至黄家再续姻亲，五娘喜见陈三而唱
之词。①

从以上 12 例，可看出重要情节皆有所本，剧作家不仅很清楚可以沿用
言情的情节，更将剧中人塑造成"有心仿效"，例（4）的益春献计，即建

---

①　以上 12 例，见泉州地方戏曲研究社编《荔镜记荔枝记四种》第一种明代嘉靖刊本《荔镜
记》校订本，中国戏剧出版社，2010，第 247、252、258、259、260、262、264、273、
277、282、286、303 页。下面只注明书名和页数。

议五娘效法《吕蒙正》中的刘月娥登彩楼、抛绣球，而《吕蒙正》又称为《彩楼记》；例（11）陈三自言："今愿学青梅、崔氏。"皆是再清楚不过的例证。甚至剧中人也会从言情故事中吸取教训，避免重蹈覆辙。如例（10），五娘毁约在先，第二晚才赴约，陈三却等到睡着，益春就以郭华与月英的悲剧为鉴，以防五娘单方面地留钗为记，恐导致陈三的误解。剧作家当然可以借此与观众产生共鸣，更有情节设计上的超越、翻新之意！

以下，将再针对重要言情情节之承变做出论析，《青梅记》与《西厢记》对陈三五娘故事的影响力，亦于下面一并论之。

（二）重要言情情节之承继与开展

从上一部分的整理，可看出《青梅记》和《西厢记》对陈三五娘故事的主轴情节"五娘投荔""陈三磨镜""三人私奔"影响甚大，而陈三五娘故事甚至还可能融合了其他故事的言情情节。下分三部分来观照，先简介剧情，再做该情节之溯源，最后比较出情节开展之处。

1. 五娘抛荔

根据嘉靖本《荔镜记》的出目，第八出《士女同游》为两人在元宵灯会初相见，隔着灯火阑珊皆为对方感到惊艳，留下了美好的第一印象。第九出到第十五出是李婆代林大来求亲，五娘欲投井明志，益春极力劝阻，以灯下郎君作为五娘的希望。第十七出即为《登楼抛荔》，因婚事恼人，主仆二人登楼遣怀，佐以荔枝解馋。此时，益春以《彩楼记》刘月娥抛绣球投中吕蒙正一事向五娘献计，不妨伺机而动，以荔传情。陈三回潮寻五娘，宝马游街，两人意识到彼此的存在后，五娘便决定放手一搏，抛下荔枝。

根据戏文中所言，第十五出《五娘投井》，益春的劝辞为"卢少春、锦桃李，汝曾力青梅做表记，怎今不免来学伊"①，以《青梅记》鼓励五娘要勇于去争取婚姻的自主权，追求应得的幸福。第十七出《登楼抛荔》，益春再取《彩楼记》刘月娥抛绣球的灵感，要五娘把握机会。而第二十四出《园内花开》，陈三忆昔所言"伊投落荔枝，全怙恁娘仔，卜学许当初《青梅记》，即学磨镜做奴婢"②，便以《青梅记》来比喻五娘抛荔。

---

① 嘉靖刊本《荔镜记》校订本，第258页。
② 嘉靖刊本《荔镜记》校订本，第273页。

小说《青梅记》今已亡佚，仅能从其他文本拼凑出故事的大概：卢少春游马路过，墙内金锦桃正以青梅戏鹧鸪，不慎掷出墙外砸中卢少春，卢少春遂误会墙里佳人乃是为他而笑。这样的开场可说是"美丽的错误"，虽是由女方制造了契机，但仍属无心之举，无损于佳人冰清玉洁的形象。尔后，情感生发的主动权仍是掌握在男方手上，符合才子佳人的男女关系。

综合陈三在戏中以《青梅记》来比拟抛荔一事，合理地推断，该情节是在《青梅记》的基础上，将"青梅"换成了广东土产的"荔枝"，以期贴近风俗民情。除了上述的《彩楼记》抛绣球和《青梅记》明显为"投荔"情节之承继对象，龚书辉还考证出另一篇小说，《剪灯新话》（永乐十五年［1417］瞿佑重校）卷二《联芳楼记》，薛兰英、薛惠英两姊妹从窗缝投下荔枝一双给昆山郑生的故事，其"投荔定情"的情节与"五娘投荔"完全相同。① 而吴守礼曾就《青梅记》的本事再溯源，认为它可能与李白的《长干行》的"弄青梅"、白居易乐府《井底引银瓶》、元曲《墙头马上》的"捻青梅"等文学技巧一脉相承。②

回头检视龚书辉所考证出的《联芳楼记》，或许更适合作为"投荔"情节之源头，然而除了龚书辉以外，笔者尚未看到其他学者持此看法，多是着重在《青梅记》对陈三五娘故事的影响。笔者推测，一是《青梅记》为戏中明言之模仿对象，二是《青梅记》还有"破盏为奴"这一重要情节，几乎涵盖了陈三和五娘的爱情前期。因此，以《青梅记》中，锦桃戏鹧鸪的青梅误中卢少春，作为"五娘投荔"情节之所本，会更为周全恰当。

以上，汇整学者们的研究成果可知，才子佳人剧中，由女方投物搭起两人接触桥梁的情节渊源久矣。陈三五娘故事中的"五娘投荔"，当然可说是《青梅记》这一系列下的变形，而将对象换成了广东六月盛产的荔枝，十分具有地方色彩。同时，也不可忽略益春举《彩楼记》为例，"绣

---

① 龚书辉：《陈三五娘故事的演化》，《厦门大学学报》第 7 期，1936 年，第 39～40 页。
② 吴守礼：《荔镜记戏文研究序说》，《台湾风物》1960 年第 2、3 期合刊，第 16 页。后来陈益源先生也持此论，并客观地讨论《青梅记》可能是小说，更可能是流行于闽南的早期南戏，但与后来汪廷讷的《青梅佳句》《青梅记》小说不同，与戏曲选集《月露音》残存《青梅记》数曲亦无关。见陈益源《〈荔镜传〉考——"陈三五娘"故事小说形式的早期之作》，载《民俗文化与民间文学》，第 46～51 页。

球"的确具备更鲜明的姻缘意象，当主仆二人为了小姐的终生幸福而努力时，当然要相中良人，勇敢地抛出传情之物。笔者推测，剧作家在袭用该情节时，特意要强调五娘并非"无心投物"，而是"有心为之"，这才插入了《彩楼记》作为加强，以凸显五娘对于婚姻自主权的强烈渴望，此为该情节承变且丰富之处。

2. 陈三磨镜

根据嘉靖本《荔镜记》第十七出《登楼抛荔》，陈三收下荔枝后喜不自胜，想找人去说媒，马上打听潮州可有同乡人，便寻到磨镜工匠李公处。第十八出《陈三学磨镜》，写陈三在前去拜访李公途中，就已先行联想到《西厢记》和《青梅记》了，被爱情冲昏头的陈三，为了如花美眷，什么事都做得来了。和李公一详谈，惊觉五娘已有婚配，益春正好来唤李公磨镜，陈三重新燃起了希望，向李公讨来了这个见面的机会。第十九出《打破宝镜》，陈三顺利以磨镜人身份见到五娘，主仆二人虽有所联想，却不敢贸然相认，陈三应益春要求唱歌："隐讳埋名，假做张生。轻身下贱，拜托红娘，即会和崔府莺莺有缘，千里终结姻亲。"① 企图借歌词内容暗示来意，但五娘一闪而过。② 陈三心急生怕错失了姻缘，自言"我今得当初卢少春打破玉盏，后来夫妻成就。不免将这镜打破"，③ 交还镜子给益春之时，顺势失手破镜，惊动了黄父、家仆小七出场，四人一阵喧闹，陈三典身赔镜。

"破镜为奴"的情节显然是承袭自《青梅记》卢少春"碎玉盏"之举。陈益源根据道光本《荔镜奇逢全集》"昔韩魏公不责碎玉盏吏"④ 考证出碎玉盏事，当时是发生在韩魏公（韩琦，1008～1075）身上，并引南宋彭乘《墨客挥犀》所记，推断《青梅记》本事脱胎于此。⑤ 龚书辉补充了另一个说法，他认为"同世俗相传的唐伯虎三笑姻缘这故事十分的相

---

① 嘉靖刊本《荔镜记》校订本，第 262 页。
② 陈三唱歌过程中，场上生旦的互动为"……〔生看介〕〔旦闪介〕……〔生看，旦走下〕"，五娘明显作闪躲貌。嘉靖刊本《荔镜记》校订本，第 262 页。
③ 嘉靖刊本《荔镜记》校订本，第 263 页。
④ 收入郑国权编《荔镜奇缘古今谈》，中国戏剧出版社，2011，第 264 页。
⑤ 陈益源：《〈荔镜传〉考——"陈三五娘"故事小说形式的早期之作》，载《民俗文化与民间文学》，第 49～51 页。另外，林艳枝的论文中又补充"卖身为奴"的故事，在陈三之后有唐寅破镜典身。见林艳枝《嘉靖本〈荔镜记〉研究》，硕士学位论文，台湾"中国文化大学"，1988，第 59 页。

似"，龚书辉认为"卖身为奴"和"私逃"同样是这两个故事的重要骨骼。① 龚书辉提供了该情节传承的丰富性，虽非主流看法，但笔者认为可聊备一说。

而"陈三破镜"的情节开展性，笔者认为在于砌末的选择——"宝镜"。"宝镜"的意义，一般都会和第五十三出《再续姻亲》"（旦唱）得见我君心欢喜，乐昌镜破再团圆"合看，认为典出"乐昌分镜"，林艳枝即持此说。② 然回顾戏文本身，陈三应益春要求所歌，实已唱出了"温峤玉镜台"的本事源头。根据《世说新语·假谲》所载，温峤丧妇，从姑刘氏托温峤为女儿寻一门亲事，温峤以自己试探择偶标准，打定主意要"自荐"，遂以玉镜台为定情物。③ 郑国权《青梅有约故人来》说道："此来不是为磨镜，而是'殷勤为谢深情意'，愿像古人温峤那样，亲自把如同玉镜台一样的定情物送给心爱的人。"④ 因此，"破物"的情节，在《荔镜记》变化得十分巧妙，一来，"宝镜"并未肩负"温峤玉镜台"定情物的功能，而只保留了陈三欲与之定情的心意；二来，《荔镜记》熔铸了乐昌公主"破镜重圆"的精神，现在皆是为了日后的厮守，而不得不以退为进，"以破为圆"。

因此，"陈三磨镜"的成功之处，除了对《青梅记》情节的承袭，更在于砌末上的择用。只有从"温峤玉镜台"和乐昌公主的"破镜重圆"，抽绎出定情与团聚的宗旨，往后才能开展陈三专属的为奴生涯。

---

① 龚书辉：《陈三五娘故事的演化》，《厦门大学学报》第 7 期，1936 年，第 40 页。

② 林艳枝："作者选择'破镜典身'类型，后得以会合，再以间人作梗，又彼此分开，终得团圆的情节进展方式，与乐昌公主'破镜重圆'的意识是有所相合的。但在细节上则有所差异，陈三破镜是为了典身以进入黄家接近五娘，乐昌公主分镜则是意识到大难将至，夫妻必劳燕分飞，各执半镜以作为日后重圆的信物。其动机不同，目的则相同，皆为了能团聚以厮守终身。所以《荔镜记》作者吸收了'破镜重圆'的母体是无可厚非的。"林艳枝：《嘉靖本〈荔镜记〉研究》，硕士学位论文，台湾"中国文化大学"，1988，第 51 页。

③ 《世说新语·假谲》："温公丧妇，从姑刘氏，家值乱离散，唯有一女，甚有姿慧，姑以属公觅婚。公密有自婚意，答云：'佳婿难得，但如峤比云何？'姑云：'丧败之余，乞粗存活，便足慰吾余年，何敢希汝比？'却后少日，公报姑云：'已觅得婚处，门地粗可，婿身名宦，尽不减峤。'因下玉镜台一枚。姑大喜。既婚，交礼，女以手披纱扇，抚掌大笑曰：'我固疑是老奴，果如所卜！'玉镜台，是公为刘越石长史，北征刘聪所得。"余嘉锡：《世说新语笺疏》，台湾华正书局，1991，第 857 页。关汉卿有《温太真玉镜台》，朱鼎有《玉镜台记》，曲词中的"玉镜台"是指订婚下聘信物，借指订婚，即源于此。

④ 收入郑国权编《荔镜奇缘古今谈》，第 51 页。

3. 三人私奔

嘉靖本第二十出到第二十五出写陈三为奴兼求爱的过程。陈三的身份一直是五娘质疑的症结，因为无法相信他就是马上郎君，而对陈三摆出高姿态。陈三平生不曾干过下人的杂活，又情场不顺，遂大病一场，此时陈家的家仆总算找到陈三，才证实了陈三的身份，又被益春目睹这一切，陈三的爱情才有转圜的余地。第二十六出《五娘刺绣》，益春再替陈三送了一幅莺柳图，借机向五娘汇报安童寻主，澄清了陈三的出身，两人终得以正视这份爱情。确定心意的两人马上相约幽会，但五娘出于亲情、礼教等顾忌，不禁反悔，要益春去另约佳期。第二十八出的《再约佳期》，陈三等不到五娘赴约，竟转而调戏益春，欲享齐人之福，遭到益春的斥责。第二十九出《鸾凤和同》，陈三与五娘私订终身。尔后三出，剧情绕到了外缘，铺写林大的催婚和陈三身份随黄父收租而曝光，形成了私奔的推力。第三十三出《计议归宁》与第三十四出《走到花园》，即写三人协议私奔到上路。

嘉靖本未有"三人私奔"的出目，万历潮本和清刊本以降的《荔枝记》才有"三人私奔"一出。私奔的情节在才子佳人的爱情故事中渊源久远，文人特别歌颂相如、文君情事；戏文中只有第七出"灯下搭歌"与此有关，林大在赏灯时指出一灯为"相如弹琴"灯，但学者普遍认同私奔的情节大体是受到相如、文君私奔的影响。诚如林艳枝所云：

> 司马相如、卓文君的私奔情事，在明中叶兴起的反传统思想下是不被排斥，甚至赞同并加以鼓舞的。陈三、五娘因林大催亲事急，而被迫私奔，除了本身情节的必然发展以外，也受到司马相如、卓文君私奔事件的启发，反映了民众对爱情的理想与执着及对传统礼教的反抗。[1]

又有梁惠敏的硕士论文《中国戏曲私奔程序研究》分析指出：

> 在这些才子佳人剧作中极力肯定私奔的合理性，其实并不是真正

---

[1] 林艳枝：《嘉靖本〈荔镜记〉研究》，硕士学位论文，台湾"中国文化大学"，1988，第51~52页。

要向礼教挑战，也没有冲破礼教的牢笼的意愿，这由剧作的最后是以获得功名利禄来弥补私奔行为的缺失便可以得知。戏曲家创作这些才子佳人私奔情事的心理因素有二：一是借由心目中理想女性（或红粉知己）敢于私奔，以成全爱情，来肯定才子的价值，并借此以满足本身处在困厄环境中的自卑和不满；二是在虚构世界中，借着剧中人物敢于以私奔成就爱情，来提出婚姻爱情的自由、自主性。①

显然陈三五娘故事是偏向后者，两人的私奔单纯是为爱走天涯。借用施舟人所言："它并不是讲述一个书生如何克服重重难关，终于榜上有名，有情人终成眷属。……看到的是两个青年男女狂热的爱恋。"② 这里须注意的是，陈三并未取得功名，该剧也没有"借着更大的社会功利价值（赴试高中），来弥补私奔行为所造成的礼教缺失"。③ 两人为了爱情所做出的一切离经叛道的举动，并未通过才子的金榜题名来使婚姻的难题迎刃而解。

陈三五娘故事的私奔情节被剧作家纯粹化了，就只是要捍卫他们的爱情，反对不合理的婚约。从剧作家未安排陈三赴试高中，以抵补私奔行为所造成的礼教缺失来看，该情节的承转，倾向于极端的言情！

此外，笔者要补充讨论益春。本部分所下之标题为"三人私奔"，此时的动作者是陈三、五娘和益春。益春已经身兼这段姻缘的守护者、促成者、参与者三种身份了！关于益春在故事中所占的比重，从本部分一开始的剧情介绍可窥一二，第二十三出《求计达情》，益春已然相信陈三身份的表白，并帮助了他两次，没想到第二十八出《再约佳期》，陈三竟对益春起心动念，沈冬在《陈三五娘的荔镜情缘》一文中分析道："难道陈三不是为了五娘才卖身为奴的吗？为何又对益春意图不轨？反映了庶民大众对戏曲里这种打情骂俏的段落有特殊的偏爱，对于陈三和五娘益春二人'一箭双雕'满怀期待，所以戏曲也忠实呈现了庶民本色的声音。"④

检阅各刊本，发现益春的戏份有逐步加重的趋势。嘉靖本实无"益春留伞"一出，陈三在安童来寻之后，并无萌生去意的内容，只有遣走安童

---

① 梁惠敏：《中国戏曲私奔程序研究》，硕士学位论文，台湾辅仁大学，2001，第118页。

② 施舟人：《"海上丝绸之路"与南音》，《闽都文化研究》2004年第2期，第1318～1319页。

③ 梁惠敏：《中国戏曲私奔程序研究》，硕士学位论文，台湾辅仁大学，2001，第120页。

④ 沈冬：《陈三五娘的荔镜情缘》，《大雅艺文杂志》2002年第23期，第32页。

后益春紧接着与之对话，坐实了陈三的身份而已。要到万历本以降才将"益春留伞"独立成一出，① 陈三病中的心情十分抑郁，恰逢安童来寻，于是萌生去意，益春才赶紧留人。是以，从"益春留伞"出目的独立，可说明益春与陈三的互动也成了观众观看的乐趣。陈三必须借助益春的帮忙，才能突破五娘的心防，这在无形中增加了两人的接触，且益春的态度相对于五娘的斥责鄙弃和缓了许多，于是陈三就在五娘爽约，大失所望之际，企图向眼前人索取慰藉，口头上占益春的便宜。五娘当然不知道这件事，她正面临私奔与否的抉择，还望征得益春的支持与随行，遂使三人形成密不可分的三角关系。

总括上述探讨，陈三五娘故事将"私奔"情节单纯化为成就爱情，而他们坚实的爱情，实乃铁三角关系的三人行。

另外，《西厢记》对陈三五娘故事的影响，虽不在上述情节中，但可见诸寄简、跳墙、得病、退约等情节。可参照沈冬的研究：

> 如寄简、跳墙、得病、退约等关目，均袭自《西厢》，但曲折活泼犹有过之，其中很重要的原因是陈三身份的改换，《西厢》里张生始终都须维持着公子的体段，而陈三既然卖身为奴，与五娘有主奴之分，不免更加做小伏低，五娘益发趾高气昂，彼此身份的悬殊，使得爱情的发展增添了不少刺激。②

剧作家以陈三身份的转换为情节张力之所在，将爱情的难题集中在两人身上，一方是名门望族的大家闺秀，另一方则是典身为奴的马上郎君，这就以男方身份的不确定性，制造了强烈的社会差距，使得五娘需要时间来观察陈三，陈三势必得委屈付出。③ 是以，尽管陈三五娘故事充斥着其他爱情故事的影子，但巧心的安排，仍使观者的心里得到既熟悉又新颖的

---

① 万历本整本未标出目，但其第二十三出的内容就是益春留陈三。"益春留伞"的关键台词为"一柄伞仔张便便，就卜行"，然万历本并无此句台词，清刊本才有此句台词，较能确定舞台上确实有伞。见泉州地方戏曲研究社编《荔镜记荔枝记四种》第二种清顺治本《荔枝记》，中国戏剧出版社，2010，第188页。

② 沈冬：《陈三五娘的荔镜情缘》，《大雅艺文杂志》2002年第23期，第31页。

③ "强烈的社会地位差距，使得才子佳人的恋爱故事显得有吸引力。"见梁惠敏《中国戏曲私奔程序研究》，硕士学位论文，台湾辅仁大学，2001，第123页。

感动，这成为陈三五娘故事独到的魅力。

三　文言小说《荔镜传》言情情节安排之异同

本部分拟在前文的基础上，讨论"投荔""磨镜"这两个情节在文言小说中所呈现的不同样貌。而"私奔"情节在小说中实已托之于天，故笔者改以"天命"作为切入点论之。本部分的讨论方式是：对于剧情的简介着重于小说异于戏文之处，采用郑国权校订的光绪三十四年（戊申，1908）《增注奇逢全集》，该小说收录于《荔镜奇缘古今谈》一书中的附录二，[①] 分成四卷，有题目而无题数，为求讨论方便，笔者编以序号，共六十五回。因小说中以碧琚、必卿行文，本部分即从文本称之。

（一）投荔

元夜偶遇、林家求婚、必卿回潮等情节皆与戏文相去不远，而对于象征女方勇于追求幸福的"投荔"，小说有了截然不同的处理。第十六回"五月六日琚投荔"，主仆二人登楼又见灯下人，碧琚不知该如何是好，益春认为机不可失，当机立断，"遂取并蒂双荔，袭以罗巾，代为掷之"，反观碧琚的反应是"惶愧下楼"，"子甚悔之矣，彼人未谅其心，使借口为美谈，徒取羞耳"。"以物传情"本是风月小说常见的桥段，因动作者为女方，小说为维护佳人完美的形象，以益春"强琚成之""代为掷之"[②] 处理该情节，将投荔的行为交由益春来执行。[③]

刘美芳的论文《陈三五娘研究》针对小说与戏文情节同中有异者，汇整了六点，第三点说道："投荔非因见陈三而动念，是益春早有计划，五娘亦有意以求意中郎君。"[④] 所谓"益春早有计划"，指的是第十二回"琚谋春改林之婚"中，益春在以"未尝求之，不可谓不得见其人"[⑤] 鼓励碧

---

① 郑国权编《荔镜奇缘古今谈》，第243～325页。
② 以上小说原文，见郑国权编《荔镜奇缘古今谈》附录二《文言小说〈奇逢全集〉》，中国戏剧出版社，2011，第259～260页。以下笔者简单注明书名与页数。
③ 可参见黄东阳《〈荔镜传〉续考——"陈三五娘"在小说文体的表述手法与基础意涵考略》，《华梵人文学报》2011年第15期，第93～94页。
④ 刘美芳：《陈三五娘研究》，硕士学位论文，台湾东吴大学，1992，第175页。
⑤ 《奇逢全集》，第257页。

琚时，实已萌生放手一搏的念头，故在第十六回"五月六日琚投荔"，见是灯下公子，马上托荔为媒，代为掷之。对照第十二回中的碧琚，她对必卿的感觉乃是受到林家婚事的触发时，将必卿视为困境的转机，然而当机会来临时，又因林家婚事而裹足不前，无法做出任何抵触礼教的行为，事后更有浓浓的羞愧感。

再者，小说以荔枝品种做发挥，笔者认为暗喻了碧琚的择偶条件，破折号之后为笔者简单的分析，以下条列之。

（1）春曰："诸品惟颗山最先。"琚曰："此虽得气之先，仅一弹丸耳，子其见少而欲速耶！"——欲速则不达，暗示婚姻不当躁进。

（2）春曰："金钟可乎？"琚曰："外足观矣，中无实物也，子其徇外而忘内矣。"春曰："世人金玉其外，败絮其中者多矣，奚独一荔。"——视人不当空取外表，强调择偶对象应内外兼具。

（3）春曰："若椰种者，体既丰大而肉又甘，其庶乎？"琚曰："大而无实，甘而匪清。且椰出于胡语，子欲习夷以乱华耶？"——不可以夷乱华，本末倒置，呼应日后知晓必卿与碧琚早有婚约时，则可视林家婚事为以末乱本。

（4）春曰："娘子其留意于状元红，因摘数茎以进。"[1]——中"状元"者，乃通过层层考试历练之人，暗示真金不怕火炼，"忠诚"是爱情的必要条件。

龚书辉曾考证上述四种荔枝品种，认为："《荔镜传》所载荔品高下名称，如上面所述，全不见诸广东通志，而反与泉州荔品若合符节。"[2] 姑且不论文中的荔枝是否如实，但最后投下的"并蒂双荔"乃"状元红"，根据笔者于上面引文之后的推测分析，[3] 可以将主仆二人投荔之前的品荔，视为小说在此情节上的一大巧心。状元者，乃历经层层科考的人中之龙，其内涵与毅力，绝对符合碧琚的择偶条件，而"外表"者，已于第六回

---

① 以上所引4例，见《奇逢全集》，第259页。

② 考证荔枝品种一小节，见龚书辉《陈三五娘故事的演化》，《厦门大学学报》第7期，1936年，第44~46页。

③ 笔者参考黄东阳文中所言"于女方将外貌、才华与忠诚视为爱情"，"碧琚对于爱情的想望，除了要求男方具备了外貌与学识外，尚且有着忠贞陪伴的心理需求"，于阅读文本时，得到了分析的灵感。见《〈荔镜传〉续考——"陈三五娘"在小说文体的表述手法与基础意涵考略》，《华梵人文学报》2011年第15期，第83、97页。

"春慰琚"可证："次早春谓琚曰：'昨下郎君其嫣然卫叔宝乎？'琚曰：'固然。'"①

是以，本部分的标题笔者定为"投荔"，而非"碧琚投荔"，实因小说为了佳人冰清玉洁的形象，将投荔的谋划者、执行者全归诸益春。碧琚于元宵偶遇时曾经心动过，也同意必卿的佳貌，但随即又以理性自矜，"恐虚有其表耳"②；对于林家的求婚虽然无可奈何，"待黄河克清乎"的回应比起戏文的责媒、投井，形同微弱的呜咽，只能从益春的回答"倘所怀不遂，归林事迫，然后致命，岂运迟也"，③ 判断碧琚的抗议应是包含死意。所以，"投荔"就碧琚而言只是一桩偶发事件，无法直接证明她的情意有无，只能看出她被塑造为一位矜持自重的大家闺秀。

（二）磨镜

第十七回到第二十三回，在写陈三学磨镜、破镜为奴之外，小说更增添了第十八回的"琚梦镜坏"和第二十三回的"琚梦镜圆"，多了仙姬入梦的预示，将故事的发展统摄于天命。

若承上所论，小说的"投荔"仅为一个偶发事件，而碧琚又囿于礼教，那她和必卿的爱情势必夭折。然而小说增添了仙姬的预言，将男方所有行为的动机诉诸更强大的天命。"破镜为奴"的情节，乍看之下与戏文中无异，但是黄东阳指出：

> 必卿的行为却不仅是传达他个人对情感的执着，也是天帝预想下合理与命定的行为，如此却又淡化了个人意志的强度，令凛然不可改变的天意替代个人的意志，决定着情节进行的方向，让荔枝、宝镜在故事中的意义，不单是两人传递情意的主要凭信，又是天命所设下转折情节发展的枢纽，可绝对扭转现实中必当趋向悲剧收场的结局。④

爱情是悬崖上的玫瑰，唯有拿出勇气才能摘下，古代男女若要自由恋

---

① 《奇逢全集》，第 254 页。
② 《奇逢全集》，第 254 页。
③ 《奇逢全集》，第 257 页。
④ 黄东阳：《〈荔镜传〉续考——"陈三五娘"在小说文体的表述手法与基础意涵考略》，《华梵人文学报》2011 年第 15 期，第 95 页。

爱、婚姻自主，势必冲撞礼教；而必卿与碧琚的美满结局不靠皇命旌奖、功名仕宦作保，而是托之于天，因而能有幽会私奔之举，使读者着迷于大胆的情节，又能心安理得地接受。是以，笔者无法在此情节再做讨论，因为荔枝和宝镜的意象，甚至是私奔，一切皆因天意而理所当然了，对此，笔者下一部分拟以"天命"为题。

（三）天命

黄东阳分析《荔镜传》的创作思维与法式，即"将两人意志、天意与礼教重新安置"。[①] 笔者在检阅文本时观察到一个有意思的现象，文中除了仙姬入于碧琚梦中之外，其他的天命意志，多出自益春之口，她俨然为天命的代言人，以下条列之。

（1）第六回"春慰琚"。琚曰："天之所使人也，何尤？"春曰："若出于天，则泉潮大埏乃不期而遇。此天缘也。"——益春鼓励碧琚以天缘看待她与必卿的相遇。

（2）第十二回"琚谋春改林之婚"。春曰："配偶虽制于人，实则由天所命，阿娘欲遂其愿，可托冥冥之助也。"——益春鼓励碧琚透过祷祝来强化个人意志与天命的结合，因此下一回为"琚祝于春熙亭"。

（3）第十六回"五月六日琚投荔于卿"。春曰："阿娘祷天之应乎，不可失此机会！"……春归谓琚曰："今日之事，其天作之合乎！否则，阿娘何为斯日而登楼，彼人何为斯日而至此？"——益春将男女主角第二次的相遇解读为心想事成，更是天命所归。

（4）第十八回"琚梦镜坏"。春曰："此黄粱未熟时，景象何足为意！"——化用"黄粱一梦"的典故，暗喻事情仍有转机。

（5）第二十三回"琚梦镜圆"。春曰："婢试猜之。"良久进揖曰："可喜可贺，东床佳婿，娘将得之矣。"……春曰："婢言有征也，此为拆字诗也，试为白之，黄金在侧竟来求，非镜字乎？石出波间水自流，非破字乎？鸟篆丝连无竹盖，非缘字乎？蹢寻去路两雎鸠，非就字乎？此乃镜破缘就四字分明然矣。"——益春解仙姬入梦留与碧琚之诗。

（6）第二十九回"卿倦扫"。生曰："旧潮令，正吾翁也，曾闻与王家

---

① 黄东阳：《〈荔镜传〉续考——"陈三五娘"在小说文体的表述手法与基础意涵考略》，《华梵人文学报》2011 年第 15 期，第 96 页。

婚，岂在兹乎？若果尔，岂非<u>天之默成</u>其巧哉。"……春曰："不可，是欲速自毙也。"——面对"天之默成"，益春反而更加小心行事，生怕弄巧成拙。

（7）第四十二回"卿与琚谋于春熙亭"：生曰："人虽多变，<u>天不可欺</u>，相与天一誓，则终身之好，可金石矣。"……（春）因道及前祝天之事，卿叹曰："天定能胜人乎！"①——必卿对碧琚许下诺言。

承上所言，小说的一切进行实系乎天意，从上面 7 例，益春显然传递了天命意志，以天缘解释元宵偶遇，以姻缘天注定鼓励碧琚，见灯下郎君经过，直呼必卿是<u>应天</u>而来，遂对自己做出投荔之举毫无悔意，因为她是促成"天作之合"。"黄粱一梦"指的是人生如幻如梦，益春对镜坏之梦所言的"此黄粱未熟时，景象何足为意"，笔者认为隐含了"事情还不到最后，尚有转机"的弦外之音；而第二十三回解出拆字诗所射乃"镜破缘就"，如此天机仍是透过益春之口娓娓道出。刘美芳认为小说多有卖弄，碧琚求教于益春解诗，"不亦可笑乎"，②笔者认为言之过重，因益春有言"阿娘已先解之矣，聊以试春耳"，③可见碧琚并非不解，而是作者刻意安排给益春，笔者推测可能有两个原因，其一，乃以碧琚的形象为考虑，不好由佳人口中说出"镜破缘就"此等煽动之语；其二，益春是天命的代言人，天机自然由她道破，且丫鬟的身份使她并无形象上的顾虑。第二十九回得知陈王两家本有婚约，益春反而劝必卿不可躁进，因为欲速则不达，呼应第十六回"五月六日琚投荔于卿"主仆二人论荔枝品种时所言："春曰：'诸品惟<u>颗山最先</u>。'琚曰：'此虽得气之先，仅一弹丸耳，子其见少而欲速耶！'"④

小说中的益春聪慧伶俐，因文人逞才，连丫鬟也能出口成章，与小姐的关系形同姊妹，在碧琚和必卿的爱情发展中扮演了推动者、守护者的角色。再观察益春与陈三的互动，经典的"益春留陈三"，小说第三十五回"琚观莺柳图"以"春固留之乃止"一句带过。⑤第三十四回"卿求春"，必卿喜于三人的对质，碧琚已知其身份与来意，即将柳暗花明的爱情，使他得意忘形，竟出言调戏益春："未及探囊，即此罗帷里，皆鸾寻凤友者，

① 以上 7 例，见《奇逢全集》，第 254、257、259～260、262、269、278～279、300 页。
② 参见刘美芳《陈三五娘研究》，硕士学位论文，台湾东吴大学，1992，第 175 页。
③《奇逢全集》，第 269 页。
④《奇逢全集》，第 259 页。
⑤《奇逢全集》，第 291 页。

试为鸾凤交可也?"① 第四十三回"琚败约"，益春前去通知必卿改约佳期，没想到卿挽之曰："今岂容再误也，且留此为质，得阿娘来乃改。"② 必卿两次做出"挽之"的行径，皆遭到了益春的严词训斥。

综合上述，益春并未成为才子佳人爱情中的第三者，她在小说中因肩负传递天意的使命，始终克尽本分地成就这段姻缘。

四　接受者与创作者的心理

从明代整体的社会经济条件来说，文言中篇的"传奇小说"因出版业的蓬勃，培养了一群消费者，在商言商，创作者当然要迎合消费者的口味。然比之于戏曲与观众面对面的互动，剧作家会更为市场取向所左右，意即接受者的好恶决定了作品的消长。是以，笔者决定各执作品的一端，来面对不同文类的再创作，检视戏文流播时的"接受者的观剧心理"，以及小说流播时的"创作者的写作心理"。

（一）接受者的观剧心理

一个成功的作品，在情节安排上必须兼顾场上的演出效果及观众的心理需求。在重要情节，搭配意象鲜明的砌末，既有助于演员的做功，增加舞台效果，也能使观众聚焦，留下深刻的印象，使观剧的期待得到满足，如此方能建立自身的不可取代性。

如"五娘投荔"。选用广东盛产的"荔枝"，由五娘亲手以罗帕包起荔枝，命中游街的马上郎君。此时"荔枝"的意象，除了增添地域色彩，更透过益春之口，被赋予《彩楼记》"绣球"的姻缘意象。舞台上，演员也就有了表演的空间，可依"投物"设计出一套表演的身段与唱段。而"投荔"的主导者既然是女方，则女方的动机就成了女主角形塑个性的关键。为了避免投物的情节流于直接露骨，戏曲调剂的办法，是延宕两人第一次互动的时机，先铺叙五娘受挫的婚姻大事，给五娘"有心投荔"一个充分的动机，在内在因素和外缘条件皆备的状况下，最后再加上益春的鼓动，

---

① 《奇逢全集》，第287页。
② 《奇逢全集》，第301页。笔者疑"改"应作"解"字，二字方音相近，唯声调不同，作"解"字文意较为通顺。

五娘的登楼抛荔，于是情有可原，丝毫无损于佳人完美的形象，她的放手一搏反而可以获得观众的认同与赞赏。

如"陈三磨镜"。在内容上，"宝镜"本是五娘所有，陈三通过宝镜得以混进府中，再从陈三应益春要求唱出"温峤玉镜台"的典故，道出了陈三欲通过"宝镜"与之定情的心意；但这里在手法上却是"先破坏再建设"，熔铸了乐昌公主"破镜重圆"的精神，曲折地以退为进，"以破为圆"。舞台上，"宝镜"流转于众演员之手，可增加表演的效果。从"学磨镜""破镜"到"为奴"，即剧作家对男主角形象塑造的关键；促使陈三不惜为奴的强大动力，说穿了就是"男不过色"，而这份对爱情勇往直前、奋不顾身的冲劲，大大地满足了女性观众"但求有情郎"的心理。

如"益春留伞"。陈三心灰意懒，收拾行囊要随安童回家，"伞"除了作为行囊之一，更有"散"的谐声双关义，"留伞"者，也就具有"留散"之意涵。若据弗洛伊德的心理学来分析小姐和丫鬟的性格：小姐所扮演的是一个受传统礼教束缚的"超我"性格者，丫鬟则是其潜在内心欲望所表达的"原我"性格者，二人可说是完整个人的两种性格。因陈三的调情，两种矛盾的性格产生冲突，经过折中调适方使其"自我"的性格得以发展完成。[1] 此时，益春化身为"原我"性格的小姐，能如实表达出内心留人的渴望。舞台上，两人以伞做功，可以有精彩的拉扯戏，以科诨式的穿插来调剂场上的冷热，突出贴旦的戏份，哄抬益春日后的地位，正中民众爱看打情骂俏剧情的下怀。

（二）创作者的写作心理

光绪本《奇逢全集》一样是大团圆收尾，但从相同情节的不同处理，可以看出作者不单是要诉说风花雪月，而且是要将个人意志与社会规范、天命紧紧结合，将与礼法冲突的行为合理化，泯除情理对峙的矛盾，[2] 让有情人在天命的安排之下终成眷属。以下从人物设定、角色性格来剖析创作者的思维。

---

[1]　见林艳枝《嘉靖本〈荔镜记〉研究》，硕士学位论文，台湾"中国文化大学"，1988，第50页。

[2]　见黄东阳《〈荔镜传〉续考——"陈三五娘"在小说文体的表述手法与基础意涵考略》，《华梵人文学报》2011年第15期，第91页。

以王碧琚而言，笔者细读文本，认为最能彰显其个性的情节并非"投荔"，而是在必卿入府后，自持矜重的应对。必卿入府以来，七次向碧琚示好，[①] 碧琚万般推拒，严守礼教防线，待必卿相思成疾，徘徊死生之际才软化态度，第三十七回"琚适卿"铺写碧琚前去探望必卿，坦承她的"三患"，[②] 能为一段感情瞻前顾后地设想，说明了并非郎有情妹无意。之后四回"琚思卿""琚病于思""卿及琚得攻词""诸婢来与相投词"，正写及旁了碧琚的感情，如此两人的爱情才算明朗化。屈原奠下"香草美人"的传统，小说中的"佳人"自然是文人理想的投射，而这份美好，更是值得费尽心思地求索，小说以碧琚七次的回拒，将碧琚塑造为恪守贞节，不愿白"碧"微瑕、轻易承情的姿态，无非是反映了创作者的写作心理：实已将小说中的佳人等同于理想的化身。

次论陈必卿。故事中的才子并未考取功名，小说中也未改动此一情节，笔者在第二十八回"琚论荔"似乎读到了作者对此一事的心境。必卿见碧琚于荔树下乘凉借机攀谈，碧琚冷脸将荔枝与"木奴"（柑的别名）视为寻常之物，[③] 暗讽了必卿的化名"甘荔"二字，必卿回答道："物固有遇有不遇，而所遇有幸有不幸，荔固未有所遇，而所遇者皆不幸焉。"[④] 显然，必卿因荔枝而来做下人，改名"甘荔"乃为求知心人，但碧琚因林家的婚约与必卿的身份始终拒人千里，必卿"遇而不幸"的感慨油然而生。荔枝本为两人交集之契机，如今被弃若木奴，当初"幸逢六月恁在楼上适兴"[⑤]

---

① "进入王家后再不顾主仆及男女之别，七次突兀地直接向碧琚表达情意。"见黄东阳《〈荔镜传〉续考——"陈三五娘"在小说文体的表述手法与基础意涵考略》，《华梵人文学报》2011 年第 15 期，第 97 页。笔者对照文本，应是指第二十二回"卿示意于琚"、第二十四回"卿琚论帛"、第二十五回"卿叙镜"、第二十八回"琚论荔"、第三十一回"卿遗书于琚"、第三十二回"卿执盥"、第三十三回"琚祷于春熙亭卿窥视之"，必卿语带试探，两人话中有话的互动。

② "妾知君心如铁石，必不负也。特妾有三患：惧君家有定偶，而我之大事无所承，一也；今日轻以身相许，异日不淫奔相弃，二也；桃花贪恋子，空落人间笑议，三也。"见《奇逢全集》，第 293 页。

③ "此汝乡家果与木奴等耳，何足为异？"见《奇逢全集》，第 275 页。

④ 《奇逢全集》，第 276 页。

⑤ 见南管清唱散曲《因送哥嫂》，张再兴编《南乐曲集》，台湾伊士曼印刷公司，1988，第 348~349 页。清刊本《益春留伞》一出皆有此曲，但唱作："亦曾在恁楼前经过，不觉又是六月天热，阿娘共益春在只楼上适兴。"见第二种清顺治本《荔枝记》校订本，第 188 页；第三种清道光本《荔枝记》校订本，第 166 页；第四种清光绪本《荔枝记》校订本，第 205 页。

的喜悦，与今时遇而不幸的难堪，形成强烈的对比。屈原是文人永恒的寄托，美人求之不得，不遇不得的伤怀随之而来；文人改写陈三五娘故事，将"求索"与"不遇"套用于此再适合不过，表面上可视为剧情中的情感挫折，更深层可指涉文人不遇情结的遣怀。

再论小说中的益春，她是超然的旁观者。她并非作者的投射，而是更崇高的天命代言人，因此常常洞烛先机，引导情节的进行。如：替碧琚设法摆脱林家婚事，她可以充满信心地说"有所再遇，春自有制度"；能把握天时地利人和，僭主投荔；在必卿进府磨镜时，认出他就是灯下人、马上郎；在必卿多番示爱不成时，问出了必卿的身份与王家原有婚配，① 俨然就是位解铃人，因为在作者的创作思维里，就是将天命力量的展现系之于益春！即使作者不免投注了男性意识，欲使才子在剧中享齐人之福，② 益春也两度以姻缘的成败吓阻之，保持她至高旁助的天命立场。

结　语

本文以陈三五娘故事的文言小说和方言戏文为研究范围，认为该故事的旨趣，在各版本间形成历时性的传承，而文类间的承与变更是值得我们深入剖析。

综合笔者分析所言，陈三五娘的情节主线为"五娘投荔""陈三磨镜""三人私奔"。才子、佳人、丫鬟各有发挥的空间，符合了普罗大众对于才子佳人的想象。典型的佳人要"财貌双全"、矜持自重，对照五娘的出身及她与陈三为奴期间的互动，皆可得到印证。这些规范的力量，都会成为佳人日后冲破樊篱，勇于追求幸福的强大张力，只有这样，观众的心里才会有柳暗花明、终成眷属的满足感。同样地，才子要"才貌双全"，并为两人的姻缘而努力。陈三为了亲近五娘，不顾身份、不循一般才子科考之路，不惜典身为奴。观众看待此时的落难公子，或许会觉得陈三不够上

---

① 以上事见《奇逢全集》第十二回"碧琚谋春改林之婚"（第 257 页）、第十六回"五月六日琚投荔于卿"（第 259～260 页）、第十九回"卿破镜于王家"（第 263 页）、第二十九回"卿倦扫"（第 278 页）。

② "在小说中，作者投注更多的男性意识，使得才子在剧中得以享有齐人之福，坐拥佳人之躯。这样的想法，也是自传奇延伸而来。"见梁惠敏《中国戏曲私奔程序研究》，硕士学位论文，台湾辅仁大学，2001，第 128 页。

进，但女性观众则会为陈三的义无反顾而心折，这便成为整出戏勾人之处。而丫鬟在才子佳人的爱情发展中，往往有推波助澜的效用。从益春的戏份逐步加重来看，丫鬟可补足佳人情感表达上之不足，使戏剧的张力得到扩充。从观众的心理反推之，丫鬟情节的叙写贴合一般百姓的生活面貌，而益春成为三角关系的一员，陈三与益春的调情互动，也满足了观众意淫的心理。①

以此对照小说中相同情节的处理，因小说预设了两人原有婚配，是以削弱了"投荔""磨镜""私奔"这三大言情情节的澎湃性。碧琚成为文人理想的化身，待在礼教的沼泽中，要人溯洄从之，溯游从之；必卿只能屡败屡战，以性命之忧打破遇而不幸的僵局。将两人的互动合看，幽微地指向不遇文人"求索"与"不遇"的郁结，是以要借助更崇高的力量来扭转现实的不顺，让两人得以厮守。仔细推敲发现，两人的爱情发展总由益春来推进，因为她是天意的使者，被作者用以平衡个人意志和礼法规范的两端。这样的安排，明显是划地自限，或许满足了创作者的文人心理，但无法吸引一般百姓的目光。因此，陈三五娘故事的流播大任，自然就交由活灵活现、情感洋溢奔放的戏曲了。戏曲能从各个层面抓住观看者的期待，从矜持到私奔的五娘、为爱不顾一切的陈三、绿叶般的益春均发挥出最大效用。是以此戏在闽南地区传唱不已，与其说是陈三五娘故事有其独特性，更精确地说是陈三五娘的戏曲大大地满足人们复杂的心理！

诚如龚书辉所说："陈三五娘既是大众的创作物而流传于民。在未经文字写定前，便很容易分化演变。……后来每个写手在写定时，更因自己的主观见解而定传说的去取与新的意想加入，所以同一故事在不同的写手和作物里，大体上总还有着本来的骨干，而面貌形象却往往有多少的差异，甚至成为两种完全相反的姿态。"② 笔者研究的结果是，剧作家会以接受者的心理为主观见解，务求发挥舞台的最大娱乐性；而小说作者的主观见解则是典型的文人襟抱，只求案头间的逞才自娱。

---

① 见高芷琳《歌仔戏〈陈三五娘〉中"益春"与〈王西厢〉中"红娘"之比较》，《问学》2007 年第 11 期，第 91～106 页。因高氏该文所据的歌仔戏《陈三五娘》版本，改编为悲剧结局，并将益春塑造为一心想改变阶级地位，以确保日后的生活，才会积极挽留陈三、情挑陈三，相偕私奔。超越本文的讨论范围，因此上文讨论"益春留伞"时未予引用，此处只节引高氏论丫鬟在才子佳人爱情中的普遍意义。

② 龚书辉：《陈三五娘故事的演化》，《厦门大学学报》第 7 期，1936 年，第 3 页。

诸恶所归？

——重评王实甫《西厢记》中的老夫人

孙书磊[*]

摘　要： 对于王实甫《西厢记》杂剧中老夫人形象的认识，现代学术界往往强调其反面特征，甚至认为其是"诸恶所归"，这与作品的实际描写存在较大的偏差。剧中的老夫人既是一位威严的封建家长，更是一位感情复杂、有血有肉的母亲。在概念化的封建家长形象之外，她还有温和慈善、谦和重情、审慎务求诸特征。老夫人作为崔莺莺的对立面，与崔莺莺之间绝不是简单的对立关系。二者构成对立统一的关系，使作品的反封建主题更具真实性。老夫人真实的母性特征超越了一般意义的封建家长特征。

关键词： 王实甫　《西厢记》　老夫人　母性

自唐代元稹的《莺莺传》（又名《会真记》）问世之后，经过宋代赵令畤的《蝶恋花鼓子词》、金代董解元的《西厢记诸宫调》等不同文艺形式的改造、演出，崔莺莺与张君瑞待月西厢的故事有了新的内涵；元代王实甫创作的《西厢记》杂剧进而使西厢故事成为同题材故事的经典。从人物形象来看，后人对于王实甫《西厢记》中崔莺莺、张生、红娘的认识没有多大分歧，形成的观点也较符合原作精神，而对于老夫人形象的讨论，却只强调"威严""卫道""自私""伪善""诸恶所归"等，与原作描写

---

* 孙书磊，男，文学博士，南京大学文学院教授、博士生导师，研究方向为戏剧戏曲学。

的实际颇有偏差。吴国钦指出，老夫人"形象的本质是丑恶的，但这不是说连人物的外表也是面目可憎、整个脸部都布满肃杀之气的"。① 吴国钦虽然指出了人们认识老夫人的误区，但是老夫人也不是吴国钦所说的本质上完全丑恶的人。

一

在《西厢记》中，老夫人的地位很特殊。作为结构剧情的线索人物，她的直接出场和潜在影响，直接地制约着崔莺莺和张生的爱情发展，促进了剧作主题的深刻表达。我们有必要回顾一下老夫人在剧中的实际地位和后人对她的认识。

王实甫《西厢记》第一本楔子开篇，第一个上场的人物就是老夫人，她自报家门云："老身姓郑。夫主姓崔，官拜前朝相国，不幸因病告殂。只生得个小姐，小字莺莺，年一十九岁，针黹女工，诗词书算，无不能者。老相公在日，曾许下老身之侄——乃郑尚书之长子郑恒——为妻。因俺孩儿父丧未满，未得成合。……先夫弃世之后，老身与女孩儿扶柩至博陵安葬；因路途有阻，不能得去。来到河中府，将这灵柩寄在普救寺内……就在这西厢下一座宅子安下，一壁写书附京师去，唤郑恒来相扶回博陵去。"② 人物上场时的自报家门无疑最能体现人物思想境界。看得出，这是一位在夫君去世后主导着这个家庭的长者，有着最高的家庭地位，主宰着这个家庭的一切活动。

后来，普救寺为乱军所困。为解围，老夫人寻求解围人，许以莺莺妻之。张生解围，却被老夫人悔婚。待莺莺与张生私合后，老夫人无奈之下只好答应崔、张婚事，但却又逼迫张生进京应试。郑恒自京师至普救寺争妻，谎称张生高中后入赘卫尚书府，老夫人遂又改变主意，允以莺莺妻郑恒。适值张生赶回普救寺，揭示真相，老夫人再以莺莺妻张生。

从崔、张故事的情节发展看，老夫人直接左右着莺莺的幸福以及崔、张的命运，正如莺莺所说，"当日成也是您个母亲，今日败也是您个萧

---

① 　吴国钦：《西厢记艺术谈》，广东人民出版社，1983，第31页。
② 　王实甫：《西厢记》，王季思校注，上海古籍出版社，1978，第1页。

何"。① 这是我们认识老夫人的出发点。

从这个出发点出发，后人对老夫人的评论中充满着批评甚至批判。在《西厢记》的现代评论中，具有代表性的观点主要有以下五种。

其一，威严说。戴不凡的论著《论崔莺莺》针对《西厢记》第一本第二折中红娘向张生所谓"俺夫人治家严肃，有冰霜之操。内无应门五尺之童，年至十二三者，非呼招不敢辄入中堂"的告白，强调指出，"这些地方都说明了王实甫有意地突出'老母威严'"②。这样的批评算是较为柔和的。

其二，卫道说。《西厢记》第一本第二折写张生称二十三岁并不曾娶妻的自报家门之后，红娘介绍老夫人："向日莺莺出闺房，夫人窥之，召立莺莺于庭下，责之曰：'汝为女子，不告而出闺门，倘遇游客小僧私视，岂不自耻。'莺立谢而言曰：'今当改过从新，毋敢再犯。'"③ 张庚、郭汉城主编的《中国戏曲通史》根据这一描写，认为"这虽是出自红娘口中的侧写，却表明了老夫人是一个孔孟之道的卫道者，一个典型的封建家庭的家长"④。这已经是对老夫人的批判式批评了。

其三，自私说。戴不凡的《论崔莺莺》指出，"王实甫写出了这个浑身封建礼教思想的相国夫人在如何以她自己的礼教思想和自私心理在爱女儿，在报答张生，在保全自己的家声，在待人接物，在处理问题"⑤。这是从心灵深处对老夫人展开批判。

其四，伪善说。吴国钦《西厢记艺术谈》认为，"和善其表，伪善其里；表面上慈爱，骨子里却像莺莺说的'谎到天来大'"⑥。在吴国钦看来，老夫人非但表里不一，且给人以阴险之感。

其五，诸恶所归说。除了认为老夫人威严、自私，戴不凡《论崔莺莺》最终将老夫人推到近似万劫不复的地位："老夫人不但是剧中诸恶所归，而且归得有理，归得可信。"⑦ 在戴不凡看来，老夫人在莺莺婚姻问题

---

① 王实甫：《西厢记》，王季思校注，第 78 页。
② 戴不凡：《论崔莺莺》，上海文艺出版社，1963，第 38 页。
③ 王实甫：《西厢记》，王季思校注，第 20 页。
④ 张庚、郭汉城主编《中国戏曲通史》（上），中国戏剧出版社，1980，第 188 页。
⑤ 戴不凡：《论崔莺莺》，第 40 页。
⑥ 吴国钦：《西厢记艺术谈》，第 31 页。
⑦ 戴不凡：《论崔莺莺》，第 40 页。

上的种种表现，使她自立于崔、张的对立面，成为后人心目中彻头彻尾的反面角色。

不可否认，老夫人对于崔、张的爱情的确有过破坏。但是，作为崔莺莺的母亲，老夫人在剧中的种种表现自有其内在的逻辑。综观全剧，平心而论，《西厢记》中的老夫人绝非用"威严""卫道""自私""伪善"等论断可以简单概括的，更不能极端地用"诸恶所归"一语，将其一棍子打"死"。老夫人虽是封建家庭的家长，但却不以封建卫道者自居，而是有着复杂感情的有血有肉的可以亲近的母性长辈。

二

老夫人性格中的复杂性，是由其性格中的另外一面即温和慈善、注重感情、务求实际等特征所决定的。

（一）尊重他人，温和慈善

剧作一开场就写老夫人由于丈夫老相国的去世，而饱尝人情逐冷暖、门前车马稀的世态炎凉。"我想先夫在日，食前方丈，从者数百；今日至亲只这三四口儿，好生伤感也呵！"① 可见，她并非一个凛若冰霜的冷血动物，而是一个七情皆具的人。也正因为她饱尝了人间冷暖，所以，才更易于由己及人，慈善豁达。

对于崔、张二人，老夫人流露出温和之情。莺莺是自己的女儿，自然关怀备至。刚到陌生的普救寺，正值"好生困人"的"暮春天气"，老夫人吩咐红娘："你看佛殿上没人烧香呵，和小姐闲散心耍一回来。"② 既表明她是对女儿"拘系的紧"的家长，又显示出她对女儿身心健康的深切关心。殊不知，老夫人太不小心，佛殿之上即便无俗人烧香，也难免会遇到莺莺不宜相见的出家僧人，而这正是老夫人原本所担心的。"寺警"中，在万分危急的时刻，莺莺的主意不断变化，她先是决定屈辱从军，继而决定自缢，最后决定允婚英雄。而最终之所以放弃了前二者，是因为这"都作了莺莺生忿"，即会辱没相国家门，使自己成为不孝之女，而最后的抉

---

① 王实甫：《西厢记》，王季思校注，第 1 页。
② 王实甫：《西厢记》，王季思校注，第 2 页。

择则可避免"辱没了家门"。此时，老夫人没有自作主张地安排女儿的命运，而是听从莺莺的抉择，这本身就是对女儿的尊重。后人一味地批评老夫人既然后来悔婚，何必当初允婚，将责任完全推给老夫人，显然有失客观。

对于张生，老夫人也始终是善待的。当法本长老对她说："老僧有个敝亲，是个饱学的秀才"，"央及带一分斋，追荐父母"，前来征求她的意见时，她不问真假，即爽快地答应："长老的亲便是我的亲，请来厮见咱。"① 张生退敌后，她即表示："先生大恩，不敢忘也。自今先生休在寺里下，只着仆人寺内养马，足下来家内书院里安歇。我已收拾了，便搬来者。"② 对于时刻担心女儿被"游客小僧私视"的老夫人，不但同意张生与自家一道做道场，而且进而安排张生入住自家宅院，正如后来红娘在"拷红"一折中所指出的，"既然不肯成其事，只合酬之以金帛，令张生舍此而去。却不当留请张生于书院，使怨女旷夫，各相早晚窥视"，③ 其实，老夫人不会想不到莺莺与张生之间的"男女之大防"，但她还是把张生请到了内宅居住，这样做就是因为她尊重张生。一旦听说张生病了，她又立刻"着长老使人请个太医去看了，一壁道与红娘，看哥哥行问汤药去者，问太医下什么药？症候如何？"④ 这都是发自内心的真诚相待。

（二）谦和雍容，注重感情

"赖婚"使人们心目中的老夫人成为出尔反尔、有失信义的典型。然而，仔细研究文本，推其详情，我们又不能不为老夫人的"失信"做些客观的解释。且看剧本关于"请宴""赖婚"的前后情节。

第二本楔子夫人云："到明日略备草酌，着红娘来请，你是必来一会，别有商议。"⑤ 第二折："（末云）今日夫人端的为甚么筵席？（红唱）〔幺篇〕第一来为压惊，第二来因谢承。不请街坊，不会亲邻，不受人情。避众僧，请老兄，和莺莺匹聘。"⑥ 第三折："（夫人云）前日若非先生，焉

---

① 王实甫：《西厢记》，王季思校注，第39页。
② 王实甫：《西厢记》，王季思校注，第60页。
③ 王实甫：《西厢记》，王季思校注，第144页。
④ 王实甫：《西厢记》，王季思校注，第125页。
⑤ 王实甫：《西厢记》，王季思校注，第60页。
⑥ 王实甫：《西厢记》，王季思校注，第67~68页。

得有今日；我一家之命，皆先生所活也。……（夫人云）小姐近前拜了哥哥者！（末背云）呀，声息不好了也！（旦云）呀，俺娘变了卦也！（红云）这相思又索害也。……（旦唱）……〔得胜令〕谁承望这即即世世老婆婆，着莺莺做妹妹拜哥哥。……（旦云）俺娘好口不应心也呵！〔乔牌儿〕老夫人转关儿没定夺，哑谜儿怎猜破；黑阁落甜话儿将人和，请将来着人不快活。……〔殿前欢〕……他不想结姻缘想甚么？到如今难着莫。老夫人谎到天来大；当日成也是您个母亲，今日败也是您个萧何。……（夫人云）先生纵有活我之恩，奈小姐先有相国在日，曾许下老身侄儿郑恒。即日有书赴京唤去了，未见来。如若此子至，其事将如之何？莫多以金帛相酬，先生拣豪门贵宅之女，别为之求，先生台意若何？"①

毋庸讳言，老夫人由于担心郑恒即将来到，所以对于张生有"失信"之意，但这只是一种倾向而已，老夫人只是在试图说服张生接受她的倾向。为了方便商量，这次宴请特意不请外人，并先以"妹妹拜哥哥"试探崔、张的反应。不幸的是，崔、张二人没有能够心平气和地与老夫人商量婚事。崔、张的敏感与聪明反而将问题复杂化了，他们迅速地将老夫人的"哑谜儿"揭底，先行给发展中的事态以过早的定论，认定老夫人已经悔婚。最后，老夫人的难题以"赖婚"的结局而解决。应该说，这"赖婚"出乎崔、张的意料，而"赖婚"之"成功"来得如此快亦非谦和雍容的老夫人始料所及。需要特别指出的是，老夫人"赖婚"的前提是并不知晓崔、张已经有了感情，所以，老夫人背着"赖婚"骂名多少委屈了她。

张生进京赶考，老夫人带着莺莺，十里长亭相送，表明了她对崔、张感情的重视，而且作为长亭送别的"导演"，老夫人的巧有安排也体现了她对崔、张感情的特别关怀。在前往长亭的路上，她特意与长老等人先行，让莺莺与张生在后面款款相送，亲切话别；长亭之宴结束后，她又与长老等人先行回去，将与张生最后单独作别的场面留给了莺莺。十里长亭一折戏，崔莺莺的依依不舍给人们留下了深刻的印象，而老夫人的体谅入微也为深秋离别的款款深情抹上了浓浓的一笔。更重要的是，唯有老夫人的多情安排，才有长亭送别这一传诵后世的美丽华章。

---

①　王实甫：《西厢记》，王季思校注，第 74~78 页。

（三）虑事审慎，务求实际

按常理，身处散发着浓厚封建礼教腐味的环境，就不能不带有一定的封建礼教意识。莺莺无法避免封建礼教的干扰，才会有"前候"之后的"闹简""赖简""后候""酬简"等一系列言不由衷的行为反复的表现。同理，老夫人也无法避免根深蒂固的封建礼教的影响，但她表现得比莺莺要沉稳得多。老夫人毕竟深深地爱着自己的女儿，自然就会深深地为女儿的婚姻幸福着想。在女儿的婚姻幸福与社会的封建礼教之间，她不断地寻找新的平衡点。于是，表现在处理莺莺的婚事上，"好心多"的老夫人不断地出现在"没主张"之后的失言悔婚。①

与老夫人接触较多的法本长老就不止一次地认为，老夫人是"没主张"的人。② 这认识是正确的。的确，老夫人自始至终"没主张"：道路阻碍，她不知如何是好，只好请郑恒前来一同扶柩，所以迟迟没有离开普救寺；寺院被困，她惊慌无措，还是莺莺提醒可用女儿作为诱饵，寻求勇夫解围，于是，悔了郑恒之婚；白马解围，她估计郑恒将至，无奈之下，只好再悔张生之婚；崔、张私合，她曾一度恼恨"禽兽"张生，但既成事实，也就只好无奈地将莺莺给了张生，又悔郑恒之婚；郑恒到来，她误信张生入赘卫尚书府，便又只好再将女儿给了郑恒，复悔张生之婚；身为河中府尹的张生及时赶到，澄清事实，在白马将军的敦促下，她继而再悔郑恒之婚。

然而，在因"没主张"而反反复复地悔婚的背后，却显示出老夫人虑事审慎、务求实际的性格特点。曾有批评者站在老夫人的立场认为，老夫人的最大失误就是羁留满是和尚的寺院迟迟不走。殊不知，这正是她在兵乱不断的时局下小心行事的举措。寺警时，悔婚郑恒而许婚张生，是万般无奈的权宜之计。寺警过后的悔婚张生而复许婚郑恒，是因为不了解莺莺的感情倾向。"拷红"之后，得知莺莺与张生情意甚笃，虽然口里说"待经官呵，玷辱家门。罢罢！俺家无犯法之男，再婚之女，与了这厮罢"，③

---

① 王实甫：《西厢记》，王季思校注，第76、183页。
② 王实甫《西厢记》（第五本第三折）："（洁上云）谁想夫人没主张，又许了郑恒亲事。……（洁上云）当初也有老僧来，老夫人没主张，便待要与郑恒。"（王季思校注）
③ 王实甫：《西厢记》，王季思校注，第145页。

但真正了解"他两个经今月余只是一处宿"的实情的①，也只有当事人崔、张二位以及红娘、老夫人、欢郎几人而已，而且除了张生之外都是自家人。可以说，"家丑"并未外扬，故而无须经官。经官之说只是家长在晚辈面前的"遮羞布"而已。老夫人决定安排长亭送别，莺莺即唱"安排青眼送行人"②，此时老夫人已经以青眼看待张生了。由此得到佐证，促使老夫人将女儿"与了这厮"的真正原因是她认同了崔、张间的感情。郑恒到来，老夫人悔婚张生，是基于她对张生不尊重莺莺感情的不满。最后，再悔郑恒之婚约，则是因为张生证明了自己对莺莺的感情专一。可见，为了女儿的幸福，老夫人的多变是有原则的，即以女儿为利益核心的审慎务实。

对于老夫人逼迫张生应试的决定，后人多不以为然。但是，我们只要设身处地地从旧时代特有的环境去思考，不以今人苛求古人，就一定能够理解老夫人的决定。因为，唯有张生应试高中回来娶莺莺，莺莺的爱情向婚姻的转变才能最终得以实现。

三

从以上所述可以看出，老夫人是一位感情复杂而真实的充满母性慈爱特征的家长。这既威严又和善的贵族老夫人形象的塑造与《西厢记》的主题表达有着直接的关系，显示出特殊的意义。

首先，老夫人与崔莺莺成为对立统一的形象组合关系。

关于《西厢记》的主题，王季思认为，司马相如《凤求凰》诗与王实甫《西厢记》杂剧有着共同的特点："从《凤求凰》到《西厢记》等作品的主要矛盾，是处于萌芽状态的现代性爱和占据统治地位的古代性爱的矛盾，也即出于男女自愿的私情和封建婚姻的矛盾。"③ 虽然崔、张代表"男女自愿的私情"，"老夫人作为维护封建婚姻制度的代表人物"，④ 但是，老夫人与崔、张所追求的最终目标又是基本一致的。《西厢记》中，老夫人

① 王实甫：《西厢记》，王季思校注，第 144 页
② 王实甫：《西厢记》，王季思校注，第 146 页。
③ 王季思：《王季思学术论著自选集》，北京师范学院出版社，1991，第 458 页。
④ 王季思：《王季思学术论著自选集》，第 432 页。

与女儿莺莺都重视婚姻幸福，但是莺莺追求通过爱情自由来实现婚姻幸福，而老夫人则追求通过"父母之命，媒妁之言"来实现婚姻幸福，这就是现代性爱与古代性爱的矛盾。老夫人与崔莺莺之间，不是你死我活的敌我关系，而是矛盾中有对立，对立中有统一。

其次，老夫人在悔婚过程中的反复无常之举加强了主题的真实性。

在老夫人与崔莺莺的对立统一中，老夫人对矛盾的发展及其走势起着重要的作用。明末清初的金圣叹评《西厢记》曾说："譬如药，则张生是病，双文是药，红娘是药之炮制。有此许多炮制，便令药往就病，病来就药也。其余如夫人等，算只是炮制时所用之姜、醋、酒、蜜等物。"① 在他看来，推动情节发展、表现主题的关键人物是红娘而不是老夫人。我们知道，《西厢记》的最主要矛盾是老夫人与莺莺的矛盾，其次才是崔、张之间以及崔、张与红娘之间的矛盾。金圣叹因为将矛盾的主次倒置了，所以，才没有看出老夫人对揭示剧作主题所起的重要作用。

在剧作的结尾，崔、张感情已经有了来自各方面的支持，尤其是经过张生的努力，已经得到了社会的认可。如果说，这不是老夫人羁留普救寺之初所能够设想到的，那么，在崔、张的感情暴露在她面前之后，这便是老夫人经过反复比较之后所暗暗企盼的了。

从某种意义上讲，老夫人在女儿婚姻征途中的反复无常之举，正是她的封建家长与和善母性的双重特征相互作用的结果，这突出了这一人物形象的真实性，从一个特殊的角度最终强化了"愿普天下有情的都成了眷属"② 的主题。

莺莺曾说"省人情的奶奶太虑过"③，对老夫人近似于固执的多变深为不满。这种看法很有代表性，不仅剧中的莺莺、红娘、张生、长老等人如此看待，就是到了今天，如前所述，还有许多论者将老夫人与崔莺莺作为截然对立、水火不容的两大阵营的主将。通过上文的分析，我们发现，这种认识有悖于王实甫《西厢记》文本的原意：剧作中老夫人虽然基本上是作为崔莺莺的对立面处理的，但老夫人与崔莺莺之间绝不是简单的对立关

① 金圣叹：《金圣叹批本西厢记·读第六才子书西厢记法》，张国光校注，上海古籍出版社，1986，第19页。
② 王实甫：《西厢记》，王季思校注，第193页。
③ 王实甫：《西厢记》，王季思校注，第76页。

系。将老夫人说成"诸恶所归"的邪恶人物，反映了评论者的二元对立式思维，与剧作实际不符。

综上，老夫人既是一位封建家长，更是一位心态复杂、表现真实的极为生动的母性形象。其真实的母性慈爱特征超越了一般意义的封建家长特征。作者刻画这样的形象非但无损于作品主题的表达，而且还能够增加作品反封建主题的可信度和真实感，从而更有利于剧作的传播。

修辞立诚

期刊研究"接着说"的修辞空间
——序《广义修辞学视域中的〈人民文学〉话语分析》

谭学纯*

摘　要：基于广义修辞学"表达—接受"的互动过程，分析《人民文学》作者/编者/读者的情感结构和话语出场，观察与解释文学事件以《人民文学》为话语集散中心在更大范围发酵，考察《人民文学》引导、参与、推动文学生产—消费所建构的文化秩序如何在文学生态和话语权力的几次大变化中叠现中国当代文学史的发展轨迹和思想震荡的节奏，既可能是《人民文学》的不同打开方式，也可能是当代文学史的不同打开方式，并在"大文学"的意义上打开期刊研究"接着说"的修辞空间。

关键词：《人民文学》　广义修辞学　话语分析

一

在学术视野部分地从话语产品转向话语传播载体的背景下，期刊研究激发了不同的学术敏感。但是，如何从期刊话语兴奋与沉寂的消长和话语转型投射的文化秩序透视期刊的角色功能及组织参与？期刊如何形塑了话

* 谭学纯（1953～），男，福建师范大学文学院教授、博士生导师，研究方向为应用语言学、广义修辞学。

语生产，如何引导了话语消费？被形塑的话语生产和被引导的话语消费如何参与建构期刊形象？背后的思想资源如何渗融于期刊内外？则是同类研究较少涉足、待阐释话题比较丰富的领域，也是广义修辞学分析区别于同类研究的可能性空间。

运用广义修辞学理论资源研究期刊话语的探索中，[①] 董瑞兰执着行走，"定向生产"。从收获博士学位的次年开始，她连续主持了教育部人文社科规划青年项目"广义修辞学视野中的当代文学期刊话语分析——《文艺学习》（1954—1957）研究"（项目编号：14YJC751007）、国家社科基金青年项目"广义修辞学视域中的《人民文学》（1949—1999）话语研究"（项目编号：15CZW045）、教育部人文社科规划青年项目"广义修辞学视域中的《人民文学》（2000—2020）话语研究"（项目编号：21YJC751006）。南京大学2018年版《〈文艺学习〉的广义修辞学研究》是她在博士论文基础上完成的教育部项目结项成果，本书是她在同一理论站位研究《人民文学》的上半场。

文献搜索显示，中国知网以"《人民文学》"为关键词的研究成果超400项（除去资讯和重复信息），[②] 丰富的文献资源，既是可资参考的学术智慧，也是避免重复性研究的无声警示。本书立足"表达—接受"的修辞互动过程，考察"话语权和话语策略""解释权和解释策略"，这是《广义修辞学》"互动论"的基础——"表达论"和"接受论"的内容，也是董瑞兰从广义修辞学视角考察《人民文学》话语"生产—消费"的主体篇章，研究框架的学术逻辑是：刊物编者参与作者的话语生产，推助作者的话语产品进入文学传播，这一过程既可能凝结编者和作者的友情，也可能引发编者和作者的矛盾。编者对作者话语产品的修辞加工，可能滋生正负倾向的话外含义和话后行为。由于编者的修辞加工隐于作者话语背后，读者的阅读对象，混杂了作者话语和经过编者修辞加工的作者话语。读者消

---

① 董瑞兰《广义修辞学视域中的〈人民文学〉话语分析》导论有专节评介广义修辞学理论资源及其用于期刊研究的路径与方法。笔者曾在《湖南科技大学学报》主持"期刊文献的广义修辞研究"专栏，专栏文章及主持人话语，部分地呈现了广义修辞学理论用于期刊研究的学术空间。关联性研究另见钟晓文《西方认知中的"中国形象"：〈教务杂志〉关键词之广义修辞学阐释》，复旦大学出版社，2022年即出。谭学纯序言见《东方丛刊》2022年第1期。

② 搜索时间：2022年6月27日。

费话语产品，与作者对话并参与话语再生产，既可能走近作者，也可能误读或在自己的认知框架中想象作者；读者批评，既指向作者，也指向编者。在有些情况下，编者甚至比作者承受更大的压力。① 编者致歉作者/读者的话语妥协，可能隐藏着某种暧昧信息或修辞韬晦。据此分析，《人民文学》"读者·作者·编者"栏目设置及作者/编者/读者的情感结构和话语出场，连同与此构成语图互文性的插图，以及显隐其中的修辞技巧、修辞诗学和修辞哲学意蕴，② 共同支撑本书的叙述结构。

二

　　1949 年 10 月《人民文学》创刊，启动了中国当代文学以期刊为传播媒介的国家叙事。以构建"人民文学"为国家使命的中国新时代第一文学期刊，创刊号推出"鲁迅先生逝世十三周年纪念"专栏，不仅展示了这一话语板块在当期的高显示度，更在于释放一个信号：鲁迅作为中国现代文学史上有特别意义的文化符号，进入共和国话语生态。在本书研究的时间长度内，从 1949 至 1999 年，《人民文学》除去停刊时间，先后发表茅盾、冯雪峰、郑振铎、巴金、胡风、曹靖华、萧军、川岛、草明、周建人、许钦文等人的鲁迅记忆，也发表过王蒙、李书磊、阎晶明等人的鲁迅想象，刊载过 100 多处鲁迅资料，包括评论、创作谈、阅读笔记、电影文学剧本、歌词，以及画像、照片、手迹和书讯等，共同建构了《人民文学》纪念鲁迅的话语场。本书对这个话语场的观察与阐释，是纪念鲁迅的公共话题如何在《人民文学》的组织策划中转化为个人话语？纪念鲁迅的个人话语如何契合主流话语，体现不同的修辞策略。频繁出镜《人民文学》的鲁迅，是体现国家意志的话语平台修辞建构的"文学鲁迅"和"思想鲁迅"。还

---

① 典型学案如秦兆阳修改王蒙《组织部新来的青年人》，作者不满，不知情的读者批评指向作者，知情的读者批评包括来自国家最高权力的干预。参见李频《〈组织部新来的青年人〉的编辑学案分析》，《清华大学学报》2012 年第 4 期。

② "修辞技巧—修辞诗学—修辞哲学"是广义修辞学"三个层面"的理论框架，《广义修辞学》尊重狭义修辞观及研究成果，但区别于狭义修辞学的理论架构和概念系统或许是较多地用作跨界知识生产理论参照的原因之一。参见冯全功《广义修辞学视域下的〈红楼梦〉英译研究》，上海外语教育出版社，2016，第 43～57 页；高群《广义修辞学视角下的夸张研究》，中国社会科学出版社，2020，第 1～29 页。

包括被建构的"政治鲁迅"。①《人民文学》组织并汇集的鲁迅记忆和鲁迅想象，从不同视点参与了对"鲁迅"的修辞建构。

　　毛泽东应《人民文学》首任主编茅盾之请，为创刊号题词"希望有更多好作品出世"，应是"国刊"的创作自觉。"国家文学"可以理解为《人民文学》的修辞表达，② 但作为"国家文学"的《人民文学》，应发表什么样的"好作品"？价值认证和价值标准，在新秩序构建的初始阶段，有新的时代要求。比较停刊前和复刊后的《人民文学》，也许可以观察到：新生的刊物对于新的文学生态的适应不一定很快就能把握分寸，不一定能在形势变化中找准刊物的位置。不排除编者和作者的思想方式没有跟上文化转型的节奏；也不排除艺术的丰富性遭遇概念化的政治误读产生始料未及的后果。萧也牧《我们夫妇之间》、刘宾雁《在桥梁工地上》、王蒙《组织部新来的青年人》、路翎《洼地上的"战役"》、陆文夫《小巷深处》、宗璞《红豆》等，先后触发了文学话语向政治话语位移的批判。即便如此，从《人民文学》起跑的情感悸动，仍是作者内心的艺术收藏。经历了停刊的话语空白和复刊之初的过渡，重新出发的《人民文学》发表的作品，很多是新时期文学有标志性意义的话语产品，这种标志性不仅是不同文学思潮的先声或强音，也体现不同文学思潮的话语面貌，以及文学话语研究的早期反应和后续进场。

　　与《人民文学》创作话语相生相随的评论话语，是本书分析的另一板块，包括政论、时评、理论与批评。主流话语的政治音量时或遮盖了文学的声音，文学评论一些关键词如"香花/毒草"，成为一个时代对文学做政治分类的修辞标签。"毒草"的语义识别，依据评论主体的政治想象，话语产品与"毒草"语义成分的符合度依据主观认定，由此衍生出"识毒草→找病根→开药方"的话语生产线。话语生产流程中的"人民文学"政治保卫战，有时也成为评论主体运用话语权而偏离文学的政治表态。这里既有特定历史条件下文学警惕政治红线的修辞策略，也有政治以非文学的话语方式对文学的修辞干预。

---

① 董炳月：《1933年：杂文的政治与修辞——论〈鲁迅杂感选集〉及其周边》，《文艺研究》2018年第9期。

② 参见吴俊、郭战涛《国家文学的想象和实践：以〈人民文学〉为中心的考察》，上海古籍出版社，2007。

本书分析《人民文学》作者、编者、读者话语系统，既考察作者创作和评论话语，也考察《人民文学》副文本，后者分别选取编者和读者话语，以及刊物插图。

《人民文学》"编后""编后记""编者按""编者的话""编委信箱"，其中真实身份可能很复杂的"读者"，[①] 以及"读者"成为被时代赋权的评论家所体现的文化责任和政治敏感，如何在"同志/人民/群众"的"读者"身份和读者话语中获得合法性论证与权威性叙述？编者话语在何种条件下助推了文学经典的诞生？读者话语在何种背景下刺激了文学/非文学后果？文学书写是个人化的精神创造，但是从刘心武的写作是个人化的知识生产，到林白的写作是一个人的战争，这种表达的合理成分更多的是在文学生产端相对于集体写作而言的；在文学消费端，作者"自嗨"的空间有限。而在读者被赋予文艺政治监督员责任的文学生态中，则可能是灾难性的。不仅作者很难坚守一个人的知识生产，刊物作为文学生产—消费的中介，也需要对读者反应做出回应，于是就有了编者在作者遭遇读者政治批判语境中的话语管理。敏感于文学事件的编者如何在刊物、作者和读者之间协调出可能的话语空间？文学伦理和政治方位如何谨慎平衡？可以言传、难以言传、不可言传的修辞处理，都可以启迪期刊话语研究的理论方向和逻辑进路。

本书研究对象是作为话语集合的《人民文学》，"话语"在语言学界和文艺学界有不同的研究范式。巴赫金理论权重占比很大的"话语"，主要在"超语言学"的意义上立论，将"超语言学"定义为"超出语言学范围的内容"。笔者更倾向于"超语言学"的学术目标不是旨在解决纯语言学问题，[②] 这可以解释为什么本书的话语分析有专章论述 1949—1966 年间《人民文学》女性工农兵图像。图像中的服装作为修辞符号如何完成人物形象"雌雄有别—同体双性""现实真实—艺术真实""自我认同—社会认同"的转换？"工地/田地/阵地"的图像空间如何完成"在场"空间的再度时间化？据此描述工农兵形象从"个人"到"集体"、从"普通人"到"神"的修辞建构路径。作为《人民文学》副文本的插图，体现的是与

---

① 洪子诚：《中国当代文学史》，北京大学出版社，1999，第 26 页。
② 郑竹群：《巴赫金话语理论：以广义修辞学为阐释视角》，社会科学文献出版社，2022 年即出。谭学纯序言见《学术评论》2022 年第 2 期。

正文本构成某种互文性的语图秩序。语图秩序可以词与物互相证明，也可以互相证伪。后者的经典例证，是美术史上著名的马格利特烟斗画和思想史上福柯的精彩阐释《这不是一只烟斗》。《文艺研究》2009 年第 3 期耿幼状《语言与视觉建构——以罗兰·巴尔特的"词与物"为例》、2015 年第 4 期汪民安《"再现"的解体模式：福柯论绘画》、2018 年第 4 期马元龙《再现的崩溃：重审福柯的绘画主张》、2018 年第 7 期董树宝《漂浮的烟斗：早期福柯论拟像》、2018 年第 7 期安捷《福柯如何看电影》，各有所重地论述了烟斗画及福柯阐发的语图关系，笔者也略有修辞分析。[①]《人民文学》女性工农兵图像语图互相证明的修辞意图有没有部分地消解于语图互相证伪的修辞效果呢？也许是一个很有意思的话题。

《人民文学》话语生产和消费，是文学场域内外文化资本和符号资本的调度与加工，场域内向场域外的话语渗透所产生的辐射力，如何反过来激活或干扰场域内的话语？本书提供了视角新颖、观察细致、解释路径独到的探索个案。既有宏观勘察，也不乏微观细读，更有细读中的发现，打开了期刊研究"接着说"的学术空间，也在"大文学"的意义上提供了聚焦期刊话语的解释理据与实践。作为配套研究成果的作者、编者、读者心中的《人民文学》文献汇编，分三辑编排，是原生态的"作者—编者—读者"情感结构中"我与《人民文学》"的话语汇集，其间可分析成分很丰富。一些原先处于隐匿状态的《人民文学》副文本话语，也可能触发对《人民文学》正文本某些老话题的新观察与新解释。

三

换一个思考角度，从《人民文学》话语切入中国当代文学史叙述，能否成为重写文学史的可能性选项之一？观察与解释文学事件以《人民文学》为话语集散中心在更大范围发酵，既可能是《人民文学》的不同打开方式，也可能是当代文学史的不同打开方式。《人民文学》创刊以来的头条作品，以及封面头条和目录头条的分合，能否成为浏览当代文学史的一个独特窗口？李陀设想如果编一部《八十年代文学编辑史》，一定比"那

[①]　谭学纯：《〈文艺研究〉和我的跨界学术读写》，载金宁主编《〈文艺研究〉和我的学术写作》（《文艺研究》创刊 40 周年纪念文集），文化艺术出版社，2019，第 234~241 页。

些干巴巴的高校教材好看多了，也实在得多了"，① 而80年代，正是《人民文学》的黄金档期。不管《人民文学》创刊及停刊前的话语感召力应归入什么样的文学遗产；不管《人民文学》复刊与文学复活后的走向如何体现风格变化和编者修辞意图，由此反映的文学伦理、文学传播、文化市场的公共信任资本互相交织的复杂关系，都值得多方位挖掘与阐释。在这方面，本书处理得比较谨慎。也许这是作者预留的空间，那么进入此项研究的下半场——在研教育部项目"广义修辞学视域中的《人民文学》（2000~2020）话语研究"，能否投射出以文学史、思想史为坐标的昨日风景和今日面向？

以文学史、思想史为坐标，审视《人民文学》话语，难度系数很高，技术处理需要智慧。能否描述一个轮廓：与共和国同龄的《人民文学》，引导、参与、推动文学生产—消费所建构的文化秩序，如何在文学生态和话语权力的几次大变化中，体现中国最高层次文学期刊的责任与担当，如何叠现中国当代文学史的发展轨迹和思想震荡的节奏？《人民文学》话语如何回应这种思想震荡，又如何作为这种思想震荡的一部分内容，自觉或不自觉地带动了思想震荡的节奏？

中国文学史的叙述结构，主流形式是在时间流程中穿插重要人物和重要事件，兼采编年体与纪传体，这也涉及《人民文学》话语研究的材料组织。

如果以《人民文学》创刊为时间界标，看话语讲述的文学时代，阐释从新民歌运动，到"语言转向"，再到"修辞转向"② 的《人民文学》话语形象，同时回眸白话文运动和大众语运动延续到当代的思想脉络，回溯中国当代文学的现代发生与演进，观察当代文学的话语主体从"旧我"到"新我"的蜕变，分析"旧我/新我"在"我们/他们"之间那个真实的"我"的话语变化，审视话语重塑如何参与话语主体的精神重塑？其修辞哲学意涵大于修辞技巧的可分析空间。一段时间内，《人民文学》兼采原

---

① 李陀：《另一个八十年代》，《读书》2006年第10期。

② 国内文学话语研究"语言转向"和"修辞转向"的学术背景和学术共同体的介入方式有联系也有区别。参见肖翠云《中国语言学批评的发生与演进》，人民出版社，2016，第277~314页。谭学纯《再思考：语言转向背景下的中国文学语言研究》，《文艺研究》2006年第5期；《新世纪文学理论与批评：广义修辞学转向及其能量与屏障》，《文艺研究》2015年第5期。

创文本和转载文本，转载不限于文学作品，《人民日报》社论等都曾被《人民文学》转载，转载选文由谁选和选择谁？从《人民文学》的转载政治，似可推断当时的文学生态。世纪之交是《人民文学》另一个重要的时间节点，也是本项研究上半场和下半场的时间界标，对于《人民文学》话语形象和刊物形象双向重塑的研究来说，是否也召唤连贯而有变化的风景观看方式？

如果以关涉《人民文学》的重要人物和重要事件为观察点，能不能在中国现当代文学架构中考察同一话语主体的话语方式及其背后的话语逻辑？分析巴金50年代在《人民文学》发表的《谈〈洼地上的战役〉的反动性》，能不能听见青年巴金和晚年巴金的"复调"？分析50年代何其芳在《人民文学》发表的《胡适文学史观点批判》，能不能同时解析他的《诗三首》，尤其是其中引起强烈批评的《回答》？50年代因《小巷深处》遭遇政治批判的陆文夫80年代在《人民文学》发表《围墙》，话语主体的精神世界如何在他的话语方式中显影？与《人民文学》有70年文字之缘的李瑛，仅从异国抒怀来看，50年代《华沙夜歌》、60年代《寄战斗的古巴》、70年代《滔滔涅瓦河》、80年代《美国之旅》、90年代《尼罗河之波》，诗歌话语组构了怎样的"时间及其他"？映射了怎样的"窗外的世界"？①《人民文学》复刊后，徐迟连续发表的报告文学《地质之光》《哥德巴赫猜想》《在湍流的涡旋中》如何传递了文学重返文学性的话语信号？当时文坛注意力还没有来得及转向文学话语问题，对很多经历过文学话语审美缺失的读者来说，传阅《哥德巴赫猜想》至今仍是鲜活的记忆。《人民文学》既是背景，也组织和参与了文学话语的审美修复。从文学生产—消费合而观之，70年代末～80年代初，不在同一话语频道的朦胧诗和诗人徐迟的报告文学，后者也许更能重新聚集文学人气。从中国当代文学史上特殊的地下书写转入公开言说的朦胧诗，② 保持着朦胧的话语风格，朦

---

① 信息来源依据梁豪《在生命最高处——李瑛与〈人民文学〉七十年》，《南方文坛》2019年第5期。文本显示作者工作单位为《人民文学》杂志社，文末附有1950～2019年间李瑛发表于《人民文学》的诗作目录。本文将李瑛诗作篇名借用为叙述话语的《时间及其他》《窗外的世界》，分别发表于《人民文学》2004年第9期、2018年第3期。

② 转入公开言说的朦胧诗其实也部分地保留了某种"地下"状态，发表于短暂存在的油印刊物《今天》。

胧的诗美特质，需要发现美的精英眼光和提炼新崛起的美学原则的理论敏感。① 相比之下，历史惯性下艰难起步的徐迟报告文学，在审美断裂带对文学话语审美修复的召唤意义似乎更容易被感受到。

在文学史流变过程中考察《人民文学》话语，有一类风景可能是分析难点：因发表《现实主义——广阔的道路》招致批判的秦兆阳担任《人民文学》执行主编期间，② 推动发表王蒙《组织部新来的青年人》，如何成为《人民文学》创刊以来最重要的文学事件？③ 1956 年以"温和"的"火药味"批判秦兆阳的张光年，④ 1977 年推动刘心武《班主任》发表，如何使《人民文学》成为伤痕/反思文学的思想先导？《班主任》的思想冲击波大于秦兆阳遭受漫长批判的《现实主义——广阔的道路》，可是刘心武受到的非学术批评远远少于秦兆阳。《班主任》议论话语抢镜叙述话语的倾向，部分地成为小说话语不太成功的修辞，毕竟议论不一定直接兑现反思。但是对照刘心武将小说由"假语村言"的虚构叙述重建为追踪社会热点的纪实叙述（例如 1985 年在《人民文学》发表的《公共汽车咏叹调》《5.19 长镜头》），理论需要给出解释：议论介入小说叙述，没有纪实对小说虚构叙述的文体冲击大。议论是小说家的话语权，受质疑的只是小说中的过度议论；但纪实不是小说自带的话语权，而是小说与新闻的话语边界。然而文坛接受了后者，不仅接受了虚构艺术中植入的纪实元素，更接受了纪实小说作为虚构艺术的变异品种，并引发了纪实小说在《人民文学》的后续跟进，也引发了更多的刊物相继推出纪实小说或口述实录小说。其间的小说语言观念在什么认知背景下发生了变化？联系"85 艺术新潮"中的文学、电影、美术、音乐以及不同艺术门类期刊的集体反应，联系刘心武后来出任《人民文学》主编延续的刊物创新意识，有没有值得分析的艺术逻辑？同样置身"85 艺术新潮"和文学语言观念变异的思想背景，王蒙推动发表刘索拉《你别无选择》，也是《人民文学》介入其中的重要文学事件，

① 孙绍振：《新的美学原则在崛起》，《诗刊》1981 年第 3 期。

② 1955 年 12 月～1957 年 11 月，严文井和秦兆阳分别为《人民文学》主编、副主编，秦兆阳主持刊物运作。

③ 参见崔建飞《毛泽东五谈王蒙〈组织部新来的青年人〉》，《长城》2006 年第 2 期；李洁非《典型文案》，人民文学出版社，2010 年，第 224～225 页；李频《〈组织部新来的青年人〉的编辑学案分析》，《清华大学学报》2012 年第 4 期。

④ 洪子诚：《秦兆阳在 1956》，《中国当代文学研究》2021 年第 6 期。

此后徐星《无主题变奏》、残雪《山上的小屋》、马原《喜马拉雅古歌》、莫言《爆炸》《红高粱》、洪峰《生命之流》等一批先锋色彩亮丽的文本，在《人民文学》相继"爆炸"，使《人民文学》成为先锋文学的话语实验场。① 《人民文学》也因为提供了先锋文学的话语实验场并介入先锋文学话语生产过程而重塑了刊物形象。② 与此同时，不同风格、不同文体类型的话语产品同在《人民文学》亮相，联系王蒙本人始于 80 年代初的文体实验和解放评论文体的呼喊；联系当时的"星星画展"产生的审美刺激；联系王蒙就任《人民文学》主编后亲自起草的"不仅仅是为了文学——告读者"，以及《人民文学》在王蒙主编任期的"编后记""编者的话"，其间有没有值得重视的思想线索？曾任《人民文学》主编的茅盾、邵荃麟、严文井、张天翼、张光年、王蒙，都曾是国家文化机构高官，分析《人民文学》话语，能不能从文化机构及其运作机制考察身处高位的话语主体的话语能量？严文井、张天翼接力前后任主编，二人的儿童文学创作经历和影响力，是否成为推动《人民文学》儿童文学生产的隐形话语权力？王蒙、刘心武都经历过《人民文学》读者、作者、主编身份转换，能否成为审视《人民文学》"读者·作者·编者"栏目设置、分析作者/编者/读者情感结构的特别视角，以及同一话语主体的身份转换和角色话语？

广义修辞学链接书房内外、从语言学框架溢出到相关知识场域的学术空间，能不能更充分地打开？能不能在更开放的叙述结构中展示：《人民文学》话语如何记录了历时意义上中国文学的当代转型和新时期、新世纪的再出发；如何讲述了共时意义上世界文学格局中的中国故事——我不知道是否可以期待如此面相的基于广义修辞观的期刊话语研究，但值得期待。

---

① 张伯存：《王蒙主编〈人民文学〉始末》，《当代作家评论》2022 年第 1 期。按：国内提高先锋文学显示度的刊物另有《上海文学》《北京文学》《收获》及地处边缘的《西藏文学》《山花》等，先锋群落中的格非、孙甘露、苏童、余华、北村等，有的以先锋形象出场的时间稍晚，主要话语平台不在《人民文学》。先锋文学的"先锋"形象，最突出的是话语形象，代表性作品的话语形象与《人民文学》刊物形象重塑互为镜像，原因是多方面的，其中两点很重要：一是刊物的特殊地位和影响力容易成为"头部"关注对象；二是王蒙调任文化部部长前期兼任或挂名《人民文学》主编，一定程度上提高了经《人民文学》传播的先锋话语产品的显示度。

② 《你别无选择》发稿前，王蒙的签发意见认为这是一篇横空出世的作品，发表将改变《人民文学》形象。参见朱伟《亲历先锋小说潮涨潮退》，载新京报编《追寻 80 年代》，中信出版社，2006，第 56 页。

解构：《围城》比喻的审美内核

祝敏青[*]

摘　要：以解构理念为基本视点，对《围城》比喻颠覆语言规则的现象进行阐释。比喻的生成是基于语言符号语义结构解构的关联，对本喻体传统关联规则所做的解构，比喻与其他辞格构建的多重解构等体现了《围城》的比喻特色。解构与重新建构体现了比喻表层与深层的对立统一。解构不仅是比喻构成的手段，也是比喻辞格的审美内核。

关键词：《围城》　语符关联　解构与建构　审美内核

解构理论源自 20 世纪 60 年代的西方理论界，1967 年，法国哲学家雅克·德里达《文字语言学》《声音与现象》《书写与差异》三部著作的出版，标志着解构主义理论的建立，该理论迅速得到欧美理论家的强烈呼应，成为在西方哲学界、文艺学界影响巨大的理论。解构主义基于对西方几千年来形而上学哲学思想的不满，对传统哲学理念发起挑战。我们并非试图用解构主义理论来阐释比喻，而是取其理论的出发点，也就是解构所具有的内涵，即对原有规则的消解颠覆，从颠覆中生成新的审美规则。

构成比喻的语符编排组合，基于对语符原有组合规律的消解颠覆，将原有的语词组合规律打碎重组，从而实现视觉感官上的陌生化，体现其审美价值。解构主义是钱锺书引入中国的。钱锺书对解构主义十分重视，他对解构主义的评说主要集中在《谈艺录》（补定本）中。有意思的是，虽

＊　祝敏青（1954 ～　），女，福建师范大学文学院教授、博士生导师，研究方向为汉语修辞学。

然说钱锺书是在 20 世纪七八十年代受到西方解构主义思潮的影响而引入解构理论的，但是我们在他于 20 世纪 40 年代创作的《围城》中已经能够解读出极为鲜明的解构特征。这种特征除了体现在其叙事手法方面，还突出体现在令人眼花缭乱的比喻上。众所周知，比喻的数量之多，取喻的纷繁多样、精彩绝妙，是《围城》重要的修辞特色。虽然当时还未产生解构主义，但钱锺书自由嬉戏的用笔与后来产生的西方解构主义在颠覆叛逆的理念上具有高度的一致性，这也可以说是他喜欢并注重解构主义的一个内在原因。

一　比喻的生成：基于解构的语符关联

比喻的生成是建立在对语符组合常规背离的基础上的。本体与喻体必须是不同类的基本要求，使承载本体与喻体的语符呈现出对组合的偏离。比喻将原本不能关联的语符临时关联，在相似点的基础上达成契合。它违背了语符原有的语义结构搭配，造成语符关系链接的错位，这就是比喻陌生化的生成基点。

（一）本喻体颠覆了寻常认知的语义链接

解构主义提倡一种破碎的、片断的、无中心的意识形态和文化形态，使后现代的特征之一"拼贴"成为可能。拼贴，即将原本毫无关联的事物拼贴在一起，在最佳状态下构成新的现实。拼贴是比喻的特质，本体与喻体在作者笔下巧妙关联。本体喻体必须是不同性质的事物，这是比喻的基本要求，决定了语符拼贴时语义关联的颠覆性。本体与喻体的临时关联，打破了语符原有的关联模式规则，使语义呈现一种无序的组合。这种无序以出人意料的组合形式出现，体现了钱锺书丰富的联想想象。《围城》的取喻都是钱锺书独创的，在他笔下，语义突破了人物事理、五官感觉等常规组合，构成独一无二的"钱氏"链接。如形容苏小姐过去"把自己的爱情看得太名贵了，不肯随便施与"，现在的情况："宛如做了好衣服，舍不得穿，锁在箱里，过一两年忽然发现这衣服的样子和花色都不时髦了。"女人的恋爱随着年龄增长而"贬值"与好衣服不穿过时原是两件事，前者对待爱情的态度属于情感范畴，好衣服过时属于具体生活俗事，临时关联形成前后句语义的解构，却因其丧失大好时机的相似点有了可比性，形象体现了苏小姐的"自怅自悔"。再如形容上海作为暴发都市，"没有山水花柳作为春的安顿处。公园和住宅花园里的草木，好比动物园里铁笼子关住的野兽，拘束、孤独，不够春光尽情的发泄"。将植物以动物作喻，这一链接也突破了语符原有的语义链接组合，打破了人们日常的语义认知，给人以超常联想。

语义链接的解构还可以环环相扣，形成前后语义的关联，这体现了钱锺书联想想象的自如超越。如："唐小姐妩媚端正的圆脸，有两个浅酒涡。天生着一般女人要花钱费时、调脂和粉来仿造的好脸色，新鲜得使人见了忘掉口渴而又觉嘴馋，仿佛是好水果。她眼睛并不顶大，可是灵活温柔，反衬得许多女人的大眼睛只像政治家讲的大话，大而无当。古典学者看她说笑时露出的好牙齿，会诧异为什么古今中外诗人，都甘心变成女人头插的钗，腰束的带，身体睡的席，甚至脚下践踏的鞋袜，可是从没想到化作她的牙刷。她头发没烫，眉毛不镊，口红也没有擦，似乎安心遵守天生的限止，不要弥补造化的缺陷。总而言之，唐小姐是摩登文明社会里那桩罕物——一个真正的女孩子。"将唐小姐"妩媚端正的圆脸"与"好水果"关联，打破了事物原有的属性，但却基于"新鲜得使人见了忘掉口渴而又觉嘴馋"的相似点，使临时拼合具有了合理性。将"许多女人的大眼睛"与"政治家讲的大话"关联，打破了视觉与听觉形象的界限，却因"大而无当"的相似而有了关联的节点。"古今中外诗人"与"女人头插的钗，腰束的带，身体睡的席""脚下践踏的鞋袜"，本是人与物的区别，无法等同，却因女人贴身之物与之亲近而临时关联，并引出"牙刷"的关联，由此与前文唐小姐"说笑时露出的好牙齿"相照应。一系列比喻环环相扣，突出了唐小姐与"摩登文明社会"女性靠装饰打扮吸引人的社会风潮的差异。这段描写是方鸿渐初见唐小姐时的视觉形象与产生的联想，将其一见钟情体现出来。方鸿渐为对方"一个真正的女孩子"的清新单纯、不事修饰的纯天然而一见倾心，语义解构环环相扣，强化了本无法关联的语符因临时关联而具有的形象性。

（二）本喻体颠覆了语符组合的固有结构

作为超级大格，比喻的下位分类应该是所有辞格中最多、最复杂的。唐松波《汉语修辞格大辞典》收入比喻的下位类型有 24 种，除了大家熟悉的明喻、暗喻、借喻、博喻、较喻、引喻等，还有潜喻、缩喻、扩喻、约喻、回喻等。虽然有些分类的归属有待商榷，但这也说明了比喻类型的繁多。不同的类型，具有不同的语言结构。本体与喻体可能构成主谓、偏正等关系，也可能构成复句关系。而本喻体之间的语义颠覆，同时也造成了结构上的颠覆，如主谓、偏正搭配不当，分句之间逻辑链断裂等。

　　本体喻体常构成主谓关系，因此，主谓关系的搭配错位是比喻中常见的结构颠覆。如赵辛楣与方鸿渐初次见面，二人礼节性地拉拉手，赵辛楣"傲兀地把他从头到脚看一下，好像鸿渐是页一览而尽的大字幼稚园读本"，本体"鸿渐"和喻体"一览而尽的大字幼稚园读本"由"是"关联，构成主谓关系，从语义组合来看，人物与事物是不能搭配的，因此，从结构上看是主谓的错位搭配。比喻的本体与喻体在结构上多形成主谓关系，因此主谓错位的比喻为数众多，其具体体现也多样，呈现出复杂性。如形容介绍给方鸿渐的对象张小姐："是十八岁的高大女孩子，着色鲜明，穿衣紧俏，身材将来准会跟她老太爷那洋行的资本一样雄厚。"以"她老太爷那洋行的资本"作喻，形容其身材，这个喻体是谓语内部的状语，修饰表示二者相似点的谓语中心语"雄厚"。有时，主谓错位可能出现在成分内部，如宾语内部的主谓错位，方鸿渐对唐小姐感情日增，"渐渐地恨不能天天见面了；到后来，恨不能刻刻见面了"。通过写信倾诉情感，方鸿渐写好信发出后的心情："他总担心这信像支火箭，到落地时，火已熄了，对方收到的只是一段枯炭。"将信喻作"火箭"，本喻体之间形成主谓关系，这一主谓搭配又作为"担心"的宾语。还有补语内部的主谓关系错位，如写因战事死人太多，"枉死者没消磨掉的生命力都迸作春天的生意"，气候特别好的春天，"这春气鼓动得人心像婴孩出齿时的牙龈肉，受到一种生机透芽的痛痒"。本体"人心"与喻体"婴孩出齿时的牙龈肉"是主谓关系的错位，整体又作为"鼓动"的补语。本喻体主谓错位的多样性，增添了比喻的丰富多彩，体现出钱钟书精湛的语言调配能力。

　　《围城》中的比喻常是一件事的取喻，因此，本体与喻体之间还常构成复句关系，造成分句之间逻辑链断裂，如：

　　　　（1）可是不知怎样，他老觉得这种小姐儿腔跟苏小姐不顶配。并非因为她年龄大了；她比鲍小姐大不了多少，并且当着心爱的男人，每个女人都有返老还童的绝技。只能说是品格上的不相宜；譬如小猫打圈儿追自己的尾巴，我们看着好玩儿，而小狗也追寻过去地回头跟着那短尾巴橛乱转，就风趣减少了。

　　（2）她的平淡，更使鸿渐疑惧，觉得这是爱情超热烈的安稳，仿佛飓风后的海洋波平浪静，而底下随时潜伏着汹涌翻腾的力量。

　　（3）辛楣道："那么，大家喝一大杯，把斜川兄的好诗下酒。"鸿渐要喉舌两关不留难这口酒，溜税似地直咽下去，只觉胃里的东西给这口酒激得要冒上来，好比已塞的抽水马桶又经人抽一下水的景象。忙搁下杯子。咬紧牙齿，用坚强的意志压住这阵泛溢。

　　例（1）（2）都是方鸿渐对与苏小姐关系的感觉，例（1）以小猫小狗追尾巴转圈的情景作喻，表现苏小姐"小妞儿腔"与其身份地位的不相匹配。本喻体之间的表述是分句与分句之间的关系，以动物的特定动作情境喻人的言行是对原有搭配关系的解构，却显得形象易解。例（2）是回国船上苏小姐继鲍小姐之后与方鸿渐的亲近，苏小姐有情，方鸿渐无意，以"飓风后的海洋"的情景，喻方鸿渐的"疑惧"。本喻体以分句关系连接，从分句内在的逻辑关系来看，这也是不相平衡的，却形象地将方鸿渐对苏小姐平淡表象中情感积蓄的担忧描绘出来。例（3）是将赵辛楣意欲方鸿渐在苏小姐面前出丑，灌他喝酒，方鸿渐被酒激得要呕吐的情景描绘出来。本喻体之间也是分句关系，人的感觉与抽水马桶的情景显然也是语义结构上的错位搭配。复句关系的错位搭配因为将整件事情作喻，所以常常带有叙述描写的意味，增添了比喻的形象色彩。

　　偏正关系错位的比喻较少，但在《围城》中也可以看到，如"明天一早方鸿渐醒来，头里还有一条锯齿线的痛，舌头像进门擦鞋底的棕毯"。"舌头"与"进门擦鞋底的棕毯"由"像"关联，人体的某一部分与物的关联造成主谓搭配不当。以"锯齿线"修饰"痛"，"痛"是本体，"锯齿线"是喻体，本喻体形成修饰与被修饰关系，是定中关系的解构。再如写赵辛楣灌方鸿渐喝酒，"鸿渐要喉舌两关不留难这口酒，溜税似地直咽下去"，以喻体"溜税"修饰本体"直咽下去"，二者形成了状中关系。当然，这类比喻比较少，修饰与被修饰关系的错位，更多的是移就修辞格。中补关系错位的不多，但也有，如写在苏家花园方鸿渐与苏小姐相会，苏小姐刻意打扮了一番，在方鸿渐"偷看"的视线中，苏小姐的脸"光洁得像月光泼上去就会滑下来，眼睛里也闪活着月亮，嘴唇上月华洗不淡的红色变为滋润的深暗"。以"月光泼上去就会滑下来"喻光洁的程度，本喻体之间形成中心语与补语的关系，凸显了苏小姐的刻意打扮。

语义与结构在语符组合中的颠覆错位，造就了比喻，是比喻在语言符号意义和形式上的标志，其陌生化的表征也造就了比喻内在的审美价值。

（三）　对本喻体传统关联规则的解构

特别值得一提的是，《围城》的解构，还包括对比喻传统使用手法的突破。如用抽象的喻体，喻形象的本体，这就突破了比喻以形象喻抽象的常规。对这一常规的突破，充分体现在《围城》比喻的创新性和丰富性上。如前例，以抽象的喻体"溜税"喻形象的本体吞咽动作，以抽象的"她老太爷那洋行的资本"喻形象的张小姐的身材，都颠覆了本喻体之间以形象喻抽象的常规。诸如此类的比喻在《围城》中不乏其例。再如以抽象的"侦探小说里谋杀案的线索"喻沈太太涂的浓胭脂把牙齿染出的红痕，以"真理""局部的真理"喻穿着暴露的鲍小姐。这些抽象的喻体在特定的语境中实际上解构了其语义带来的抽象性，不但不让人费解，而且还带有特殊的形象感，带有风趣的调侃意味。有时，作者甚至在比喻后加以陈述说明，以使喻体的抽象性转换为形象性。如"又有人叫她'真理'，因为据说'真理是赤裸裸的'，鲍小姐并非一丝不挂，所以他们修正为'局部的真理'"。"真理"是抽象语词，后加说明突出了形象性。在第一次解构基础上进行二次解构，调侃的意味愈加浓烈。这些原本指称抽象概念的词语，作为喻体比喻形象的事物，在消解抽象性的同时获得了特有的形象性，往往带有调侃诙谐色彩，在比喻本喻体语义结构的颠覆及对比喻传统规则的解构中获得了其独有的艺术魅力。

二　多重解构下的辞格重组丰富了比喻的审美蕴含

比喻的价值在于创新，创新就要打破规律，颠覆固有的语义结构组合。比喻的审美价值不仅在于取象的相似点，不仅在于不同类的把握，而且在于自由挥洒、肆意嬉戏，在于别出心裁、出人意料的关联。比喻自由拼贴的特点使它在自身辞格生成的同时，往往叠加着多层比喻，或者融合着其他辞格。这些辞格的形成，往往也是基于对规律的解构。辞格相互融合造成多重解构，增添了比喻的审美蕴含。

比喻的多重使用是多种多样的，可以是同一本体不同喻体的连用，也可以是不同本体不同喻体的连用，还可以是比喻中套用比喻。如方鸿渐与苏小姐在月下苏家花园的相会，以苏小姐躲在法语中发出"Embrasse-moi!"的指令，方鸿渐"没法推避"，只好给了一个吻告终。形容这个吻的"分量很轻，范围很小"，钱钟书连用三个喻体："只仿佛清朝官场端茶送客时的把嘴唇抹一抹茶碗边，或者从前西洋法庭见证人宣誓时的把嘴唇碰一碰《圣经》，至多像那些信女们吻西藏活佛或罗马教皇的大脚指，一种敬而远之的亲近。"三个不同的喻体与接吻在语义上原本都是不对等的，多重解构使得"分量很轻，范围很小"得以强调突出。再如唐小姐与方鸿渐分手后的心理活动，"把方鸿渐忘了就算了。可是心里忘不了他，好比牙齿钳去了，齿腔空着作痛，更好比花盆里种的小树，要连根拔它，这花盆就得进碎"。这两个喻体与对方鸿渐的念念不忘原是不同的事物景象，心理之痛是心理感觉，难以言表，却与形象的事物情景形成临时的关联，而连用两个喻体使心痛带有了具体的形象，凸显了痛感之强烈。相比之下，方鸿渐的心痛则用了不同的喻体，"方鸿渐把信还给唐小姐时，痴钝并无感觉。过些时，他才像从昏厥里醒过来，开始不住的心痛，就像因蜷曲而麻木的四肢，到伸直了血脉流通，就觉得刺痛。昨天囫囵吞地忍受的整块痛苦，当时没工夫辨别滋味，现在，牛反刍似的，零星断续，细嚼出深深没底的回味"。也是两个喻体，这两个喻体从形象上不如形容唐小姐心痛来的直观，但也以本喻体解构的关联体现了方鸿渐特有的情感知觉。还有"鸿渐只希望能在心理的黑暗里隐蔽着，仿佛害病的眼睛避光，破碎的皮肉怕风"。这也是用两个喻体形容方鸿渐的心态，本体的心理活动与喻体的生理感觉显然是不对等的，却通过相似点使解构有了合理性。比喻的多重使用有时呈现出更复杂多样的形式。如方鸿渐在心仪的唐小姐面前卖弄嘴皮子，有一番关于留洋的论说："出洋好比出痘子，出疹子，非出不可。小孩子出过疹痘，就可以安全长大，以后碰见这两种毛病，不怕传染。我们出过洋，也算了了一桩心愿，灵魂健全，见了博士硕士们这些微生虫，有抵抗力来自卫。痘出过了，我们就把出痘这一回事忘了；留过学的人也应该把留学这事忘了。像曹元朗那种念念不忘是留学生，到处挂着牛津剑桥的幌子，就像甘心出天花变成麻子，还得意自己的脸像好文章加了密圈呢。"短短一段话尽是比喻，显示了方鸿渐的口才，也体现了他对留洋不屑一顾的态度，印证了其在国外的不学无术。以"出痘子，出疹子"喻"出洋"是一层解构，进而以"小孩子出过疹痘"产生的抵抗力，喻出过洋的人有抵抗力，又是一层解构。这一喻体中还套着"博士硕士们这些微生虫"这一比喻，将本体"博士硕士们"与喻体"这些微生虫"以同位特指关系构成链接，又是一层解构，并与前面出痧痘产生的抵抗力相契合。接着以出过痘的人应该把此事忘了，反证念念不忘留洋的曹元朗，又是一层解构。进而以"甘心出天花变成麻子，还得意自己的脸像好文章加了密圈呢"喻曹元朗念念不忘是留学生，更巧妙的是，这一比喻中又套着比喻，形成双重解构。"自己的脸"与"好文章加了密圈"构成本喻体，作为"得意"的宾语，更显曹元朗的可笑。比喻连用与套用造成的多重解构层层套叠，使话语妙语横生，体现了方鸿渐在心仪的唐小姐面前竭尽全力表现出的语言魅力。

　　比喻与解构意味强烈的修辞格融合使用使解构意味增强，也使解构产生的修辞效果更为突出。如比喻与通感的融合使用。通感是基于对五官感觉的突破，将视觉、听觉、味觉、触觉等感觉相通，打破了感官与动作行为原有的搭配组合，其解构意味明显。唐小姐的魅力在于她的超凡脱俗，与众不同。方鸿渐喜欢唐小姐，包括她的一颦一笑。有一段文字写方鸿渐眼中唐小姐的笑："方鸿渐看唐小姐不笑的时候，脸上还依恋着笑意，像音乐停止后袅袅空中的余音。许多女人会笑得这样甜，但她们的笑容只是面部肌肉柔软操，仿佛有教练在喊口令：'一！'忽然满脸堆笑，'二！'忽然笑不知去向，只余个空脸，像电影开映前的布幕。"喻体"音乐停止后袅袅空中的余音"是听觉感受，用来形容唐小姐不笑时脸上依恋的笑意这一视觉形象，造成感觉上的错位，是通感。这一解构使唐小姐发自内心的笑增添了美感，增添了诗意。夸张突破了现实现象在程度、规模、时序等方面的客观性，以极言凸显现实现象，是对客观现实的解构。比喻和夸张的融合运用，特别是对一些暗含贬义的人物的描写，突出了人物的某一方面特性，往往带有嘲讽意味。如"沈太太生得怪样，打扮得妖气。她眼睛下两个黑袋，像圆壳行军热水瓶，想是储蓄着多情的热泪，嘴唇涂的浓胭脂给唾沫带进了嘴，把黯黄崎岖的牙齿染道红痕，血淋淋的像侦探小说里谋杀案的线索"。在连用比喻中对沈太太的眼袋、嘴唇、牙齿进行描写，以夸张凸显了沈太太"生得怪样，打扮得妖气"的丑陋。以喻体"圆壳行军热水瓶"喻本体黑眼袋，本喻体的两个事物之间原是缺少关联的，是链接的解构。"圆壳行军热水瓶"的体积与黑眼袋也是不对等的，带有度的夸张。以抽象的喻体"侦探小说里谋杀案的线索"，形容本体染了红痕的牙齿，不但两物之间不平衡，且在"血淋淋"的度上带有夸张的成分。比喻兼夸张凸显了沈太太极端打扮下的丑。再如形容方家少奶奶怀孕后的情景，"这两位奶奶现在的身体像两个吃饱苍蝇的大蜘蛛，都到了显然减少屋子容量的状态"，动物大蜘蛛与人的形体原是不对等的，却构成临时关联，在比喻的同时又带有夸张的成分。后面"减少屋子容量的状态"又是进一步夸张，嘲讽了两个少奶奶借怀孕吃喝的可笑状态。当然比喻与其他辞格的融合运用不仅体现于对人物形象的极度描绘，还体现在多方面。如"方鸿渐昨晚没睡好，今天又累了，邻室虽然弦歌交作，睡眠漆黑一团，当头罩下来，他一忽睡到天明，觉得身体里纤屑蜷伏的疲倦，都给睡眠熨平了，像衣服上的皱纹折痕经过烙铁一样"。"睡眠漆黑一团，当头罩下来"是将睡眠当作有形之物来写，是比拟，解构了"睡眠"原有的语义所指。"疲倦""给睡眠熨平了"也是将"疲倦"当作有形物，以比拟解构了"疲倦"原有的语义所指。承接着这一比拟，又以喻体熨衣形容疲劳的彻底恢复。短短一段文字使用一而再的解构将方鸿渐的疲惫、睡眠、恢复表现得饶有情趣。

比喻与其他辞格的融合运用并不仅限于两种辞格，而可能是更多辞格的交融。如形容赵辛楣"最擅长用外国话演说，响亮流利的美国话像天心里转滚的雷，擦了油，打上蜡，一滑就是半个上空"。这是比喻、通感兼夸张，将听觉形象与视觉形象、触觉形象相关联，使听觉可见可感。用"天心里转滚的雷"喻"响亮流利"的美国话，是听觉形象，但后面"擦了油，打上蜡，一滑就是半个上空"却将听觉形象转化为视觉形象，并带有夸张的成分。再如赵辛楣向方鸿渐描述在苏小姐婚礼上遇到唐小姐，方鸿渐听到唐小姐时，"鸿渐的心那一跳的沉重，就好像货车卸货时把包裹向地下一掼，只奇怪辛楣会没听见——"。与心仪的唐小姐分手，是方鸿渐心中永远的痛，以"货车卸货时把包裹向地下一掼"喻心跳的沉重，带有夸张的成分，心跳原是无形的知觉，喻体却带有视觉形象，就这一意义而言，又是通感。比喻、夸张、通感的解构交织在一起，于无理中具有了深层的审美蕴含。

三　比喻的审美：解构中的重新建构

比喻以解构为辞格生成的基点，也以解构为辞格审美的内核。因为解构是手段不是目的。解构不是意在毁灭，而是在于重新建构，在陌生化的视觉、听觉等感官中建构审美的内涵，建构审美的内在规则。

比喻本体与喻体的链接呈现表层的语义结构的颠覆，但其深层却有着内在的平衡。这一平衡就是相似点的关联，这一关联使本喻体在语义结构的颠覆中具有了合理性，具有了内在的平衡，从而在表层对立深层平衡的对立统一中具有了审美价值。比喻审美内涵体现的修辞审美价值，对小说文本而言，主要体现在其参与叙事的功能上。《围城》比喻的文字嬉戏中内蕴着作者的叙事意图，以解构为内核的比喻及与其他辞格的综合运用参与了文本叙事。

比喻参构的叙事突出表现在对人物形象、心理的描述方面。如前例比喻形容唐小姐依存的笑意展现了唐小姐的纯真美好，对沈太太"生得怪样，打扮得妖气"的比喻凸显了其丑。比喻赋予无形的知觉心理感知有形之物，在解构中使心理可感可知。如对方鸿渐热恋及失恋的描绘都得力于比喻。热恋时，"那天晚上的睡眠，宛如粳米粉的线条，没有黏性，拉不长。他的快乐从睡梦里冒出来，使他醒了四五次，每醒来，就像唐晓芙的脸在自己眼前，声音在自己耳朵里"。无形的"睡眠"以有形的"粳米粉的线条"作喻，在本喻体的语义解构中体现了方鸿渐在恋爱中的快乐亢奋。"写信的时候总觉得这是慰情聊胜于无，比不上见面，到见了面，许多话倒讲不出来，想还不如写信。见面有瘾的；最初，约着见一面就能使见面的前后几天都沾着光，变成好日子。渐渐地恨不能天天见面了；到后来，恨不能刻刻见面了。写好信发出，他总担心这信像支火箭，到落地时，火已熄了，对方收到的只是一段枯炭。"在热恋时写信与见面两难的铺垫中，以火箭落地情景作喻，且不说本喻体原本语义的不对等，喻体的情景描述也与现实有违，这一解构却形象真切地将方鸿渐热恋的情真意切描绘出来。描述方鸿渐失恋，比喻本喻体原本语义关系的解构也凸显了其内心痛苦。唐小姐得知方鸿渐在船上与鲍小姐的调情劣迹后，怨恨指责他，"鸿渐身心仿佛通电似的发麻，只知道唐小姐在说自己，没心思来领会她话里的意义，好比头脑里蒙上一层油纸，她的话雨点似的渗不进，可是油纸震颤着雨打的重量"。在唐小姐突如其来的指责下，方鸿渐受到重创，喻体带有夸张意味，形象描绘了他此时的话语接受状态。这一描绘的情景是复杂的，方鸿渐对唐小姐倾心爱慕，但唐小姐指责的话语事属真实，他无力辩驳。突如其来的当头一棒给他的打击是难以言喻的，喻体将方鸿渐此时的状态形象描绘出来。二人有情人终不成眷属，分手后再不相见。当赵辛楣告诉方鸿渐在苏小姐婚礼上见到唐小姐时，方鸿渐心跳的沉重如"货车卸货时把包裹向地下一掼"，但接着赵辛楣告诉他，以为唐小姐不愿意提起他，所以没有告知他的情况时，鸿渐嘴里机械地说着"那最好！不要提起我，不要提起我"。但"心里仿佛黑牢里的禁锢者摸索着一根火柴，刚划亮，火柴就熄了，眼前没看清的一片又滑回黑暗里。譬如黑夜里两条船相迎擦过，一个在这条船上，瞥见对面船舱的灯光里正是自己梦寐不忘的脸，没来得及叫唤，彼此早距离远了。这一刹那的接近，反见得暌隔的渺茫"。心口不一的心理活动以有形的情景描绘出来，在无形与有形的解构中显现其相似点，表现了瞬间的希望和永久的失望，将方鸿渐对唐小姐念念不忘却又难以再续前缘的遗憾呈现在人们眼前。再如方鸿渐在苏家花园面对花前月下刻意打扮的苏小姐，"要抵抗这媚力的决心，像出水的鱼，头尾在地上拍动，可是挣扎不起"。也是将无形的心理活动化为有形之情景呈现出来，而苏小姐在方鸿渐给了应付之吻后的心态"觉得剩余的今夜只像海水浴的跳板，自己站在板的极端，会一跳冲进明天的快乐里，又兴奋，又战栗"，也使苏小姐一厢情愿的单相思显得形象可笑。这些心理描绘借助比喻惟妙惟肖，在叙事中展现了人物心理，也展现了人物关系。

　　比喻参构人物关系的叙事中往往预设了人物关系走向，就这一意义而言，其在对人物关系进行描述的同时，也在一定意义上揭示了情节发展。如形容方鸿渐和苏小姐的关系："他们俩虽然十分亲密，方鸿渐自信对她的情谊到此而止，好比两条平行的直线，无论彼此距离怎么近，拉得怎么长，终合不拢来成为一体。"以平行的直线作喻，与本体构成本不对等的链接，既表现了二人关系的现状，又预设了二人关系的走向——终不成眷属。苏小姐与赵辛楣的关系，也是通过比喻展现的："她跟辛楣的长期认识并不会日积月累地成为恋爱，好比冬季每天的气候罢，你没法把今天的温度加在昨天的上面，好等明天积成个和暖的春日。"喻体的自然原理是不言而喻的，将赵辛楣与苏小姐虽青梅竹马，却难成眷属的关系及关系走向做了预设。再如方鸿渐在苏家花园给了苏小姐的"分量很轻，范围很小"的吻，三个喻体体现了这一吻非定情之吻，而是交差之吻，预设了后续的方鸿渐写信告白，二人断交的情节走向。

　　《围城》中通过解构所构建的比喻框架还揭示着社会人生百态，蕴含哲理的深层意蕴，如"围城"的含义现已扩展了小说文本的意义，成为对婚姻、工作等社会现象的隐喻。苏小姐关于"围城"的隐喻源于慎明对婚姻的鸟笼的隐喻："关于 Bertie 结婚离婚的事，我也和他谈过。他引一句英国古话，说结婚仿佛金漆的鸟笼，笼子外面的鸟想住进去，笼内的鸟想飞出来；所以结而离，离而结，没有了局。"将结婚离婚以鸟与鸟笼的关系作喻，是本喻体关联的解构，在这一层解构之后，有了苏小姐引用的法国俗语："法国也有这么一句话。不过，不说是鸟笼，说是被围困的城堡 fortresse assiegee，城外的人想冲进去，城里的人想逃出来。"又是本喻体另一角度的解构。这一解构作为小说篇名，超越了婚姻意义，涵盖整部小说，表现了一种社会想象，一种社会心理，并因为其富含的哲理扩展了它的适用范围、使用年代，这使之成为富有哲理、涵盖面广阔而且意义深远的哲言。再如方鸿渐被家人介绍对象时的想法："方鸿渐想这事严重了。生平最恨小城市的摩登姑娘，落伍的时髦，乡气的都市化，活像那第一套中国裁缝仿制的西装，把做样子的外国人旧衣服上两方补钉，也照式在衣袖和裤子上做了。"喻体将"落伍的时髦，乡气的都市化"形象化，嘲讽了当时的社会风气。

书影心声

古简、"墨皇"与名作阐释[*]

——居延新简 EPT5.76 与《平复帖》的书学互读

周珩帮[**]

摘　要：居延甲渠候官遗址出土残牍 EPT5.76 上的书法，与被称为"墨皇"的陆机《平复帖》十分接近。通过文字内容和同探方纪年简可知，该牍的年代在公元前 54 年至公元 32 年，它的作者是一位因罪贬迁西陲的官员或其属吏，残牍上的书迹，代表了西汉末、东汉初"草藁"或"藁书"发展的一种样式，早陆机《平复帖》二百五十多年，且同期古简上案例不少，但限于作者无名、史传无闻，很少获得史家重视。此类古简书迹也提醒我们重审两汉之际的书体谱系及演化情境，并能对名家名作阐释的历史效应予以检省。

关键词：居延新简 EPT5.76　陆机《平复帖》　名作阐释　藁书

一　风格与谱系：EPT5.76 和《平复帖》的关联

居延新简 EPT5.76（见图 1），1973 年出土于额济纳旗破城子障台遗址五号探方，双面木牍，原宽 4 厘米，长 22.2 厘米，为汉代尺牍遗物。现残缺，上端磨去方角，下端呈不规则柄状，A 面长 22.1 厘米，B 面长 22.2

---

* 基金项目：教育部人文社科青年项目"汉唐书画史著典范阐释的理路嬗变研究"（项目编号：19YJC760168）的阶段性成果。
** 周珩帮（1979～），男，江苏师范大学文学院副教授、硕士生导师，研究方向为艺术史论。

厘米，① 两面书写，每面 4 行，原来每行字数均在 15 字以上，今残留百余字，可辨识者近七十，近半残缺或漫漶。②

这件尺牍有两个独特处，其一是它的形制。由于边缘线齐整，不同于自然断裂，呈现人为加工痕迹，因此，它应该是一件由木牍转化而成的"器物"。那么，它到底是什么？考古报告和释文均未说明。从形状上说，它近似木铲，但木牍厚度有天然局限，且其边角残字线条仍存，没有明显的手持、磨损痕迹；它近似笄形，但比发笄四寸长的一般规格要长很多，③ 似乎也非束发所用。只能说，这件"器物"可能是将一件完整木牍削制后短暂使用，至于具体用法，已不得而知，本文也不再讨论。

其二是上面的书法。它的笔法、风格与西晋陆机（261～303）《平复帖》十分接近，尽管两者年代悬殊，但观者必会下意识地进行比较

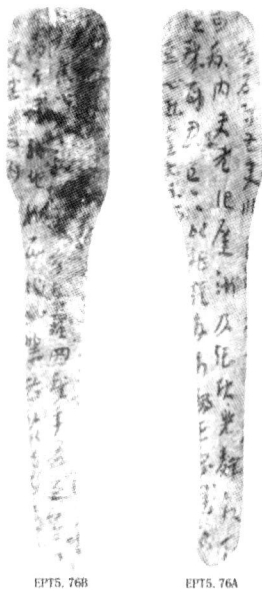

EPT5.76B　　EPT5.76A

图 1　EPT5.76，木质，
A 面 22.1cm×4cm，
B 面 22.2cm×4cm

联系。EPT5.76 和《平复帖》的真实性均无疑义，除了纸与木的材料区别，两者的共同点是：第一，秃笔书写，牵丝不多，藏护锋颖，字字独立，字间舒朗，行间趋密；第二，笔画和字形多呈弧形纵势，横画短促，字形时见左高右低，欹侧俯仰；第三，草法不像章草和今草规范，节奏舒缓，整体气息古拙浑厚；第四，两者都是书信。

1935 年，启功观校居延汉简后，有"十年校遍流沙简，平复无惭署墨皇"的诗句，四十年后他又作注说，《平复帖》"自宋以来，流传有绪。世传晋人手札，无一原迹，二王诸帖，求其确出唐摹者，已为上乘。此麻纸上用秃笔作书，字近章草，与汉晋木简中草书极相似，是晋人真迹毫无可

---

① 甘肃省文物考古研究所、甘肃省博物馆、中国文物研究所、中国社会科学院历史研究所：《居延新简：甲渠候官》（下册），中华书局，1994，第 20 页。

② 马怡、张荣强主编《居延新简释校》，天津古籍出版社，2013，第 33～34 页。

③ 孙机：《汉代物质文化资料图书》（增订本），上海古籍出版社，2011，第 281～283 页及图版 62-4。

疑者"。① 启功写下诗句时，居延新简还没有出土；后来补注诗句时，"战国秦汉竹帛之遗，纷至沓来，使人目不暇给"②，也便难以在这件无名氏残牍上费神。不过，若对 EPT5.76 残牍的年代、书体、内容等细节进行解读，这件残牍的价值，以及《平复帖》何以成为"墨皇"，或能更为清晰。

　　在《〈平复帖〉说并释文》（1961 年）中，启功说，《平复帖》"是用秃笔写的草字。《宣和书谱》标为章草，它与二王以来一般所谓的今草固然不同，但与旧题皇象写的《急就章》和旧题索靖写的《月仪帖》一类的所谓章草也不同；而与出土的一部分汉晋简牍非常相近"③。"一部分汉晋简牍"是泛指，以《平复帖》的创作时间——陆机入洛的公元 289 年，或晋惠帝初年（约 290～300 年）④ ——做横向比较，与之最为趋近的是楼兰晋代草书简（如沙木 886、孔木 1 至孔木 6、孔木 8 至孔木 33、孔木 44、孔木 46、马木 217、侯木 LBT：015 等），⑤ 在此之前，有居延、敦煌、楼兰、连云港、走马楼等地出土的草体汉简及走马楼吴简，EPT5.76 是这个序列中时间较早的一个案例，而《平复帖》是较晚的一个案例。

　　EPT5.76 无确切纪年，我们只能根据它所在探方同出简牍的年代及其他信息来判断。探方五位于甲渠候官坞城遗址东北角，与探方六、八均处于北边房屋 32 和东边房屋 33、34 之间的空地上，紧靠坞壁转角。该处共出土简牍 300 枚，其中，有纪年者 18 枚，年代最早的 EPT5.47 为汉宣帝五凤四年（前 54）；年代最晚者为 EPT5.42，署新莽地皇上戊三年（22）。⑥ 再据考古报告，整个甲渠候官的烽燧构筑和屯戍经营，自武帝末年开始，昭、宣时期最为兴盛，新莽末年，与坞城相邻的障先遭毁坏，后来作为瞭望、燃烽的场所。而到东汉建武八年（32）后半年，连续的屯戍工作陆续停止，之后，章帝、和帝时期仅有零星活动。⑦ 可以说，探方五纪年简涵

①　启功：《论书绝句一百首》，载《启功丛稿·艺论卷》，中华书局，2004，第 7～9 页。
②　启功：《论书绝句一百首》，载《启功丛稿·艺论卷》，第 8 页。
③　启功：《〈平复帖〉说并释文》，载《启功丛稿·论文卷》，中华书局，1999，第 32～33 页。
④　启功先生写为"晋武帝初年"，当时陆机尚属幼年，当是"晋惠帝初年"的笔误，其他文献多见沿袭。见《启功丛稿·论文卷》，中华书局，1999，第 34 页。
⑤　侯灿、杨代欣编著《楼兰汉文简纸文书集成》，天地出版社，1999，第 61、87、88～103、107、459、477 页。
⑥　马怡、张荣强主编《居延新简释校》，第 25～53 页。
⑦　甘肃居延考古队，初仕宾、任步云执笔《居延汉代遗址的发掘和新出土的简册文物》，《文物》1978 年第 1 期，第 1～25 页。

盖的时间段，即公元前 54 年至公元 22 年，不仅是甲渠候官正常运转时间，应该也是木牍 EPT5.76 书写的时间段。以此，我们可以稍微宽泛地将 EPT5.76 的年代，限定在公元前 54 年到公元 32 年，也就是西汉末至光武帝初年。与之同期的案例，以敦煌马圈湾草书简、连云港尹湾汉墓草书简等为代表。这些作品，即便以其书写年代的下限计算，也早于《平复帖》250 年有余。

二　"古简"与"墨皇"：典范阐释的语境层序

汉晋草书简的相似案例，还促使我们重审《平复帖》的经典化以及风格家族、历史语境的悬置问题。

较早关注他的南朝王僧虔（426～485）说："陆机书，吴士书也，无以较其多少。"① 这种用文才代书才的叙述办法，被庾肩吾（487～551）继承，他列陆机为"中下品"，仅言"陆机以宏才掩迹"②。唐代李嗣真（？～696）稍加具体，他改列陆机入"下上品"第一人，评判理由是"时然合作，蹉骏不伦，或类蚌质珠胎，乍比金沙银砾"，他认为陆机的书法"犹带古风"，与谢朓（464～499）、庾肩吾的"创得今韵"相对，是"有天才者或未能精之，有神骨者则其功夫全弃，但有佳处，岂忘存录"③ 的类型；与之相似，韦续《墨薮》也列陆机行草为"下上品"④。此时，书法批评史上"古"的范畴及其价值虽未脱离与"今"的辩证逻辑，但书艺高下层次区分意图已经有所淡化，在尚古、爱古风气促动下，书法抽象意义的"高古"已经初具轮廓，这是宋代米芾（1051～1107）等人瞩目陆机书迹的观念前提。⑤ 至明代，陆机被称为立足松江一地的书法开创者，董其昌（1555～1636）言："吾松书自陆机、陆云，创于右军之前，以后遂

① （南齐）王僧虔：《论书》，《历代书法论文选》，上海书画出版社，1979，第 58 页。
② （南朝）庾肩吾：《书品》，载《历代书法论文选》，上海书画出版社，1979，第 90 页。
③ （唐）李嗣真：《书后品》，载《历代书法论文选》，上海书画出版社，1979，第 140～141 页。
④ （唐）韦续：《墨薮》，载卢辅圣等编《中国书画全书》（第一册），上海书画出版社，1993，第 12 页。
⑤ （宋）米芾：《书史》，载卢辅圣等编《中国书画全书》（第一册），上海书画出版社，1993，第 963 页。

不复继响。"① 近代杨守敬（1839～1915）则以"无一笔姿媚气，亦无一笔粗犷气，所以为高"② 来评价陆机书法。显然，从文名代书名，到力求客观的书法品级划分，再到剥离语境的直接论断，陆机《平复帖》逐渐溢出汉晋草书谱系，成为风格高古、开创在前的典范，也成为艺压流沙残简的"墨皇"。

对持守精英观念的人来说，EPT5.76之类的书迹材料，很难与《平复帖》一类的传世作品相比。但若抛开历史偏见，回归历史语境，陆机书法真实水平的上限，就应该与李嗣真、韦续"犹带古风""但有佳处"的判断不远，而不应以宋代以降的认识为准。事实上，在魏晋品藻风气促动下，李嗣真和韦续列叙的都是冠冕才士，他们忽略的各代书家还有不少，比如王僧虔列录的谢综、颜腾之、贺道力、谢静等，③ 就不见于二人论著；而当初王僧虔的列叙，也是如此。书法史没有，也难以为官名不显、才名不著、影响不深的书家留下位置。若非陆机文负盛名，他的书法便很难得到晋唐书论家的注意。葛洪（284～364）就曾以书艺立论，对吴地书家步距中原的保守书风暗含微词，他评述说："吴之善书，则有皇象、刘纂、岑伯然、朱季平，皆一代之绝手。如中州有钟元常、胡孔明、张芝、索靖，各一邦之妙。并用古体，俱足周事。余谓废已习之法，更勤苦以学中国之书，尚可不须也。"④ "犹带古风"的陆机不在其列；同样，在张怀瓘的书学考察中，陆机也未能列入其"才有得失，时见高深"⑤ 的书艺等级，而从名家序列中隐退。

无疑，《平复帖》的经典化、缺席以及"墨皇"地位的再次确立，依托于书法史论的语境变迁，而要寻绎它与以EPT5.76为代表的出土书迹的关联，就必须超越前人的审美建构，历史地辨析两者最初赖以生成的历史语境。米芾曾说，"河间古简，为法书祖"⑥，沿用他的思路，我们也能把出土早期书迹视为书法制度、主体、观念和技法发展的重要一环，视为

① （明）董其昌：《画禅室随笔》，载《历代书法论文选》，上海书画出版社，1979，第548页。
② （清）杨守敬：《激素飞清阁评帖记》（卷一），载《学书迩言（外二种）》，浙江人民美术出版社，2019，第142页。
③ （南齐）王僧虔：《论书》，载《历代书法论文选》，第59～60页。
④ 杨明照：《抱朴子外篇校笺》（下册），中华书局，1997，第12页。
⑤ （唐）张怀瓘：《书估》，载《历代书法论文选》，上海书画出版社，1979，第153页。
⑥ （宋）米芾：《书史》，载卢辅圣等编《中国书画全书》（第一册），第963页。

"书法传统"分流而汇聚、典范代出而竞逐的"海平面"，否则，出土书迹带来的现象和问题，就无法与书法史上的旧说兼容，书法史上的断裂和缺环，也不可能得到补接。

居延简牍中，但凡公文草稿、上级批示、账簿副本类文书，往往会因急就情境，出现相类的体式和风格，仅以探方五所出简牍为例，EPT5.23 就与之风格相近，只是渴笔略少，字数不多；另外，像 EPT5.25、EPT5.54A、EPT5.89、EPT5.90、EPT5.91、EPT5.93、EPT5.95、EPT5.271 等，都是草书简，体势上或靠近章草，或靠近隶书，加上墨色和书写速度变化，就有多种风格。[①] 这些现象提醒我们，书体、书风的创造和使用，是众多书写者长期实践的结果，而特定时代的风格，也往往因为材料、书写情境、主体意趣等，而溢出时代范围，不是绝对的，EPT5.76 和《平复帖》，也应该是汉晋知识阶层信札书写时的一种急就面貌，EPT5.76 的年代，意味着它是新事物，而两百多年后陆机的书写，则是旧风格的重现，其间有探索和定型的差异，两者又不离"相闻书"或"藁行体"（见下文）的实际功用和体式规范。

三　作品与情境："作者"阐释的应然逻辑

EPT5.76 的内容是书信，释文如下。

□若为尉曹史□□□□▨／可县内吏书□迟汝及张佐□麹毂下▨／随诚耳，君邑邑以楷模教□□□□□□▨／▨远心近室，上示□□。（A 面）

六月四日□□□□□□□▨／□独焦心□□□举身在罗冈，诚幸为过塞▨／□□今承□地□□作此辈甚蒙□□□▨／叩头，悉言白。（B 面）[②]

信件中的一些词句，有助于我们还原残牍的作者和书写情境。

其一，"尉曹史"和"县内吏"。尉曹史，即尉史，汉代太尉有长史，秩千石；廷尉、中尉、校尉、都尉均有职掌文书的掾史属官。[③] 县内吏，

---

① 甘肃省文物考古研究所、甘肃省博物馆、中国文物研究所、中国社会科学院历史研究所：《居延新简：甲渠候官》（下册），第 17～26、100、541 页。

② 马怡、张荣强主编《居延新简释校》，第 33～34 页；标点另见中国简牍集成编辑委员会编《中国简牍集成·第九册（居延新简）一》（标注本），敦煌文艺出版社，2001，第 61～62 页。

③ （汉）班固：《汉书》（卷十九上），中华书局，1962，第 725～743 页。

即职掌县治的掾吏或少吏。信中的"尉曹史",应以边塞掾史可能性较大。依据出土简牍可知,甲渠候官负责文案的属官有"掾""尉史""令史""候史",西汉末至新莽时期至少有二百多人,居延令和居延都尉的掾、属、令史人数更多,地位稍高。① 从写信的语气,尤其是从邮驿收发方向上说,这件残牍作为草稿的可能性最大,而收信方应是地位稍高、有"过塞"巡查职责的居延令或居延都尉的属官。一般而言,发往上级或长官的正稿,此期多用规范的隶书,故这封信若真实发出,它的正稿应该在甲渠候官以北的县令和都尉驻地,而草拟用的木牍则被改作他用。

其二,"毂下"。毂,车轮中心,有洞可以插轴的部分,借指车轮或车。毂下,车舆之下,司马迁《报任安书》:"仆赖先人绪业,得待罪辇毂下,二十余年矣。"② 即卑微和仆从的意思。此处"汝及张佐□辄毂下",似乎表明收信人亦是属官。

其三,"身在罗罔"。"罗罔",捕捉鸟兽的器具,《汉书·武帝纪》:"见群鹤留止,以不罗罔,靡所获献。"③ 又喻法网,兼指法责或天谴,《毛诗正义·瞻卬》:"天之降罔,维其优矣。"郑玄注:"天下罗罔,以取有罪。"④

将上述信息与后面"诚幸为过塞""今承□地"等句连起来,似乎表明发信人是获罪降迁至西陲的官员,路过候官驻地,或初到候官驻地任职,写信给地方上负责迎接或管理的中下层官吏。西汉时获罪官吏徙边的很多,如永始二年(前15)前将作大匠万年,便获罪徙边至敦煌郡。⑤ 而简牍的书写者,可能是本人,倘若有小吏相随,还可能是底层佐史。另如,与EPT5.76大致同期的EPT44.4B(见图2)中有"得闻南方"等句,表明它也是徙边官僚草拟的信件,木牍规格与EPT5.76相同,唯书体上介于隶书和草书之间,波磔已经弱化,偶有连笔,部分字的结构和笔法,已

① 罗仕杰曾专题整理甲渠候官令史、尉史90余人(见罗仕杰《居延汉简甲渠候官令史、尉史人名整理及任期复原》,《岭东通识教育研究学刊》第6卷第1期,第45~82页);笔者在博士学位论文"附表四"中又做了扩展整理,见《汉代掾史艺术创作研究》,博士学位论文,东南大学,2017,第346~395页。

② (汉)班固:《汉书》(卷六十二),中华书局,1962,第2727页。

③ (汉)班固:《汉书》(卷六),中华书局,1962,第211页。

④ (汉)毛亨传,(汉)郑玄笺,(唐)孔颖达疏《毛诗正义》(卷第十八),《十三经注疏》整理本,北京大学出版社,2000,第1484页。

⑤ (汉)班固:《汉书》(卷十),中华书局,1962,第322页。

经向楷书或行楷书靠近；EPF22.477 是木觚，
写于建武六年（30），A 面和 B 面两端为隶
书，B 面中间部分是草书（见图2），结体和
笔法都很娴熟，与 EPT5.76 接近。无论怎样，
与其他许多居延简牍文书一样，EPT5.76 应由
流动频繁的边吏完成，它是一组关联文本
（草稿、正稿）中的一件，至于它的作者，
则是完全不可考的无名氏。

早期书法史上的"无名氏"，是很多重
要作品的作者，但迄今为止，书法史研究仍
然没有绕开古代冠冕精英主导的惯性思维，
面对无名氏书迹，就有将"作者"与历史人
物对等的潜意识行为，即便王国维奠定现代
简牍书学基础的《流沙坠简》也是如此。考
述"簿书类·二十五"三枚简牍时，王国维
根据文书出现"窦融"字句，断定该简牍
"盖窦融所下书也"，"为窦融书无疑"。① 事
实上，考之汉史，汉代上层官吏自己书写章
程文表的记载并不多，只有向皇帝上书，或
示敬重，或欲机密，才会有（东平宪王苍）

EPF22.477B   EPT44.4B

图 2　公文和信牍中的草体
左：木觚，24.3cm×2cm；
右：木牍，22.1cm×4cm

"伏自手书"②、（杨震）"谨自手书密上"③、（陈宠）"时所表荐，辄自手
书削草，人莫得知"④ 之类的情况。而向下级传达的文件，由大将军窦融
书写的可能性就更小，而应出自令史或书佐之手。进一步讲，倘若甲骨契
刻、铜器铭文背后还有贵族文人的身影，那么，秦汉简帛文书、石刻、墓
表、写经、砖瓦文等早期书迹的作者，主要是中下层文吏。当我们将其文
本列为经典时，就应主要立足于艺术作品和创作情境来阐释"作者"，而
不是像历代书论家借文名评价陆机一样，以政治和社会地位等外在因素为

---

① 王国维、罗振玉：《流沙坠简》，何立民点校，浙江古籍出版社，2013，第 37~38 页。
② （南朝宋）范晔：《后汉书》（卷四十二），中华书局，1965，第 1434 页。
③ （南朝宋）范晔：《后汉书》（卷五十四），中华书局，1965，第 1778 页。
④ （汉）刘珍等撰《东观汉记》（卷十九），吴树平校注，中华书局，2008，第 721 页。

牵引。事实上，汉晋时期很多文士本身就是掾吏，德行与才能的突出，以及创作活动、范围和模式的多样，往往是其艺术上的优势条件，因此，他们更具备创造经典的条件，但这并不意味着普通文吏都是才能平庸之辈，他们之中，就有 EPT5.76 的作者一类的探索者，并且，在更普遍的意义上，他们也是经典样式的归纳者、应用者和传授者。

余 论

EPT5.76 和《平复帖》上的草体，基本诞生于急就性的日常书写，主要是下行公文的批示（如图 2 左侧 EPF22.477B）、公私文牍的草拟和存副（如图 2 右侧 EPT44.4B）。在急就情境下，书体规范放松，书写者有追求速度的契机，简化和连写大量出现，部件组合及固定写法逐渐形成，并能借助流通达成共识，这是草书定型的必要条件。同时，急就情境下的书信草拟——古人称其大类为"相闻书"，辨其体势为"草藁"或"藁书"，或是比"章草""草书"更准确的称谓。羊欣（370~442）说钟繇（151~230）擅长三体，其中之一是"行狎书，相闻者也"①，有人曲解"行狎书"为行书，实不知"行狎"与"章程""铭石"一样均表功能，它泛指人际亲近所用的书体，羊欣说卫瓘（220~291）"采张芝法，以觊法参之，更为草藁。草藁是相闻书也"②，明言"草藁"用以写信。另外，王愔曾述"若草非草，草行之际"的"藁书"，张怀瓘引证经史，认为藁书就是草藁。③ 又，王献之劝父改体说："不若藁行之间，于往法固异也。"④ 表明"藁"是可与"行"并列的体式，并且他所说的"行书"，与我们今天所说的二王系列行书也有不同。无论怎样，"藁""草藁""藁行"都是用于人情交通的"相闻书"，它包括草书、行书及介于两者之间的体式，EPT5.76 和《平复帖》只是其中一种。

---

① （南朝宋）羊欣：《采古来能书人名》，载《历代书法论文选》，上海书画出版社，1979，第 46 页。
② （南朝宋）羊欣：《采古来能书人名》，载《历代书法论文选》，第 46 页。
③ （唐）张怀瓘：《书断》，载《历代书法论文选》，第 166 页。
④ （唐）张怀瓘：《书断》，载《历代书法论文选》，第 164 页。

晚明"荆山徐氏"书法考论

刘贞辉[*]

摘　要： 晚明"荆山徐氏"是人们忽略的颇负书名的文士家族。本文考察了徐𣚊及其子徐𤊏、徐𤈦两代三人的书法发展脉络和创作面貌。晚明"荆山徐氏"的书法由徐𣚊经徐𤊏至徐𤈦逐渐走向成熟和丰富。他们的书法近参吴门书风及前辈乡贤，远绍晋唐宋元，在上溯魏晋的过程中，刻帖是其主要取法对象。徐𤈦入古最深，取法最博，艺术成就也最高，他将徐氏家族的书名和书艺推向了极致，其后便戛然而止。

关键词： 荆山徐氏　《徐令集》　《幔亭集》　《鳌峰集》　书法

长期以来，学界对晚明闽籍书家的研究，基本上聚焦于张瑞图、黄道周、宋珏三人。然据笔者所考，在晚明福建文化发展呈现的"风雅复振"盛况中，工于书法的文士远不止此三人，"荆山徐氏"便是被人们忽略的颇负书名的文士家族之一。据陈庆元《晚明诗人徐𤊏论——兼论荆山徐氏儒业与文学之兴衰》一文所考，"徐氏似以耕读为主"，"可能也做些生意"，"家故贫"，"徐𣚊步入仕途，是荆山徐氏兴起的标志"，徐氏的文名，"经徐𣚊至𤊏、𤈦兄弟而崛起东南"。① 徐𣚊之子徐𤊏、徐𤈦在晚明文坛声名甚隆，与王穉登、王世懋、屠隆、钱谦益及"公安三袁"等名公巨卿时

---

　* 刘贞辉（1988～　　），男，福建艺术职业学院教师，研究方向为书法史和书法创作。

　① 陈庆元：《前言：晚明诗人徐𤊏论——兼论荆山徐氏儒业与文学之兴衰》，载《徐𤊏年谱》，广陵书社，2014，第 2～7 页。

时往来唱和，相继为闽中诗坛盟主之一。随着徐㮰在儒业与文学上的兴起，"荆山徐氏"的书名也逐渐显露，到了徐𤊟，书名之盛达到顶点。本文就晚明"荆山徐氏"的徐㮰、徐熥、徐𤊟两代三人的家族书法发展脉络和创作面貌试做探讨。

一 徐㮰：书法结构，颇类继之

徐㮰（1513～1591），字子瞻，号相坡，闽县（今属福州）人。隆庆三年（1569），授江西南安府儒学训导。万历元年（1573），擢广东茂名县儒学教谕。万历四年（1576），擢永宁令。徐㮰精于《易》，能诗，著有《徐令集》。

徐㮰的书迹，已无踪影可寻。明确论及徐㮰书法的文献仅有谢肇淛的《故永宁令徐翁（徐㮰）诗卷跋》，跋载：

> 外王父子瞻先生喜为诗，每酒后耳热，微吟不去口。此卷所书五十余篇，尤平生得意之作。书法结构，颇类郑继之吏部。书未竟，而先生没。此卷遂为获麟之笔矣。先生能诗而不以诗名，能书而不以书名。乃得惟和伯仲，嗣振风雅，片纸只字，珍如拱璧，可谓有子哉！先生生平志行可追古人不朽之业，固非徒文字间也。《诗》曰："世德作求，永言孝思。"惟和已矣，吾不能无厚望于兴公。①

谢肇淛在跋中指出徐㮰的书法结构和郑善夫颇为相似。

郑善夫（1485～1523），字继之，号少谷，闽县（今属福州）人。弘治十八年（1505）进士，官至南京吏部郎中。作诗力摹少陵，工书法。《明史·文苑传》载："闽中诗文，自林鸿、高棅后，阅百余年，善夫继之。迨万历中年，曹学佺、徐𤊟辈继起，谢肇淛、邓原岳和之，风雅复振焉！"② 作为明代闽中诗文发展史上承上启下的人物，郑善夫的诗歌和书法在晚明同乡文士中颇具影响。上海博物馆藏有郑善夫《行书自书诗》一卷（见图1），该卷规模"二王"行书，全篇舒徐清朗，结字用笔严整遒劲，

---

① （明）谢肇淛：《小草斋集·文集》（卷之二十四），福建人民出版社，2009，第496页。
② （清）张廷玉：《文苑二》"郑善夫"条，《明史》（卷二百八十六），清乾隆武英殿刻本。

其中不少字形神俱似《怀仁集王羲之圣教序》，如"灵""寺""端"等字（见图2）。谢肇淛在为徐𤊹所题《郑继之手录杂著跋》中称郑善夫书法"字画精谨，酷类《圣教》"，[①] 允为的评。

上海博物馆

图1　郑善夫《行书自书诗》局部

《怀仁集王羲之圣教序》选字

郑善夫《行书自书诗》选字

图2　《怀仁集王羲之圣教序》选字与郑善夫《行书自书诗》选字比较

以此推测，徐棉的书法要么直接取法郑善夫，要么与郑善夫的取径相近，宗法《圣教序》等"二王"一路行书，总之大体上离不开郑善夫的沾溉。我们虽还不能确知徐棉书法创作的具体情况，但可以肯定的是，他的实践开启了徐氏家族的书法艺术之旅，这多少会给徐熥、徐𤊹留下一些启发和熏陶。

徐棉喜好收藏书画碑帖。徐𤊹在一则题跋中记载"先君雅好词翰，而

---

① （明）谢肇淛：《小草斋集·文集》（卷之二十四），第497页。

扇上名家字画，往往爱而重之"。① 这为徐𤊏、徐𤊺的书画碑帖收藏奠定了基础，也为他们学书积累了取法资源。

二 徐𤊏：书学继之，前后数变

徐𤊏（1561～1599），字惟和，号幔亭，闽县（今属福州）人。万历间举人。豪于歌诗，工书法。著有《幔亭集》等。

很可能是受了父亲徐㭎的影响，徐𤊏平生至为推举郑善夫，认为郑善夫是"闽中自洪、永之后中兴'雅道'的诗人"②。和徐㭎一样，徐𤊏的书法，也不无郑善夫的影响。徐𤊏弟徐𤊺在《伯兄诗卷》跋中说道：

> 先伯氏年不称德，时论归美，卷中诸诗，大类刘文房、许丁卯，而书则效法《圣教》《兴福》，稍杂以行草。林异卿喜摹古帖，得书家三昧，极赏伯氏书有古意，从王元直求为珍玩。③

徐𤊏书效法《圣教》《兴福》，可见其取法路径与郑善夫、徐㭎基本一致。谢肇淛更是直接地说"惟和书初学郑吏部，而后来稍变之"④。

徐𤊏的好友陈价夫在《吴汝学所藏徐惟和书卷》的跋中详尽地记述道：

> 惟和书法，前后数变，始学赵承旨，寻变而文待诏，又变而郑吏部。到丁酉以后始匠意《淳化》《兰亭》而笔法乃定，然又时作章体，或颜、苏，或间出黄、米，随意命笔，虽不甚乱真，悉皆斐然可观。笔势遒婉，无摹临之迹。吴汝学与之邻居，伺其濡毫稍惬意，辄出纸经益其兴，倦则引去。故汝学得书独多，而书皆佳。此纸似是癸巳、甲午以后所书，未及终卷，偶以他事置去，遂不及署年月款识，然犹有郑吏部笔意，视戊戌以后则迥异也。呜呼！惟和学郑吏部书，而卒

① （明）徐𤊺：《红雨楼序跋》（卷二），沈文倬校点，福建人民出版社，1993，第80页。
② 陈庆元：《徐𤊏年谱》，广陵书社，2014，第18页。
③ （明）徐𤊺：《红雨楼序跋》（卷二），沈文倬校点，第91页。
④ （明）谢肇淛：《小草斋集·文集》（卷之二十四），第496页。

亦仅得郑吏部之箓，文人不寿，岂偶然哉！予每见惟和书，辄为怆然，因作数日恶。汝学其善藏诸！仆不敢复请观矣！①

这是今存对徐𤊺书法评述最为详尽的一条文献。陈氏提出的几个年份——丁酉、癸巳、甲午、戊戌，分别为万历二十五年（1597）、万历二十一年（1593）、万历二十二年（1594）、万历二十六年（1598）。据此，徐𤊺的书法可以万历二十五年即徐𤊺37岁时为界分为前后两期：前期，徐𤊺主要濡染元代及近人书法，从赵孟頫入手，转学"吴门四家"之一文徵明和同乡前辈郑善夫；后期，则于近人笔法之上，追摹羲献，出入颜真卿、苏轼、黄庭坚、米芾等唐宋名家，匠意于《淳化阁帖》和《兰亭序》，笔法乃定。那么，陈氏推断当作于癸巳、甲午年间的《吴汝学所藏徐惟和书卷》即属徐𤊺前期的作品——"犹有郑吏部笔意"。陈氏还特地强调万历二十六年即徐𤊺38岁之后的书作，与带有郑善夫笔意的前期作品迥然不同。

徐𤊺存世作品罕觏，笔者目前仅觅得两件，一为作于万历二十二年甲午的《序甘旭印正》，一为作于万历二十五年丁酉的《徐𤊺等闽贤六家行草诗翰卷》中的一段。两件作品均恰好与陈价夫所见《吴汝学所藏徐惟和书卷》大致相同。《序甘旭印正》为行书作品，间杂楷、草，全篇严谨工稳，紧守"二王"法帖樊篱，用笔之起承转止含蓄坚实，笔锋含而不露，面目酷似《圣教》《兴福》（见图3）。《徐𤊺等闽贤六家行草诗翰卷》以较纯粹的草书写就，草法熟练，结字强调欹侧飞动之势，运笔圆转流利，转折颇为果断俊爽，但不少起笔拘泥于刻帖的笔画形态，稍显重拙生硬，整体风貌近乎《淳化阁帖》中的二王行草法帖（见图4）。

仅就这两件作品而言，我们尚难全面读到陈价夫记载的丰富意蕴。但综合以上图版和文献来看，我们已然可以确认徐𤊺的学书路径及书法风貌：以"吴门书派"和乡贤前辈为桥梁，上追晋唐，匠意刻帖，浸淫于《圣教》《兴福》《淳化阁帖》等"二王"法帖，书风严守刻帖面目。

从书法取径看，徐𤊺比徐熥更为明晰可寻而丰富高古。谢肇淛曾感慨徐𤊺书法"超超玄诣，未见其止"②。徐𤊺卒年仅39岁，依陈价夫之言，

---

① 转引自陈庆元《徐𤊺年谱》，第523页。
② （明）谢肇淛：《小草斋集·文集》（卷之二十四），第496页。

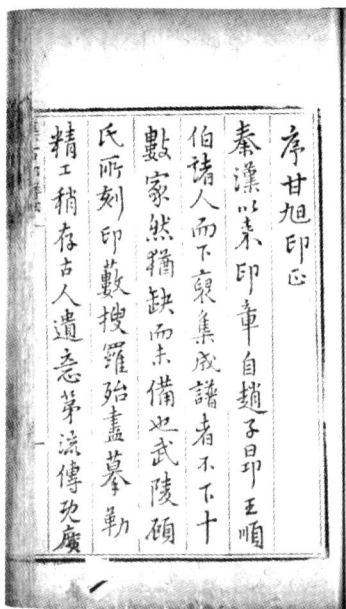

日本京都大学图书馆

图3　徐𤏳《序甘旭印证》

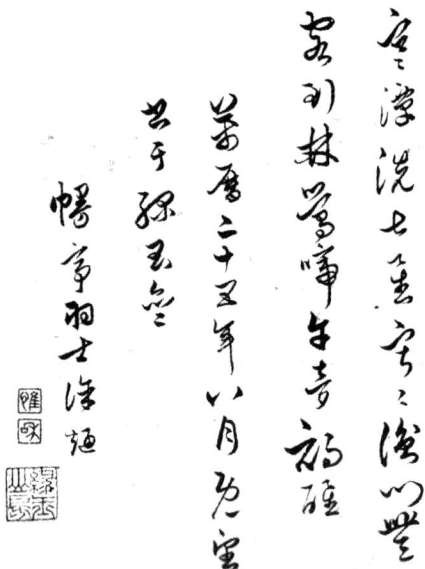

故宫博物院

图4　徐𤏳《徐熥等闽贤六家行草诗翰卷》局部

徐𤏳在万历二十五年"笔法乃定"后的第二年便离开人世，从此就失去了在书法艺术上继续深化和创造的机会，这不得不说是一大遗憾。

徐𤏳生平喜欢收藏古籍善本，到了他手里，徐氏家族的藏书已有上万卷。徐𤏳曾称"先兄惟和，生平喜蓄古帖"①，故其收藏中亦有不少法书碑帖。徐𤏳是王世懋、顾大典的门生，又曾三次北上赴京赶考，途中广交文士，与张献翼、王穉登等名士往来唱酬，还曾在南京为时年25岁的徐𤏳刊刻《红雨楼稿》。这些不仅进一步扩充了徐𤏳的学书资源，而且在很大程度上提升了"荆山徐氏"的文名，也为徐𤏳的书法交游打开了局面。

三　徐𤏳：诸体兼善，风流蕴藉

徐𤏳（1570～1642），字惟起，又字兴公，闽县（今福州）人。少弃举子业，布衣终身。藏书家，诗人，工书善画，以博洽著称于世。家藏书

---

① （明）徐𤏳：《红雨楼序跋》（卷二），沈文倬校点，第67页。

七万余卷，多宋元秘本并碑拓法帖。著有《鳌峰集》《笔精》《榕阴新检》等。

徐㷹是晚明"荆山徐氏"家族中书名最盛的一位。他的好友钱谦益（1582～1664）称："兴公博学工文，善草、隶书，万历间与曹能始狎，主闽中词盟，后进皆称'兴公诗派'。嗜古学……以博洽称于时。"①《明史·文苑传》亦载："㷹以布衣终。博闻多识，善草、隶书。"②清代不少书论也提到了徐㷹善书。③虽然前人屡屡称誉徐㷹的草书、隶书，但徐㷹并不仅仅擅长草书、隶书。在笔者觅得的徐㷹墨书跋尾数件、自书诗一件及两部手稿中，书体包含小楷、草书、行书，隶书则尚未之见。兹列表如表1所示。

表1 徐㷹存世书迹简表

名称	书体	时间	材料	印鉴款识	馆藏著录
《徐㷹等闽贤六家行草诗翰卷》	草书	1597年 28岁	纸本	"徐㷹"朱文印、"徐兴公"白文印	故宫博物院 《故宫博物院藏品大系·书法编16》
《太白山人诗集·跋》	小楷	1599年 30岁	纸本	未详	南京图书馆 《"中央"图书馆善本题跋真迹》
《顾仲方华阳洞庭图·跋》	草书	1607年 38岁	纸本	"徐氏兴公"白文印、"徐㷹之印"白文印	上海博物馆
《杨维桢城南唱和诗·跋》	小楷	1607年 38岁	纸本	"徐惟起"朱文印、"徐氏兴公"白文印、"风雅堂"白文印	故宫博物院 《故宫博物院文物珍品大系——元代书法》
《少谷山房杂著序》	小楷	1632年 63岁	纸本	"徐㷹之印"白文印、"徐兴公"白文印	《中国古籍稿钞本图录·稿本》
《大学述·跋》	小楷	1637年 68岁	纸本	"徐㷹之印"白文印、"徐兴公"白文印	南京图书馆 《"中央"图书馆善本题跋真迹》
《牛首山志·跋》	小楷	1638年 69岁	纸本	"徐㷹之印"白文印、"徐兴公"白文印	南京图书馆 《"中央"图书馆善本题跋真迹》

---

① （清）钱谦益撰集《列朝诗集》，许逸民、林淑敏点校，中华书局，2007，第5899页。
② （清）张廷玉：《文苑二》"郑善夫"条，《明史》（卷二百八十六），清乾隆武英殿刻本。
③ 如沈辰《书画缘》亦称"徐㷹，字惟起，又字兴公，万历间闽县人，博学工文、善草隶书"。见沈辰《书画缘》（卷一），《中国书画全书》（第十册），上海书画出版社，1999。

续表

名称	书体	时间	材料	印鉴款识	馆藏著录
《寓轩诗集·跋》	行书	未详	纸本	未详	中国国家图书馆
《步天歌·跋》	小楷	未详	纸本	未详	福建省图书馆
《红雨楼集》《鳌峰文集》手稿	小楷、行书为主	未详	纸本	未详	上海图书馆《上海图书馆未刊古籍稿本》
《招隐楼稿》徐𤊨手抄本	未见				上海图书馆

从《徐𤊨等闽贤六家行草诗翰卷》中徐𤊨部分的书迹来看，徐𤊨的草书较多继承了家族书风，从用笔到整体风貌都与徐熥的作品非常接近，不越"二王"法帖规矩，只是体态较为端正平稳，稍显生涩稚嫩（见图5）。但作于十年后的《顾仲方华阳洞庭图·跋》则运笔从容自如、圆转流利，结字大小错落、疏密得宜，行距宽绰，气息畅达，有天然之趣（见图6）。徐𤊨的小楷也具有相当高的艺术水准，上表所列徐𤊨的六件小楷题跋已然呈现出三种面目各异的风格。其中，《太白山人诗集》《大学述》《牛首山志》《步天歌》四种跋尾，法乳"吴门书派"的小楷，用笔细腻隽永，结字秀丽端庄，大有文徵明小楷"八面观音，色相俱足"的风采（见图7）；《杨维桢城南唱和诗·跋》则楷法颜真卿，全篇工稳整饬，法度谨严，用笔沉实端稳，结体宽博外拓，笔画横细竖粗，撇细捺粗（见图8）；《少谷山房杂著序》则取法钟繇，结体稍扁，字取横势，捺笔多取隶书波挑写法，颇具隶意（见图9）。徐𤊨的行书，并不像徐熥那样拘泥于"二王"刻帖樊篱，而是以自己擅长的小楷风格为基调，体势用笔略有宋元意趣，行笔极为灵动，笔笔相生，方圆兼备，骨肉停匀（见图10）。

从存世作品看，徐𤊨的取法路径与徐熥大体相近，近参吴门书风及前辈乡贤，远绍晋唐宋元，在上溯魏晋的过程中，刻帖是其主要取法对象。但徐𤊨的成就远高于徐椒和徐熥，他入古更深，取法更博，不仅兼善隶书、草书、小楷、行书诸体，而且不为刻帖所囿，学古而不泥于古，书风醇古雅正，风流蕴藉。

据陈庆元先生所考，"继承徐𤊨的是其子徐存永"，[1]钱谦益曾称徐存

---

[1] 陈庆元：《徐熥年谱》，第7页。

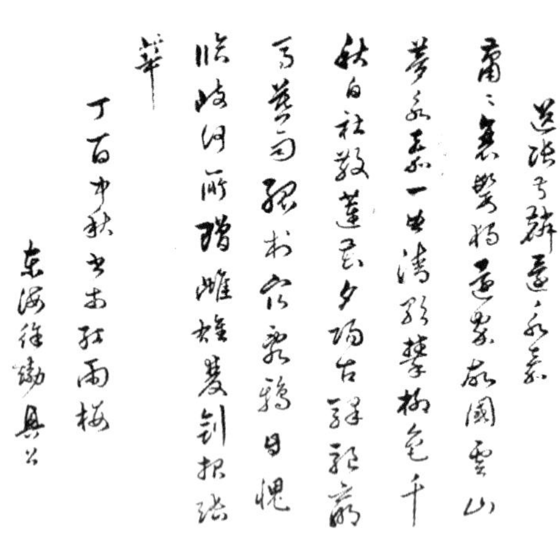

故宫博物院

图 5　徐𤊨《徐𤊨等闽贤六家行草诗
翰卷》局部

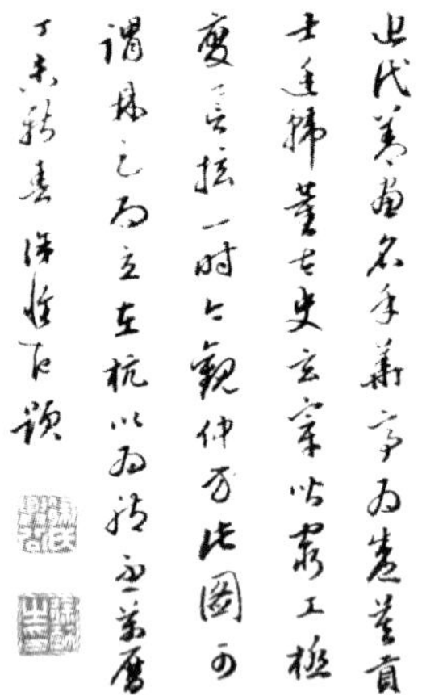

上海博物馆

图 6　徐𤊨《顾仲方华阳
洞庭图·跋》

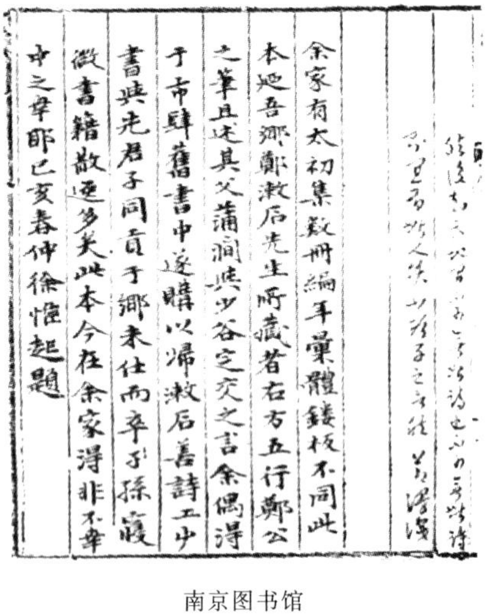

南京图书馆

图 7　徐𤊨《太白山人诗集·跋》

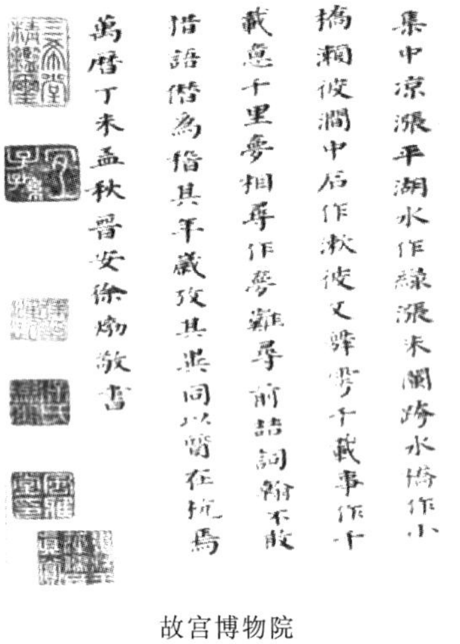

故宫博物院

图 8　徐𤊨《杨维桢城南唱和诗·跋》
局部

永 "能读父书"，① 著有《尺木堂集》，但书法未见有人称道。"清兵入闽"
后，"徐家藏书大量散失"，徐存永 "后来飘零南北，客死湖湘"。② "徐存

① （清）钱谦益：《列朝诗集小传》（丁集下），上海古籍出版社，2008，第 634 页。
② 陈庆元：《徐𤊨年谱》，第 7 页。

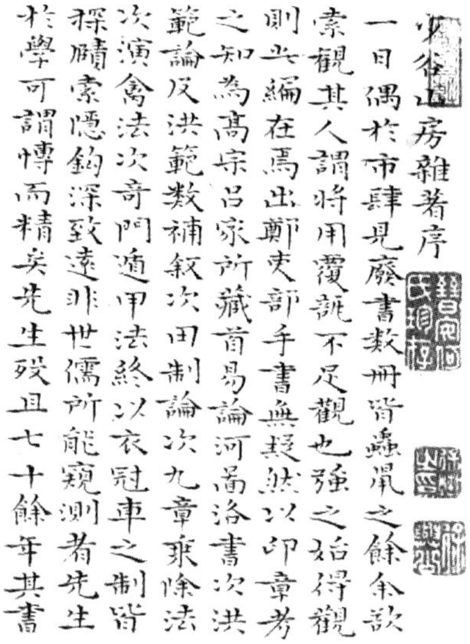
少谷山房雜著序
一日偶於市肆見廢書數冊皆蟲鼠之餘余款
索觀其人謂將用覆瓿不足觀也強之始得覩
則此編在焉出鄭吏部手書無疑然以印章考
之知為高宗呂家所藏首易論河圖洛書次洪
範論及洪範數補敘次田制論次九章乘除法
次演禽法次奇門遁甲法終以衣冠車之制皆
探賾索隱鈎深致遠非世儒所能窺測者先生
於學可謂博而精矣先生歿且七十餘年其書

选自《中国古籍稿抄本图录·稿本》

图9　徐𤊹《少谷山房杂著序》局部

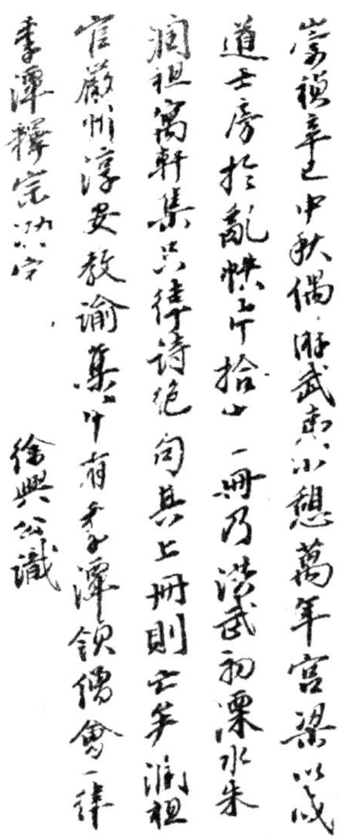
崇禎辛巳中秋偶游武夷山憩萬年宮梁以成
道士房於亂帙中拾此一冊乃洪武初溧水朱
潤祖寓軒集其律詩絕句其上冊則亡矣潤祖
官嚴州淳安教諭集中有李潭欽偶會一律
李潭釋宗泐字
徐興公識

中国国家图书馆

图10　徐𤊹《寓轩诗集·跋》

永殁后，辉煌百年的荆山徐氏的儒业与文学的光辉也随之消失。”① 因此，可以说，荆山徐氏的书法在徐𤊹手中达到顶点，而在徐𤊹殁后便戛然而止。

① （清）陈庆元：《徐𤊹年谱》，第7页。

学者风范

陈祥耀先生访谈录

陈祥耀 欧明俊[*]

编者按： 2011 年 2 月初，欧明俊教授受超星学术视频委托，对陈祥耀先生进行一次学术访谈，地点在福州意园祥老家中书房，超星学术视频现场拍摄录制。祥老学问博大精深，义理、考据、辞章皆工，道德文章俱臻化境，学界共仰。祥老享百岁高寿，功德圆满。感谢王传闻先生据超星学术视频整理出访谈文字稿，兹由欧明俊教授稍做修改发表于本刊，以纪念祥老。

欧明俊： 请祥老谈一谈您的启蒙与初等教育情况。

祥老： 我祖籍福建惠安，后来搬到泉州。我父亲是廪生。祖父是秀才，早亡。父亲早年念私塾，想走科举之路，后来科举废了，到了民国，他就没有再学旧学，以后就从商。我儿时入小学前，父亲就教我念《三字经》《增广贤文》《千家诗》，引起我读古典作品的兴趣。我 20 世纪 30 年代入小学，在泉州有很多家长不信任当时的学校教育，认为学校教育太浅，所以还有很多家长把小孩子送到私塾里去读私塾，读古书。因此，当时一般的青年人读私塾或受家庭影响，旧学基础比后来读新式学校的要好。当然，当时的私塾老师旧学功底是很好的，因为当时社会上所接触的也是文言。教师的普通话水平很差，都是用方言教学（闽南方言保存着相当多的古音）；当时小学生读古书的能力就比后来的学生好（虽然有些小孩子讲不来标准语）。当时的学生作业非常少，只有数学较多；还设置了

---

* 陈祥耀（1922～2021），男，福建师范大学文学院教授，研究方向为古代诗文；欧明俊（1962～），男，福建师范大学文学院教授、博士生导师，研究方向为古代诗文。

一类课叫作"尺牍"，就是专门教写信的，当时的信就是用文言写的，所以当时的小学生的古文水平都还不错。我因为受家庭影响，自己也喜欢古典文学，所以在小学的时候就自学了很多古书。比如说"四书"和一些著名的诗文，小孩子嘛，不懂，把《左传》也买来看，甚至胡乱到连《楚辞》也买来翻，虽然不懂，但是也翻，翻了也有印象，为自己增长了许多常识。在高小时，我碰到一位语文教师叫郑亭宇（惠安人，曾任泉州浔江小学校长）。他的旧学功底很好。他会作诗。我们当时的语文课叫国文课，课本都是白话文，非常浅啊，我们这些学生自己都能看懂啊，我们就向郑先生建议："我们不要专念这个课本，我们要兼念古文。"别的学校没有学生提这样的建议，也没有老师敢这样子做。郑先生很大胆，所以我们这一班的学生买了一本世界书局出版的《古文笔法百篇》，大部分时间就读这个书，上这个课，国文课本的课文都变成了课外阅读。我们要默写背诵《古文笔法百篇》的所有文章，所以我们这一班的同学的古文就读得比较有基础。我当时在班上又非常优秀，课业非常好，对古文也兴趣浓厚。小学毕业后，我考入了福建省立晋江中学（泉州一中），当时学校办了一个昭昧国学讲习所。这个学校模仿了无锡国学专科学校。虽然这个学校是个中等学校，但是它的课程设置、教学内容与高校无异，它当时分预科和本科，我考上了本科，虚岁15岁，进入学校就开始写旧诗，写文言文。这个学校在写旧诗的训练上比我后来上的无锡国专还重视，因为无锡国专作诗作文合在一课，作文一课，每周一定有一次作诗，无论作诗作文，都是上课写作下课交卷，我作诗比较熟练的时候，两节课时间我可以作好多首绝句，所以作诗的基础是在此打下来的。当时这个学校的教师都是当地的举人、进士和秀才，还有一些大学毕业生，但是国学很好的，比如包树棠（文字学家），章太炎先生赞曰："伯蒂年少，其进固未有已也。"我读了两年半，打好了国学基础，后来政府要求学院改办中学，我又转到中学插班到高中。我一方面念高中，一方面要补初中的课，所以就搞不好数理化，学不好。在中学和国学讲习所的时间，我更是大量地、如饥似渴地阅读古典文学的书籍，同时也看了很多新文学作品。我很喜欢当时的新文学，也看大量的哲学书、中国哲学、外国哲学、佛学的杂志也在看，关于国学的学问已经就此有一些广度和基础了。

　　欧明俊：祥老您在20世纪40年代，读了著名的无锡国学专科学校，当时那么多有名的高校，您为什么选择到无锡国专？

祥老：第一，我很喜欢古典文学。第二，在昭昧国学讲习所读书时打下了一定的国学基础。第三，当时无锡国专的教师和学生的作品我看到了，很爱慕，比如说唐文治校长的作品，当时他们还出了一套《无锡国专学生作文选》，都是文言文的，印出来卖，我买到后就感觉到这些学生作的文章很好。第四，在中学读书时，我没有正规念中学，数理化成绩不好，从国学讲习所跳到中学，考大学可能会有障碍，公立大学恐怕不容易考上，除非考私立大学。主要原因还是爱好古典文学，仰慕这所学校的一些教师。

欧明俊：您师从多位国学名师，如钱仲联、王蘧常、胡曲园、周予同等，您能谈谈您的老师情况吗？

祥老：我进校的时候（抗战时期），无锡国专迁到广西，所以学校的总部在广西，唐文治校长在广西，钱仲联先生也在一起，当时唐校长已经70多岁了，眼睛也瞎了，他是清朝末年的农工商部的尚书，后来他不满意清朝的政治，辞官不干了，主办上海工业学校，上海工业学校在他手上又发展成南洋大学，所以他做这两所学校的校长，做了几十年，南洋大学就是现在的上海交通大学，现在该校内还有一个"文治堂"用来纪念他。后来他又感觉到需要提倡国学了，所以他就到无锡，有人送他校舍，他就在无锡办无锡国专。（无锡国专）最开始叫无锡国学馆，后来也按学制来，就改成无锡国学专科学校，上课的情况与其他大学不同，当时教育部也不硬性规定全国要统一。唐校长从广西回到上海沦陷区后，在租界办了一个无锡国专分校，我在上海租界念书。上海当时念书（1941～1942年），是6年制专科，预科3年，我念的是本科，读了两年多之后，"太平洋战争"就爆发了，上海的租界，日本人也进去了，所以我就害怕，逃回福建做了三年中学教师（1943～1945年）。1945年抗战胜利，我1946年又回上海复学，再续一年，这样子才毕业。我在上海读书时，在上海租界，集中了好多名人学者，一个教师往往兼很多所学校的课，所以我们无锡国专可以在上海请到好多有名的教师。我们的教务长王蘧常先生是著名的哲学史家，因为他的关系很广，我们的每一门课都是由他出面请第一流的老师学者来讲。在这方面，我们的教师阵容十分强大，有很大一部分是到学校来兼课的老师，比如说经学大师周予同先生当时是上海暨南大学的教务长，给我们开了一门课叫"经学概论"，实际上他上课讲"经学发展史"。他把"经学概论"的著作发给我们看。他讲课十分生动，我在读一年级时听他的这门课，他的每一句话我都能记住，后来还来了兴趣。我在读二年级时，又去一年级从头到尾再听一遍，虽然他在课上讲的那些话我都能背得出，但还是想去听，可见他讲课的生动和感染力。国学大师钱仲联先生教我们的是"作诗作文课""诗选""基本文选"这三门课，钱仲联先生对学生的作诗作文要求是相当严格的，他要求学生当堂交作业，如果没作完交不了卷，学生的草稿要交由他签名，他绝不允许下课后学生再到外面去抄书，或者是照书重写一篇，你在课堂上做到什么程度就是什么。钱先生上课十分认真，他自己的学问和人品都是非常好的。王蘧常先生教"诸子学"，他教课的数量不多，因为他讲得很详细，他教我们《庄子》时，一学期下来没有教到几篇，但是他有一个特点，进课堂时不会带什么参考书。他上课时也不看书，但他连《庄子》的很多注解都会背。他的记诵之功了得。还有哲学家胡曲园先生，他教"中国哲学史"，也教"宋史"，他有很多数据和证据的材料都能背，比如说中国哪些年饿死多少人，都能一一背出来，可见前辈的用功和认真。他是研究哲学的呦，历史还是他的兼行，他上"宋史"课就能讲得如此细心，你看，这就是前辈学人。"中国哲学史"还有一位是傅桐（音）先生。我们的"经学"这门课程是唐文治先生亲自教，唐先生教的经学文章都是要背和默写的，他讲课只讲大义，他有专著给我们看（都是关于经学的，上课不讲），读《孟子》《论语》，都要背，考试就考我们默写。从我来看，我很后悔，我虽然在小学时期自学"四书"，但是与前辈的人比起来就差得很远了，为什么呢？我儿时没有背，到无锡国专都是赶着背，但不是反复复习，背的程度不牢固，虽然我读了很多书，当时会背，后来就不会背了，所以 20 岁以后读的书，不能背的书就靠不住了。我们还是小孩子的时候，念书虽然不懂得内容意思，但一直念、一直念下去，这样记住的东西才牢固。现在叫我背《孟子》《论语》，我就真的背不出来了。

欧明俊：无锡国专的课程设置是否适用于当今的大学？

祥老：现在恐怕不能完全适用，但可以作为参考。它的基础课较多。基础课不都是与我们的专业有关系，比如我们读文学专业，都要兼修基础课比如"五经""四书""历史""诸子学""诸子概论""经学概论""文字学""作诗作文"，所以基础课的面就比较广，能与选修课联合匹配起来，比如你学的文学，可以选修历史，也可选哲学，相当于现在的第二专业。选修课的内容丰富多样，除了专业课还有功能课，这样一来，基础课的面就比现在大学中文系的课程广得多，选修课也比较灵活，可以按照学生的兴趣求宽广，也可以求得更深厚。现在的大学分科很细，就达不到这个效果。还有就是无锡国专是私立性质的大学，它称"国学"，所以涉及历史、文学、哲学的课程就多而且相互并重，国专也特别重视打好广的基础，但现在的学校要全部搬用无锡国专的教学模式，恐怕还不行。

欧明俊：您的同学不少成为著名学者，如汤志钧、杨廷福、冯其庸等，您能谈谈您的同学情况吗？

祥老：汤志钧同志与我同年级。我当时比较注重文学和哲学，汤志钧同志一心研究经学，后来研究史学。他读书时就买了清朝大儒阮元编的《皇清经解》。他念了一年级之后，碰上"太平洋战争"发生，上海的租界也不安全，他就不读了，回家去的时候带了两部《皇清经解》，当时线装的书很漂亮，部头也很大，他带回家研究。所以周予同先生讲"经学概论"时，他的笔记记得最详细。他的笔记被周先生看到，周先生讲，这是他所碰到的学生当中对经学学得最认真的、最有成就的人。所以汤志钧后来转学到复旦大学去做了周予同先生的助教。周先生1949年后写有一些关于经学的论文，很有可能初稿就是汤志钧起草的。除此而外，汤志钧还研究近代史，比如《翁同龢与戊戌变法》《翁同龢与帝党》《戊戌变法人物传稿》，后来校点章太炎的书，要知道章先生的书是不容易读的呀！他还在编《梁启超全集》。

冯其庸先生入学比我迟，因为我从1941年读到1946年才毕业，中间停了三年，他是1946年才刚入学，他入无锡国专时已经参加了地下党。他人非常聪明，多才多艺，会写字，也会画画，他的文学基础还好，所以他后来出来工作时，就专门研究戏曲了，再后来就转为研究《红楼梦》。当时我还有一个比较有名的同学叫杨廷福，1949年后，因为"右派"问题，他受到一些打击。他这个人虽然文采不算很好，但他用功实学，所以他对"唐律"很有研究，这是很偏僻的学问，还有，他对唐玄奘也有非常深的研究。冯其庸也受他的影响，四上西藏去考察唐玄奘西行的路径，所以搞得身体上受伤害。"文革"刚结束时，日本有一个访问团到中国来访问，谈唐玄奘的事情，国家当时很着急，考虑让什么人去接待，既要有一定知识又要有学术身份，选了很久也选不出来，后来经过人推荐，说杨廷福在研究唐玄奘，可以去接待日本代表团，所以国家就请他出来，去了以后，果然日本人认为他很有学问，他对日本代表团也很有帮助，结果就把他调到北京去了。之后也有部分著作发表，可是在反"右"时期，他身体上受到了伤害，调到北京去不久就过去（逝世）了，很可惜。

当时还有一位同学，是无锡国专我们这一辈学生中才华最好的，他作诗作得很好，叫江辛眉。在无锡国专里，每年有一次全校的作文比赛，我在第一年全校竞赛时是第二名，第一名就是江辛眉，第二年、第三年的作文比赛第一名就是我了，所以三年全校作文比赛，我占了两年第一，为什么我可以在后两年成为第一名呢？就是因为江辛眉当时不在校了，如果他在学校，那么第一名还是他。

还有一位女同学，叫吴无闻，她的词学很不错，后来她成为"一代词宗"夏承焘的夫人。还有一位同学叫蒋希文，曾经做过贵州大学中文系主任，1949 年后在社科院工作过，他喜欢哲学，临新中国成立时，他考到北京的燕京大学做了张东荪的研究生，当时张东荪收研究生是相当严格的，首先要求外文很好，哲学基础很好，他考进去了，做了张先生的研究生，很不幸张东荪先生在政治上受打击，所以蒋希文也受到连累，至此就不敢讲哲学了。他后来改行搞古音韵，寄了一些古音韵的专著给我看，我都看不懂。古音韵我是没有研究的。我们无锡国专就集中了这样一些人才。

欧明俊：祥老对无锡国专最深的印象是什么？

祥老：对无锡国专印象最深的就是它比较有特色的地方，它跟其他大学的中文系不同，第一，就是学生要用文言作文，要作诗词，这一点训练是现在的大学所没有的，这是一个很重要的地方。第二，学校要求背书，现在的大学一般都是考理论，没有要求背经典原文，我们学校要求背书，那么我们就必须下死功夫了。因此学问的基础比较扎实，掌握如何治学的技能也比较好。学风非常纯朴，书呆子比较多。当时上海的大学生是很活跃的，各种政治派系都有，地下党也有，国民党特务也有，所以周予同先生在无锡国专，他说："我有很多话在别的地方我不敢讲啊，在你们这个学校我才敢讲，因为你们都是书呆子嘛，我在别的地方不敢讲，因为派系太多思潮太多。"第三，从校长、教务长到学生都很尊师，老师学生都很朴实，老师都是当世的名师，我们学生对老师都非常敬重，包括王蘧常先生，他在做教务长的时候，很多老师上完课，他都要送老师们出门。当时我们无锡国专的经费也很困难，私立学校嘛，但是教师下课的时候，工友都会送上热毛巾给老师擦脸，还要提供咖啡和茶，学校尽可能节省经费，来在物质上体现尊重教师，学校上下都很尊师。也有一些老师很朴素，比如吕思勉先生，吕先生穿了一身破长衫来到学校，很多学生以为吕先生是某位教授的跟人（杂役）。"太平洋战争"发生之后，中国人的生活在上海租界里也是很辛苦的，毕竟都是"亡国奴"嘛。

欧明俊： 您是唐宋文学研究专家，成果丰硕，请您谈谈著述情况，还有您对唐宋文学研究的看法。

祥老： 唐宋文学我觉得是这样的，中国古代文学以诗歌、散文为主，戏曲、小说还不怎么发达，唐宋时代是中国古代诗歌、散文发展的全盛时代，魏晋南北朝以来的成果，到了唐宋时代就有了一次总结，使唐宋时代发展成为一个人才辈出的全盛时代，所以它是诗歌、散文的黄金时代。这个阶段在中国诗歌、散文史上是一个很主要的阶段，陈寅恪先生讲过中国文化到宋代才是最成熟的。过去有一种看法，"唐进宋退，宋诗不如唐诗，唐比宋的诗更重要"。我认为是"唐兴宋继"，不是"唐进宋退"，因为宋诗在唐诗的基础上是有发展的。唐人讲过的，宋人要讲得更细更深；唐人没有讲过的，宋人要讲。比如宋代的民族矛盾，唐代并没有那么严重，宋人的爱国诗篇比唐人就多，唐人所描写的生活情况，由宋人重新写，那他当然要更刻意、细致、流畅，不然就会完全与唐诗相同，所以宋诗是有发展的，唐宋有很多大诗人、大作家都是我们研究不尽的。我写的《五大诗人评述》这部书，是一个普及性的著述。在 20 世纪 50 年代，学术研究是一个开始阶段，因为过去的观点都说要否定，不能拿出来，新的著作评价作家，都要用全新的马列主义观点，那个时候，这些以马列主义观点作指导的书还出得很少，比如后来《杜甫传》里面有很多资料，当初才开始研究的时候就是薄薄的一本书。那么这个《五大诗人评述》主要是课堂辅导作品，新中国成立初期，老师在大学里除了教课之外，还要课堂辅导，课堂辅导就要解释一些专题。比如当时老师学生坐在一起讨论，他是"现实主义"还是"反现实主义"，陶渊明是田园诗人是悠闲诗人，要把他否定掉。那时候在极左思潮下，思想很混乱，所以我是在这个情况下写"五大诗人"的。当时应该写六大诗人的，写苏东坡，但是时间来不及，很快就发生"文化大革命"了，苏东坡没写进去是我感觉到遗憾的事情。当时为什么没写苏东坡呢？因为他还处于被肯定和被批判的过程当中，一方面肯定他有一定的文学成就，另一方面批判他的思想，不像李白、杜甫、白居易这样被肯定。当时思潮是极左，好在我不赶这个浪潮，因此我对他们的态度都是肯定的，不乱批判古人，反而常常替他们辩护，所以这本书写得比较全面，但是（它）是一种普及性的读物。但有一点我要强调，当时都很讲思想性，讲到艺术性就完全套用苏联的"形象、概念、语言"，苏联不讲"风格"的，我就尽量避免这一套，我很注意讲文学作品"风格"，不跟苏联教科书这一套走，因此我这本《五大诗人评述》虽然很浅薄、很通俗，但是没有极左思想的烙印，所以二十多年后我书里的观点仍不需要改变，说明我书里的思想没有受到极左的影响，这一点让我聊以自慰。还有一部我编的《中国古典诗歌丛话》，这本书是用文言写的，很简洁、很明了，我的意图是要在书中突出"大家"，"小家"就是附带论述，有一点诗话诗史，有些诗篇只引题目，没有法子深入下去，这样子就显得太简，但是也有同志说："该书虽然很简，但是面还是很广大的。"所以《文学遗产》这本刊物上有位同志写了一篇文章，说我一篇论宋诗的文章就可以代表一部宋代的简单的诗史。我还有一部书《喆盦文存》，收录了我"文革"后写的文章，都是开会提交的论文，或是别人的约稿，不一定都是自己研究得深的学问，常常都是赶的，很多文章也不能充分发挥，只能讲个大概。

欧明俊：您是当今清代诗文研究的著名学者，主编的《清诗选》、撰写的《清诗精华》，学术影响都很大，您能谈谈这方面的研究情况吗？

祥老：《清诗选》的编撰有一个因缘，人民文学出版社古典文学编辑室的负责人舒芜的父亲是方孝岳（经学大师、汉语音韵学大师，清末大学者、大诗人方守敦之子），方孝岳先生与我认识，也有非常好的关系，大概方孝岳先生与舒芜讲过如果要编《清诗选》就要到福建师大去约稿。后来舒芜来福建师大时没有指定向我约稿，而是向系里约稿。老同事林东海教授写过一本书叫《文林廿八宿：师友风谊》，其中一篇写了我，他就提出来舒芜准备向我约稿，后来人民文学出版社来信，可能是出于方方面面的原因，最终向中文系发来约稿函。（于是）中文系就指定了两位教授来做这方面的工作，但是不巧这两位教授都被打成了"右派"。这两位教授一个没有积极性，一个被整怕了；一个不想写，一个又不敢写。所以他们全部选择的是反映现实的诗篇，不敢选有艺术性、有代表性的清诗，编好后就寄出去了。"文革"之后呢，人民文学出版社又来约稿，系里就让我重编，我放弃了过去他们选诗的方法，他们选了很多反映"水火灾难"的诗篇，我个人认为是不行的，要重新选择，要大量的改变，我在原来的基础上改了六分，保留了他们选诗的四分，最后出版时可能也就只保留了第一稿所选择诗篇的四分计划。方孝岳先生为什么会向他儿子推荐我做这个编撰《清诗选》的工作呢？我在昭昧国学讲习所的时候就开始了对清诗的研究，因为过去对清诗有一种偏向，讲"一代有一代之文学"，有人片面理解，好像只有唐代的诗歌最好，下面朝代就不行了，唐诗虽然是顶峰，但是并不代表后面朝代在诗歌方面没有继承、没有发展、没有变化、没有少量的创新。艺术性包含了思想和创造技术方面的内容，我认为后人在诗歌大家的基础上，在技巧上也是可以有进一步发展的。所以历来对清诗都比较看轻，而我认为清诗承继唐宋，吸收了唐宋（的精华），又吸收了元明一些顶尖的大家的影响，比方说元好问，元好问也有他的特色，清诗可以说为唐宋以后中国古典诗歌的后殿。我在上海读书的时候，刚好看到一部书叫《十九世纪文学主潮》，虽然选择的作家不多，但每一家都有细尽的作品评论，我就模仿这部书的体例，选择了十几个清诗作家评论他们的作品。书写出来后，我觉得不成熟，有些好高骛远，就没有出版，一直放在一边。我的老师蔡尚思先生看到过这部书，他对我有一个评价："这个人有见解的，但是书还读得不多。"蔡先生一语中的，打中我的要害，当时方孝岳先生也知道我这个事情。我编《清诗选》，从二十几岁开始写，写到"文革"之后，但是也有缺点，就是资料太少，很多诗人的生平年代不准确，排版也有问题，到了再版的时候，我就全部修改了，但是没重排，只做了补正，到了第三版的时候就重排了，也匆匆忙忙地补充了些，根据新的材料做了一些修改。

我认为清诗的前期都是爱国诗篇，这一部分是没有问题的，中期的，学术分歧就很大了。我认为康、雍、乾、嘉是（清诗的）全盛时期，诗风与乾嘉学风相互呼应，成为美谈，但是清诗的乾嘉风格被我的老师钱仲联先生完全否定了，他很瞧不起乾嘉风格的，他认为乾嘉风格肤浅，不深刻，他肯定清前期和后期的诗歌，前期反清斗争，后期反帝斗争，写外国的新事物，写革命运动，等等，这些容易受到肯定。其实全盛时期也有很多新的东西，比如杨庆琛，他有很多进步面，他是林则徐的同学，在清诗的技巧发展上有很大的贡献和创新成就。清朝（诗歌）的三个时期都有值得肯定的地方，不能只肯定前期或后期（的诗歌），完全否定清中期的诗歌，所以我对清诗词的评价是很高的。有一句我要说一说，要读唐诗宋词，主要掌握它的艺术性，但是到了清朝还有很多技巧风格的变化，所以作诗的人不经过清代后期的诗歌阶段的诗风感受，必定成就不高，因为人家前人走过的路你不知道，你不熟悉，你还要去走。你只有吸收了前人的作诗经验和技巧，才能在此基础上有所变化创新，而不经历学习清朝人的路，还去走清朝人作诗的老路，我们的诗歌就不容易创新。所以，我对清诗就感觉到，从"大家"来说、从总体的艺术上来说，不能超过唐宋，但在技巧上和内容上还有一些新的东西，所以我对清诗还是比较肯定的。

欧明俊：您的著作为什么大多用文言文写？

祥老：我有一个自己的看法，只是说中国的古典文学是用文言写的，那文言是一种脱离口语的书面语言，同时它又是文学语言。文言是单音词，很简练，多变化，又很灵活，可以表现出丰富的感情，有文学的感染力。试试写普通的记叙文、应用文或者是说理文，你如果用文言写，是非常可以表达你的感情的，从语言的节奏里面就能体现出你的感情。白话文用于表达现在的生活与经验，在交流方面比较方便，但是没有文学语言那样的抒情性，所以古代散文洋洋洒洒、一气倾泻的那种雄伟气势，就像韩愈文那种冲击的气势，在白话文里看不到呀！为什么呢？白话文是口语，没有文言文排山倒海的冲击气势。所以白话文的那种急迫不停的文章在文学史上是很少出现的，这不是"作家"的关系，这是"语言"的关系，所以我认为文言文写说理文章很能表达作者的感情。那么文言文是一种"吟诵性"的文章，白话文是一种朗诵的文章，我用文言文著书，（第一，）主要是赶时间，求简洁，篇幅较短。第二呢，我用这种文体写作很能表达我的感情，在说理当中能把我倾慕这些作家的感情跟读者更好地交流，有人说我文言文比白话文写得好，所以我也采纳了这样一个意见，比如我写司马迁、杜甫，则是非常带着感情写的，有的时候写着写着就下泪了，虽然是说理文，但是在说的过程中传达了我的感情，所以文言的特点就是只依靠语言本身的节奏，就可以表达作者感情的起伏，因此内容也具有抒情性，有文学感染力，这是中国文学的一个特点。所以我用文言文写了《唐宋八大家文说》《中国古典诗歌丛话》这些书。

欧明俊：您是如何结缘弘一法师的？

祥老：我在泉州昭昧国学讲习所读书的时候，最后一个学期，我们学校请弘一法师到学校里面演讲《佛教的源流和宗派》。当时我在学校里面还算是接触过佛学的一个学生，所以学校就让我替弘一法师做演讲记录。当时是 1938 年的春天，那个时候我虚岁才 17 岁，实际只有 16 岁，记录完了之后，我把稿子送给弘一法师，当时我用钢笔抄的，他是用毛笔、圆珠笔替我改的，改得很细致，内容增加了不少，文字减少了，把我的一些废话和水分去掉了，所有文字去掉四分之一。当我把稿子送给他时，他见我是一个小青年，好像祖父看见孙子一样，对我很亲切，都是笑嘻嘻的，我就跟他说："我和您照一个相可以吗？"弘一法师说："可以的啊！"然后，第二天我就和他照相，他也写了一副对联送给我，这是我第一次直接和他见面。后来呢，主要是听他讲经，听他演讲，那是很多次的，他在泉州的活动，只要有机会我都会去，但是我不敢去找他，因为我很怕打扰他。我看过他大量的书法作品，我很喜欢他的书法。弘一法师 60 岁的时候，广西一个杂志叫《觉音》，替他出 60 岁专刊，也来泉州征稿，有人就叫我写一篇《弘一法师在闽南》，后来杂志也发表了我写的这篇文章。这篇文章除了写弘一法师的生活之外，还评论了他的书法，那个时候我是年轻人，有点乱讲，但是那篇文章后来好多书转载了，所以很多人引用，有人肯定我的话，有人否定我的话，还有人再引用，影响是比较大的。再一次就是 1942 年弘一法师故去，那时我在上海，上海有一位弘一法师的好友夏丏尊先生，他没有弘一法师的照片，就找我要，同时要我写一篇纪念文章放在他们的特刊中，只给了我一晚上时间，要得很急。我的文章寄给了一个叫《觉有情》的佛教刊物，题目叫《悼念晚晴老人》，这篇文章转载量也很大。但是这两篇文章都是我少年时的妄语，我现在看见这两篇文章都感到很肤浅呀！非常惭愧！但是已经流传了，也没有办法了。所以我与弘一法师事实上接触不多，但是我看过他大量的字，听过他大量的演讲，就是这样子的。

我非常崇拜弘一法师，他对人生是非常认真的。他少年时代是官宦子弟，后来在国难之时他是爱国志士，想救国，再后来，他成为一名杰出的艺术家。他留学以后把西方的音乐介绍进来，把西方戏剧、美术都引进到中国来，他除了是中国的传统士大夫以外，还是优秀的艺术家，后来做教师，又成为一名模范老师，后来又做苦行的高僧，他做什么就真正做什么，他做和尚比常人苦十倍，其他人做和尚是不是都想的是放下一些、解脱一些、超脱一些？他发展修习的是律宗，自己持戒也相当严格。他过午不食，一天只吃两顿饭，穿衣不能穿三层以上，冬天又很冷，他在这样苦的生活中，实际上是可以改善自己的生活待遇的，因为很多学生去养他，寄给他很多东西，佛寺里要优待他，他也不要，他和僧众一起吃住，他当和尚不轻松的。他一天有大量的佛教典籍要研究，他的研究工作非常刻苦，他做和尚不过 20 多年，但他的佛学著作不仅数量大，而且质量高，其中有很多的佛学研究都是非常精密细致的，所以他有一种刻苦的精神，令我非常敬佩。他给人家写字，很多时候都是自己磨墨……我敬佩弘一法师刻苦的精神、高尚的人格、横溢的才华。我原来认为弘一法师出家很可惜，他不出家不是更好吗？但是后来我看了他的著作，感觉他出家也没有辜负时光，他整理了那么多（著作）。他虽然是持律的，但他兼通华严宗、唯识宗，又奉持净土宗，他的成就太大了，实在没有辜负时光，所以我后来不替他遗憾。他在佛教里做了其他人帮不到的工作，是很大的成就，所以朱光潜讲弘一法师"以出世的精神，做入世的事业"，我说他在佛教中的工作，简直就是"以入世的精神，做出世的事业"，那刻苦的精神比我们在家人更甚。

欧明俊：弘一法师的书法有何特点？

祥老：弘一法师书法的天分是很高的，所以他从小篆书、隶书、魏碑都写得好。出家以后，他把别的艺术都放弃了，唯有写字没有放弃。他认为写字可以宣传佛法，所以他坚持继续创造，出一点他自己的、不计面目的书法体。这个书法体创造出来，从表面看，其他人要去模仿他是容易的，但是创造摸索出这样一个书法体来，的确需要一个综合改造创新的过程，所以他的苦功和天分都是很难得的，最后达到的艺术境界也是很高的，在近代中国的书法界应该是第一。有人评谁第一，谁第二，我常常不服气，因为弘一法师的这个书法体在创造的过程中花了很多功夫，他的书法已然达到古代名家的境界，但是没有与任何一个古代名家的面目相同：他不同于王羲之，不同于苏轼，不同于黄庭坚。所以我认为他是近代第一，当然这个话有很多人现在不赞成。

欧明俊：弘一法师对您产生了什么影响？

祥老：这个问题我也不敢谈，因为我也没有在弘一法师那里学到什么东西，在我的身上也不能够体现出弘一法师的影响，实际上他的影响我不敢谈。但是我很崇拜他，崇敬他的形象美，到他老了的时候，我看他那慈祥的脸都很美。

影响谈不上，但弘一法师的刻苦精神时刻都在激励我。我们的生活条件要比弘一法师好得多，但我们的刻苦精神都大不如他。这次《弘一法师全集》的修订版，请我做主编之一，我也把这部书全部看过一遍，出版社把材料搜集得很多，但是有些文章、字画是不是弘一法师的真迹，可不可靠，都还有待后来的学者进行细致的考证。我谈不上研究弘一法师的书，我只是全部读过一遍罢了，平时也看他的书。我也不信佛教，所以谈不上对他的研究。就是 2010 年之后，我去弘一法师研究会开了两次会，写了两三篇文章登在会刊上，但是文章写出来也得罪一些人。比方说，有人说弘一法师代表了爱国精神，我认为不全面，一个爱国精神怎么能概括弘一法师呢？弘一法师的主要精神是大悲精神，是爱全世界的众生，然后才是爱国，爱国只是一部分；书法界投票评近代十位书法大师，弘一大师放在最后一名，我不认同，我认为弘一法师应该排第一，那些书法界的人不同意，有的甚至说根本不要评他为"十大书法家"。在我看来，第一名应该是弘一法师。

欧明俊： 您的《哲学文化晚思录》很深刻，我拜读过，想请您谈谈您对传统文化的总体评价。您认为研究传统文化应该注意什么问题？

祥老： 传统文化我是这样看的。中国文化与世界其他国家文化比较，（第一）我们的历史资料丰富，历史渊源长久。第二，我们有丰富的思想资料。第三，我们的科学技术有领先的时代，虽然我们后来落后了。第四，也是最不一样的，就是我们中国的文学体系与其他国家那些拼音文字的系统完全不同，我们是用汉语单音词来写文章，文言呢又是一种特殊的有音乐性的文学，是吟诵性、阅读性的文学，所以这种文学无法交流，在翻译上有困难，外国人不能领会，甚至现代中国人来读都有些不能领会。所以中国的文学是中国文化的主要基因，但是这一部分又是最难保存流传的，所以要保护中国的传统文化，必须要在保护保存中国文学上花最大、最实、最深的功夫，才能继承，才能领会，才能好好地同外国人交流。

但是文言文又是用汉字来写的，汉字如果被废掉，那么就谈不上保护中国文化了。必须下最大力气保存发展中国文学。中国文学在中国传统文化中应该排第一，但也是最难继承和交流的，必须下最大功夫。中国一切文化的特点都与汉字有很大关系，汉字在全世界的文字中我看是最好的，因为它有形、有音、有义，它可以超越时间和空间的最大限制，而外国拼音文字只有音，没有形，音一改，二三百年前的字就读不懂了，所以中国文字，从古至今的字我们普通人都可以认出个十有八九，仅这一点，就不得了。再一个，汉字作为单音节字，很精细，我们的"天气预报"就是"预报"，不是"天气报告"；我们说一本书请你雅正或者是惠存，这些语气都是不同的，这些词都分得很细，所以汉字很精也很简，比如你写一个演讲稿，用汉字就可以较简练，用外文则显得冗长，讲话也是一样的。汉字是世界上第一流的文字，但是有一个限制，因为打字很不方便，他不是拼音，再一个发电报，发电子信息，输入电脑很不方便，所以过去科技还没有发展到现在这个样子的时候，大家都说汉字不方便，要改掉，用拉丁文字，但是现在科技发展了，这个问题就解决了，我认为将来，如果全世界文字统一，我们中国人应该争取汉字为第一标准文字。

在哲学上，我要谈的面比较广，但有两点比较重要，虽然这两点是常识性的，但是很多哲学家，原来受苏联那些政治思想（的影响），不敢讲，我来讲一讲。中国的哲学家，我认为在本体上都是朴素唯物论，但认识论发展较慢，我们怎么样认识这个世界，这个认识的过程是怎样的，在这一方面，我们发展得不好。因此，我们中国古代的哲学家对宇宙的本体很少明确地表示是存在决定意识，还是意识决定存在；是存在第一性，还是认识第一性。这个问题关系到唯心与唯物的斗争，贯穿整个哲学史，这个理论在我们古代的哲学家那里是不明确的。他们在本体论上都是朴素唯物论，为什么呢？自古以来，我们都说"有天地然后有万物"，这个好像成为人的普通常识，是天经地义的问题，不需要讨论，也不需要争论，所以古代的中国哲学家没有一个人说"意识先于存在""意识第一性，存在第二性"，都说"有天地然后有万物""人为万物之灵"，这难道不是朴素唯物论吗？我的认识先于这个世界吗？在中国找不到一个大哲学家有这样的论断，我们不能给这些古代人扣上本体论的唯心主义帽子，这样未免以点概面，太片面了。

进化有两面性，有好的一面，也有坏的一面。孔孟主张人性是善的，不是主张人身上所有的东西都是善的，人有善恶，大家都是晓得的，孔孟主张性善论不是很片面吗？我说呀，孟子讲得很明白，他说"人之所以异于禽兽者"，就是说人跟禽兽不同的那一点才是人性，是人和禽兽分界的特点，这一点是人的本质，这一点就是善，这一点就是道德的自觉性。禽兽也有道德，但它没有道德的自觉性，人和禽兽不同。禽兽在我们人类看起来很野蛮，这就是残暴，但它野蛮残暴自己却并不知道。人心是向善的，但这个善并不包括与动物相通的那些善的本能，现在我们叫"发展人性，回归本能"，我认为这是倒退，因为本能有很多的（东西）对人类文明来说是粗暴的、野蛮的，禽兽是不能了解觉悟这些的。禽兽自认为好的东西，我们人类也是不能领会的，老虎也有爱护子女的本能呀，所以我认为现在的人误解"性善论"，认为"性善"是人的一切都性善，再一点就是"个性解放"，要个性回到本能，歌颂本能。所以，我讲这些话是有一定针对性的。

欧明俊：研究传统文化应该注意哪些问题？

祥老：对于传统文化我认为还是要批判接受，分清精华和糟粕，传统文化毕竟是封建时代的文化，有它的很好的精神，很大的特色，但很多地方带有历史局限，你如果不批判，把那些糟粕拿来丰富发展，我认为不可取。现在好多事情比新中国成立前还更厉害了，还有些地方祀神，还要穿古代衣冠，这样不利于对传统文化的继承发展，如果对传统文化不抱有"取其精华，去其糟粕"的继承精神，就会导致沉渣泛起。

欧明俊：先生对"国学热"有何看法？

祥老："国学热"实际上还没有真正"热"起来，只是媒体的宣传罢了。这个宣传实际上还是有好处，使人看清我们的本域文化，但是没分清精华、糟粕。对一般人来说，学一些国学，可以更深刻地理解我们自己的文化传统，也更能适应下一辈人际关系的处理。我们的传统文化的糟粕是表面的、少部分的，精华是主流的、核心的。至于培养国学专家，我想这都是少数人来做的事情，做国学专家，我认为需要另一种教育途径，要从初中生培养起，更应当办一所特殊学校，进行特殊的训练，比方说要多读古书，要少读一些数理化，而且古书的量要相当丰富，文学写作的技能要专门的训练，这样子学生才能培养出来。传承古代文化精华命脉，短时间培养是不行的，要从早年培养开始，从初中开始，特殊教育，长时间熏习引导，才能成功。光到了大学才开始开国学院，要想培养出过去的那样国学大师是不可能的，因为时间太短了嘛！

欧明俊：您是当代古典诗词创作界的耆宿，成绩斐然，能谈谈您的创作情况吗？

祥老：我的诗词创作很早，15岁写诗，17岁就存诗稿，我主张诗歌必须反映现实，我是很崇拜"诗史"精神的，但是我自己写的诗有很大的局限性和缺陷，就是说我这个人的胆量还是很小的，写反映现实的诗也并不多，而且不敢畅所欲言，当然就没有饱满的感情，没有饱满的感情，就没气势和感染力。所以我就感觉到我的诗歌，理想是好的，要学古人作诗的精神，但是在内容、气势、感情这几个方面，没有很深的、很酣畅的情感表现，因此我的诗歌就没有多大力量，表现力就比较差。所以我感觉自己的诗歌还是比较平凡无力，只有平淡的发声，没有勇猛的气势，这样子的诗歌就没有突出的感染力了。但我还是说一般的应酬的诗我不大作，还有尽量不赶潮流，赶潮流的诗歌我也要留一点我自己的看法，不完全跟大家的腔调，总要表现出我个人的思想。我的诗歌是有缺点的。我早年写的诗有一篇比较有影响力，就是抗日战争胜利时写的《抗敌行》，写全部抗日战争过程，因为我不清楚当时共产党抗战的情况，解放区抗战的情况，所以在这方面写得少，写的内容有局限，可以说不全面，甚至是不正确的。但是这样全面写抗日战争的诗，我至今还没有看见过字数比较多，而且不主观片面的。这首《抗敌行》在1946年的《大公报》上发表过，所以这一篇流传比较广，而且是在《大公报》特刊上发表，特刊的作家有郑振铎、郭绍虞、萧乾，好多都是名流，我当时还是小孩子嘛，也和他们在一起发表文章。

欧明俊：请您谈谈诗歌创作的条件。

祥老：诗有很多条件，现代人除了要具备以往的诗人条件之外，还加上一个困难，就是现在的诗人既要学现代的学问，又要学古代人的学问，你还要懂古代的典故，古代的文学应用方法，不去学是不行的啊。要反映新的事物，你生在现代，那你肯定比古人要困难，所以现在写诗的人都好像还是在初学阶段，今人发表诗歌的数量很多，但是真正比较好的作品还是比较少的。质量不高，思想感情多数比较苍白，这里面有社会客观原因，也有诗人自身主观原因。不过也有一个好处，很多人去学作旧诗，虽然作不好，但总要去摸索格律，使旧诗的制式可以传下去，至少不会断掉，所以数量当中可以存一些质量，虽然你不能成大家，但也有好诗出来。从总体上看，现在的诗歌质量和民国初年的诗比起来，那的确比不上的。当然还有很多老前辈在新中国成立后还健在的，他们发表的诗歌，一般都不敢反映现实，所以现实精神比较差。新中国成立后的文人诗中我唯佩服一人（的诗），那就是陈寅恪（的诗），他的诗题材虽然是自我抒情，但是，他的诗蕴含的境界是很有深度的，当然自古而来都是作诗的人多，诗家少哟！现在也是如此。

欧明俊：请您谈谈古典诗词的教学研究与创作的关系。

祥老：这是一个重要的问题，现在我们很多大学教师没有学过旧体诗的写作，孰不知旧体诗词里面有很多创作技巧，（用好了）那么你的天才和缺陷便会相互抵消了。如果作为文学教师没有创作旧体诗词的经验，他来教旧体诗词呢，就比较"不知甘苦"。社会上会写旧体诗的倒不大看得起我们大学教师，他们说："你们大学教师不会作诗。"大学教师虽不会作诗，但他们读的诗很多，而且呢，对诗的评价具有一定的修养，社会上写诗的人呢，他们在这方面要差一些，他们没有系统地学习中国诗词，只是练练笔，写一写，所以两方面的人互相都兼容起来，那当然会更好一些了。教学的教师要掌握诗歌创作技巧，但现在又有一个难度，就是我们的语言要讲普通话，普通话里没有入声，但又有几个教师研究方言，用方言作诗呢？这些都是具体的困难。但是总的来讲，做中国古典文学的教师最好要精通诗词，知道作诗的味道，这对于我们分析诗歌的艺术性是大有帮助的，不然他们就从理论出发，没从自己的实践和感性出发，讲得就会很皮毛。

欧明俊：您是书法家，对书法创作有很深的体会，您对当代书法界的现状有何看法？

中国古代的文人从小就干两个事情，一者是读书，一是写字。读书、写字都是从小开始的，对一个人来说，这是一个漫长的过程。对古代人来说，只写毛笔字，所以会写字、写好字的人就很多，当然不一定都达得到书法字的标准，但水平都还是比较高的。本来我们不写毛笔（字），写钢笔（字），使用毛笔的人少，自然写得好字的人就少了，会辨别字好坏的人当然也就少了。现在呢，几乎是从 1949 年开始，我们国家中青年人几乎都没有受到过书法的专门教育，只是用钢笔写字而已。"文革"后，突然再次兴起了书法热，学书法的人很多，来历复杂，这些人来学习就产生了误会，以为学书法很容易，有一点名就可捞钱，所以就有很多人不懂书法的深意，没有入门，进去了以后，才会知道书法的内容很丰富，要学的东西很多，一辈子都学不完。所以有些所谓的书法家自称，我已经学了 20 年，我已经学了 10 年，我应该是书法家咯！哎呀！10 年、20 年是很短的时间，不是你会写字你就是书法家。所以很多人在取巧，他们从草书入手，这里就有一个大缺点，草书的线条只有一种单纯的线条，上面比较肥，下面比较尖，拉长，突出，隐锋，我们写楷书的"竖"，一定要上面回一点，下面尖一点，垂、直、提，最后出尖，这叫"悬针"，另一种竖叫"垂露"，我们还是要推崇"永字八法"。当然"永字八法"不是说就是极高明的，但是我们要明白书法的线条绝不同于绘画的线条，很多人一学草书就只掌握了那一种线条，在纸上翻滚，这些人既不会写楷书，也不

会写行书，只会草书。写草书呢，他又不熟悉草体，写草书的人，必须要
把草书的字体记得很牢才能写得很快，有的人写得很快，有的人写了一
半，记不清楚就要停下来，或者甚至乱添乱改。再一点呢，草书有的人要
连写，他一写好像两个字，又像合成一个字，一个又好像拆成两个字，他
要创新，结果变成呢，认得草书的人也不认得他的字，因为他这个草书
呢，也不再按照古书的规矩，他说他要创新变化一点，结果他自己连下来
之后，也不认识自己的字。所以现在的很多人从草书入手，往往脱离书法
的本质，书法的本质就是有笔法的、不是图画的线条，不然写字就变成了
画字，有人说："一幅字要精心创作。"写字哪要精心创作呢，又不是文学
作品，写字就是写字，哪需要先去经营，先去创作呢？好像写文章一样，
一旦要开始什么创作，那就成了装着变化，实际乱画，所以写字变成了画
字，字的笔法变成线条，这个共同的缺点，就是要去速成，要去创新，结
果就脱离了本质。也有提倡百花齐放、继承传统的，有的人继承传统，又
在唱高调，有的人说我直接承了王羲之的东西，我很高，唐以下的书法家
我都很看不上。王羲之还是初创时期，他的字不着纸、不沉，你如果学不
好啊，你的笔势就会变得很弱。你如果学王羲之的楷书或者王羲之的《丧
乱帖》《十七帖》，那就比较有顿挫，比较沉稳，叫作"力透纸背"。我们
连比较扎实的字都学不来，还去学他最难的，又不懂王羲之的字难在何
处。如果学不好，字势就会很弱。现在很多人笔势很弱，笔法和结构都不
能互相呼应，字都不成字了。还有一些错误的认识，说："现在我们要创
造一种专门的书法艺术，不管应用。"应用都不会，怎么创造高级艺术呢？
这是骗人的，你连应用都不会，如何成为大艺术家呢？第二个误区就是要
成为专业的书家，专业的书家是做不出来的，书家不能够专业，自古书家
皆是从文人中出来的，不是写出来的，他要有很多、很高的学问才行。为
什么要很高的学问呢？学问是培养审美能力的，培养审美境界的呀！你没
有学问，你的审美能力低，你的历史境界低，你怎么写都不懂得如何弃庸
俗而就高雅嘛！你能有这个审美能力？所谓审美能力，不是写字写出来
的，成为书法家的能有几个人呢？所以一般都是靠书家自身的天才，靠他
的学识，靠他的审美趣味高才造成的。苏东坡讲过一句话："退笔如山未
足珍，读书万卷始通神。"你笔写坏了，好像山一堆，下了很多功夫，还
是不足珍，说的就是你只会写，没有学问是不行的。何况现在的人是不写
字的，即使写字，也是偶然在线条上下功夫，那些都是吓唬人、骗人的

呀！专业书家岂是培养出来的呀，是培养不出来的，你没有很高的学问，字就写不好。还有一个误区，就是高谈王羲之，不学唐以下。其实学字要"倒行"，学唐朝人的，还要学元朝人的，比如赵孟頫，这样才较为稳妥、扎实，比较容易培养写字人的基础。你这个基础打好了，然后往前去学王羲之才对。你从唐以前往下学，那么就会增加学书的难度，如果按历史上的元朝、唐朝、魏晋这样的顺序往上去学，就很容易了。再有一个误区，就是现在的有些人认为碑比帖高，其实帖是碑的进化，碑是比较粗的，帖是比较细的，把帖的字放大了就是碑嘛，我们学柳公权、颜真卿，那些大字不一定每一个字都刻在碑上，也有些是写在纸上的，碑当然有它的好处，但是碑并不完全高于帖，而且碑字比帖字容易写，这一点你们要晓得，我有自己的经验的，写碑字很容易，当然了写篆书不容易，因为你还要记它的字体。碑字比较粗，一般来说，除篆书以外，碑字比帖字容易学。清朝末年有一个大碑家，很少有人赶得上他。此人叫何绍基，他的帖字写起来很平庸，可见会写碑的人不一定帖字就写得好，我问一问现代的人谁的碑字比得上何绍基？他的帖字都还写不好，所以"轻帖重碑"就是好高骛远的表现。现在呢，还有一些炒作在里面，名叫"百花齐放"，其实是以现代派、先锋派为主的、以画字为代表的这个局面。

欧明俊：您学识渊博，贯通古今，在文史哲研究领域皆有建树，能谈谈学术研究"专"与"博"的关系吗？

祥老："博"是一定的入门途径，入门的途径一定要广一点，所以"博"是有好处的，这样由"博"到"专"的时候就有很多参照系，有多种知识可以互相比较，互相综合观察。但是人的精力毕竟有限，"博"到一定程度，你如果要求"专"，那么"博"就要放弃一些了，所以有的人是"博"而不能"专"，有的人不够"博"只走"专"的路。很"博"没有"专"的成就，就会有他的局限性，"博"的基础不够而马上去走"专"，又会常常出毛病，所以一定的"博"，然后再求"专"，这个恐怕要看各人自己的情况去处理。我现在只谈一点"博"对"专"的好处，就是说因为他有参照系，比如你站在这个地方，只能看清这个地方，如果"博"的人来看"专"的问题，自会旁观者清，而当道者迷，仅仅"专"，还会对临近的学科产生盲点，你仅仅限于研究文学理论，就太空洞了，光研究理论是不行的。袁枚有两句话："人居屋中，我来天外。"别人是坐在屋子里面，我是从天外飞来，这个话很好，从外学科看你的本专业，往往比你自己站在本专业的角度看问题看得更高更深。

欧明俊：先生对现在博士生和（硕士）研究生的培养有何看法？

祥老：现在我感觉就是一个老师带的学生太多，使时间精力都不济，要求又高，所以我认为可以减少学生数量，改变"一对多"的教学模式。另一个，学生的阶段性论文不必发表，因为发表人家的期刊很困难，也不能保证质量，我建议我们学校自己办类期刊，把一个系或是一个院的学生的阶段性论文集中发表，公开给人家看。我们不一定要有书号才行嘛，印成期刊拿给其他学者专家看，将来写大论文也可以作参照，因为你印出来就可以看，不光是导师一个人看，其他专家都可以提意见的。第三个，我认为可以加一些现场测验，减少一些不必要的论文。当场测验有好处，可以看一个人的思维能力，一个学生的写作能力是一般还是太迟钝。你如果太迟钝是不行的。当场考试可以看出一个学生的行文写字，文思反应，所以当场测验我认为可以留作一个考试成绩的主要参考。写论文要打字，有可能一些学生要反复打磨，一些学生马马虎虎，但现场测验是在规定的钟点内把题目完成，这对于学生提升水平来说很有帮助。第四个，就是必修课应该系统安排，我所说的必修是（硕士）研究生、博士生本人自身所缺少的学科，如果本人已掌握了，可以申请考试，就不必重复再修了。我说这些算不了建议，是一种想法。现在有的导师要求太高，要求自己的学生三年内看完"二十四史"，如果他看完了"二十四史"，怎么有时间去研究本专业的课题？再说"二十四史"三年是看不完的啊！看不完就做不完研究生应该研究的工作，这就太高了，不切合实际呀！有一些教师呢，他的要求又太低，一下子带那么多学生，怎么应付得过来，带得很吃力，感觉也很困难。我常常讲，如果我像现在一些导师带那么多研究生的话，我要跳海，我感觉我受不了啊！

欧明俊：您桃李满天下，能谈谈学术界有哪些贤弟子吗？

祥老：我一共做了八年中学教师，我在无锡国专读书时，就在上海市西中学教书，大学教了四十几年，1950～1954年教中学，1954年开始教大学，我的很多中学的学生做了院士、大学校长。在大学教本科，大多（数）学生因为专业的局限，有大发展的稍微要少一些了。中国社科院的陈铁民现在主持《全唐诗》编纂工作，复旦大学的蒋凡研究古代文论。研究现代文学的有庄宗庆、叶子铭，他们研究茅盾，我年轻时也很喜欢茅盾，他的作品我几乎全看过，新中国成立之初，我写一篇文章。当大家都谈艺术理论时，很少谈作品的风格，我看茅盾开过第一次文代会，他有一个发言，他最注重分析现代文学家的风格，所以我当时就写了一篇《中国古代文论风格的研究》，我寄了一份册本给茅盾。到了两年后，快到"文化大革命"时，他大概也晓得情况变化了，所以他特地写一封信寄给我，对我的研究有一些肯定，同时希望我做得更广一点，这两个学生研究茅盾大概也是受了我的影响。

书生荷戟独彷徨，夕阳时分愁无边

——纪念我的导师谭华孚先生

连水兴[*]

我一直记得那个冷冷的深夜，2016年12月2日，农历十一月初四，我的导师谭华孚教授因突发脑出血入院。在那个夜晚，我伏在谭先生的病床边，用手轻轻地抚摸着他的脸庞，很柔软、很温暖。这么多年来，这大概是我离他最近的一次了。他那宽厚的胸膛，随着呼吸机轻轻地起伏着。我知道他一定是累了，只想好好地睡一觉而已。只是没想到这一觉，睡得如此漫长。

最是人间留不住。12月4日凌晨1时，谭先生还是与我们永别了。

在过去几年的时间里，我总想着写点什么，来释放心中那无边无际的伤感和怀念，然而每次提笔，却总是茫然无措，不敢落笔。于是，那些哀思，便宛如一块大石头压在我的心上，日渐沉重。2018年的清明节，我在台北访学，孤独寂寞中写了点纪念文字，试图留住那些往事，不使时间的侵蚀，磨灭了记忆的痕迹。此后几经修改，于是便有了此文。

一 故乡与童年：一种文化记忆

1957年12月25日，谭华孚先生出生于广西壮族自治区北海市的合浦县。这个出生时间是身份证上的记录，但按照其家人的说法，真实时间应该会更前一点。先生的曾祖父曾开设过一家名为"意泰"的老字号饼店，

---

[*] 连水兴（1980～ ），男，福建师范大学传播学院教授、博士生导师、副院长，研究方向为传播学理论，影视文化产业。

所制月饼是本地一大名牌。谭先生的祖父辈曾当过民国时期的军官，母亲则出身士绅阶层，年少时曾受过"进步"思潮影响。这种家庭的精神遗产，应该对谭先生产生了些许影响。

谭先生的故乡合浦，位于广西南端，东与广东省廉江市和广西壮族自治区玉林市博白县接壤，西与钦州相邻，南临北部湾。据说合浦与北海在汉代到魏晋时期同属古合浦郡，清代以前则属于廉州府。1908年，孙文和他的同志们在廉州、钦州举行过起义。这应该是谭先生在书法作品上常署名"廉州谭华孚"的原因。他曾在博客里这样写道：

> 我曾无数次走在廉州的大街小巷上，发生在这座古城里面的往事就像穿越城内的那条西门江水，波澜不兴，船过水无痕。几十年来我翻索史书，关于这次起义，各种史书上也只有一两行文字的记载。历史，即使是与中山先生这样一个伟大人物联系在一起的，也会有无数遗落，后人能知晓的，实在是只鳞片爪。

在合浦这个地方，有一种高大的树叫凤凰树，一到盛夏就会开花，满树红火。这种树在闽南地区很普遍，但在福州却没有，这使谭先生常常觉得很遗憾。谭先生曾说：他少儿时代居住的古城也生长着这种树，"没有一种树比它更适合象征青年学生了：它在花季绚烂、热情，炽烈如火，如同青春"。在谭先生的记忆里，凤凰树最独特的不仅仅是火红的花，还有那一尺多长两三寸宽，状如弯刀的大豆荚。这是他儿时扮演武士战斗时的"武器"；里面楔形的豆籽，是他们玩的一种博彩游戏的道具与筹码。谭先生因此感叹：靠着它，少年男子便在模拟中进入了两种成年男人的人生搏斗环境——战场和商场（赌场）。

据谭先生回忆，他家的祖宅是一幢临街的三层楼房，典型的民国时期建筑，名叫永安堂，是前店后厂的中药房。这在民国年间的古城里算是大房子了。这座老宅，曾给先生的少年生活带来了许多乐趣。13岁那年，谭先生的父亲在家中阁楼上为他安置了一张床，他从此就开始了阁楼生活。这种生活直到16岁下乡务农当"知青"，才部分地结束；再到20岁那年国家恢复高考后考上大学，才彻底地结束。他甚至还因此写了一首打油诗：

> 少年久居阁楼上，矮顶横斜鞠常躬。
>
> 伏暑酷热育痱子，胸背常在汗浸中。
>
> 秋时因高知风疾，狂雨击瓦声轰轰。
>
> 冬夜冷气透隙缝，斗室顿作广寒宫。
>
> 惟喜春晴凭窗望，谁家院落花最红。
>
> 尔来二三十年间，居所全选顶层中。
>
> 虽未享此小资境，情结仍属阁楼控！

在我看来，这个阁楼似乎是谭先生少年时代的一个自由世界。他曾描述自己在其中读书的艰辛与乐趣：

> 在处境最为艰苦的时候，因为连电灯也没有，只能点煤油甚至松节油灯，我便创造了趴着读书的方式——将油灯放在床上，书本放在灯旁边，趴着读。有一天深夜，困极睡着，碰倒油灯，还烧坏了正盖着的一床毛巾被，引来母亲好一阵责骂和日后的数落……

少年的谭先生，对于知识有着执着的追求。那时候，他每天中午从学校回到家中放下书包后的第一件事，是到处搜查姐姐藏匿在隐蔽处的书，那都是些她向她的同龄人借来的文学作品。因为家里原先的藏书已经在"文革"伊始的"破四旧"中，由祖父亲自拉了三板车运到街道居委会当众付之一炬，还被抄了几次家；而学校和公家的图书馆也已无书可借了。后来，他曾在同班一个同学家里发现了一个宝库：满满一大箱的苏俄小说和几乎完整的一套"世界文学小丛书"。可以料想，这让他欣喜若狂，而共同的喜爱读书的兴趣，也使他与这位同学成为终生莫逆。

童年的记忆，使故乡成为谭先生一生挥之不去的精神牵挂。谭先生曾说："家乡，是这样的一个所在，年轻时急切地离开它到外面的世界去，中年以后却越来越频繁并伴有忧愁地想念起它来。"工作之后，每次回到家乡，他便在母亲所居的东坡湖畔旧小楼里，夜晚伴着蛙声入睡，清晨听着鸟鸣醒来。而谭家老宅附近的东坡亭，声音共鸣效果极好，附近师范学校的音乐老师每天清晨都在这里练琴、授徒。每天早上在母亲所居的小楼醒来，总会听得到一湖之隔的东坡亭里传来的柔曼的小提琴声。对他而言，此真乃人生一大快事！他还因此写了一首题为《老家》的诗：

一夜蛙声伴雨声，拂晓鸟语调清奇。

放目物景皆如洗，更喜春水涨春池。

二 师者：传道授业解惑

　　1974 年，谭先生 16 岁，开始了他下乡插队的"知青"生涯，地点在广西合浦县石湾乡东江村。1976 年，谭先生在下乡的村里重组文艺宣传队并出任第三任队长，这几乎构成了他其后从事文艺传播研究的经验起源。四十年后的 2015 年 4 月，这些知青再次相聚于广西合浦，谭先生则从千里之外的福州赶回参加。谭先生曾感叹："当年的帅哥美女已成老翁老妪，绝大多数已为人爷爷奶奶，相貌容颜更被岁月流蚀得惨不忍睹。其实，虽然号称知识青年文艺宣传队，当年的我们又能有多少知识，懂多少文艺呢？"但我曾看过一张他们知青时代的合影，谭先生在其中略显稚气而气宇轩昂，隐约可见文人气质。这段"知青"生涯，对谭先生及这一代人应该有着刻骨铭心的影响，却也是他一生都在反思的。

　　据谭先生回忆，在知青时代，他始终订阅的两份杂志是《朝霞》和《学习与批判》，另外还断续购买过《自然辩证法》杂志，这是当年稍微有点可看性的期刊类文字印刷品了。在那样的环境中，文艺书籍、画册、唱片等稀罕难求，或者说，审美介质的重要与珍贵，很早就在他的意识中打下了烙印。也正是出于对文艺的痴迷，谭先生在国家恢复高考后毫不犹豫地选择了中文系，后来在报考研究生时，又毫不犹豫地选择了文艺学专业文艺美学研究方向。

　　1977 年，谭先生顺利考上广西师范学院，也就是后来的广西师范大学。当时，他所在的 77 级的大学同学们，常常自诩自己是"百里挑一"考上大学的。但谭先生对此有着清醒的认识，他曾说：

　　　　我是 77 级大学生，有着 77 级和 78 级共同的优点和弱点。我的老同学聚会时有人说 77 级都相当于博士，但是我不认同于这种"合群的自大"。不错，77、78 级学习勤奋，后来有建树者比例颇高，但我身边的同事中其他年级的，包括"工农兵学员"出身的，也同样有不少杰出的人才。可见，英雄不问出身。人生的成功，不是取决于本科四年，而是由此前此后长长的一生各种因素共同促成的。何况，由于小学与中学在一个文化荒漠时期度过，77 级大学生每每"身无彩凤双飞翼"——缺乏外文与国学的双重童子功，自然科学的早期系统训练更付阙如，我们有着明显的不足。唯"心有灵犀一点通"——都渴望民主与科学，是我们最应珍视的共性。

大学是谭先生学术生涯的起点，本科期间他就在《广西师范大学学报》（1980 年第 3 期）上发表了他的第一篇学术论文，题为《阿 Q 典型性问题的一些看法》。在这篇早期的论文中，谭先生认为：

> 阿 Q 是文学史上不朽的艺术典型，这是公认的，但他是一个什么样的典型，却是一直争论不休的问题。在一九五七年以后，不论争论的各方意见怎样分歧，有一点却是一致的，那就是：都不同意作者鲁迅自己的说法，即不同意说阿 Q 是"现代的我们国人的魂灵"，是"暴露国民的弱点"的一个典型，认为这是一种"不妥当"的说法。但是，今天，在我国学术研究领域中长期存在的极左思想影响正在肃清的时候，如果实事求是地看问题，我们应当对鲁迅先生的观点给予充分的尊重。

显然，鲁迅先生的思想，尤其是关于改造国民性的思想观点，对谭先生有着深刻的影响。这几乎成为他们那一代知识分子"忧国忧民"的共同思想特征。以至于多年后，谭先生对我们感叹：眼中所见中国，鲁迅先生所提的这一社会实践课题，仍然远未完成。

1982 年，谭先生大学毕业后，曾在故乡短暂供职。1983 年，谭先生考取福建师范大学中文系文艺学专业文艺美学方向研究生，师从李联明、孙绍振先生；1986 年硕士毕业，同年在中国社会科学院研究生院获文学硕士学位。对于谭先生而言，求学生涯最幸运的事情之一，莫过于得遇名师。谭先生曾对此做如此描述：

> 我尤其深为感铭的是三位恩师。黄海澄教授作为我的美学启蒙老师，对我进行了最初的美学研究训练，并以对自然科学研究方法的重视，陶范了我的基本学术取向。李联明教授作为我的硕士生导师，引

导我在美学研究中将理论思辨与对当代艺术文化活动的实证分析有机结合，并创造了条件，让我得以广泛接触不同门类的艺术文化实践活动。孙绍振教授作为我的博士生导师，以直面当代文化现状的勇气与睿智，以对当代文艺内在美学精神的敏锐把握、学术思维方式的灵动缜密、文本微观分析的独到深入，在许多方面给了我极为重要的启迪。他对于原创性的高度重视，更是深刻地影响了我的学术选择。可以说，我现今的学术研究取向，固然是我对当代人文环境中的艺术生态变化进行考察之后的自觉定位，但也是三位恩师学术影响交集的结果。

谭先生念念不忘的是，在1983年那个乍暖还寒的年份结识孙绍振老师。谭先生曾说："有的学者适宜在书中相逢，掩卷而思，怡然神会；有的学者适宜在聆听中结识，听其畅谈，如沐春风。孙绍振教授则是两者皆宜的导师。其言其文，均百听不厌，屡读屡喜。学问文章，才情快感，两兼得焉。"

1999年，谭先生调回福建师大任教，在他的执教生涯中，他很好地延续了师门的这种传统。许多师生回忆起与谭先生交往的日子，总会想起他家的客厅。从某种意义上说，谭家的客厅，就是我们学术活动的"公共领域"。在无数个晚上，我们和谭先生围坐谭家客厅那个巨大的根雕茶桌旁，喝茶闲聊到深夜。闲聊的内容，从学术文章、学界往事、文坛掌故，到个人遭遇、生活愿想等，无所不谈。我一直觉得，这种师生之间的闲聊，宽松、自由、直透灵魂深处，是最好的陶冶和授业方式。我们最初对于学术的热诚和信念，大概就是在这一次次闲聊中产生的。

2006年的夏天，我从谭先生门下硕士毕业。有一天，谭先生不知哪里来的兴致，突然想去我的故乡漳州长泰做调研。那时候，他非常关注互联网对乡村社会的影响。当时还没有动车，我们两人坐了三四百公里的汽车到厦门，然后换乘各种交通工具，翻山越岭来到我的山村。在那个酷热的夏天，我和谭先生穿行于村间小道，寻找隐藏在民房里的网吧，访谈村里的长者和年轻人。我至今仍然记得，汗水湿透了他的白衬衫，但他的兴致丝毫不减。整整一个星期，白天我们一起走街串巷，晚上就在我家小院里吃饭喝茶，乘凉聊天。抬头可见满天星斗，近处有溪风拂树。附近邻人，皆来探望，听谭先生高谈阔论。那似乎是我最值得回味的一个假期了。后来，谭先生在他的一篇论文里，详细地记述了我的村落和这次过程。每次重新翻阅到这篇文章，总让我感慨万千。

三　文学与艺术：作为学术志业

谭先生大学读的是中文系。他曾说："读中文系，是我最幸运的人生选择之一。它使我不仅能获得许多教益，更能享受到许多人生大乐。"他曾在自己的博客里引用了罗素《什么是自由》中的这段话："文化自由，它是艺术、文学、科学中一切辉煌成就的源泉，也是个体人格中所有最好的品质的源泉。人类的世界若没有它，便将变得迟钝而愚蠢，不会比一群蚂蚁高明到哪里去的。"谭先生年轻的时候，最喜爱的是俄罗斯文学。最入迷的是普希金，曾经与朋友一起把他的抒情诗集全文抄下。另外托尔斯泰、契诃夫、杜勃罗留波夫、果戈理、涅克拉索夫的作品也读得比较多。用谭先生自己的话说："我这一代人中，凡受苏俄文学艺术影响的，很难不牵挂德捏泊尔（又译第聂伯）河、顿河以及它们流经的俄罗斯、白俄罗斯、乌克兰三国。这是著名小说《静静的顿河》《钢铁是怎样炼成的》故事发生地，是《白杨树》等著名歌曲诞生的地方。"出身贵族的俄罗斯作家，往往在作品中为"小人物"说话，鞭笞不合理的社会现实，对所谓的理想社会有着执着的追求。这一切似乎在很大程度上契合了20世纪中国文人的现实需要和精神追求。因而，在中国当代文化史上，俄罗斯文学在那段特殊的时代里滋养着一代中国文人，甚至重构了他们的精神结构和文化信仰。谭先生自己也认为："对于我们这一代人，俄罗斯的歌曲、油画、诗歌和小说，是我们少年生活中可以称之为艺术的世界里极其重要的一个部分。或许在1980年代之后我们会羡慕欧，但俄罗斯文化的烙印，已经永恒地留存在我记忆的底片上了。"显然，俄罗斯文化的影响如此深刻，以至于他这么多年来在文字中屡屡提及，始终念念不忘。每当看到与此相关的文字、图像，乃至于听到音乐曲调，他的脑海里"便会浮起一种忆起童年和青春似的心绪……"

1986年，谭先生从福建师范大学中文系文艺学专业硕士研究生毕业，进入福建省文化厅所属的艺术研究所工作，担任《福建艺术》杂志常务副主编。这本杂志设有剧苑纵横、剧作新葩、影视与电子文化、美术空间、音舞广场、艺海博览等栏目，所发表的论文曾获全国"五个一工程"奖、

"文华奖"、"全国优秀剧本奖"、"曹禺戏剧文学奖"、"田汉剧作奖"、"福建百花文艺奖"，在艺术界有一定的影响力。由此，谭先生供职于艺术研究部门达13年之久，介入过省内外不同艺术业界的一些重要理论和评论活动，写作、发表过与此相关的一批文章，甚至实际地参与策划和制作过一些电子文化艺术作品。专业的定向、工作的需要及个人的兴趣，使他广泛地接触了文学影视、戏剧、音乐、舞蹈、美术等艺术门类，并在20世纪八九十年代中国社会的巨变中真切地感受了它们各不相同的生存与发展际遇。在此期间，他发表了大量文化艺术领域的学术论文，也成为在各个艺术领域都颇有影响的评论家。

谭先生对书法尤其有着浓厚的兴趣。谭先生走后，我到他府上帮忙整理遗物，看到他的案台上，还摆放着练字的毛笔。许多已写过的纸张，堆在书桌上或放在垃圾篓里。在一堆厚厚的遗墨里，有一幅临摹的《心经》，是谭先生在台风天为灾民祈福所抄写的。这是在某个台风天里，他独自在书房里慢慢抄写的。窗外风云变幻，他却于无声处听惊雷。

关于书法练习，据谭先生在文字中所述，在读大学的第一个假期中，他便以几毛钱的价格从新华书店中购得怀素《自叙帖》。虽然他也知道"此帖似不合于初学"，但以后几十年间，他却深爱并不断临习，主要原因是"其流丽狂放，气韵酣畅，隽永之美，留恋不已"。

福州的夏天常常炎热无比，容易令人心躁。谭先生认为，当此之时，"找一家路数与自家气质相投的书家小楷法帖临写，是求心静自然凉的捷径"。而傅青主所书颜体风格的小楷《心经》则是他的最爱。多年以后，谭先生舍碑拓而取帖本，先后临写过赵孟頫、文徵明代表性的诸帖。后来，谭先生又见《灵飞经》四十三行帖本，"秀美中蕴古趣，舒展中有团聚，端庄中有行书之流美"，甚是喜爱，便常常晨起临写《灵飞经》。

谭先生似乎把自己的生命感悟，融合到书法中了。他说，"越读书法史，越发觉得书法太像人生：它是一次性的，不可变易，不能重来"。谭先生甚至感叹道："像文徵明这样，福、寿、才全满的文人，读遍青史，恐怕也觅不到几个。"谭先生虽身居院长等职，但终究是个文人。他的一位老友曾说："他过的并不是他所喜欢的生活。"我想，在居所里自由地读书写字，做一个纯粹的学者，大概才是他最惬意的日子吧！但愿在天堂，他能了却一切俗事。

四 文艺与传播：前瞻性的学术探索

20 世纪 90 年代，以计算机网络为代表的新媒体技术迅速兴起，给谭先生带来了巨大的震撼。谭先生在《虚拟空间的美学现实：数字媒体审美文化》一书后记中，如此描述自己最初接触网络的过程：

> 我从 1993 年起开始接触电脑，1994 年开始上网，是中国公用信息网在福建开通后最早的用户之一。限于那时的网络建设情况和本人拥有的硬件条件，我头一回上网的情景在今天的网络少年看来，已经如同一帧年代久远、模糊昏黄的老照片。当时，我使用的硬件是 386 电脑，14.4Kbps 的调制解调器，软件是运行于 Windows32 平台上的一个名叫 "Internet-in-a-Box" 套件中的 Web 浏览器，今天已经是罕有人知的软件老古董了。在那个杳无人声的深夜时分，当我用这套装备去登录巴黎卢浮宫的网站时，尽管速度慢得惊人，一块一块的色素真如马赛克贴墙壁那样缓缓地出现在显示屏上，我的心灵却急速地狂跳起来：万里之外的卢浮宫正在展出的画作竟能呈现在我眼前，一种足不出户便可神游天下的欣喜之情油然而生。从那时起，数码媒介特别是网络对审美生活所具有的巨大魔力便撞入了我的视野。

作为中国互联网的第一批使用者，谭先生敏锐地意识到这必将对当代中国的文化艺术生态产生革命性的影响。他认为："审美文化生存的人文技术环境，尤其是审美介质与传播媒体的技术条件变化，似乎是导致艺术王国中各个文化品种生态变化的内在动因之一。但在当时的理论语境中，媒介因素在艺术文化发展进程中的作用，却未曾有人详论。"有感于这一情况，从 20 世纪 90 年代中期开始，谭先生开始将艺术文化生态与传播媒介特别是电子媒介的关系，选定为学术探讨的主要方向。

1997 年，谭先生承担了全国"九五"艺术科学规划青年基金项目"当代传媒技术革命中的艺术生态"课题的研究，对网络审美文化的关注从感性兴趣转为理性观照。这意味着谭先生在"网络审美文化"研究领域，已走在全国领先的行列了。这项课题完成于 1999 年底，并在 2000 年通过了全国艺术科学规划办组织的专家评审。评审时，专家组成员们给予肯定，称"该课题研究有相当难度，但作者研究的对象、采用的研究方法和研究角度具有新意和原创价值"。参与评审的厦门大学新闻传播系主任陈培爱先生更对作者给予热情的鼓励，认为"如能在此基础上作进一步的完善，将会填补国内本课题研究的空白"。2004 年，该课题的结项成果正式出版，书名为《文艺传播论：当代传媒技术革命中的艺术生态》。这部著作从当代新兴的传播学角度出发，以文艺与传播的关系为轴心，对当前文化艺术的发展态势进行了比较系统的考察。谭先生在书中提出，在当前信息技术不断发展并普及于社会生活的历史条件下，为了适应当代传媒技术革命深刻影响人类文化艺术生态的社会人文环境，有必要建立"文艺传播学"这样一个传统文艺学与新兴传播学的交叉学科。该书主要包括以下论题。

其一，文艺与传播的关系。作者认为，任何艺术活动都是传播活动。包括传播媒介在内的"制作材料和传载媒介"与传统文艺理论所说的"形式"（符号代码和表现方式）、"内容"（精神内涵和审美意象）一道，组成了艺术作品存在的三层次结构和艺术历史发展的三维内驱力量，因此必须从传播学的角度研究文艺。

其二，技术与艺术的关系。作者通过回溯和审视艺术史上科学技术对文化与艺术产生挑战和推动作用的史实，论证了技术是分别对艺术作品结构的三个层次产生影响的实质性因素。尤其在科学技术从"工业科技"向"资讯科技"转变的当代社会中，技术的力量更不可忽视，但是技术的功能是有限度的。

其三，当代文明发展经历着"字符—印刷"文化向"声像—电子"文化的转变。作者具体地分析了作为两大主要文化符号类型的文字与声像之传播功能差异及其对人们精神状态的影响。

其四，当代主流传媒的变化，引起社会的文化心理结构从"意识形态"向"意象形态"转变。在揭示这一转化的前提下，作者具体地分析了意识形态与意象形态的差异与区别。

其五，在传媒技术革命条件下各主要艺术品种发生了新的竞争与互动关系。作者具体地分析了文学、戏剧、美术等主要艺术门类在新环境中的变化和 MTV 等新艺术品种在艺术因素重组过程中诞生的意义。

其六，20 世纪是大众传播、大众文化和大众社会的黄金时代，但目前，出现了从大众文化向"专业文化"的转变。作者着重分析"大众传播"和"分众传播"对于文艺的意义，并探讨艺术是否可能进行"分众传播"。

其七，蓬勃成长的"第四媒体"——电脑多媒体网络在艺术传播中具有汇流整合作用。作者认为，这一媒体的出现标志着大众传播时代的终结。艺术世界的秩序将在这一媒体的影响下产生新变动。

其八，艺术批评话语的合法化。作者认为，声像文化的出现，导致传统的、建立在文学文本基础上的文艺理论出现了合法化危机，电子声像文化有许多传统文艺理论不可言说、不可名状、不可理喻的新意象，因此，在影响大众十分深广的当代电子声像文化面前，批评缺席，理论失语。在声像文化特有的"体验"与理论的"言说"之间，文艺理论和批评正面临话语的难题。

作为谭先生最重要的学术代表作，《文艺传播论：当代传媒技术革命中的艺术生态》一书所论及的问题，在我国文化艺术的发展实践中具有比较重要的现实意义，尤其是对开拓我国艺术学科建设中尚鲜有人涉足的文艺传播学研究领域具有原创性价值。特别是谭先生所提出的"艺术作品的三层结构和三维内驱""传媒技术发展是艺术文化生态变化的内在动因之一""当代社会精神活动的重心正在从意识形态向意象形态转移"等主要观点，对于认识和把握当代文艺的发展变化提供了某种新的视角和思路。谭先生曾援引阿芒·马特拉在《世界传播与文化霸权》一书提出的观点：从 20 世纪 70 年代开始，许多人的观念已逐步从把传播看作部门、行业、区域的活动，过渡到把传播看作新社会的基石。在谭先生看来，包括文艺研究领域在内的国内许多学者也发生着这样的变化。

由于在文学领域和传播学领域都有丰富的学术成果以及巨大的影响力，谭先生于 1999 年调入福建师大文学院，参与筹办新成立的传播学系。2004 年福建师范大学传播学院成立后，谭先生先后担任副院长、院长，同时担任教育部全国高等学校新闻传播类专业学科教学指导委员会委员、福建省传播学会常务副会长等职，成为全国知名的传播学者。

谭先生在猝然离世前的几年里，曾与我多次谈及他正在阅读法国传播学者德布雷的作品，并打算写作一本《艺术媒介学》的专著。他曾说，近年来法国学者雷吉斯·德布雷提出的"媒介学"理论，尤其是其中最为独特的"媒介域"范畴，经由学者陈卫星的译介而进入了中国传播研究的当代语境，为我们对于人类信息传播问题的观照与思考展示了某种学科和研究路径上的独特性。后来在他家人的帮助下，我在他的电脑里看到了部分初稿，细细阅读之后，大体理解了他的想法。

在他看来，艺术媒介学是媒介学的一个重要门类，因为从远古时代开始，人类的艺术活动就直接与他们所使用的物质材料与物质媒介结合，密不可分。我们甚至可以说，艺术是特别值得作为媒介学研究对象的。因为"媒介学的研究突出人们的精神行为在媒介使用过程中受到的不知不觉的影响，属于历史范畴。媒介学所展示的媒介功能是它的所有形式在一个长时间范围中的活动"。同样地，艺术传播不追求或不注重即时的告知和说服功能，而更注重在一个长时范围中对人心世道的潜移默化作用。德布雷的媒介学研究"不满足于见人不见物的单元路径，刻意把握传递手段具有的双重性：一方面是技术配置（记录符号的表面如文字或视听符号的呈现方式，解码程序的各种接受方式，扩散手段的基础设施和实物）的发明和运用；另一方面又是有机配置（制度、语言、仪式）的创建和普及"。[①] 这一点对艺术特别重要，因为艺术尤其是属于所谓"非物质文化遗产"的传统表演艺术，必须依靠这种有机配置来展现和薪传。因此，相关的制度、语言、仪式的创建和普及就十分必要，它们甚至成为此类艺术赖以形成和传递的先决条件。

在谭先生的遗稿里，我们发现他已经为这本《艺术媒介学》写了几万字的"导论"，并收集了大量的资料。可惜的是学术理想半途而止，不能不说是他个人和学界的一大遗憾。或许，留有遗憾，本来也是人生美学的一种常态吧！

最后，以谭先生写于2016年10月22日的一首无题诗结束吧！

他是文人，应该合适。

> 老来倍觉百味淡，何况世道瞬时变。
> 自古忧国人易老，于今醒世运常忤。
> 滔滔喜作稻粱谋，寂寂羞为华夷辨。
> 书生荷戟独彷徨，夕阳时分愁无边。

（注：本文所引谭先生文字，皆出自其博客、微博、微信朋友圈，以及遗留书稿等。）

---

① 陈卫星：《传播与媒介域：另一种历史阐释——〈普通媒介学教程〉导读》，载雷吉斯·德布雷《普通媒介学教程》，陈卫星译，清华大学出版社，2014，第7~8页。

《文学细读》稿约

　　一　来稿应遵循学术规范，严守学术道德，保证论文不违背国家宪法，不涉及国家机密，无抄袭、剽窃、伪造数据等学术不端行为。本集刊编辑部保留对来稿进行适当删改的权利，如作者不同意，请在投稿时声明。

　　二　来稿请以 WORD 格式和 PDF 格式发送到投稿邮箱：fujian-shidaxidu@ 163.com。

　　三　稿件篇幅字数不限。请写明通信地址、邮政编码、联系电话和电子信箱，并请附上作者简介（包括出生年、性别、工作单位、职务或职称、学位、研究方向等），基金项目以脚注方式在首页标识。

　　四　稿件要求原创首发，文责自负。请勿一稿两投。稿件发表后，即付薄酬。

　　五　本集刊已加入中国知网 CNKI 系列数据库等，来稿若无特别说明，均视为作者同意本集刊以非专有方式向中国知网等第三方授予其论文的复制权、发行权、信息网络传播权，以及文摘刊物对论文的转载、摘编等权利，作者文章著作权使用费与本集刊稿酬一次性给付。

　　六　**注释和参考文献**

　　引用他人观点或者直接引用原文，必须标出原作者作品信息，并在参考文献中列出。针对文章内容的注释，应统一使用页下注；当页连续编码。

　　文献征引时的标引体例如下。

中文文献

1. 专著

（作者）：《 　　 》（书名）（卷册），（出版社），（年份），第　页。

2. 析出文献

（1）论文集、作品集及其他编辑作品

（作者）：《 　　 》（篇名），载（作者）《 　　 》（书名），（出版社），（年份），第　页。

（2）期刊

（作者）：《 　　 》（文章名），《 　　 》（期刊名）　年第　期，第　页。

（3）报纸

（作者）：《 　　 》（文章名），《 　　 》（报纸名）　年　月　日，第　版。

3. 转引文献

无法直接引用的文献，转引自他人著作时，须标明。

（作者）：《 　　 》（书名或文章名），转引自（作者）《 　　 》（书名或文章名）（卷册），出版社，（年份），第　页。

4. 未刊文献

（1）学位论文

（作者）：《 　　 》（论文名），（博士或硕士学位论文），（作者单位），（年份），第　页。

（2）会议论文

（作者）：《 　　 》（论文名），（会议名称），（会议地点），　年　月（召开时间），第　页。

5. 古籍

（1）刻本

（作者）编《 　　 》（书名）（卷册），（版本），第　页。

（2）点校本、整理本

（作者）编《 　　 》（书名）（卷册）《 　　 》（卷册名），（点校、整理者）点校、整理，（出版社），（出版时间），第　页。

（3）影印本

（作者）：《 　　 》（书名）（卷册）《 　　 》（卷册名），（出版

社），（出版时间），第　页。

（4）地方志

唐宋时期的地方志多系私人著作，可标注作者；明清以后的地方志一般不标注作者，书名前冠以修纂成书时的年代（年号）。

（5）常用基本典籍、官修大型典籍以及书名中含有作者姓名的文集可不标注作者。

（6）编年体典籍，可注出文字所属之年月甲子（日）。

6. 网上数据库

网上出版物包括学术期刊、报纸、新闻等，引用时原则上与引用印刷型文章的格式相通，另需加上网址，发表时间。

（1）新闻

（作者）：《　　　》（文章名），（网站名），　　年　月　日（发表时间），（网址）。

（2）学术期刊

（作者）：《　　　》（文章名），《　　　》（期刊名）　　年第　期，（网址）。

（3）报纸

（作者）：《　　　》（文章名），《　　　》（报纸名）　　年　月日，（网址）。

7. 译著

〔国籍〕（作者）：《　　　》（书名），（译者）译，（出版社），（年份），第　页。

外文文献

征引外文文献，原则上使用该语种通行的印证标注方式。

1. 专著

作者，书名（斜体）（出版地点：出版社，出版时间），引用页码。

2. 析出文献

（1）论文集、作品集

作者，"文章名"（文章名加引号），编者，文集题名（斜体）（出版地点：出版社，出版时间），页码。

（2）期刊

作者，"文章名"（文章名加引号），期刊名（斜体）卷册（出版时间）：页码。

3. 未刊文献

（1）学位论文

责任者，论文标题（Ph. D. diss. /Master's thesis，提交论文的学校，提交时间），页码。

（2）会议论文

作者，论文标题（会议名称，地点，时间），页码。

图书在版编目（CIP）数据

文学细读. 第一辑 / 李小荣主编. -- 北京：社会
科学文献出版社，2023.3
ISBN 978 - 7 - 5228 - 1429 - 2

Ⅰ.①文… Ⅱ.①李… Ⅲ.①世界文学 - 文学研究
Ⅳ.①I106

中国国家版本馆 CIP 数据核字（2023）第 029320 号

文学细读（第一辑）

主　　编 / 李小荣

出 版 人 / 王利民
组稿编辑 / 宋月华
责任编辑 / 吴　超
文稿编辑 / 张静阳
责任印制 / 王京美

出　　版 / 社会科学文献出版社 · 人文分社（010）59367215
　　　　　　地址：北京市北三环中路甲 29 号院华龙大厦　邮编：100029
　　　　　　网址：www.ssap.com.cn
发　　行 / 社会科学文献出版社（010）59367028
印　　装 / 三河市龙林印务有限公司

规　　格 / 开　本：787mm × 1092mm　1/16
　　　　　　印　张：19.25　字　数：315 千字
版　　次 / 2023 年 3 月第 1 版　2023 年 3 月第 1 次印刷
书　　号 / ISBN 978 - 7 - 5228 - 1429 - 2
定　　价 / 168.00 元

读者服务电话：4008918866